Ligeiramente CASADOS

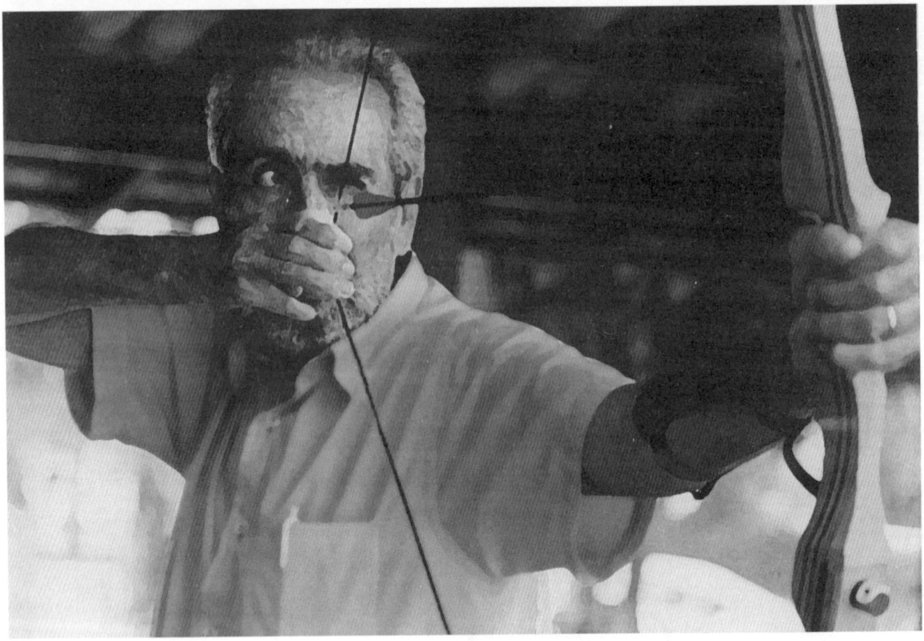

O Arqueiro

Geraldo Jordão Pereira (1938-2008) começou sua carreira aos 17 anos, quando foi trabalhar com seu pai, o célebre editor José Olympio, publicando obras marcantes como *O menino do dedo verde*, de Maurice Druon, e *Minha vida*, de Charles Chaplin.

Em 1976, fundou a Editora Salamandra com o propósito de formar uma nova geração de leitores e acabou criando um dos catálogos infantis mais premiados do Brasil. Em 1992, fugindo de sua linha editorial, lançou *Muitas vidas, muitos mestres*, de Brian Weiss, livro que deu origem à Editora Sextante.

Fã de histórias de suspense, Geraldo descobriu *O Código Da Vinci* antes mesmo de ele ser lançado nos Estados Unidos. A aposta em ficção, que não era o foco da Sextante, foi certeira: o título se transformou em um dos maiores fenômenos editoriais de todos os tempos.

Mas não foi só aos livros que se dedicou. Com seu desejo de ajudar o próximo, Geraldo desenvolveu diversos projetos sociais que se tornaram sua grande paixão.

Com a missão de publicar histórias empolgantes, tornar os livros cada vez mais acessíveis e despertar o amor pela leitura, a Editora Arqueiro é uma homenagem a esta figura extraordinária, capaz de enxergar mais além, mirar nas coisas verdadeiramente importantes e não perder o idealismo e a esperança diante dos desafios e contratempos da vida.

Ligeiramente CASADOS

MARY BALOGH

OS BEDWYNS 1

ARQUEIRO

Título original: *Slightly Married*

tradução: Ana Rodrigues

preparo de originais: Sheila Til

revisão: Ana Grillo e Flora Pinheiro

diagramação: Ilustrarte Design e Produção Editorial

capa: Raul Fernandes

imagem de capa: © Lee Avison/ Arcangel Images

impressão e acabamento: Associação Religiosa Imprensa da Fé

CIP-BRASIL. CATALOGAÇÃO NA PUBLICAÇÃO
SINDICATO NACIONAL DOS EDITORES DE LIVROS, RJ

B335l Balogh, Mary
Ligeiramente casados/Mary Balogh; tradução de Ana Rodrigues. São Paulo: Arqueiro, 2014.
288 p.; 16x23 cm.

Tradução de: Slightly married
ISBN 978-85-8041-321-2

1. Ficção galesa. I. Rodrigues, Ana. II. Título.

14-14548 CDD: 823.92
CDU: 821.111(410)-3

Rua Funchal, 538 – conjuntos 52 e 54 – Vila Olímpia
04551-060 – São Paulo – SP
Tel.: (11) 3868-4492 – Fax: (11) 3862-5818
E-mail: atendimento@editoraarqueiro.com.br
www.editoraarqueiro.com.br

PRÓLOGO

Toulouse, França
10 de abril de 1814

A cena era familiar até demais para o homem que a observava. Sua longa experiência lhe ensinara que não havia grande diferença entre um campo de batalha e outro – não depois que a batalha terminava, pelo menos.

A fumaça da artilharia pesada e dos inúmeros mosquetes e fuzis dos dois exércitos começava a se dissipar o suficiente para revelar a vitória da Inglaterra e das tropas aliadas. Com essa batalha, elas conquistavam o trecho ao longo das montanhas Calvinet, a leste da cidade, e podiam voltar suas armas para a própria Toulouse, para onde as forças francesas, sob o comando de Soult, haviam recuado pouco antes. Mas o cheiro acre permanecia no ar e se misturava aos odores de poeira, lama, animais e sangue. Apesar do barulho permanente – vozes gritando ordens, cavalos relinchando, lâminas de espadas chocando-se, rodas girando – havia a já conhecida sensação de um silêncio anormal, indistinto, agora que as armas de fogo haviam se calado. O chão estava coberto de mortos e feridos.

Era uma visão diante da qual o coronel lorde Aidan Bedwyn nunca conseguira ficar insensível. Alto, forte, moreno, com o nariz aquilino e as feições que pareciam ter sido esculpidas em granito, o coronel era temido por muitos. Mas, depois de um confronto, ele sempre percorria o campo de batalha para identificar os mortos de seu próprio batalhão e oferecer o conforto possível aos feridos.

Bedwyn abaixou os olhos escuros e inescrutáveis, os lábios cerrados em uma expressão severa, encarando um amontoado escarlate no chão, as mãos atrás das costas, a grande espada da cavalaria, suja da batalha, guardada na bainha ao lado do corpo.

– Um oficial – disse ele, indicando a faixa vermelha com um leve aceno de cabeça.

O homem que a usava estava de bruços, com o rosto enfiado na terra, os braços abertos e torcidos da queda do cavalo.

– Quem é ele?

O ajudante de ordens do coronel se abaixou e virou o oficial.

O homem que Bedwyn pensara estar morto abriu os olhos.

– Capitão Morris – chamou o coronel Bedwyn –, o senhor foi ferido. Rawlings, peça para trazerem uma maca. Sem demora.

– Não – disse o capitão com a voz débil. – Acabou para mim, senhor.

O coronel lorde não o questionou. Apenas fez um gesto discreto para o ajudante de ordens, sinalizando para que esquecesse a maca, e continuou a examinar o capitão moribundo, cujo casaco escarlate estava ensopado de um vermelho ainda mais forte. Com certeza não lhe restavam mais do que uns poucos minutos de vida.

– O que posso fazer pelo senhor? – perguntou o coronel. – Quer água?

– Um favor. Uma promessa.

O capitão Morris cerrou as pálpebras de aparência ressecada sobre os olhos que se apagavam e, por um instante, o coronel pensou que ele havia partido. Por isso, apoiou-se sobre um dos joelhos, afastando a espada do caminho. Mas as pálpebras do capitão voltaram a se abrir.

– A dívida, senhor. Eu disse que nunca a cobraria. – A voz dele agora estava ainda mais fraca, os olhos desfocados.

– Mas eu jurei que a pagaria mesmo assim. – O coronel Bedwyn se inclinou sobre o homem à sua frente, para ouvi-lo melhor. – Diga-me o que posso fazer.

Dois anos antes, quando ainda era tenente, o capitão Morris salvara a vida de Bedwyn na Batalha de Salamanca, quando o cavalo do coronel fora alvejado e caíra. Bedwyn enfrentava um oponente a cavalo, em uma luta feroz, quando outro homem surgiu às suas costas e estava prestes a golpeá-lo. O tenente matara o segundo adversário, desmontara do próprio cavalo e insistira para que o oficial superior ficasse com ele. Morris fora seriamente ferido na luta que se seguira, mas como resultado fora recompensando com a patente de capitão, uma promoção que ele não tinha meios de comprar. Na época, Morris insistira em dizer que o coronel Bedwyn não lhe devia nada, que era dever de um soldado dar cobertura aos companheiros, principalmente aos oficiais superiores. Ele estava certo, é claro, mas o coronel jamais esquecera a dívida.

– Minha irmã – disse o capitão, os olhos fechando-se novamente. – Dê a notícia a ela.

– Farei isso pessoalmente – assegurou o coronel. – E direi à sua irmã que seus últimos pensamentos foram para ela.

– Não deixe que ela fique de luto. – pediu o homem, respirando com grande dificuldade. – Minha irmã já passou muito tempo assim. Diga que ela não deve se vestir de preto. Que esse foi meu último desejo.

– Direi a ela.

– Prometa... – A voz falhou. Mas a morte ainda não o levara. De repente, o capitão abriu os olhos, e conseguiu reunir forças para levantar o braço e tocar a mão do coronel com os dedos fracos já carregados do frio da morte. Ele falou com uma urgência que apenas o fim da vida provocava. – Prometa que irá protegê-la – pediu Morris. Seus dedos apertavam febrilmente a mão do coronel – Prometa! Custe o que custar!

– Prometo. – O coronel aproximou ainda mais a cabeça, na esperança de que seus olhos e sua voz conseguissem penetrar a bruma da morte que engolfava o homem agitado diante dele. – Eu lhe faço o meu mais solene juramento.

O último suspiro escapou dos lábios do capitão no momento em que essas palavras foram ditas. O coronel estendeu a mão para fechar os olhos de Morris e permaneceu apoiado sobre um dos joelhos por mais um ou dois minutos, como se fizesse uma oração, embora na realidade estivesse considerando a promessa que acabara de fazer. Ele prometera levar a notícia da morte do irmão à Srta. Morris em pessoa, embora não soubesse quem ela era nem onde morava. Prometera ainda informar à moça que o último desejo de Morris fora que ela não ficasse de luto por ele.

E ainda fizera seu juramento mais sagrado de que iria protegê-la. Do que – ou de quem – ele não tinha a menor ideia.

Custe o que custar!

O eco dessas últimas palavras ditas pelo homem à beira da morte ressoava nos ouvidos do coronel. O que poderiam significar? O que exatamente ele jurara fazer?

Custe o que custar!

CAPÍTULO I

INGLATERRA — 1814

Um vale protegido pela sombra das árvores cortava o parque no lado oeste do Solar Ringwood, em Oxfordshire. A água do córrego murmurava pelo leito de pedras até se juntar ao rio mais largo que delimitava o parque e cortava Heybridge, o vilarejo mais próximo. O vale era sempre um recanto reservado e adorável. Naquela manhã de maio, contudo, a beleza do lugar estava de tirar o fôlego. Os jacintos azuis, que não costumavam florescer antes de junho, foram seduzidos pelo calor primaveril e desabrocharam mais cedo. As azaleias também estavam em flor, de forma que as margens em declive do vale estavam atapetadas de azul e rosa. Raios de sol cintilantes se infiltravam pelas copas verde-escuras dos altos ciprestes e chegavam ao solo em uma mistura de brilho e sombra, enquanto faziam cintilar a água murmurante do córrego.

Eve Morris estava no meio dos jacintos, que iam até a altura de seus joelhos. Ela decidira que a manhã estava linda demais para ser desperdiçada nos afazeres domésticos e da fazenda, ou mesmo na cidade. Os jacintos só estariam em flor por pouco tempo, e colhê-los para enfeitar a casa sempre fora uma das atividades favoritas de Eve na primavera. Ela não estava sozinha. Havia convencido Thelma Rice, a preceptora, a cancelar as aulas por algumas horas e levar seus dois alunos e o filho pequeno de Thelma para colherem flores também. Até mesmo tia Mari as acompanhara, apesar da artrite nos joelhos e da dificuldade em respirar. Na verdade, fora ideia dela transformar a ocasião em um piquenique. Naquele momento, tia Mari estava sentada na cadeira resistente que Charlie lhe trouxera, com uma cesta enorme cheia de comida e bebida ao seu lado e as agulhas de tricô trabalhando ativamente.

Eve se levantou para esticar as costas. Uma pilha de flores com longos caules estava cuidadosamente arrumada na cesta em seu braço. Com a mão livre, firmou o velho chapéu flexível de palha, embora a fita cinza larga que cruzava a copa e a aba estivesse bem presa sob seu queixo. A fita combinava com o vestido de algodão que usava, de corte simples, cintura alta e mangas curtas: a roupa ideal para uma manhã no campo em que não se esperasse receber visitas. Ela saboreou a sensação de bem-estar que a dominou. O verão estava apenas começando – um verão que, pela primeira vez em muitos anos, não estava associado a uma onda de ansiedade. Bem, ou *quase* isso. Havia, é claro, a dúvida constante do que estaria mantendo John longe de casa. Ele deveria ter voltado em março ou, no máximo, em abril. Mas John viria assim que pudesse. Disso Eve estava certa. Enquanto isso, ela apreciava os arredores e suas companhias com tranquila satisfação.

Tia Mari nem olhava para as próprias mãos, ocupadas com as agulhas. Em vez disso, observava as crianças com um sorriso afetuoso no rosto enrugado. Eve sentiu uma onda de ternura por ela. A tia passara quarenta anos trabalhando no fundo de uma mina de carvão, puxando vagonetes por seus corredores, até que o marido dela – tio do pai de Eve – morrera e o pai da jovem lhe oferecera uma pequena pensão. Eve persuadira a tia-avó a ir morar no solar da família havia pouco mais de um ano, quando o pai ficara muito doente.

Davy, de 7 anos, estava concentrado em colher as flores, o cenho franzido no rosto magro, como se a tarefa fosse algo de extrema importância. Logo atrás dele, como sempre, a irmã, Becky, de 5 anos, cantarolava desafinada e colhia flores com bem menos concentração, mas com um prazer muito mais evidente. Parecia uma criança que se sentia segura. Se ao menos Davy conseguisse aprender a relaxar como a irmã, se deixasse de lado a aparência séria, tensa, que o fazia parecer anos mais velho... Mas isso acabaria acontecendo, disse Eve a si mesma, só precisava ter paciência. Não era mãe de nenhum dos dois, embora ambas as crianças estivessem morando com ela fazia sete meses. Não tinham mais ninguém.

Muffin estava mais adiante, perto do córrego, com três patas apoiadas precariamente em três pedras, a quarta dobrada sob a barriga e o focinho apenas um centímetro acima da superfície da água. Ele não estava bebendo. Muffin se via como um cão pescador premiado, embora jamais houvesse conseguido pegar um girino que fosse. Cachorro tonto!

O pequeno Benjamin Rice subiu cambaleando até a mãe, com um punhado de pétalas de azaleia e de jancintos firmemente apertado em uma das mãos. Thelma se inclinou para pegá-las nas mãos em concha, como se fossem um tesouro raro e precioso – o que de fato eram.

Eve sentiu uma ponta de inveja daquele amor de mãe, mas logo afastou o sentimento – não era digno. Considerava-se um dos seres humanos mais afortunados que conhecia. Morava naquele sonho de lugar, estava cercada por pessoas a quem amava e por quem era amada e a solidão de sua juventude ficara no passado distante. Dentro de uma semana, faria um ano da morte do pai e ela poderia abandonar o meio-luto e voltar a usar roupas *coloridas* outra vez. Mal podia esperar. Logo – a qualquer momento – John estaria de volta, e ela finalmente poderia admitir para o mundo que estava apaixonada, apaixonada, apaixonada. Seria capaz de sair girando pelo campo só de pensar naquilo, como uma garota exuberante, mas se contentou apenas em sorrir.

E então havia ainda outra perspectiva para tornar sua felicidade mais completa. Percy voltaria para casa. Ele avisara em sua última carta que tiraria uma licença assim que pudesse, e agora com certeza já seria possível. Pouco mais de uma semana antes, Eve ouvira a excelente notícia de que Napoleão Bonaparte se rendera às tropas aliadas na França e que a longa guerra enfim terminara. James Robson, vizinho de Eve, fora pessoalmente até Ringwood assim que soubera da novidade, pois sabia a importância que teria para Eve – era o fim dos anos de preocupação com a segurança de Percy.

Eve se inclinou para pegar mais jacintos. Queria colocar um vaso de flores em cada cômodo da casa. Eles celebrariam a primavera, a vitória, a segurança e o fim do luto com muita cor e perfume. Só *faltava* John dar notícias.

– Quem está pronto para comer? – convidou tia Mari, alguns minutos mais tarde, com seu forte sotaque galês. – Estou exausta só de ficar olhando vocês.

– Eu! – gritou Becky, saltando feliz na direção da cesta e pousando as flores que colhera ao lado de tia Mari. – Estou faminta!

Davy endireitou o corpo, mas ficou onde estava, parecendo indeciso, como se desconfiasse de que a oferta pudesse ser retirada caso ele se movesse.

Muffin subiu do córrego latindo e sacudindo o corpo, suas orelhas – a boa e a que estava pela metade – em pé.

– Você também deve estar com fome, Davy. – Eve foi até ele e passou o braço livre pelos ombros magros do menino, levando-o junto com ela. – Como você é trabalhador! Colheu mais flores do que qualquer um de nós.

– Obrigado, tia Eve – disse o garoto, em um tom sério. Ele ainda falava o nome dela com constrangimento, como se fosse uma impertinência se dirigir a Eve com tanta familiaridade.

Davy e Becky não tinham nenhum parentesco com Eve, a não ser por uma tênue ligação por casamento de um parente dela, mas como poderia permitir que duas crianças crescessem em sua casa dirigindo-se a ela como *Srta. Morris*? Ou a tia Mari como *Sra. Pritchard*?

Thelma estava rindo. Com flores em um dos braços e Benjamin no outro, não tinha como impedir que o filho puxasse para trás a touca que ela usava.

Tia Mari abrira a cesta e estava retirando pãezinhos frescos, que haviam sido cuidadosamente enrolados em uma toalha de chá. O cheiro de fermento dos pães, somado ao do frango frito, fez Eve notar como estava faminta. Ela se ajoelhou na manta que Davy e Becky haviam aberto sobre a relva e se encarregou da grande jarra de limonada.

Os cerca de dez minutos que se seguiram em que todos comeram praticamente em silêncio foram a comprovação de quanto haviam trabalhado duro e também do talento culinário da Sra. Rowe, a cozinheira. Por que a comida sempre parecia muito mais apetitosa ao ar livre?, perguntou-se Eve, limpando os dedos engordurados em um guardanapo de linho depois de devorar o segundo pedaço de frango.

– Acho melhor – disse tia Mari – arrumarmos tudo e voltarmos para casa com as flores, antes que elas murchem. Se alguém puder passar a minha bengala, vou levantar esses velhos ossos da cadeira assim que guardar a lã e as agulhas na bolsa.

– Ah, temos que ir? – perguntou Eve com um suspiro, enquanto Davy se apressava em entregar a bengala a tia Mari.

Mas naquele momento alguém chamou seu nome.

– Srta. Morris! – gritou a voz, urgente e ofegante. – Srta. Morris!

– Ainda estamos aqui, Charlie. – Ela se virou para encarar o jovem robusto e de rosto saudável, que chegava pesadamente à beira do vale, vindo da direção da casa, e descia correndo até eles, em seu jeito nada gracioso. – Venha devagar, ou acabará escorregando e se machucando.

Embora não precisasse de mais criados, Eve contratara o rapaz meses antes, para fazer pequenas tarefas na casa, no estábulo e no parque. Ninguém mais quisera oferecer emprego a Charlie após a morte do pai dele, o ferreiro da cidade, porque o consideravam abobado. O próprio pai costumava dizer que ele era um fardo inútil. Eve, no entanto, jamais conhecera alguém tão disposto a trabalhar e agradar como Charlie.

– Srta. Morris. – Ele estava arfando e com o rosto vermelho quando finalmente chegou perto o bastante para dar o recado.

Sempre que se pedia a Charlie para realizar alguma tarefa, ele se comportava como se precisasse anunciar o fim do mundo, ou algo de importância similar.

– Fui mandado. Pela Sra. Fuller. Para dizer que volte para casa. – Ele lutava para recuperar o fôlego entre cada frase curta.

– Ela disse o motivo do pedido, Charlie? – Eve se levantou sem pressa e sacudiu a saia. – Já estávamos todos a caminho de casa, de qualquer modo.

– Chegou alguém – disse o rapaz. Ele ficou completamente imóvel, os pés grandes bem afastados um do outro, o cenho franzido em rugas de concentração, esforçando-se para recordar algo. – Não consigo lembrar o nome dele.

Eve sentiu um frio na barriga de pura empolgação. *John?* Mas já se desapontara tantas vezes nos últimos dois meses que era melhor não considerar essa possibilidade. Na verdade, ela até começava a se perguntar se ele realmente apareceria, se algum dia tivera a intenção de vir. Mas como não estava preparada para aceitar uma conclusão tão drástica, Eve a afastou da mente.

– Ora, não se preocupe – disse ela em um tom animado. – Ouso dizer que iremos descobrir em breve. Obrigada por trazer o recado tão prontamente, Charlie. Você se incomodaria de levar a cadeira da Sra. Pritchard de volta para casa e depois vir buscar a cesta?

Ele sorriu diante da perspectiva de se fazer útil e se colocou de prontidão para pegar a cadeira no momento em que tia Mari ficasse de pé. Então se voltou para Eve com uma expressão iluminada e triunfante.

– Ele é militar – informou Charlie. – Eu o vi antes que a Sra. Fuller me mandasse chamar a senhora e ele estava usando um daqueles uniformes com coisas vermelhas.

Militar.

– Ah, Eve, meu amor – disse tia Mari, mas Eve nem sequer a ouviu.

– *Percy!* – gritou ela, empolgada.

A cesta, as flores e as pessoas ao redor foram esquecidas. Eve ergueu as saias com ambas as mãos e começou a subir correndo a encosta, deixando a tia, Thelma e Charlie a juntarem as crianças e as flores.

O caminho até o solar não era longo, mas a maior parte dele era de subida. Eve mal percebeu isso. Assim como também não se deu conta de Muffin correndo e arfando em seus calcanhares a cada passo. Ela chegou rapidamente ao topo, passou correndo pelas árvores, contornou o lago de nenúfares e subiu a ladeira que levava aos estábulos. Passou pelas várias construções da propriedade, atravessou a varanda com pavimento de pedras e alcançou as portas da frente da casa. Quando por fim entrou de supetão no vestíbulo, estava ruborizada, ofegante e provavelmente com a aparência muito desarrumada, até mesmo negligente. Mas não se importava nem um pouco, e Percy não se importaria.

Aquele velhaco! Ele não dissera uma palavra sobre estar voltando. Mas isso não importava. E era maravilhoso ser surpreendida – ao menos quando as surpresas eram *boas*. Percy voltara para casa!

– Onde está ele? – perguntou Eve a Agnes Fuller, a governanta, que esperava no vestíbulo, grande, firme, com o rosto fino e as feições severas.

Era mesmo típico de Percy fazer suspense, em vez de encontrá-la ali, levantá-la no ar e dar um abraço de urso na irmã.

– Na sala de visitas – disse Agnes, apontando com o polegar para a direita. – Quanto a você, cachorro, lá fora até essas patas estarem limpas! É melhor subir primeiro, minha ovelhinha, e lavar seu...

Mas Eve não a ouviu. Saiu em disparada pelo piso quadriculado do vestíbulo, abriu a porta da sala de visitas e entrou apressada.

– Seu velhaco! – gritou, desfazendo o laço da fita que prendia o chapéu.

Então Eve ficou paralisada, sentindo uma enorme vergonha se abater sobre ela. Não era Percy. Era um estranho.

Ele estava de pé perto da lareira apagada, mas de frente para a porta. Parecia ocupar metade do cômodo. O homem devia ter mais de 2 metros de altura, usava uniforme completo do regimento: o casaco escarlate e os detalhes em dourado imaculados, a calça muito branca, as botas da cavalaria – que lhe chegavam aos joelhos – brilhando, muito bem engraxadas. Ao lado do corpo, cintilava a espada guardada na bainha. Era imponente, forte, firme, com um ar ameaçador. Tinha uma expressão implacável nas feições marcadas, acentuada pelas sobrancelhas e cabelos escuros. Era um rosto severo, com olhos duros, quase negros, um nariz grande e aquilino e lábios finos de aparência cruel.

– Ah, por favor, perdoe-me – disse Eve, horrorizada, de repente se dando conta de sua má apresentação.

Ela tirou o chapéu – seu velho chapéu já disforme – e o segurou ao lado do corpo. Imaginou que seus cabelos deviam estar amassados e desarrumados. E com certeza devia ter pétalas e pedaços de grama por toda a roupa. Além de marcas de terra no rosto. *Por que* não parara para perguntar a Agnes quem era o militar que aparecera para visitá-las? E *por que* o homem estava ali?

– Pensei que encontraria outra pessoa.

O homem a encarou por um longo instante antes de se inclinar em uma mesura.

– Srta. Morris, eu suponho? – disse.

Ela inclinou a cabeça retribuindo o cumprimento.

– O senhor tem uma vantagem sobre mim – falou Eve. – O criado que foi me buscar havia esquecido seu nome.

– Coronel Bedwyn, a seu dispor, madame – apresentou-se.

Eve reconheceu o nome na mesma hora. Poderia até completar as informações. Era o coronel lorde Aidan Bedwyn, o oficial superior de Percy. Se ela já se sentia profundamente mortificada antes, agora teve vontade de que um buraco se abrisse sob seus pés e a engolisse.

Mas Eve não demorou muito a se dar conta de que o embaraço era a menor de suas preocupações. O homem era o *oficial superior de Percy.* E estava parado na sala de visitas do Solar Ringwood usando seu uniforme completo, formal. Não havia necessidade de perguntar por que o coronel estava ali. Naquele instante, Eve *soube.* E sentiu a cabeça ficar gelada de repente, como se todo o sangue sumisse. Até mesmo o ar que saía de suas narinas parecia feito de gelo. Sem perceber, Eve deixou o chapéu cair no chão, tateou às suas costas até encontrar a maçaneta, segurou-a com força e fechou a porta com ambas as mãos.

– O que posso fazer pelo senhor, coronel? – Eve ouviu a própria voz como se estivesse vindo de algum lugar muito distante.

O coronel Bedwyn a encarou com firmeza, o rosto inexpressivo.

– Sou portador de más notícias – disse. – Há alguém que gostaria de chamar?

– Percy? – O nome do irmão saiu em um sussurrou.

Podia muito bem imaginar aquele homem brandindo a lâmina de metal fria e pesada que trazia ao lado do corpo, pensou uma parte distante da mente de Eve. Matando com aquela espada.

– Mas as guerras estão terminando. Napoleão Bonaparte foi derrotado. Ele se rendeu.

– O capitão Percival Morris caiu em combate em Toulouse, no sul da França, no dia 10 de abril – informou o coronel. – Ele morreu como um herói, madame. Lamento profundamente a dor que essa notícia lhe causará.

Percy. Seu único irmão, a única pessoa que idolatrara durante a infância, que adorara desesperadamente quando moça, quando ele era rebelde, impetuoso e estava em constante conflito com o pai. O irmão a quem amara sem reservas durante os longos anos em que ele esteve ausente por ter usado o inesperado legado deixado para ele pelo tio-avô materno para comprar uma patente no regimento da cavalaria. Ele que lhe retribuíra amando-a com alegria e generosidade. Eve recebera uma carta que ele enviara – da França – fazia apenas duas semanas.

O capitão Morris caiu em combate...

– Quer se sentar? – O coronel se aproximara, embora não a tocasse. Ele pairava acima dela, enorme, sombrio e ameaçador. – Está muito pálida. *Posso* chamar alguém para ajudá-la, madame?

– Ele morreu?

Percy morrera fazia quase um mês e ela não soubera. Nem sequer sentira nada. Ele já havia morrido fazia duas semanas quando ela lera aquela última carta, e mais de duas semanas quando James lhes dera a notícia da vitória e Eve sentira um enorme alívio.

– Ele sofreu? – Pergunta tola.

– Acho que não, madame – disse o coronel.

Ele não se afastara e Eve se sentia sufocada, privada de ar e de espaço. Aquele homem devia ser muito assustador quando montado sobre um cavalo, com a espada na mão.

– Com frequência os homens que estão à beira da morte entram em um bem-vindo estado de choque que os impede de sentir a dor dos ferimentos.

Acredito que o capitão Morris tenha sido um desses homens. Ele não parecia estar com dor e não falou disso.

– *Falou?* – Eve levantou os olhos ansiosos para o coronel. – Ele falou? Com o senhor?

– As últimas palavras, os últimos pensamentos do capitão Morris foram para a senhorita – disse ele, inclinando a cabeça. – Ele me implorou que lhe desse a notícia eu mesmo.

– Foi extremamente gentil de sua parte honrar um pedido desses – disse Eve, dando-se conta de como era estranho que o oficial superior de Percy fosse pessoalmente até a casa deles, saindo do sul da França, para informar a morte do subordinado.

– Devo a minha vida ao capitão Morris – explicou o coronel. – Ele me salvou em um ato de extraordinária coragem, colocando a si mesmo sob considerável risco, dois anos atrás, na Batalha de Salamanca.

– Percy disse mais alguma coisa?

– Ele pediu que a senhorita não usasse preto por ele – falou o coronel. – Acho que acrescentou ainda que a senhorita já passou muito tempo de luto.

Ele abaixou os olhos para o vestido cinza que Eve usava e que ela tão ansiosamente esperava trocar, ainda naquela semana, por algo mais colorido, mais de acordo com a estação. Mas isso já não importava.

O irmão se fora. Para sempre.

Eve sentia-se engolfada pela dor, cegada e ensurdecida por ela, derrotada pela insuportável agonia da perda.

– Madame? – O coronel deu outro pequeno passo para a frente e estendeu a mão como se fosse segurá-la pelo braço.

Ela se esquivou.

– Mais alguma coisa?

– Ele me pediu para protegê-la – disse Bedwyn.

– Para me *proteger*?

Eve ergueu os olhos para o rosto dele de novo. Parecia esculpido em granito, pensou. Sem calor, sem expressão, sem sentimento. Se havia uma pessoa por trás daquela fachada militar dura, Eve não percebera nenhum sinal dela. Embora talvez estivesse sendo injusta. O coronel se aproximara como se quisesse ajudá-la e lhe estendera a mão num gesto protetor. E ele *fora* até ali, vindo do sul da França, para pagar a dívida que tinha com Percy.

– Aluguei um quarto na hospedaria Three Feathers, em Heybridge – informou o coronel. – Ficarei lá até amanhã, madame. Na próxima vez que eu vier até aqui, a senhorita poderá me informar como posso lhe ser útil. Creio que, no momento, precise da assistência de pessoas mais próximas. Está em choque.

Ele se afastou dela para puxar a corda ligada à sineta ao lado da porta. Ela *estava* em choque? Sentia-se perfeitamente no domínio de si mesma. Chegou mesmo a se perguntar se aquela sineta ainda funcionava, já que não conseguia se lembrar da última vez que fora usada. Também se deu conta de que se a sineta *realmente* funcionasse e se Agnes *realmente* atendesse, ela, Eve, teria que se mover. Ainda estava apoiada na porta, as mãos agarradas à maçaneta como se a própria vida dependesse disso. Não achava que conseguiria se mexer mesmo que tentasse. O Universo se faria em milhões de fragmentos. Talvez realmente não estivesse tão dona de si quanto pensava.

Percy tinha morrido.

Agnes atendeu ao chamado quase imediatamente. O coronel segurou Eve com firmeza pelo braço bem a tempo de afastá-la quando a porta foi aberta.

– Há alguém que possa chamar para ajudar a Srta. Morris? – perguntou ele, embora na verdade as palavras soassem mais como um comando ríspido do que um pedido cortês. – Se houver, faça isso imediatamente.

Agnes, em seu modo típico, apenas virou a cabeça e gritou.

– Charlie? Char-*lie*, está me ouvindo? Deixe essa cadeira no chão e corra para chamar a Sra. Pritchard. Diga para se apressar. A Srta. Morris precisa dela. *Agora!*

– A senhorita deve se sentar antes que desmaie – orientou o coronel. – Até seus lábios estão sem cor.

Obediente, Eve afundou na cadeira mais próxima e ficou ali, muito ereta, as costas mal tocando o encosto, as mãos apertadas com força, dolorosamente, no colo. Pobre tia Mari, pensou – *diga para se apressar.* Então ela ouviu o eco de algo que o coronel dissera um ou dois minutos antes.

... a senhorita poderá me informar como posso lhe ser útil.

– Não há nada que possa fazer por mim, coronel – disse ela. – Não há necessidade de se sujeitar aos desconfortos de uma hospedaria no campo. Mas agradeço sinceramente a sua oferta. E também lhe agradeço por ter feito a longa viagem até aqui. O senhor foi muito gentil.

Como era possível, perguntou-se Eve, observando Agnes pegar o chapéu que caíra no chão e, franzindo o cenho, segurá-lo junto ao peito, que conseguisse dizer palavras educadas e comuns quando *Percy estava morto*? Ela sentiu a dor aguda das unhas que se cravavam nas palmas das mãos.

– O conforto da mais humilde estalagem do campo parece um luxo para um homem que acaba de voltar de uma campanha militar, madame – disse ele. – Não precisa se preocupar comigo.

Não oferecera nada para ele beber nem comer, lembrou-se Eve no minuto ou dois de silêncio que se seguiram, enquanto Agnes a encarava, e o coronel Bedwyn mantinha o olhar longe. Ele voltara a se posicionar perto da lareira. Ela nem sequer o convidara a sentar.

Tia Mari, ainda de chapéu, entrou caminhando pesadamente na sala antes que qualquer conversa pudesse ser retomada, a bengala deixando marcas no chão, os olhos arregalados de dor, como se ela já houvesse compreendido do que tudo aquilo se tratava. Charlie provavelmente se superara ao transmitir uma sensação de tragédia. Eve cambaleou ao ficar de pé.

– A Srta. Morris precisa da senhora, madame – disse o coronel Bedwyn sem esperar qualquer apresentação. – Lamento, mas fui o portador de notícias tristes sobre o irmão dela, o capitão Percival Morris.

– Ah, minha pobre querida.

Tia Mari foi direto até Eve e a tomou nos braços. Sua bengala caiu no chão. Exausta, Eve descansou a cabeça no ombro ossudo da tia por um instante, permitindo-se o conforto do toque humano de alguém familiar, alguém que a amava, que tornaria tudo mais fácil se fosse possível. Mas ninguém poderia tornar aquela situação mais fácil. Ninguém poderia trazer Percy de volta. A infelicidade a envolveu como uma nuvem escura.

Quando Eve voltou a erguer a cabeça, os olhos da tia estavam marejados e os lábios apertados, em um esforço para controlar as próprias emoções. Muffin estava parado aos pés dela, balançando seu rabo muito curto, parecendo comovido. Agnes permanecia no mesmo lugar, agarrada ao chapéu de Eve e parecendo disposta a enfrentar até um dragão, caso alguém lhe apontasse onde. Thelma também estava lá, com uma expressão preocupada nos olhos, mas não havia sinal das crianças. A babá Johnson provavelmente as levara para o andar de cima.

O coronel lorde Aidan Bedwyn se fora.

CAPÍTULO II

A cama dele na hospedaria Three Feathers era dura; o travesseiro, cheio de grumos; a cerveja, insípida; a comida, ruim; o serviço, lamentável; a taverna, barulhenta, e faltava certo asseio em tudo, embora o estabelecimento não fosse exatamente sujo. Se ele estivesse em qualquer outro lugar que não fosse a Inglaterra – onde sua cabeça sempre o remetia a antigos padrões de qualidade –, Aidan talvez houvesse considerado estar no berço do luxo. Mas como estava em território britânico, sentia-se profundamente irritado e desejava de todo o coração poder ir para Lindsey Hall, em Hampshire, a casa de campo do irmão mais velho, o duque de Bewcastle, onde com certeza seria mimado pelo restante do seu tempo de licença.

Mas antes ele precisava completar sua missão com a irmã do capitão Morris, e ainda não tinha ideia de quanto demoraria, ou o que poderia fazer além de oferecer conforto a ela em mais uma ou duas visitas. A Srta. Morris lhe dissera que não havia nada que pudesse fazer por ela, mas é claro que falara isso em um momento de profundo choque. O próprio Bedwyn ainda se sentia um tanto chocado pela mudança que a Srta. Morris sofrera em poucos minutos – em um instante estava vibrante, corada, os olhos brilhantes, uma bela jovem, apesar das roupas simples e quase desalinhadas que usava e da aparência geral desarrumada, como alguém que estivera ocupada em alguma atividade ao ar livre; no minuto seguinte, ela se tornara uma versão fantasmagórica, pálida e apática de si mesma. E fora ele quem provocara a mudança. Ah, a força das palavras! Nunca fora muito bom com elas.

Quando Bedwyn voltou ao Solar Ringwood, na manhã seguinte, a pé e não a cavalo dessa vez, pois descobrira que a distância da estalagem para a casa era de menos de 2 quilômetros, sentia-se mais relaxado para apreciar os arredores. Afinal, já não estava preocupado com a parte mais desagradável de sua missão ali. Comunicar uma morte provavelmente era uma das tarefas mais infelizes de que alguém podia ser incumbido. Ele já fizera a mesma coisa por carta em várias ocasiões, mas jamais se vira obrigado a cumprir a missão em pessoa.

A propriedade Ringwood era bonita, com um solar antigo e agradável, o parque de bom tamanho e belamente arrumado. Parecia bastante próspero, embora as aparências muitas vezes enganassem. O capitão Morris, que não parecia ter nenhum vício caro, como beber e apostar, não pudera comprar patentes mais altas, como fizera a maioria de seus pares. Ringwood talvez estivesse hipotecada até o último fio de cabelo. Seria *esse* o problema da irmã dele?

Mas será que a propriedade seria dela de fato? A quem pertenceria agora? O pai estava morto – Aidan descobrira isso no dia anterior. O capitão Morris a teria herdado? Poderia passá-la para a irmã?

Enquanto subia o caminho que levava ao solar, as botas rangendo no cascalho, Aidan viu que havia pessoas no gramado diante da casa. Três eram mulheres – duas estavam de pé e uma sentada em uma cadeira. Também havia três crianças, todas sentadas no gramado. A mulher sentada tinha um livro aberto nas mãos. Ou lia para as crianças ou lhes dava aula. Devia ser a preceptora, concluiu Aidan. Havia passado por ela ao deixar a casa no dia anterior, recordou-se. As duas mulheres de pé, observando, eram a Srta. Morris e a senhora mais velha que fora confortá-la na véspera – esta se apoiava em uma bengala, como no dia anterior. Uma das crianças levantou os olhos e apontou na direção dele. As duas mulheres se viraram para olhar.

Por um instante, pareceu que a Srta. Morris não o reconhecia. Aidan usava roupas civis. Ele saiu da passagem de cascalho para cortar caminho pela relva, e as duas mulheres vieram encontrá-lo. Aidan percebeu que a Srta. Morris estava pálida e com olheiras, provavelmente por não ter conseguido dormir bem, mas estava composta.

– Coronel? – Ela deu um sorriso cansado. Era alta, o corpo esguio e gracioso, membros longos, cabelos castanhos e olhos cinza. Naquele dia parecia frágil e usava roupas muito simples. – Bom dia. Que gentileza sua voltar a nos visitar. Não estou certa se, ontem, agradeci devidamente sua gentileza por vir me dar a notícia. Teria sido muito pior saber através de uma carta.

Ela falava com uma cadência suave, que fazia as palavras soarem musicais.

– Bom dia, madame. – Aidan se inclinou em um cumprimento. – Fico satisfeito ao vê-la recuperada, tomando ar fresco.

A Srta. Morris segurava um xale ao redor dos ombros, com ambas as mãos, mesmo o dia estando quente.

– Pode me dar a honra de apresentá-lo à minha tia-avó? – perguntou ela. – Sra. Pritchard, coronel. Este é o coronel lorde Aidan Bedwyn, tia Mari.

Ah, então ela sabia o nome e a patente dele? Aidan se inclinou novamente.

– Estou encantada em conhecê-lo, coronel – disse a tia. – Só gostaria que a razão por trás desse encontro não fosse tão triste. – Ela falava com um sotaque galês tão forte que Aidan teve que se esforçar para compreender o que dizia.

– Penso da mesma forma, madame – disse ele.

– Posso lhe oferecer um lanche? – perguntou a Srta. Morris, gesticulando na direção da casa. – Creio que negligenciei meus deveres de anfitriã ontem.

– Eu preferia caminhar com vocês aqui fora – disse ele.

– Preciso entrar para descansar as pernas, meu amor – falou a Sra. Pritchard à sobrinha.

A Srta. Morris assentiu e Aidan se virou para caminhar ao lado dela pela relva, indo em direção a um pitoresco lago de nenúfares com um bosque mais além. Mas eles não haviam dado mais de dez passos quando ela parou e se virou ao ouvir o som de latidos. Um cão marrom, de raça indistinta, talvez meio terrier, veio correndo de onde as crianças estavam sentadas, latindo com animação e gingando de um jeito esquisito. Ele corria basicamente em três patas, percebeu Aidan, quando o animal se aproximou. A quarta estava retorcida para trás. Era um vira-lata com uma orelha e meia e apenas um olho e o corpo coberto por tufos de pelos em certos pontos, intercalados com áreas sem pelo algum. Ele parou ao alcançá-los e cumprimentou a Srta. Morris cheirando a mão dela e logo erguendo a cabeça e esticando o pescoço. O cão arfou em êxtase quando ela o acariciou sob o queixo.

– Quase perdeu a chance de uma caminhada, Muffin? – perguntou ela. Então ergueu os olhos para Aidan, com uma expressão de quem quase se desculpava pelo animal. – Ele não ganharia prêmios em uma exposição de cães, não é? Mas é muito precioso mesmo assim.

Aidan não fez nenhum comentário. O cão parecia ter perdido uma briga com um urso. O animal o encarou com aquele único olho e latiu. Depois de marcar seu protesto diante da presença do estranho, Muffin passou a bambolear ao lado dos dois, que retomaram a caminhada.

Aidan não perdeu tempo com assuntos banais. Seria insensível da parte dele entabular uma conversa sobre o tempo, ou qualquer outra amenidade, com uma mulher de luto.

– Seu irmão foi muito insistente, madame – disse Aidan –, quanto à minha promessa de protegê-la. Ele não teve tempo de se explicar, mas havia uma clara urgência no pedido. Por favor, diga-me como posso lhe ser útil.

– Já fez isso – disse ela. – Cumpriu sua obrigação, coronel, e estou profundamente grata. Fico ainda mais aliviada do que pode imaginar por saber que ele não sofreu dores terríveis.

Seria impertinente da parte dele insistir depois de ela dispensar qualquer ajuda com tanta firmeza. Ele era, é claro, um completo estranho para a Srta. Morris, assim como ela era para ele. Mas o capitão Morris gastara sua última reserva de energia exigindo uma promessa de um homem que ele sabia que não a quebraria nem fugiria dela, mesmo se pudesse.

– Ringwood era do seu irmão? – perguntou Aidan.

– Não – respondeu a Srta. Morris prontamente, sem deixar dúvidas. – É minha. Meu pai a deixou para mim. Não era um bem que o filho mais velho obrigatoriamente herdasse, e Percy e meu pai ficaram afastados por muitos anos antes da morte de papai. Ele queria que Percy ficasse em Ringwood e aprendesse a ser o que ele chamava de "um membro ativo da nobre classe dos senhores de terra". Mas Percy queria seguir a carreira militar e, quando herdou um dinheiro de nosso tio-avô, usou-o para comprar uma patente.

Aquilo talvez explicasse a aparente pobreza de Morris. Então o problema não era o que Aidan temera. A tarefa dele não seria ajudar a jovem a deixar a casa, depois acompanhá-la a um novo lugar e ajudá-la a se acomodar em outro modo de vida. Isso ao menos era um alívio.

– Parece ser uma propriedade próspera – comentou ele, indo mais fundo na impertinência.

– É, sim.

Ela parou para pegar um graveto da boca do cão e jogá-lo para que ele fosse atrás. E não se estendeu mais na resposta.

– Onde Percy está enterrado? Em Toulouse?

– Sim – respondeu Aidan. – Junto com dois outros oficiais. O capelão do nosso regimento conduziu os ritos funerários. Foi uma cerimônia adequada, formal e digna. Eu estava lá. O túmulo está identificado e será bem cuidado. Já me certifiquei disso.

– Obrigada – disse a Srta. Morris.

Não devia haver mais nada a dizer. Ela não parecia precisar de nada material da parte dele – ou, se precisava, não o admitiria. E podia contar com a tia para confortá-la durante o período de luto. Também havia a jovem preceptora das crianças – fossem elas filhas de quem fossem. A Srta. Morris provavelmente tinha muitos amigos e vizinhos que iriam se reunir para lhe dar apoio. E não precisava de mais conforto de um estranho. De qualquer modo, ele não era bom em confortar ninguém. Era oficial do exército fazia mais de doze anos, desde que tinha 18. Todas as emoções delicadas que um dia pudessem ter feito parte de sua natureza haviam secado muito tempo antes, por falta de uso.

Mas ele fizera aquela promessa solene, que incluíra palavras particularmente perturbadoras – *Custe o que custar.* Aidan sabia que não teria sossego caso não fizesse nada pela irmã do capitão Morris além de lhe dar a notícia da morte do irmão.

– Tem família na Inglaterra, coronel? – perguntou ela.

– O duque de Bewcastle é meu irmão – falou ele. – Tenho dois outros irmãos e também duas irmãs, além de outros parentes no país.

– Tem sobrinhos ou sobrinhas? – perguntou a Srta. Morris.

Aidan balançou a cabeça, negando.

– Nenhum de nós é casado.

Freyja chegara bem perto, duas vezes, com dois irmãos. Um morrera e o segundo se casara com outra. De acordo com Rannulf, que escrevera uma carta longa e divertida sobre o mais recente desastre, Freyja não ficara nada satisfeita. Aidan sabia que isso na verdade significava que ela ficara furiosa!

– O senhor deve estar ansioso para reencontrar todos – comentou a Srta. Morris. – E eles para reencontrá-lo. Seu tempo de licença é longo?

– Dois meses.

– É tão pouco tempo. Não deve desperdiçá-lo aqui. Estou realmente muito agradecida por ter me concedido dois dias.

Apesar da graciosidade das palavras, Aidan percebeu que ela o estava dispensando. Sua dívida fora paga com muita facilidade, no fim das contas. Até demais. Mas não havia mais nada que pudesse fazer.

A Srta. Morris se virou na direção da casa depois que eles deram a volta no lago de nenúfares. Tudo já fora dito. Ela esperava que ele partisse. De um modo geral, Aidan supunha estar feliz com isso. *Muito* feliz. Mas também estava desconfortável.

Se ele se apressasse a voltar para a hospedaria depois de acompanhá-la até em casa, estaria bem adiantado em seu caminho de casa antes que escurecesse. Ele ansiava por rever a família, embora boa parte dela talvez estivesse em Londres, para participar da temporada de eventos sociais. O próprio Bewcastle provavelmente não estaria em sua propriedade, já que o Parlamento devia estar em sessão. Mas, acima de tudo, Aidan queria simplesmente voltar para casa. Fazia três anos desde sua última licença, que havia sido bem curta.

– Adeus, coronel. – A Srta. Morris parou quando eles chegaram perto da varanda do solar e estendeu a mão esguia para ele. – Desejo que faça uma boa viagem para casa e que aproveite sua licença. Estou certa de que merece cada momento dela. Ontem não deve ter sido fácil para o senhor. Leve consigo minha gratidão.

Ele pegou a mão dela e se inclinou.

– Adeus, madame – disse. – O capitão Morris foi um herói. Espero que possa encontrar conforto nisso, quando o sofrimento pela sua perda abrandar um pouco.

Ela sorriu, os lábios muito pálidos e os olhos tristes. O cachorro deixou escapar um rosnado baixo quando as mãos de ambos se tocaram. Aidan se virou e desceu na direção do caminho de cascalho, passando pela preceptora e pelas crianças. Finalmente poderia começar a aproveitar sua licença.

Mas talvez fosse carregar para sempre aquela incômoda sensação de não ter cumprido toda a sua promessa. O capitão Morris tinha tanta urgência na voz quando fez o pedido...

Prometa que irá protegê-la. Prometa! Custe o que custar!

O homem com certeza estava pensando em *alguma coisa.*

William Andrews, o ordenança de Aidan, trabalhava com ele fazia oito anos. Durante todas as dificuldades, todo o sofrimento das campanhas, incluindo os tediosos avanços e recuos que marcaram a Guerra Peninsular – chuva e lama, neve e frio, sol e calor, estalagens infestadas de pulgas, acampamentos insalubres a céu aberto –, durante tudo isso Andrews nunca ficara doente um único dia. Agora, de volta à temperada Inglaterra, de volta ao berço do luxo, por assim dizer, ele pegara um resfriado fortíssimo.

Quando Aidan voltara à hospedaria Three Feathers e convocara o ordenança para arrumar as malas e fazer os arranjos necessários para que o cavalo estivesse preparado para a viagem dentro de uma hora, Andrews apareceu com o nariz muito vermelho, as pálpebras pesadas, os olhos lacrimejantes, uma voz nasalada que lembrava um grasnado baixo e grave, os passos arrastados e um ar de mártir.

– Que diabo o atingiu? – perguntou Aidan.

– Estou com um leve resfriado – explicou Andrews. Ele fungou pateticamente, então espirrou e se desculpou. – O que *bosso* fazer *belo* senhor?

Aidan encarou o ordenança com a expressão severa, praguejou e mandou o homem deitar-se, tomar alguma coisa que o fizesse suar até expelir aquela febre e não sair da cama até a manhã seguinte. Embora Andrews tivesse olhado para o patrão com uma expressão de rebeldia impotente e aberto a boca para protestar, acabou pensando melhor e preferiu não discutir, apenas se retirou com uma aparência infeliz, espirrando e desculpando-se antes de fechar a porta.

E agora, que diabos ele faria?, perguntou-se Aidan. Ainda não era hora do almoço e todo o resto do dia parecia se estender tedioso e vazio diante dele. Sentar na taverna para confraternizar com os moradores da região? Explorar a "grande" Heybridge? Dar uma caminhada em ritmo acelerado ao longo da rua e voltar? Isso talvez gastasse dez minutos do tempo dele. Sair para uma longa cavalgada por uma das estradas rurais e voltar pela outra? Deitar na cama e ficar tentando formar imagens com as manchas do teto?

Estava faminto, percebeu Aidan de súbito. Já haviam se passado cinco horas desde que tomara o café da manhã, e ele não aceitara nada no Solar Ringwood. Na Three Feathers, a taverna era também onde se serviam as refeições. Não havia nada semelhante a uma sala de jantar particular. Ele desceu as escadas, pediu uma torta de rim com carne e uma caneca de cerveja e começou a conversar com o estalajadeiro e um grupo de clientes. Valia qualquer coisa para passar algumas horas sem morrer de tédio.

Não era surpresa que a principal notícia, sobre a qual toda a cidade falava, fosse a morte de Percival Morris. Todos sabiam que fora Aidan quem trouxera a notícia e o sondavam em busca de mais informações, contudo não eram impertinentes a ponto de fazerem perguntas diretas a um cavalheiro tão importante. Eles tinham um modo curioso de perguntarem um para o outro, ou para o vazio, e então esperar que Aidan respondesse.

– Me pergunto como exatamente o jovem Sr. Percival morreu – comentou um deles para a fumaça de cachimbo acima de sua cabeça.

– Imagino como são as grandes batalhas contra os franceses – instigou outro, encarando a cerveja em sua caneca.

– Todos vocês conheciam o capitão Morris? – perguntou Aidan depois de satisfazer a curiosidade deles fornecendo alguns detalhes sangrentos sobre a Batalha de Toulouse.

Ah, sim, com certeza, todos conheciam Morris, embora ele não viesse para casa fazia anos.

– Partiu o coração do pai, o rapaz, fugindo daquele jeito para ser pago com o dinheiro do rei – disse um deles, mostrando uma lastimável ausência de conhecimento de como um homem se tornava oficial da cavalaria.

Seguiu-se uma discussão acalorada questionando se o velho Morris tinha um coração que pudesse ser partido.

– Vejam o que ele fez com a própria filha, que cuidou dele *igual como* uma santa todos os *ano* que o pai *teve* doente – observou outro.

– Fez com a própria filha? – repetiu Aidan, o interesse despertado. Nem se incomodou em corrigir a gramática do homem.

– Sim – disse o mesmo homem que falara, balançando a cabeça e suspirando com tristeza dentro da caneca de cerveja.

Nenhuma outra explicação foi dada. O tema da conversa passou a ser a própria Srta. Morris e sua vocação para a santidade, que aparentemente se estendia além de cuidar de um pai enfermo por quatro ou cinco anos antes da morte dele – um pai que podia ou não ter coração. Entre outras coisas, parecia que ela começara e financiar uma escola na cidade, trouxera uma parteira para o lugar e pagara o salário da mulher, levara dois órfãos para viver em sua casa quando ninguém mais os queria e dera emprego a tipos que ninguém mais teria coragem de tocar nem que fosse com a ponta de uma vara - ao menos foi o que falou um dos homens, e ninguém o contradissera. Ao que tudo indicava, a Srta. Morris levava ao extremo a ideia de caridade cristã. E também devia ser muito abastada, concluiu Aidan.

– Mas ela também é muito fácil de ser ludibriada – disse o estalajadeiro, balançando a cabeça e afastando uma cadeira para acomodar seu largo traseiro em uma mesa vazia. – Muito cabeça oca. – Ele bateu na própria cabeça com um dedo, para ilustrar o que dizia. – Ela pagaria uma moeda de ouro por uma de 1 tostão se você lhe contasse uma história triste. Isso é tão certo quanto eu estar sentado aqui.

– É verdade. – Um dos ouvintes balançou a cabeça com tristeza.

– Se perguntarem a minha opinião – disse o dono do lugar, embora ninguém houvesse perguntando –, o velho Morris fez a coisa certa antes de bater as botas. As mulheres têm o coração mole demais para tocar sozinhas um lugar como Ringwood e para ter o controle dos cordões de uma bolsa tão funda como a dos Morris.

– Tive a impressão – comentou Aidan, relutando em mostrar abertamente sua curiosidade – que o Sr. Morris havia deixado Ringwood para a filha.

– Ah, ele deixou – confirmou o proprietário. – Mas o lugar passaria para o Sr. Percival depois de um ano. Agora que ele acabou sendo morto pouco antes desse ano terminar, o Sr. Cecil Morris vai acabar ficando com tudo. Não espero ver *Cecil Morris* mergulhado em tristeza pela morte do primo.

O velho Morris deixara a propriedade para filha por apenas um ano? E, agora que seu irmão morrera, o lugar iria para outro parente? Isso seria desagradável para a Srta. Morris, pensou Aidan, caso ela viesse tocando o lugar desde que o pai falecera. Mas ao menos o novo proprietário *era* um parente. Sem dúvida ela logo se ajustaria ao novo modo de vida.

Ainda assim, a Srta. Morris mentira para ele. Aidan ficou aborrecido. Ela poderia ao menos ter lhe contado que estava prestes a perder a propriedade. Só que ela não lhe devia essa explicação, admitiu Aidan com um suspiro silencioso. Aliás, a Srta. Morris não lhe devia nada. O débito estava todo do outro lado.

Proteção fora a palavra que o capitão Morris usara. Aidan se lembrou da mão do capitão puxando febrilmente a manga de seu casaco, o último ímpeto de um moribundo.

Prometa que irá protegê-la. Prometa! Custe o que custar!

Maldição! Haveria mais naquela história do que ele já sabia?

Os homens perto dele haviam entabulado uma longa discussão sobre o Sr. Cecil Morris, mas Aidan não estava ouvindo.

– Como era o Sr. Morris? – perguntou. Detestava ficar sondando informações com estranhos, mas tinha a sensação de que precisava saber mais. – Estou me referindo ao pai do capitão Morris.

– Ele? – disse um dos que bebiam. – Não era melhor que nenhum de nós, embora tivesse o nariz empinado o bastante para ser o rei da Inglaterra. Era mineiro de carvão no País de Gales, antes de se casar com a filha do dono da mina e ficar rico. Quando o sogro morreu, Morris vendeu a mina, ficou mais rico ainda, comprou a propriedade aqui e se estabeleceu como um cavalheiro. Ele fez com que o filho fosse criado como um cavalheiro e a filha, como uma dama, mas os dois o decepcionaram, o que foi bem feito. O Sr. Percival foi para as guerras, e a Srta. Morris não se casou com nenhum dos esnobes que ele quis empurrar para ela.

Ah, pensou Aidan. O leve sotaque galês estava explicado. Assim como a tia totalmente galesa.

– Ah, mas foi o conde de Luff que não deixou que o filho se casasse com *ela* quando Morris sugeriu – contou outro homem depois de mostrar ao taverneiro a caneca vazia. – Ela não teve chance de recusá-lo.

– Mas provavelmente teria – emendou o taverneiro, colocando-se de pé. – Nunca houve nada de esnobe na Srta. Morris.

Aidan também se pôs de pé. Acenou com a cabeça, despedindo-se com simpatia do estalajadeiro e dos outros, e voltou para o quarto. Resolvera sair para uma longa cavalgada. Precisava decidir o que fazer... e se faria alguma coisa. Seria uma profunda falta de educação voltar a Ringwood e começar a investigar de novo assuntos que diziam respeito à Srta. Morris. Mas – com muita relutância – Adam tinha que admitir que agora não poderia simplesmente voltar para casa na manhã seguinte.

CAPÍTULO III

Horas depois, naquela mesma tarde, Eve foi caminhando sozinha até o vilarejo. Tia Mari a teria acompanhado se ela houvesse usado a carruagem. Mas Eve precisava mais de ar fresco e de exercício do que de companhia – e, mais do que disso, precisava pensar e traçar planos.

O que todos eles iriam fazer? Um medo cego se apoderava dela. Eve vinha tentando com todas as forças, desde a manhã da véspera, se concentrar apenas no fato que realmente importava: a morte de Percy. Ela o amava tanto. Queria poder ficar de luto pela morte do irmão. Mas...

Mas ele morrera cedo demais.

Percy deixara um testamento que dizia que Eve ficaria com Ringwood. Mas a propriedade nunca chegara a ser dele. Continuaria a ser de Eve até que decorresse um ano do falecimento do pai deles. Agora, por ironia do destino, o lugar passaria às mãos do primo dela, Cecil, no dia do aniversário da morte do velho Morris. O testamento de Percy não tinha serventia. Ele morrera cedo demais. *Como se estivesse tudo ótimo caso meu irmão morresse depois*, pensou Eve com amargura.

Dali a cinco dias, todos os ocupantes de Ringwood estariam sem teto. *Todos*. Eve sentiu um frio de pânico no estômago. Se ao menos pudesse se concentrar apenas na própria situação, seria mais fácil encontrar uma saída – conseguir um emprego seria a mais óbvia delas. Mas não podia se dar ao luxo de pensar só em si mesma.

Eve atravessou a ponte de pedra em arco que cruzava o rio entre Ringwood e Heybridge e parou um instante para contemplar o fluxo suave da água, antes de entrar no vilarejo e se aproximar da residência do pároco local. Teria outros cinco dias para fazer planos. Podia reservar aquele dia para se concentrar em Percy. O irmão merecia isso da parte dela.

O reverendo Thomas Puddle estava em casa, descobriu Eve, quando ele mesmo atendeu à batida na porta. Mas sua governanta não estava, e o reverendo era um homem que observava com rigor as regras do decoro. Em vez de convidar Eve a entrar, ele sugeriu que ela o acompanhasse em um passeio pelo pátio da igreja. O reverendo, um homem jovem, magro, de cabelos ruivos e aspecto saudável, sempre ficava ruborizado e constrangido perto de Eve – assim como acontecia perto de todas as suas outras jovens paroquianas, muitas delas extremamente interessadas nele.

Thomas Puddle contou a Eve que estava prestes a sair para visitar Ringwood – havia passado dois dias fora e só ao chegar soubera da trágica morte do irmão dela. O reverendo passou algum tempo lamentando o fato com Eve, antes que começassem a discutir a cerimônia em memória de Percy que ela fora lhe pedir que celebrasse.

– Amanhã estaria ótimo para mim – assegurou Eve depois de saber que o reverendo precisaria viajar novamente a trabalho dentro de dois dias. – Cuidarei para que todos sejam informados. Posso deixar os detalhes da cerimônia por sua conta, então?

– Com certeza – confirmou o religioso. – Há alguém que poderia fazer um elogio fúnebre ao seu irmão, Srta. Morris? Nunca o conheci pessoalmente e só poderia falar sobre ele em termos muito gerais.

Eve pensou por um instante, enquanto os dois paravam sob a sombra de uma faia.

– Acredito que James Robinson gostaria de fazer isso – disse ela, por fim. – Ele e Percy eram da mesma idade e cresceram juntos. Foram vizinhos e amigos. Vou escrever a James assim que voltar para casa.

Mas o som oco de cascos atravessando a ponte distraiu os dois naquele instante. Eve ficou surpresa ao ver o coronel Bedwyn, que vinha cavalgando na direção deles, provavelmente a caminho da estalagem no outro extremo da cidade. Por que ainda estava em Heybridge? Ela imaginara que, àquela altura, o coronel já estaria várias horas adiantado em sua viagem de volta para casa.

Ele viu Eve e o clérigo quando o cavalo se aproximou da faia. O coronel tocou a aba do chapéu em um cumprimento a ambos. Ele *realmente* parecia muito poderoso em cima de um cavalo, como ela imaginara, embora naquele momento não estivesse usando uniforme. Não gostaria de cruzar o caminho de um homem daqueles, pensou Eve. Parecia severo e mal-humorado. Era como se o coronel nunca sorrisse. Mas ela não deveria ser indelicada. Ele a visitara duas vezes. E se oferecera para ajudá-la de qualquer modo que pudesse.

O coronel Bedwyn hesitou, mas puxou as rédeas do cavalo. Então virou o animal na direção da casa do reverendo, desmontou, amarrou as rédeas na cerca do jardim e começou a atravessar o pátio da igreja. Eve se sentiu ao mesmo tempo surpresa e consternada. Não queria ter mais nada a ver com o coronel. Não gostava do homem, embora fosse honesta o bastante consigo mesma para perceber que a única razão para isso era por ter sido ele o portador da devastadora notícia da morte de Percy.

Ela apresentou os dois cavalheiros.

– Foi o coronel Bedwyn – explicou Eve ao ministro – quem veio ontem comunicar a morte de Percy. Ele era o oficial superior de meu irmão.

– Uma triste missão – comentou o reverendo Puddle. – A morte do Sr. Morris é uma terrível perda para a Srta. Morris e para toda a comunidade. Estamos planejando uma cerimônia em memória dele para amanhã à tarde. Ainda estará aqui, senhor?

– Atrasei minha partida porque meu ordenança está doente – explicou o coronel. – Pegou um forte resfriado ao voltarmos para a Inglaterra. Não sei exatamente quando poderemos partir.

Thomas Puddle murmurou palavras de simpatia. O coronel Bedwyn encarou Eve e ela sentiu o impulso de recuar um passo. O homem tinha o olhar muito direto, muito penetrante. Eve sentiu pena dos soldados sob o comando dele e sentiu certo alívio por Percy, embora fosse subordinado ao coronel, ao menos ter tido a patente de oficial.

– Uma cerimônia fúnebre? – repetiu Bedwyn.

Eve assentiu.

– Infelizmente – disse ela –, não temos o corpo dele para enterrar. Mas Percy cresceu aqui, a maior parte dos meus vizinhos se lembra bem dele. Era meu irmão. É necessário ter alguma cerimônia, alguma despedida oficial.

Ele assentiu, compreendendo.

– Estávamos conversando sobre a quem poderíamos pedir que fizesse um elogio fúnebre – explicou o reverendo. – Cheguei à cidade depois que o capitão Morris já havia partido; eu não seria capaz de fazer um bom discurso.

Os olhos negros do coronel ainda estavam fixos em Eve.

– Talvez – disse ele – fosse apropriado eu dizer algumas palavras, madame. Seus vizinhos precisam conhecer o corajoso oficial de cavalaria que se tornou o Percy Morris que eles conheceram e como ele lutou bravamente por seu país.

– É uma oferta muito generosa de sua parte, senhor – comentou o reverendo Puddle.

– Ficaria mais um dia? – Eve franziu o cenho. – Faria isso por mim, coronel?

Ele inclinou a cabeça.

– Dei à senhorita a minha palavra mais solene, madame.

De protegê-la. Na noite anterior, já deitada mas sem conseguir dormir, Eve sentira uma pontada no coração ao se dar conta de que Percy fora atormentado por medos muito justificáveis sobre o que a morte dele significaria para ela. Mas o que o irmão achara que o coronel Bedwyn poderia fazer por ela? No momento do pedido, Percy provavelmente já não conseguia raciocinar bem, imaginou Eve.

– Obrigada – disse ela ao coronel. – Seria muito gentil da sua parte.

Ele assentiu e por fim afastou os olhos dos dela para se dirigir ao reverendo Puddle. Um instante depois, Bedwyn partia, montado novamente em seu cavalo.

– Um cavalheiro formidável – observou o reverendo.

– Sim – concordou Eve.

E também, estava claro, era um homem de palavra. Ela percebeu que a ajuda que ele oferecera naquela manhã e a disponibilidade para ficar mais um dia na cidade a fim de fazer um elogio fúnebre na cerimônia em memória de seu irmão, no dia seguinte, nada tinham a ver com mera gentileza. Percy salvara a vida dele e o coronel se sentia em débito. Prometera a Percy que a protegeria e, na falta de outro modo de ajudá-la, ficaria na cidade para exaltar a memória do capitão Morris, de forma a confortar sua irmã e fazer com que seus vizinhos o conhecessem melhor.

Eve ficou grata ao coronel.

Aidan não se considerava um homem hábil com palavras. Jamais fizera um elogio fúnebre. Já estivera presente em tantos funerais dos seus homens e de companheiros oficiais que era até deprimente lembrar, mas os capelães do regimento sempre diziam tudo o que era preciso.

– O capitão Percival Morris certa vez colocou a vida em risco e sofreu graves ferimentos para salvar a *minha* vida – começou Aidan, quando chegou o momento, diante de uma congregação de tamanho impressionante, reunida na bela e tipicamente inglesa igreja da cidade.

A Srta. Morris estava sentada no banco da frente, toda vestida de cinza, com a tia, de roupa e véu negros, ao lado. A jovem loura que ensinava as crianças no gramado de Ringwood também estava lá, assim como a governanta, que daria um excelente sargento se fosse homem, pensara Aidan ao vê-la entrar marchando pela nave da igreja, atrás da patroa. A maior parte da congregação estava respeitosamente vestida de preto. Talvez alguns se perguntassem por que a Srta. Morris não estava.

– Eu estava com o capitão Morris quando ele morreu – concluiu Aidan, após levar alguns minutos proferindo o discurso que planejara. – Seus últimos pensamentos foram para a irmã. Ele me pediu para lhe dar pessoalmente a notícia de seu falecimento. E que lhe implorasse para não usar luto por ele. É para honrar essa súplica que ela usa cinza hoje. Devemos todos nos sentir honrados por termos conhecido um homem tão corajoso, que se doou generosamente a serviço de seus compatriotas e de seu país. Devemos mostrar nosso respeito a ele, direcionando-o à irmã que o capitão Morris amou até o fim. Madame...

Aidan fez um cumprimento na direção da Srta. Morris em sua postura militar mais formal, então voltou ao seu lugar. Ela permaneceu sentada, as costas muito eretas, os olhos cegos, pálida como um fantasma, ele percebeu. A Sra. Pritchard e vários outros membros da congregação fungavam em seus lenços.

Aidan não prestou muita atenção ao resto da cerimônia. O sino da igreja soou morbidamente quando tudo terminou.

Ele apertou a mão do reverendo Puddle e o parabenizou pelo tom e o bom gosto da cerimônia. Ponderava se aquele seria um momento adequado para dar uma palavra com a Srta. Morris ou se seria mais correto esperar mais um dia, porém ela mesma decidiu a questão, aproximando-se dele. A Srta. Morris lhe estendeu a mão enluvada.

– Obrigada, coronel – disse ela. – Guardarei para sempre, como um tesouro, tudo o que disse sobre Percy, muito do qual eu não sabia. E sempre me lembrarei de sua gentileza ao ficar mais um dia por minha causa.

– O prazer foi meu, madame – disse ele, segurando a mão quente e esguia dela.

– Como está seu ordenança hoje? – perguntou ela, para a surpresa dele.

– Muito melhor, obrigado, madame – respondeu Aidan.

– Fico satisfeita em saber. – Ela assentiu. – Vários de meus amigos e vizinhos vão para a nossa casa agora, para um chá. O senhor viria também, por favor?

Era tudo o que Aidan poderia desejar. Era provável que houvesse poucas chances de conversar em particular com ela, mas talvez ele pudesse criar uma oportunidade. No entanto, Aidan ainda não sabia o que diria a ela, o que perguntaria, quanto se permitiria ser impertinente ao sondar.

Antes que pudesse responder, alguém – vestido de negro dos pés à cabeça – se adiantou e inclinou-se, sorrindo. Até mesmo o lenço que o homem trazia na mão enluvada de negro era dessa cor.

– Com certeza um discurso muito emocionante, milorde – disse ele para um Aidan atônito. – Mal consegui conter as lágrimas. Minha mãe com certeza não conteve as dela. Que conforto deve ter sido para o pobre Percival ter um oficial de tão ilustre linhagem junto dele na hora da morte. Entendo que seu pai era o antigo duque de Bewcastle e que seu irmão hoje é o herdeiro do título. Agradeço-lhe realmente do fundo do coração, milorde, por nos conceder a honra de sua presença esta tarde.

– Senhor...? – disse Aidan, com um leve tom de arrogância.

– Coronel – adiantou-se a Srta. Morris, a expressão severa e os lábios cerrados –, permita-me apresentar meu primo, Sr. Cecil Morris.

– É uma grande honra na verdade, milorde – disse o homem, inclinando-se, a voz aguda e um sorriso afetado no rosto. – E posso lhe apresentar também a minha mãe? Onde está ela? – Ele virou cabeça para procurar entre os grupos de pessoas reunidos no pátio da igreja. – Agora, onde se enfiou? Ah, lá está ela, com a Sra. Philpot e a Srta. Drabble. – Ele ergueu o braço com o lenço e acenou.

Aidan examinou o homem com mais atenção. *Aquele* era o homem que herdaria Ringwood? Era pequeno e roliço, com o peito estufado e ares de importância. E servil em excesso. O primo da Srta. Morris. E Aidan notou que o homem não falava com um traço sequer de sotaque galês. Muito pelo contrário. O sotaque de Cecil Morris faria até mesmo Bewcastle parecer provinciano.

– O coronel Bedwyn pode conhecer minha tia em Ringwood, Cecil – interpôs a Srta. Morris. – Ele irá até lá para o chá. Ao menos acredito que sim. – Ela olhou para Aidan de forma indagadora.

– Ah, o senhor precisa ir, milorde – completou Cecil Morris, desistindo de chamar a mãe. – Peço que nos honre com sua companhia, por mais humilde que uma morada como Ringwood possa parecer em comparação com a propriedade de um duque, não duvido. Lindsey Hall, certo? Mamãe ficará mais agradecida do que qualquer palavra poderia expressar.

– Obrigado, madame – Aidan cumprimentou a Srta. Morris e ignorou o primo. – Estarei lá.

Ele se afastou na direção da estalagem. Iria pedir que selassem seu cavalo e partiria para Ringwood. Que Deus ajudasse aquela pobre mulher se ela tivesse que passar a vida na companhia do primo e da mãe dele, depois que completasse um ano da morte do pai.

Seria *isso* que tanto preocupava o capitão Morris?

Eve estava sentindo mais simpatia pelo coronel lorde Aidan Bedwyn depois da cerimônia. Mas quando ele partiu de Ringwood, após o chá, ela o desprezava e estava sinceramente feliz por jamais ter que vê-lo outra vez.

Os vizinhos foram atenciosos. Todos falaram com ela com bondade e gentileza sobre a cerimônia e sobre Percy e quase todos eles tinham ido até Ringwood. Serena Robson, esposa de James, sentou-se ao lado de Eve por quase uma hora, segurando a mão da amiga a maior parte do tempo, afagando-a e assegurando a Eve que aquele dia era uma terrível provação, mas que era necessário, que assim que tudo terminasse ela se sentiria bem novamente.

E você sabe – disse Serena com sinceridade, quando não havia ninguém por perto –, será muito bem-vinda para morar conosco, Eve. James concorda comigo que nada nos daria mais prazer.

Eve relanceou o olhar pela sala na direção de James. Pobre homem, ele com certeza odiaria aquilo. Mas ela ficou comovida com a bondade de Serena. As duas eram amigas desde que Serena se casara com James, fazia cinco anos. Mas amizade tinha limites.

– Ainda não quero pensar em nada além do dia de hoje, Serena – Eve disse a ela. – Mas obrigada. Você é muito gentil.

Para dizer a verdade, Eve vinha se esforçando o dia inteiro para conseguir pensar racionalmente. Tivera dificuldade até para se concentrar na cerimônia fúnebre, por mais que tentasse. Apenas o elogio fúnebre do coronel conseguira prender sua atenção.

O tempo estava correndo.

Ela poderia ter poupado a si mesma – e a todos de quem cuidava – daquela provação se ao menos houvesse se casado no último ano. Tivera vários pedidos. Mas não considerara nenhum deles seriamente. Estava esperando por John. Ah, tola, tola – ela já não acreditava que John voltaria. E mesmo se voltasse, seria tarde demais para que ela pudesse salvar seus criados e amigos.

Eve mal conseguia acreditar que estava duvidando de John. Contra todo o bom senso, talvez, ela o amara e confiara nele durante quinze longos e silenciosos meses.

Ninguém sabia sobre John, nem mesmo tia Mari. Ele era o visconde Denson e seu pai, o conde de Luff, havia proibido terminantemente o casamento com Eve quando o pai dela fizera a proposta. John era do serviço diplomático e trabalhava na embaixada do país na Rússia, ou talvez na verdade já tivesse voltado à Inglaterra. Ele prometera ir direto para Ringwood quando retornasse, em março, para que pudessem tornar público seu compromisso secreto. Àquela altura, John dissera a Eve, ele já seria um diplomata respeitado, uma pessoa importante por mérito próprio, e o pai não poderia impedi-lo de se casar com a mulher que escolhesse. Eles estariam casados antes do fim do verão.

Eve abriu um sorriso fraco quando outro de seus vizinhos se inclinou diante dela para lamentar a morte de Percy e comentar a beleza da cerimônia fúnebre. Todos estavam sendo muito gentis. Como era bom ter amigos que se importavam tanto com ela.

Onde estaria John naquele instante? Ela não tinha como saber. Não haviam trocado uma carta sequer durante os quinze meses de ausência dele – afinal, não era adequado que um homem e uma mulher se correspondessem sem serem casados, ou oficialmente comprometidos, no mínimo. Ao menos fora isso que Eve dissera a si mesma durante os primeiros longos meses em que não tivera notícias dele. Ela mesma não pudera escrever, porque não tinha o endereço de onde ele estava. Mas com certeza, pensara mais recentemente, embora logo tentasse afastar o pensamento, ele poderia ter encontrado um modo de se comunicarem sem comprometer a reputação dela. Ah, se John aparecesse, pensou Eve. Ah, se ela erguesse os olhos *naquele momento* e o encontrasse parado na porta, louro e belo, com seu ar de tranquilidade e confiança. Mas tudo o que viu ao levantar os olhos foi o coronel Bedwyn parado, ouvindo Cecil.

Surpreendentemente, o coronel não fez nenhum esforço para se livrar do primo de Eve. Ela quase rira do modo desdenhoso como ele tratara Cecil no pátio da igreja, mas agora se decepcionava ao vê-lo apoiar a arrogância do primo dela, dando-lhe completa atenção. Por outro lado, Eve ficava contente por se ver livre da tarefa de sociabilizar com o austero coronel. E ainda se sentiria em débito com ele se a tarde não houvesse terminado como terminou.

Ela fora até a varanda para se despedir de James e Serena, que iam embora. Acenou para eles, sentindo-se subitamente muito cansada e muito solitária. Então virou-se para voltar para dentro de casa, mas Cecil e a tia Jemima estavam saindo. O cocheiro de Cecil trazia a carruagem para levá-los para casa. O coronel Bedwyn vinha com eles. A não ser pelo sorrisinho nervoso que tia Jemima deu a Eve, eles a ignoraram, como se ela fosse invisível.

– Mas *isso* – disse Cecil com um gesto expansivo do braço, indicando tanto a casa quanto o parque – é completamente inadequado como residência de um cavalheiro. Não passa de um abrigo rural. O que tenho em mente é um pórtico com esculturas gregas, pilares e escadas. Para impressionar os olhos, concorda comigo, senhor?

Eve olhou incrédula para a bela frente da casa, coberta de hera. E esperou pela reação fria do coronel diante de um comentário tão insensível diante dela.

– Para impressionar os olhos e os visitantes – concordou o coronel, a voz lânguida, transbordando arrogância aristocrática. – Uma melhoria dessas em sua propriedade com certeza o elevará ainda mais na estima de seus pares, senhor.

Cecil virou o corpo em outra direção.

– E a entrada da propriedade deve ser alargada e pavimentada – comentou. – Há pouco espaço para duas carruagens bem equipadas se cruzarem ali. Algumas árvores terão que ser derrubadas.

Suas velhas e preciosas árvores, pensou Eve, furiosa.

– Uma ideia admirável – concordou o coronel Bedwyn. – São apenas árvores, afinal de contas. Têm muito menos importância do que a carruagem de um cavalheiro.

Cecil observava os arredores com um ar de presunção até que sua carruagem lhe obstruiu a vista, parando à sua frente.

– Foi realmente um grande prazer conhecê-lo, milorde – disse ele. – E um prazer e uma honra para a mamãe também. Talvez queira nos visitar algum outro dia, quando estiver em Oxfordshire, depois que eu tiver a oportunidade de transformar Ringwood em uma propriedade adequada para receber o filho de um duque. Talvez se junte a mim em uma caçada. Quem sabe até mesmo o duque, seu irmão... – Ele deixou a sugestão no ar.

O coronel inclinou a cabeça e estendeu a mão para tia Jemima, que ficou tão perturbada que pareceu não perceber que ele pretendia ajudá-la a entrar na carruagem. Por fim a senhora percebeu a intenção do coronel, segurou a mão estendida e entrou no veículo.

– Eve? – Cecil finalmente se dignou a dar conta da presença dela antes de também entrar na carruagem. – Devo retornar em quatro dias para montar residência aqui. Confio em que não vá fazer nenhum tipo de protesto; sabe como a mamãe fica nervosa com facilidade.

– Bom dia para você, Cecil – disse ela. – Adeus, tia. Obrigada por virem.

A tia levou um lenço negro aos olhos depois de sorrir para ela com olhos ternos e úmidos. "Como estão Becky e Davy?", ela havia sussurrado logo depois de chegarem a Ringwood, olhando ansiosa para os dois lados. Mas ela escolhera mal o momento, Cecil estava atento às duas. Tia Jemima sorrira, balançara vagamente a cabeça e comentara que precisava pegar com a cozinheira de Eve a receita do bolo que estava sendo servido.

Quando a carruagem se afastou, Eve ficou parada na varanda, ao lado do coronel lorde Aidan Bedwyn.

– Madame – ele começou a dizer –, se eu puder...

Ela não esperou que ele terminasse. Até o som da voz do coronel a fazia encrespar-se de indignação. Eve lhe deu as costas e entrou em casa sem olhar para trás.

CAPÍTULO IV

– *Esdou buito belhor, senhor* – disse Andrews. – *Bosso brebarar dudo* em um *biscar* de olhos.

Aidan, que estava de pé em seu quarto na estalagem, de costas para o ordenança, fechou os olhos. Ah, a tentação! Depois de alguns instantes, ele proferiu em voz alta todas as palavras feias, obscenas, blasfemas e vulgares que tinha em seu vasto vocabulário.

Andrews fungou.

– Assoe esse maldito nariz – ordenou Aidan.

Andrews obedeceu, soando como um trompete rachado ao fazer o que o patrão mandara.

– Minhas roupas civis – pediu Aidan, começando a abrir os botões do paletó vermelho.

– Suas roupas de montaria? – perguntou Andrews.

– Não, não as roupas de montaria, maldição – respondeu Aidan, tirando o casaco e jogando-o sobre as costas de uma cadeira, para que o ordenança lidasse com ele mais tarde. – Eu pedi roupas de montaria?

– *Dão*, senhor – admitiu o ordenança. – *Bensei* que talvez houvesse *tecitito bardir* essa noite.

Ter assoado o nariz obviamente não desobstruíra de todo suas vias nasais.

– Pois pensou errado – retrucou Aidan, ríspido. – Eu o avisarei quando estiver planejando ir embora desta estalagem infernal.

Menos de meia hora mais tarde, ele estava usando roupas civis novamente – camisa branca e lenço da mesma cor no pescoço, paletó azul muito elegante, ajustado ao corpo, colete creme e calça amarelo-clara e botas de cano alto com detalhes brancos. Acabara de se barbear. E continuava com o mesmo mau humor de meia hora antes – pior, na verdade.

Aidan ainda não conseguia acreditar no que descobrira conversando com Cecil Morris, de quem fora fácil extrair informações apenas lisonjeando-o com sua atenção, fazendo-lhe perguntas e demonstrando aprovação irrestrita a qualquer asneira que o primo da Srta. Morris dissesse. Teria ficado mais feliz se pudesse estrangular aquela doninha em forma de gente.

O velho Morris devia ser uma pessoa muito peculiar, pensou Aidan com desprezo, enquanto sentava-se para jantar no próprio quarto, pois não estava com disposição para aparecer na taverna. Como não conseguira persuadir a filha a se casar com nenhum homem de nível social mais elevado que lhe apresentara, o pai da Srta. Morris tentara exercer algum controle além-túmulo.

De acordo com o testamento que fizera pouco antes de morrer, Morris realmente deixara tudo para a filha por apenas um ano, antes que a herança passasse para o irmão dela – ou, em caso de morte do irmão antes desse tempo, para o primo. Mas ele também fizera uma oferta para fisgar a filha. A Srta. Morris poderia manter a herança para o resto da vida *caso ela se casasse* no correr daquele primeiro ano.

Restavam apenas quatro dias antes do primeiro aniversário de morte do velho Morris.

Cecil Morris estava prestes a herdar tudo. E, embora houvesse assediado a prima com pedidos de casamento quando era de seu interesse, agora que não precisava mais dela também não se importava com seus problemas. A Srta. Morris seria posta para fora de casa em quatro dias. Cecil Morris não sabia nem se importava com o que seria feito dela.

A notícia da morte do irmão, dois dias antes, fora um golpe duplo para a Srta. Morris. Não havia dúvidas de que ela sentira profundamente a perda, mas a outra implicação daquela morte provavelmente contribuíra um pouco para a expressão abatida que assombrava o rosto dela desde então. Ao que lhe constava, o capitão Morris havia deixado tudo para a irmã no próprio testamento e chegara a assinar documentos nos quais abria mão de qualquer direito sobre a propriedade de Ringwood, em favor da Srta. Morris, pelo resto da vida dele. Infelizmente, sua genosidade de nada valera. Percival Morris morrera antes de ter direitos sobre Ringwood, assim também não poderia dispor da propriedade.

Dali a quatro dias, a Srta. Morris estaria sem teto e, ao que tudo indicava, pobre. O pai não deixara sequer um dote, uma ninharia que fosse, com o qual ela pudesse viver.

Aidan dispensou Andrews após terminar a refeição e ofereceu ao cômodo vazio uma repetição deliberada de cada palavra chula que proferira mais cedo aos ouvidos de Andrews. Mas expressar a raiva que sentia não lhe fez nenhum bem.

Quatro dias.

O capitão Morris estivera certo ao se preocupar com a irmã. Ela de fato precisava de ajuda e proteção. E Aidan jurara solenemente garantir ambas as coisas – *custe o que custar*. Durante a cavalgada de volta à hospedaria, vindo de Ringwood, ele colocara a mente para funcionar em busca de ideias do que poderia fazer por ela. Antes mesmo de chegar, já concluíra que *havia* uma solução. O problema era que ele não gostava nada dela – e "não gostar" era o mínimo que podia dizer a respeito.

E restavam apenas quatro dias.

Apesar de a Srta. Morris o ter decididamente desprezado antes que ele saísse de Ringwood naquela tarde – e quem poderia culpá-la, depois da cena ridícula que presenciara entre ele e Cecil Morris? –, Aidan sabia que teria que persuadi-la a recebê-lo de novo, a ouvi-lo e a fazer o que ele iria sugerir.

Aquelas palavras – *custe o que custar* – pareciam pesar sobre seu pescoço. E estavam prestes a proferir uma sentença que definiria o resto da vida dele, bem no momento em que Aidan começara a ter sonhos diferentes. Só havia uma saída para proteger a irmã do capitão Morris.

Maldição, só havia uma saída.

Ele enfiou o chapéu na cabeça e pegou sua bengala.

Depois que o último convidado se foi, Eve reuniu todos da casa, com exceção apenas das crianças e da babá Johnson, que ficou no quarto com elas. A reunião aconteceu na sala de visitas, que já havia sido arrumada depois do chá da tarde.

Não havia por que adiar mais aquele momento. Nada iria mudar. Nada poderia salvar nenhum deles. O melhor que Eve poderia fazer era dar a notícia a todos com alguns dias de antecedência – não que todos já não houvessem se dado conta sozinhos àquela altura. Eles sabiam a verdade.

– Duvido que meu primo vá manter qualquer um de vocês nesta casa – disse Eve, diante do silêncio pesado que a cercava. Havia convidado todos a se sentarem, mas ela mesma permanecera de pé. – Talvez você, Sam, afinal já foi cavalariço em Didcote e Cecil se impressiona com essas coisas.

– Fui dispensado por caça ilegal, senhorita – Sam lembrou a ela, sem meias palavras. – Ninguém mais me daria uma oportunidade além da senhorita. E eu não trabalharia para *ele*, mesmo se o homem quisesse.

– A senhora, Sra. Rowe, tem a reputação de ser a melhor cozinheira de Oxfordshire. – Eve sorriu para ela.

– Mas espalhou-se a notícia de que certa vez cozinhei para todas as moças de um bordel em Londres, com seus elegantes acompanhantes, senhorita – retrucou a cozinheira. – E a senhorita foi a única que me deu um emprego. Estou com Sam. Se eu fosse cozinhar para aquele homem, pode estar certa de que acabaria envenenando o rosbife dele.

– Ned. – Eve voltou-se para o administrador que tinha apenas um braço. – Lamento tanto! Todos os nossos sonhos e planos maravilhosos terão que ser abandonados. Você nem sequer terá seu emprego aqui.

Eles iriam comprar um pedaço de terra vizinho a Ringwood – bem, *Eve* iria comprar, com a aprovação de Percy – depois que aquele ano terminasse, e Ned a administraria. Eles iriam montar ali uma fazenda onde soldados pobres e aleijados poderiam viver, trabalhar e se tornar autossuficientes, em uma espécie de comunidade. Em algum momento, o preço pago por Eve pelo terreno seria ressarcido e a terra seria apenas de Ned, embora Eve não planejasse se prender a essa cláusula.

– Está tudo bem, Srta. Morris – disse ele. – Vou sobreviver, não se preocupe comigo.

– Charlie, meu querido Charlie. – Eve o encarou com bondade nos olhos. – Vou conversar com o Sr. Robson e pedir que ele lhe ofereça um emprego. Farei o melhor que puder.

– Eu fiz alguma coisa errada, Srta. Morris? – perguntou o rapaz, parecendo profundamente desolado.

Sam Patchett pousou a mão no ombro dele e prometeu que lhe explicaria tudo mais tarde.

– Thelma. – Mas Eve não conseguiu olhar para a moça, nem dizer nada. Fechou os olhos e pressionou a mão contra a boca. Sentia uma dor profunda na garganta e no peito. Para onde Thelma iria? O que iria fazer? Quem lhe daria emprego? Como a preceptora conseguiria alimentar e criar Benjamin?

– Eve – disse Thelma –, você não é responsável por mim. Estou falando sério. Já foi incrivelmente bondosa comigo. Agora precisa se preocupar consigo mesma. Vou arrumar um jeito. Vou encontrar algo. Fiz isso antes de você me aceitar aqui.

Eve abriu os olhos e encarou a tia. O pequeno chalé dela no País de Gales fora vendido. A pensão que o pai de Eve lhe deixara não fora mencionada em seu testamento. Tia Mari estava velha, cansada e quase inválida. Eve sentira uma enorme satisfação quando pudera levar a tia para Ringwood e mimá-la com alguns dos luxos que ela jamais conhecera antes.

– Não precisa se preocupar comigo, meu amor – disse tia Mari com determinação. – Vou voltar para minha terra, onde tenho amigos que cuidarão de mim. Vou me fazer útil e ganhar meu sustento. Mas o que *você* vai fazer? Seu pai a arrancou de suas raízes, criou-a como uma dama e agora não lhe deixou nada, aquele homem perverso, tudo porque não conseguiu que as coisas fossem do jeito dele. Eu diria umas poucas e boas ao seu pai se ele ainda estivesse vivo para me ouvir. Pode acreditar que eu diria.

Mas Eve não estava ouvindo. Pensava em Davy e Becky. Os dois eram órfãos. Os pais haviam morrido com poucos dias de diferença um do outro, de uma febre terrível, e os filhos haviam sido mandados em uma jornada sem fim pela Inglaterra, passando de um parente para outro, sendo que nenhum os queria nem estava disposto a tolerá-los. A última na lista fora a tia-avó deles, a Sra. Jemima Morris. Eve sempre acreditara que, se dependesse só dela, tia Jemima teria aberto as portas da casa e do coração para as crianças, mas Cecil convencera a mãe de que aquilo só acabaria com os nervos dela e arruinaria sua saúde.

Sem que Cecil soubesse, tia Jemima correra até Ringwood e Eve recebera as crianças, mesmo não tendo nenhum laço de sangue com elas. O pai havia morrido recentemente, Percy estava na guerra e a espera pelo retorno de John parecia interminável. Eve se sentia solitária, apesar da presença de tia Mari na casa – e fora incapaz de resistir às lágrimas de tia Jemima.

A Sra. Johnson, uma viúva de Heybridge, conhecida por ter jeito com crianças, concordara em se mudar para Ringwood e tomar conta delas, e

Eve assumira a tarefa de procurar uma preceptora para os dois. Uma amiga casada, que então morava a mais de 50 quilômetros de distância, contara a Eve sobre a má sorte de uma preceptora de sua vizinhança, que fora dispensada do emprego depois que descobriram que ela estava grávida do patrão, e naquele momento a mulher ganhava a vida parcamente, lavando roupa para fora. Uma semana mais tarde, Thelma Rice e seu filhinho ainda bebê se estabeleceram no Solar Ringwood.

O que seria de Becky e Davy? Será que ela conseguiria persuadir Cecil a permitir que os dois permanecessem na casa, agora que o primo se mudaria para um lugar mais espaçoso e que teria uma fortuna maior, que lhe permitiria certa generosidade? Cecil permitiria que a babá Johnson ficasse também, para que a transição não fosse terrivelmente assustadora para os dois? E será que deixaria Thelma e Benjamim... não! Aquilo era algo que ela sabia estar fora de questão.

– Agnes... – Eve começou a dizer.

– Não há necessidade de me dizer nada, minha ovelhinha – interrompeu a governanta. – Já passei algum tempo na cadeia mais de uma vez, sim, e sobrevivi para contar a história. Deixei Londres em busca de uma vida melhor e fui presa por vadiagem. Então você me acolheu. Sempre me lembrarei disso e a abençoarei até meu último suspiro, mas não vou ser mais um fardo para você. Não é sua responsabilidade cuidar de mim, mocinha... isso é comigo. Mas se não se incomodar, quando você for forçada a deixar esta casa, ficarei ao seu lado por algum tempo e cuidarei de você. O mundo lá fora pode ser cruel.

– Ah, *Agnes*. – Eve não conseguiu mais conter as lágrimas.

Agnes tomou para si a tarefa de dispensar todos, que, com exceção da tia Mari, saíram na ponta dos pés como se deixassem o quarto de um inválido.

Um dos momentos preferidos do dia de Eve era depois do jantar, quando subia até o quarto das crianças para passar um tempo brincando e lendo com elas, enquanto Thelma se dedicava a Benjamin e o embalava com canções de ninar. E era a hora de folga da babá Johnson.

Naquela noite, Eve estava lendo histórias. Davy estava sentado ao lado dela, mas sem tocá-la. Durante os meses que se seguiram à morte dos pais, o garoto aprendera que o mundo dos adultos era hostil, que ele não podia confiar em ninguém. Agora, começava lentamente a "desaprender" aquela lição cruel. Becky estava aconchegada a Eve no outro lado. Tranquila e de bom temperamento, a menina parecia ter sido menos afetada pelas experiências que vivera do que o irmão. No entanto a babá contava que, às vezes, Becky acordava durante a noite, chorando ou gritando desconsoladamente.

Thelma estava de pé na porta que dava para o quarto de Benjamin, ouvindo a história. O garotinho já devia ter adormecido. Muffin estava enrodilhado aos pés de Eve, o focinho apoiado nas patas, roncando.

Tudo parecia quase assustadoramente normal.

Eve fazia todo o esforço possível para se concentrar nas aventuras de duas crianças que escapavam das garras de um duende malvado na floresta escura, mas acabavam descobrindo que sua segurança estava ameaçada por um leão feroz, com um espinho enterrado na pata. Ela tentava ao máximo não pensar no próprio futuro. Resistia com determinação ao impulso de passar os braços ao redor de ambas as crianças e abraçá-las com tanta força que acabaria lhes transmitindo o próprio medo. O pouco que comera no jantar se revolvia em seu estômago.

Onde estava John?, continuava a se perguntar, mesmo sem querer. Não que ele pudesse salvar a todos ali, mesmo que aparecesse naquela noite – seria tarde demais para que os proclamas do casamento fossem anunciados a tempo. E parecia egoísta pensar apenas no próprio conforto e segurança. Mas *onde* ele estava? Seria um enorme alívio apenas vê-lo, ser abraçada por ele, poder desabafar todas as suas angústias. Talvez John pudesse pensar em alguma saída.

Mas não havia *nenhuma*.

A decisão de esperar por John fora egoísta, pensou Eve de súbito, e tola também. Ele *não iria voltar*. John não lhe escrevera sequer uma vez durante o ano que deveria ter passado fora, ou durante os meses desde que deveria estar de volta. Ela fora ingênua ao confiar em suas juras de amor eterno. Mas sua súbita falta de confiança em John assustou Eve. Apegara-se a ele por tanto tempo. E o amava. De todo o coração.

Seria ela a tola mais crédula do mundo? Se houvesse aceitado o pedido de casamento de um de seus outros pretendentes durante o ano que passara, ela e todos os amigos e dependentes não estariam naquela situação desesperadora.

Mas como poderia ter se casado com um homem que não fosse John?

Uma batida à porta do quarto das crianças interrompeu os pensamentos dispersos de Eve. Ela ergueu os olhos do livro no momento em que a porta era aberta por uma Agnes Fuller que parecia ainda mais mal-humorada que de costume.

– É aquele cavalheiro militar – disse ela.

Eve ficou apenas encarando-a.

– Aquele com nariz grande e olhar zangado e um nome comprido – explicou Agnes. – Ele apareceu para visitá-la. A *essa* hora da noite.

– Diga a ele que saí. Diga que me recolhi para dormir – disse Eve, indignada.

Como ele ousava!? O coronel lorde Aidan Bedwyn era o último homem que ela queria ver... pelo resto da vida. A insensibilidade dele com ela e as palavras que trocara com Cecil na varanda, naquela tarde, haviam apagado qualquer gratidão que Eve sentira.

– Ele disse que não aceitaria um "não" – informou Agnes. – Também não quis esperar no vestíbulo quando pedi. O homem entrou pisando forte e foi para a sala de visitas sem olhar para trás. Posso tentar colocá-lo para fora se quiser, minha ovelhinha. Provavelmente não conseguirei movê-lo, mesmo sendo capaz de enfrentar a maior parte dos homens, mas não me incomodaria de ter um bom embate com ele mesmo assim, só por ser tão arrogante. O homem não tem motivos para isso, certo? Eu ainda nem tinha dado um "não".

– Que seja! – Eve se levantou e entregou o livro para Thelma. Muffin cambaleou para erguer o corpo e latiu. – Vamos cuidar *disso*, então. Mas se alguém vai ter o prazer de um bom embate com ele, Agnes, serei eu. Esse homem teve a *coragem* de dizer ao meu primo Cecil essa tarde que todos os seus planos absurdos de melhorias para Ringwood o tornariam um cavalheiro mais respeitado. O coronel me ignorou completamente.

– Que indelicadeza! – exclamou Thelma.

– Certo! – Agnes lhes deu as costas, pronta para a guerra. – Vou fazer esse homem pagar por isso, vou sim, não importa o tamanho dos ombros ou do peito dele. Vou colocar mais uma curva naquele nariz dele, ah, vou sim.

– Não vai, não. – Eve suspirou quando a governanta se deteve e virou-se para encará-la, com uma expressão obstinada no rosto. – Pode terminar de ler para as crianças, Thelma? Eu verei o coronel, Agnes. Talvez ele deseje se ajoelhar e implorar meu perdão.

Ela se inclinou para beijar as crianças e para lhes desejar uma boa noite. Então mandou Muffin ficar onde estava. O cão voltou a se sentar, olhando-a com uma expressão triste no único olho.

– Devo ficar na sala com você? – perguntou Agnes, quando as duas desciam as escadas juntas. – Ou é melhor eu ir chamar a Sra. Pritchard?

Tia Mari costumava passar uma ou duas horas descansando em seu quarto, depois do jantar, antes de se juntar a Eve para uma xícara de chá e irem dormir.

– Nenhuma das duas opções. Receberei o coronel Bedwyn sozinha – disse Eve. – Mas você pode ficar no vestíbulo se quiser. Eu a chamarei se precisar de ajuda.

Eve respirou fundo e abriu a porta da sala de visitas.

CAPÍTULO V

Ele estava parado diante da lareira, como na primeira vez que Eve o vira, só que agora não usava uniforme. Mas ainda parecia quase tão grande e ameaçador quanto antes, mesmo usando roupas civis. O coronel tomara a liberdade de acender as velas no castiçal sobre o consolo da lareira, já que estava quase escuro do lado de fora.

– Coronel Bedwyn – disse Eve em um tom brusco, fechando a porta depois de entrar. Ela não fez nenhuma tentativa de sorrir ou de ser graciosa. – O que posso fazer pelo senhor?

– A senhorita me omitiu a verdade – acusou ele. – Ou ao menos a distorceu. Seu pai *realmente* lhe deixou Ringwood, mas sob condições que a senhorita não cumpriu. Está prestes a perder tudo. Na verdade, é o que acontecerá em quatro dias.

Por um momento, Eve ficou tão furiosa que tudo o que conseguiu fazer foi cerrar os punhos. Era isso que os privilégios da aristocracia faziam com um homem? Faziam com que acreditasse ter o direito de ir aonde não fora convidado, para se intrometer nos assuntos particulares dela, para se dirigir a ela daquela maneira abrupta e impertinente?

– Foi para *isso* que veio? – perguntou Eve. – Para me acusar de mentir? O senhor é muito impertinente, coronel Bedwyn. Deve sair agora mesmo da minha casa. Boa noite.

Seu coração saltava no peito quando ela se afastou da porta. Não era de se deixar inflamar com facilidade. Raramente falava com raiva.

– Deve mesmo aproveitar para dar essa ordem agora – disse ele, sem se mover. – Não estará mais em seu poder fazer isso daqui a pouco tempo, não é mesmo?

– Talvez – retrucou Eve –, quando o senhor vier a essa casa no ano que vem ou no seguinte, para admirar o *pórtico de mármore* e a *entrada pavimentada e sem árvores*, acabe dizendo algo igualmente impertinente a Cecil e então *ele*, em vez de mim, terá a satisfação de ordenar que saia da propriedade. Mas esta noite ainda sou a dona deste lugar. Saia!

Ela se sentia como um rato tentando impor sua vontade a um elefante.

– Ele é mesmo um imbecil de primeira categoria, não? – falou o coronel.

Eve ficou em dúvida se o escutara direito. Ela olhou bem dentro daqueles olhos negros, mas a expressão neles não se alterou.

– De que outra forma eu teria conseguido descobrir a verdade a seu respeito, senão permitindo que ele se gabasse para mim? – perguntou Aidan.

Eve franziu o cenho.

– A *verdade* a meu respeito não é da sua conta – disse ela.

– Peço permissão para discordar, madame – falou ele. – Sua segurança, seu bem-estar e sua felicidade eram da conta do seu irmão. Ele me passou essa responsabilidade ao morrer. Foi isso que o coronel Morris quis dizer, muito claramente, quando me fez prometer que a protegeria. O coronel sabia o que a morte dele significaria para a senhorita. Ao me esconder a verdade, a senhorita recusou a seu irmão a paz que ele buscava quando me pediu que fizesse uma promessa.

Eve não considerara as ofertas de ajuda dele sob aquela luz antes. E não queria pensar nelas dessa forma agora. O coronel Bedwyn era um *estranho*. Além disso, era um homem de um mundo diferente, tão acima do dela na escala social que era impossível conversar ou lidar com ele do mesmo modo que faria com seus vizinhos e amigos. O homem era *lorde* Aidan Bedwyn, filho de um duque. Eve puxou a cadeira mais próxima e sentou.

– O senhor não me deve nada, coronel – disse ela. – Nem sequer me conhece.

– Mas sei que sou responsável pela senhorita – retrucou ele. – Jamais deixei de cumprir minha palavra e não farei isso agora.

– Eu o libero – disse Eve.

– Não tem esse poder – argumentou ele. – O que pretende fazer? Quais são seus planos?

Eve respirou fundo antes de começar a falar e percebeu que parecia não ter ar bastante para isso. Sentia-se como se houvesse corrido uma longa distância. Ela deu de ombros.

– Pensarei em alguma coisa – falou de forma nada convincente.

– Tem alguém que a abrigue? – perguntou Bedwyn.

Eve ainda se ressentia das perguntas intrusivas e abruptas sobre sua vida. Mas compreendia agora que o coronel não gostava mais daquilo do que ela. Como ele devia desejar não ter se visto diante de Percy, antes de o subordinado morrer. Como devia se arrepender do fato de seu ordenança ter ficado resfriado antes que pudesse partir na véspera, como planejara. Eve balançou a cabeça.

– Não exatamente.

Ela não poderia, é claro, ir morar com James e Serena, mesmo que temporariamente. Seus únicos parentes eram Cecil e tia Jemima, tia Mari e o primo Joshua, com quem ela teria se casado tempos atrás, caso o pai dela não houvesse proibido o relacionamento dos dois, porque Joshua, embora fosse um próspero comerciante, não era nem um cavalheiro nem um proprietário de terras. Agora o primo estava casado com outra pessoa e tinha três filhos pequenos.

– Planeja arrumar um emprego, então?

– Suponho que sim. – Eve alisou a saia sobre os joelhos. Não havia trocado de roupa desde a tarde e sentia-se desalinhada. – Não sou desprovida de talentos e não tenho medo de trabalhar. Mas me parece crueldade e covardia simplesmente ir embora e me preocupar apenas com a minha própria sobrevivência. Mas ainda tenho uns poucos dias em que tentarei arranjar alguma coisa. Deveria ter pensado a respeito antes e me planejado para essa eventualidade, não é mesmo? Percy sempre esteve em uma situação na qual corria risco de vida.

– E por que não fez isso? – perguntou o coronel. – Conhecia os termos do testamento do seu pai. Sabia, como acabou de observar, que seu irmão estava em constante risco de perder a vida.

– Acho que não gostava de admitir essa possibilidade – disse Eve. – Acho que escolhi negar a realidade. Ele era meu único irmão, era tudo o me restava. Quanto a me casar, me pareceu calculista e repugnante casar apenas para garantir uma herança. Sempre imaginei que me casaria por amor.

Ela não mencionou John. Teria se casado com outra pessoa durante aquele ano se não houvesse John? Não tinha certeza.

– Percy me contou que não queria a propriedade nem o dinheiro e estava determinado a passar tudo para mim, assim que estivesse no nome dele –

acrescentou Eve. – Casar com alguém nesse último ano nunca me pareceu uma urgência. E também não teria me importado muito se Percy mudasse de ideia. Ele gostava tanto de mim quanto eu dele. Foi tolice da minha parte confiar tanto na sobrevivência do meu irmão, não foi?

O coronel não respondeu, mas a encarou por um longo tempo, em silêncio, os olhos duros, as feições imóveis.

– Por que crueldade? – perguntou ele. – Por que covardia?

– O quê? – perguntou Eve, encarando-o sem compreender.

– Com quem seria cruel caso arrumasse um emprego? – perguntou Bedwyn. – Foi esse o termo que usou há alguns instantes. Com as crianças na escola do vilarejo? Com as mães que precisam dos serviços de sua parteira?

Os olhos dele agora a fitavam com muita intensidade, prendendo os dela até Eve descobrir que era impossível desviá-los. O coronel era uma presença avassaladora. Ela desejou poder simplesmente sair dali. Mas o homem à sua frente não a liberaria até que ela desnudasse a alma para ele.

– Com eles. Com todos – respondeu Eve com um suspiro. – Todos no Solar Ringwood, acredito que sem exceção, serão forçados a ir embora daqui quando Cecil se mudar. Não serei apenas eu.

– Sua tia não tem meios próprios de se manter? – perguntou o coronel, erguendo as sobrancelhas.

Ela balançou a cabeça, negando.

– Assim como Thelma não tem. É uma boa mulher, solteira, que perdeu o emprego porque carregava no ventre o filho bastardo de seu empregador, depois de ele forçá-la a receber suas atenções. O mesmo vale para o filho dela. E para as outras duas crianças que moram aqui, órfãos que tomei sob meus cuidados. E ainda para Agnes Fuller, minha governanta, uma ex-condenada. E para Charlie Handrich, que faz pequenas tarefas por aqui com grande disposição, mas que ninguém mais quer empregar porque o consideram um idiota. E ainda para Edith, que é minha criada, e a babá Johnson. Nenhuma dessas pessoas tem meios próprios de se manter. E nenhuma delas tem grandes esperanças de arrumar emprego em outro lugar. – Ela ouviu, consternada, a amargura na própria voz, enquanto contava detalhes que não eram da conta dele. – Na verdade, eles já não têm esperança nenhuma.

– A senhorita é uma sentimental – disse o coronel depois de alguns momentos de silêncio.

Eve não entendeu se aquilo era uma acusação ou a simples declaração de um fato.

– Encheu sua casa e os arredores de incapazes e agora se sente responsável por eles.

– Eles não são incapazes. – Ela o encarou com o cenho franzido, sentindo a raiva voltar. – São pessoas com quem a vida foi cruel. São pessoas preciosas que não têm menos valor do que eu ou o senhor nos desígnios sagrados. E também há Muffin, meu cão, que foi brutalmente maltratado pelo dono anterior. Vidas de valor infinito, todas elas. O que eu deveria fazer ao ver o sofrimento, sabendo que poderia aliviá-lo? Virar as costas?

Ele a encarou sem expressão.

– Sem dúvida é uma pergunta retórica – murmurou.

– Mas já não está mais em meu poder ajudá-los – continuou Eve. – Agora, depois de ter dado a eles uma casa, esperança, dignidade e uma vida, eles terão que voltar para a rua. Ninguém dará um lar para nenhuma das crianças. Elas terminarão em um orfanato... Isso se tiverem sorte. E ninguém dará emprego a nenhum dos adultos, nem mesmo meus vizinhos, embora eu vá procurar cada um deles amanhã para implorar que façam isso. Esses meus preciosos amigos se tornarão vagabundos, pedintes e talvez coisa pior, e a sociedade dirá que era isso o que se esperava deles o tempo todo. E darão tapinhas nas costas uns dos outros por serem tão mais sagazes do que eu.

Bedwyn a encarava, ainda sem expressão. Eve desconfiava que o coração dele era tão duro quanto as feições. Tanto a posição social do coronel quanto sua experiência militar com certeza teriam contribuído para isso. Mas o que importava? Ele não devia nada a ela, nem mesmo compaixão, apesar do que acreditava dever a Percy.

– Peço sinceramente que me perdoe – disse Eve. – Não tenho dúvidas de que tudo isso deve parecer sentimentalismo barato aos seus olhos. Irá me dizer, assim como outros já fizeram antes do senhor, que *não* sou responsável por meus irmãos em Cristo... ou irmãs. Até mesmo *eles* dizem isso. Mas sou sim, entenda. Meu pai era pobre até que o casamento com minha mãe o tornou um homem muito abastado. Ele era mineiro e se casou com a filha do dono da mina de carvão. Sabia disso, coronel? Não chego nem perto de ser uma dama por nascimento, entenda, embora tenha sido criada e educada como uma. Como posso não compartilhar aquilo que não fiz nada para ganhar ou merecer?

– Uma atitude muito burguesa – disse Bedwyn –, embora talvez eu esteja cometendo uma injustiça com os burgueses. A maior parte deles passa a vida se dissociando de seu passado e apegando-se aos que estão mais alto na escala social.

Exatamente o que o pai dela fizera. Eve encarou o coronel com frieza e ele retribuiu o olhar por tanto tempo que ela começou a se sentir desconfortável.

– Volte para casa, para a sua família, coronel – disse ela. – Está além das suas possibilidades *me* proteger, muito menos a todos por quem me sinto responsável. Vou conseguir resolver a situação. Vou sobreviver. Todos nós iremos.

Ele finalmente desviou os olhos para o carvão que não fora aceso na lareira. E falou com brusquidão.

– Há um modo de salvar tudo o que lhe é tão caro – falou.

– Não. – Eve franziu as sobrancelhas para as costas dele. – Se houvesse, eu já teria descoberto, coronel. Já considerei *todas* as possibilidades, acredite em mim.

– Não pensou em uma possibilidade – disse Bedwyn, a voz fria e dura.

– Qual?

Mas ele não disse logo a ela o que era. E Eve percebeu que o coronel batia ritmicamente nas costas as mãos entrelaçadas.

– Terá que se casar comigo – falou ele por fim.

– O quê?

– Se estiver casada antes do aniversário da morte de seu pai – disse Bedwyn –, conseguirá manter sua casa e sua fortuna e também os incapazes.

– *Casada?* – Ela olhava sem acreditar para as costas muito rígidas e eretas do coronel. – Mesmo se essa não fosse a ideia mais absurda que já ouvi, restam apenas quatro dias. Antes que o reverendo tenha sequer terminado de ler os proclamas, Cecil já terá construído metade daquele maldito pórtico.

– O tempo será exato se nos casarmos com uma licença especial – explicou Bedwyn. – Partiremos amanhã de manhã para Londres, nos casaremos no dia seguinte e voltaremos no dia após o casamento. A senhorita estará de volta a tempo de empinar o nariz para seu primo quando ele chegar para tomar posse de Ringwood. *Isso* ao menos me garantirá alguma satisfação.

O homem estava falando sério, percebeu Eve. *Ele estava falando sério.* E falava com toda a confiança de um oficial superior dando ordens a seus subordinados, ou a seus homens. Não estava perguntando a ela, estava *comunicando*.

– Mas não tenho o menor desejo de seguir seu batalhão – disse Eve.

Bedwyn olhou para ela por sobre o ombro, a expressão carrancuda.

– Fico grato por ouvir isso – disse ele. – É claro que não seguirá meu batalhão.

– O senhor não pode ter vontade de morar *aqui*.

A mera ideia era ridícula.

– De forma alguma – concordou ele em tom seco, virando-se para encará-la. – Está sendo obtusa, Srta. Morris. Será um casamento inteiramente de conveniência. Parece que a senhorita não tem desejo de vir a se casar. Não é mais uma jovenzinha e deve ter tido várias oportunidades de conquistar o afeto de um homem de sua própria escolha, se assim o desejasse. Obviamente não fez isso. Também não desejo me casar. Tenho uma carreira de longo prazo na cavalaria. Essa é uma vida que dificilmente conduz ao casamento e à formação de uma família. Portanto, não será um grande inconveniente para nenhum de nós se nos casarmos. Voltarei para meu regimento depois de passar o resto da minha licença em Lindsey Hall. A senhorita permanecerá em Ringwood. Não precisaremos nos ver nunca mais depois que eu a acompanhar de volta a essa casa, quando voltarmos dos três dias que passaremos em Londres.

– O senhor é filho de um *duque* – disse ela.

– E a senhorita é filha de um mineiro de carvão. – Ele a encarou com arrogância. – Não acredito que a diferença de nossas origens impeça o casamento, madame.

– Seu irmão, o duque de Bewcastle, ficará consternado – comentou Eve.

– Ele jamais precisará saber – retrucou Bedwyn, sem negar o que ela dissera. – Além do mais, tenho 30 anos e sou dono da minha vontade há muito tempo, Srta. Morris. As diferenças entre mim e a senhorita jamais irão constranger a nenhum de nós dois. Não vamos continuar juntos após nossas núpcias.

Por que ela estava sequer discutindo essa possibilidade? Ainda havia John, apesar de ele não ter aparecido. No último encontro dos dois, antes de John partir para a Rússia, eles haviam se prometido um ao outro...

– Nunca soube de ninguém que houvesse se casado com uma licença especial – disse Eve.

– Não?

Seria assim tão fácil?

E se John *realmente* estivesse voltando? Mas, naquele exato momento, ela poderia continuar a se iludir? Ele *não* estava voltando. E mesmo se estivesse, como poderia ajudá-la agora? Estava tudo perdido. A menos que...

– Bem...? – O coronel Bedwyn soou impaciente.

Eve passou a língua seca pelos lábios ainda mais secos.

– Deve haver um milhão de argumentos contra essa ideia – falou. – Não consigo *pensar*. Preciso pensar. Preciso de tempo.

– Tempo é algo de que não dispõe, Srta. Morris – comentou ele. – E às vezes é melhor não pensar, simplesmente fazer. Suba agora e dê ordens à sua criada para lhe preparar uma mala. Partiremos amanhã cedo. Por uma questão de decoro, sua tia deve acompanhá-la, se ela puder. A senhorita tem alguma carruagem de viagem aqui? E cavalos?

Eve assentiu. Havia uma antiga carruagem que fora um grande símbolo de riqueza e status para o pai dela.

– Então passarei nos estábulos antes de retornar a Heybridge – informou o coronel – e darei as ordens necessárias para amanhã. Não tomarei mais do seu tempo. Com certeza tem muito o que fazer, já que passará três dias fora.

Ele se inclinou em uma cortesia formal, rígida, e saiu pisando firme da sala, antes que Eve pudesse erguer a mão para detê-lo. Ela o ouviu dizer alguma coisa, provavelmente para Agnes, e logo a porta da frente se abriu e se fechou.

O coronel Bedwyn se fora. Ela não o detivera quando tivera a oportunidade.

Não dissera sim para a sugestão insana dele, dissera?

Mas também não dissera não.

Deveria correr atrás dele e fazer isso naquele instante – Bedwyn dissera que passaria nos estábulos. Deveria contar a verdade a ele. Mas qual era a verdade? A verdade crua era que Percy morrera cedo demais e que John provara ser alguém em quem ela não podia confiar. E que restavam apenas quatro dias para resolver uma situação desesperadora – ou não.

Ela não poderia se casar com o coronel Bedwyn. *Casar com o coronel Bedwyn?* Eve riu de repente, uma risada convulsiva, melancólica, então cobriu a boca com ambas as mãos para que Agnes não a escutasse e concluísse que a patroa enlouquecera. Eve travava uma batalha silenciosa contra o pânico e a histeria.

Precisava pensar. Precisava de tempo. Mas parecia não conseguir pensar e, com certeza, não tinha mais tempo, como ele observara muito incisivamente.

Ela se levantou e começou a andar de um lado para o outro na sala.

Quando Aidan cavalgou pela entrada do Solar Ringwood, cedo, na manhã seguinte, com William Andrews a uma discreta distância atrás dele, logo viu que a velha carruagem de viagem, horrivelmente enfeitada, estava parada diante da porta da frente. Então a Srta. Morris não contrariara suas ordens depois que ele partira, na noite anterior. Ela seguiria adiante com aquilo.

Se ainda lhe restasse alguma dúvida, ela sumiu no momento que ele se aproximou da varanda e pôde ver além carruagem, até as portas da frente da casa, que estavam abertas. A chegada dele devia ter sido percebida. Vestida para viagem – de cinza, como sempre –, a Srta. Morris calçava um par de luvas pretas enquanto descia os degraus. O cachorro surrado cambaleava junto aos calcanhares dela. Bedwyn reparou que a moça estava pálida como um fantasma. Ajudada por uma empregada jovem e magra, a tia dela vinha atrás.

A governanta estava parada à porta com as mãos apoiadas no quadril largo, como se estivesse morrendo de vontade de arrumar uma briga. Ao lado dela estava a jovem preceptora que tivera um filho ilegítimo.

Todos pareciam estar prestes a participar de outro funeral. Ora, ele também se sentia um pouco assim, pensou Aidan, mal-humorado, ao desmontar do cavalo. Um rapaz roliço se esticou para segurar a cabeça do animal. Pela expressão afável, embora vaga do rapaz, Aidan imaginou que ele devia ser o criado que raciocinava devagar demais.

– Está pronta? – perguntou Aidan sem necessidade, depois de acenar em um breve cumprimento para as damas.

Ele não admitira para si mesmo até aquele momento quanto esperava que ela mudasse de ideia. Não que houvesse qualquer possibilidade disso. Mas a Srta. Morris não havia lhe dado uma resposta definitiva na noite anterior.

– Sim. – Tudo o que ela disse foi aquela única palavra.

– Permita-me, madame. – Ele estendeu a mão para ajudar a Sra. Pritchard a entrar na carruagem.

– Não faça isso, minha ovelhinha – gritou a governanta, fitando Aidan com uma expressão diabólica, como se ele estivesse prestes a obrigar a patroa dela a aceitar uma perversidade. – Por favor, não faça isso. Não por nós. Vamos conseguir resolver a situação, todos nós. Você não nos deve nada.

– Agnes – disse a Sra. Pritchard, depois de sentar, com um suspiro –, você só irá confundir Eve se continuar falando essas coisas. Dito isso, Eve, meu amor, devo acrescentar que agora é a hora de agradecer ao coronel por sua oferta gentil e mandá-lo embora, caso não esteja muito, muito certa de que é isso o que quer.

Aidan bateu com o chicote de montaria na bota, impaciente. Uma das coisas que mais o irritava era drama emocional, principalmente feminino. A governanta parecia desolada. A criada fungava.

– Mas é claro que é isso o que quero – disse a Srta. Morris a todos, com uma animação tão falsa que ela teria saído vaiada em qualquer palco. – Tia Mari e eu estaremos de volta depois de amanhã e tudo continuará como antes. Nada mudará, a não ser o fato de que Cecil não poderá mais voltar aqui para ameaçar nossa paz. Lembrem-se: nem uma palavra a respeito com ninguém até voltarmos. Muffin, quieto.

Aidan observou com desaprovação quando ela se inclinou para acariciar a cabeça do cachorro, em vez de insistir para que o animal a obedecesse no mesmo instante.

Então, apoiando-se na mão que Aidan lhe oferecia, mas sem fitá-lo, a Srta. Morris subiu na carruagem. A expressão dela era severa, como se fosse esculpida em mármore. Por último subiu a criada, que fingiu não perceber a mão que Aidan também lhe oferecia. Se ele fizesse *bu!* para ela, com certeza a moça desmaiaria. Aidan fechou a porta com determinação, assentiu para o cocheiro, montou novamente em seu cavalo, jogou uma moeda para o rapaz que cuidara do animal e foi seguindo a carruagem na descida que levava à estrada, depois por sobre a ponte e cruzando o vilarejo. Andrews ia atrás deles.

Londres ficava a um dia inteiro de distância, viajando em uma monstruosidade como aquela carruagem, mas por sorte o tempo estava bom e a estrada, seca. Assim, eles conseguiram um bom ritmo, apesar de Aidan se sentir obrigado a parar com mais frequência do que o necessário. Os cavalos da carruagem precisavam ser trocados a intervalos regulares e as damas tinham que esticar as pernas e comer. Não que a Srta. Morris comesse muito, ele percebeu, mas a Sra. Pritchard parecia satisfeita com os quitutes. Ela fez um esforço para ser simpática com Aidan, conversando animadamente, e em um tom um pouco alto, em seu mal compreensível sotaque galês, e assim evitou o silêncio constrangedor que de outro modo teria se abatido sobre eles. Aidan estava muito feliz por seguir a cavalo, em vez de na carruagem.

A Srta. Morris parecia enrijecer toda vez que ele pousava os olhos nela, mas Aidan se controlou para não sentir pena. Que escolha tinha ele além de convencê-la àquilo? Além do mais, quem ali sentia pena dele? Seu coração não estava exatamente pulando de contentamento diante da perspectiva do acordo que selariam no dia seguinte. Longe disso. Não era um homem sentimental. Jamais teria lhe ocorrido descrever-se como um homem de coração partido naquele dia, mas ainda assim tinha uma sensação pesada de perda. Tivera outros sonhos para si.

Quando a noite caiu, eles chegavam aos arredores da cidade. Aidan e Andrews haviam passado o dia todo sobre a sela, mas aquilo não era novidade para nenhum dos dois. Aidan não sentia grande fadiga física. No entanto, estava de péssimo humor. Sua vida fora comprada a um preço alto, dois anos antes. Casar-se com uma estranha era o preço da honra dele e de uma dívida a ser paga. Um casamento de conveniência – que, de qualquer modo, seria uma sentença para a vida inteira e com uma mulher que com certeza deixaria Bewcastle horrorizado caso ele algum dia ouvisse falar dela. Nada menos que a filha de um mineiro de carvão. Além disso, ele não contara a verdade para a Srta. Morris na noite da véspera. Era certo que até recentemente julgara impossível se casar e, ao mesmo tempo, manter uma carreira militar. Mas nos últimos meses ele vinha se perguntando: E se houvesse uma mulher que tivesse sido criada no meio militar? A filha de um general que gostasse de levar a família consigo aonde fosse, por exemplo. Não era uma questão hipotética. Aidan conhecera essa mulher.

Eles não estavam comprometidos. Nem uma palavra saíra dos lábios dele que pudesse ser interpretada como um compromisso a honrar. Nem uma palavra passara pelos lábios da moça, também. Mas houvera uma certeza silenciosa e definitiva de que logo essas palavras *seriam* ditas de ambos os lados. Houvera uma certeza silenciosa de que o general Knapp daria seu consentimento caso pedissem. Aidan sentira-se feliz diante da perspectiva de se casar, no final das contas, feliz por ter a expectativa de uma vida agradável, com a noiva de sua escolha.

Simplesmente não era para acontecer. Não adiantava nada ficar lamentando o que não tinha solução. As palavras nunca seriam ditas, por nenhum dos dois. A honra de ninguém fora comprometida. Qualquer ferida em qualquer coração seria mantida em segredo.

Aidan indicou o caminho ao cocheiro e cavalgou à frente da carruagem até o hotel Pulteney, na Piccadilly, o melhor que Londres tinha a oferecer. Ele reservou dois quartos e uma sala de estar particular por duas noites e voltou para receber as damas. Só então se deu conta de quanto elas pareciam deslocadas e desconfortáveis naquele lugar suntuoso. Deveria tê-las levado para um hotel mais modesto, percebeu Aidan, mas era tarde demais para mudar os arranjos que já fizera.

– Alguém as acompanhará a seus aposentos – assegurou ele. – Há uma sala de estar particular onde poderão jantar e passar o resto da noite. Voltarei pela manhã, assim que conseguir a licença e tiver feito os arranjos necessários. Estarão prontas?

– Onde o senhor ficará? – perguntou a Srta. Morris.

Pelo modo fixo como o fitava, pareceu a Aidan que a Srta. Morris tinha medo de olhar ao redor, para todo o esplendor do saguão do hotel.

– No Clarendon, se houver aposentos disponíveis lá – respondeu ele. – Não seria adequado que eu ficasse aqui na noite anterior ao nosso casamento.

Ela assentiu.

– Estaremos prontas – disse.

Enquanto se afastava do hotel Pulteney, Aidan se perguntava onde seria o melhor lugar para ficar completamente embriagado. As possibilidades eram enormes, afinal estava em Londres.

Mas ele queria mesmo enfrentar o dia seguinte com a cabeça pesada de ressaca?

Aliás, queria enfrentar o dia seguinte fosse como fosse?

Simplesmente não tinha escolha, tinha?

Prometa que irá protegê-la. Prometa! Custe o que custar!

A promessa solene fora como uma sentença de morte para os sonhos dele. Iria se casar com uma estranha, em um casamento de conveniência, em vez de se unir à Srta. Knapp em um casamento de companheirismo e conforto.

CAPÍTULO VI

– O que acha, meu amor?

Havia um toque de travessura e triunfo na voz de tia Mari quando a porta do quarto dela no hotel Pulteney finalmente se abrira e, apoiada em sua bengala, ela entrara na sala de estar particular que compartilhava com a sobrinha. Ela estivera no quarto desde o café da manhã, supostamente descansando da viagem longa e exaustiva da véspera, antes de se preparar para o casamento.

Eve vinha esperando impaciente que a tia reaparecesse. Não sabia ao certo quando o coronel Bedwyn chegaria e, por isso, terminara de se vestir bem cedo. Sentia-se elegante, embora um pouco fora de moda, em seu melhor vestido cinza de passeio. Edith, que era habilidosa com as mãos, escovara os cabelos dela, prendendo cachos bem-feitos atrás da cabeça e deixando algumas ondas pelo pescoço e a testa. As luvas negras estavam sobre a mesa perto da porta, prontas para serem calçadas quando fosse a hora de partir. Junto com as luvas estava também o casquete mais modesto de Eve – seu segundo melhor chapéu, o mesmo usado na véspera –, já que não havia sinal do casquete mais elegante, que ela estava *certa* de ter visto Edith entregar ao cocheiro, ainda em casa. A própria Edith insistia, em lágrimas, que havia *sim* trazido a caixa de chapéus com o casquete e que provavelmente a caixa caíra da carruagem em algum fosso, onde agora os pássaros o bicavam, as raposas o rasgavam ou algum vagabundo o pegava. Talvez o chapéu tivesse sido levado por engano para o quarto de tia Mari, sugeriu Eve, tanto para acalmar Edith quanto para se convencer.

– Ah! – exclamou aliviada ao ver o casquete nas mãos da tia. – *Aí* está meu chapéu.

Então ela se aproximou para olhar mais de perto. Era o mesmo casquete que usara na cerimônia funerária em Heybridge, dois dias antes, mas estava tão diferente que era quase impossível reconhecê-lo. Uma fita larga cor de lavanda, muito bem passada, fora presa sob a aba e arrumada de modo a formar um conjunto de laços em um dos lados. Fitas mais estreitas, combinando, desciam pelo outro lado.

– Eu tinha a fita em minha caixa de costura, em casa – explicou tia Mari, rindo como uma criança empolgada. – Estava à espera de uma ocasião especial. Decidi que a ocasião era essa, meu amor, seu casamento. Lavanda é uma cor que pode ser usada no luto, mas é muito mais alegre do que cinza.

– Mas não é um casamento de verdade.

Eve atravessou o aposento e pegou o casquete das mãos da tia.

– Como chamaria, então? – perguntou tia Mari. – É uma cerimônia que a ligará ao coronel Bedwyn pelo resto da sua vida. É um casamento, sim. Se eu achasse que você está fazendo isso só por mim, estaria me opondo com determinação à ideia até agora. Mas não é só por mim, portanto o que posso dizer?

– Nada. – Eve arrumou o chapéu com cuidado para não desarrumar os cachos. – O que estou fazendo é antes de mais nada por mim mesma, tia Mari. Não consigo suportar a ideia de perder Ringwood e minha fortuna. – Ela tentou manter o tom leve, mas não leve *demais*.

– Ainda está para chegar o dia – disse tia Mari, de um jeito sarcástico – que pensará apenas em si mesma. Você é a pessoa menos egoísta que conheço e está fazendo isso por todos, *exceto* por si mesma. Mas talvez seja recompensada mesmo assim. Ele é um bom homem, meu amor.

Apesar dos dedos meio retorcidos por causa do reumatismo, a tia afastou as mãos de Eve e amarrou as fitas do chapéu, puxando-as levemente para um dos lados do queixo.

– Embora tenha me parecido sombrio e mal-humorado na primeira vez que o vi, o coronel foi muito gentil ontem – disse tia Mari. – Se ele estivesse viajando sozinho, provavelmente teria cavalgado em um trote ligeiro e chegado horas mais cedo do que nos tendo a reboque. Mas o coronel não tentou me apressar para entrar ou sair da carruagem, você percebeu? E fez um esforço para conversar sempre que parávamos, embora eu acredite que ele se sinta muito mais à vontade conversando sobre cavalos e armas com seus homens e outros soldados do que com damas. Não que eu seja uma dama pelos padrões dele. O coronel deveria ter me visto alguns anos atrás, quando eu saía da mina depois do trabalho... Mas ele é um cavalheiro, um verdadeiro cavalheiro.

– É claro que é – concordou Eve. – Papai teria aprovado... mais do que aprovado, na verdade.

– Só espero que você não insista em encerrar seu convívio com o coronel cedo demais – disse tia Mari, recuando um pouco para examinar o ângulo do laço, antes de fazer alguns ajustes. – Gostaria que passassem algum tempo juntos para ver se não há uma fagulha de sentimento entre vocês. Não faria mal algum tentar, já que estarão casados de qualquer modo. Ele está de licença por dois meses. Foi o que contou ontem, quando perguntei.

– A senhora não deve de forma alguma desejar que fiquemos perto um do outro por mais do que um dia, tia Mari – falou Eve, irritada. – Seria intolerável.

– Mas quero tanto que você seja feliz, meu amor! – confessou a tia. – Você se doa tão generosamente para todos, *com exceção* de si mesma! Sei que não se trata de uma grande história de amor, eu teria que ser muito tola para imaginar isso. Mas quem disse que não pode *se transformar* em um casamento por amor? Afinal, você não está apaixonada por outro homem, apesar de todos os meus esforços para lhe encontrar um par durante o ano passado.

Eve sorriu enquanto se dirigia ao espelho acima do consolo da lareira, as pernas parecendo tão pesadas que mal a carregaram até lá.

– Meu Deus! – exclamou ela.

A nova barra do casquete parecia ter acrescentado cor e vida a seu rosto. Era como se houvesse remoçado. Depois de um ano inteiro, Eve quase se esquecera de como era usar cores. Seus olhos pareciam maiores, mais azuis do que cinza, mais luminosos.

– A senhora é *tão* habilidosa com as mãos, tia Mari. Muito obrigada, querida. – Ela se virou para abraçar a tia, que parecia muito satisfeita consigo mesma.

Era uma *noiva*, pensou Eve. Aquelas eram suas roupas de núpcias e logo ela estaria a caminho do próprio casamento. A ideia causou uma sensação física intensa em seu estômago. Estava prestes a se casar com um estranho, por razões puramente interesseiras e sem intenção de manter a maior parte dos votos de casamento que professaria. Ia se casar com um homem que não era John. Até aquele momento, Eve conseguira se convencer de que arrumaria um jeito de sair daquela situação, que algum milagre aconteceria e evitaria que o casamento fosse realizado. Mas agora ela se dava conta de que nada impediria o que estava prestes a acontecer.

A menos que ele não aparecesse...

Naquele exato instante, ouviu-se uma batida brusca à porta da sala de estar. Tanto Eve quanto a tia se viraram para ver quem era, enquanto Edith saía apressada do quarto de Eve e, com uma expressão assustada, encarava as duas mulheres e abria a porta.

O coronel lorde Aidan Bedwyn entrou na sala, que subitamente pareceu diminuir diante da presença dele. Bedwyn parecia grande, poderoso e muito másculo, embora não estivesse usando uniforme, como Eve esperava. Ele se inclinou em uma mesura para ambas as damas e lhes desejou um bom dia.

Eve fez uma reverência. Então algo estranho, aterrorizante e totalmente inesperado aconteceu antes que ele pudesse voltar a falar. Ao olhar para a aparência elegante e imaculada do coronel e pensar nele como seu noivo, ela sentiu uma onda de puro desejo físico descer por seus seios, por seu abdômen, até a parte interna de suas coxas. Eve jamais considerara Bedwyn um homem bonito. Mas de qualquer modo seria ingenuidade da parte dela achar que estava reagindo apenas à aparência dele. Era sua inegável masculinidade que a afetava. Aquele era o dia do casamento deles. Sob outras circunstâncias, a noite seria a de núpcias.

Eve tentou desesperadamente invocar a imagem de John, mas logo a afastou, antes que pudesse tomar forma. Era tarde demais para isso. Em breve, muito em breve, até mesmo pensar nele seria deslealdade. Por um momento, ela encarou o coronel com um pânico cego.

– Estão prontas? – perguntou ele, os olhos demorando-se por um momento no chapéu de Eve, antes de se desviarem para tia Mari.

Eve assentiu e pegou as luvas.

– Talvez você pudesse pegar meu chapéu em meu quarto, Edith – pediu tia Mari, mas foi atrás da moça e ficou parada na porta, apontando para o que queria.

Eve e o coronel, agora a sós, tinham os olhos presos um no outro. Foi um momento extremamente incômodo.

– Estou com a licença de casamento – disse ele de forma brusca, sem qualquer emoção perceptível. – E já cuidei dos preparativos. Temos que estar na igreja em meia hora.

– Está certo do que está fazendo? – perguntou Eve, baixinho.

– Nunca faço nada de que não esteja certo, Srta. Morris – retrucou ele. – E a *senhorita* também está completamente certa, não está? Lembre-se dos seus incapazes.

Se fosse qualquer outro homem, ela poderia ter desconfiado de que aquilo fosse uma tentativa de brincadeira. Mas não havia nenhum traço de humor nos olhos ou na boca do coronel. Tia Mari voltou para a sala naquele momento, com o chapéu no lugar. A tensão pareceu aumentar.

– Vamos – falou o coronel, abrindo a porta.

Aidan descobrira que era surpreendentemente fácil comprar uma licença especial de casamento. É claro que na certa haviam ajudado o fato de ele estar usando uniforme – o velho e confortável, não o de gala – e de toda a Londres estar delirante e exuberantemente apaixonada pelos oficiais do país, mesmo aqueles que, ele suspeitava, jamais houvessem colocado o pé além da segura costa inglesa. A equipe do Clarendon, que o tratara com uma cortesia respeitosa na noite da véspera, o enchera de mimos e atenções pela manhã, enquanto os outros hóspedes o encaravam admirados e assentiam com a cabeça em aprovação. Um deles, um cavalheiro que Aidan nunca vira antes na vida, insistira em apertar a mão dele e parabenizá-lo, como se Aidan fosse pessoalmente responsável por conseguir que o imperador Napoleão Bonaparte abdicasse.

Fora essa reação que convencera Aidan a usar roupas civis para o casamento, embora antes tivesse toda a intenção de vestir seu uniforme de gala. Ele não desejava chamar atenção. Mais importante, esperava não ser reconhecido. Queria que a cerimônia fosse a mais rápida e secreta possível. Seria melhor para todos os envolvidos que Bewcastle jamais tivesse conhecimento daquelas núpcias. Aidan torcia, mais do que tudo, para não esbarrar com Bewcastle ou qualquer outro membro da família naquele dia.

A licença de casamento estava no bolso de Aidan e a noiva e a tia estavam sentadas à sua frente na carruagem elegante que ele contratara para a ocasião. Andrews seguia atrás deles, a cavalo.

A Srta. Morris estava extraordinariamente bonita naquela manhã. Aidan imaginou que fosse devido à frivolidade das fitas e laços no chapéu que usava, assim como aos toques de cor. E havia alguns cachos soltos que ele podia ver roçando o pescoço e as têmporas dela. Pela primeira vez – e ele esperava ardentemente que fosse a última – ela lhe despertou algum interesse sexual. Estava prestes a fazer comparações mentais com a Srta. Knapp, mas não conseguiu se permitir pensar nela.

A Sra. Pritchard mantinha um monólogo permanente, exclamando em voz alta diante do esplendor dos prédios que passavam, do barulho das ruas e do som alto das buzinas, e a respeito de todas as facilidades da cidade. Aidan percebeu que ela estava tentando deixar tanto ele quanto a sobrinha mais à vontade. Ele ajudou as duas a descerem da carruagem quando chegaram à igreja, que ele havia escolhido pela tranquilidade da localização. O sacerdote lhe assegurara que a cerimônia começaria assim que eles chegassem e que levaria apenas alguns minutos.

A Srta. Morris pousou a mão sobre o braço que ele ofereceu e Aidan a guiou para dentro da igreja. A tia veio logo atrás deles, apoiada no braço firme de Andrews. Eles formavam um grupo de quatro, a noiva, o noivo e duas testemunhas. Por um instante, Aidan se pegou imaginando o tipo de casamento no qual Bewcastle teria insistido para que o irmão tivesse em circunstâncias diferentes, já que estava sendo o primeiro da família a casar. Teria sido um evento fulgurante e grandioso, cheio de pompa e esplendor, com a presença de metade da nobreza.

Os passos pesados de Aidan, que usava suas botas de cano alto, faziam um eco surdo no piso de cerâmica decorada da igreja. O interior estava escuro, em contraste com a luz forte do dia no lado de fora, e também estava frio. Um pouco soturno. O sacerdote apareceu na porta ao lado do altar e se apressou na direção deles, com um sorriso de boas-vindas no rosto. Ele usava as vestes adequadas e segurava um livro apoiado no peito. O religioso se inclinou, cumprimentou-os e guiou-os na direção do altar, com a Sra. Pritchard ao seu lado. Ele instruiu todos sobre onde deveriam ficar e chamou um relutante Andrews mais para perto. Tudo muito cordial e impessoal, como um negócio.

Então, subitamente, estava acontecendo. Começara. O casamento.

– Senhoras e senhores – começou o ministro –, estamos reunidos aqui hoje, diante do Senhor... – Ele falava com a impostação solene de um clérigo dirigindo-se a centenas de pessoas.

Alguns minutos mais tarde, concluía a cerimônia no mesmo tom.

–... eu os declaro marido e mulher, em nome do Pai, do Filho e do Espírito Santo. Amém. – Solene, ele fez o sinal da cruz com a mão direita.

Tudo estava acabado antes que Aidan conseguisse organizar a mente para prestar atenção. Ele repetira os votos quando fora instruído a fazê-lo, sem sequer ouvir o que estava dizendo. Ela também dissera os votos, em voz baixa, sem vacilar. Aidan não conseguia se lembrar de uma palavra que pronunciara. Ele segurara a mão dela e, enquanto repetia algumas palavras do ministro, colocara em seu dedo a aliança de ouro que comprara mais cedo. Fizera tudo como se estivesse em um sonho. Mas a terra se movera durante aqueles poucos minutos. Algo grandioso, irrevogável e irreversível acontecera.

Os dois estavam casados. Até que a morte os separasse.

Por um momento, a igreja pareceu tão escura e fria quanto um túmulo.

Então a Sra. Pritchard, sorrindo e com os olhos marejados, abraçou a sobrinha-neta e, após um momento de hesitação, abraçou Aidan também. Andrews apertou a mão do patrão – uma ocorrência rara, na verdade. O sacerdote estava sorrindo e acenando afavelmente com a cabeça, dando os parabéns a ambos. Logo os dois assinaram o registro, sem sequer terem se olhado, a noiva com a letra curva e elegante, ele em sua caligrafia simples e determinada. A tia e Andrews assinaram o registro como testemunhas – a tia apenas com um X, notou Aidan com interesse. Ele ofereceu o braço à noiva e a guiou até o pátio, onde a carruagem alugada esperava para levá-los de volta ao hotel Pulteney.

Estava tudo acabado. Tudo terminado. A dívida de Aidan fora paga, a casa de Eve estava segura. Era como se ele pudesse sentir o grilhão preso à sua perna. Os raios de sol pareciam brincar de esconder entre as nuvens.

– Que cerimônia adorável – comentou a Sra. Pritchard depois que ele a ajudou a subir com cuidado na carruagem. Aidan percebeu que ela estendeu suas saias com exagero pelo assento e apoiou a bengala nele, de modo que, ao subir também, a sobrinha foi obrigada a se sentar no banco oposto. – Foi curta, mas o ministro falou com muito sentimento. Escolheu bem, coronel.

Aidan ocupou seu lugar ao lado da noiva, que se afastara o máximo possível na direção da janela. A tia sorria para eles.

– Que belo casal vocês formam – disse ela.

– Tia Mari! – repreendeu-a a Srta. Morris.

De repente e com desprazer, Aidan percebeu que a noiva não era mais Srta. Morris. Ela acabara de ganhar o sobrenome dele.

– Vocês provavelmente estão prontas para uma refeição – comentou ele, em um tom sério. – Dei instruções para que a carruagem voltasse ao hotel Pulteney. Está tarde para voltarmos a Ringwood. Mostrarei um pouco de Londres a vocês hoje, se desejarem.

Aidan não planejara aquilo, mas acabara de se dar conta de que seria grosseiro abandoná-las no Pulteney pela tarde e a noite, quando nenhuma das duas conhecia a cidade. Havia, é claro, a chance de que ele fosse visto e reconhecido, o que ele preferia que não acontecesse, mas agora já não importava tanto como pela manhã. Além do mais, ninguém que os visse – a menos que ele tivesse a infelicidade de ficar cara a cara com o irmão ou com a irmã – precisaria saber que a mais jovem de suas duas acompanhantes era esposa dele.

– Seria muito agradável, caso não vá ser um incômodo – disse a noiva, parecendo realmente satisfeita. – Adoraria ver a Torre e o Palácio de Saint James e também o Hyde Park e qualquer outro lugar que recomendar. Concorda, tia Mari? Estamos em *Londres*.

– O clima está ideal para um passeio – falou ele, um pouco brusco.

– Devo dizer que estou completamente esgotada com toda a empolgação desta manhã – disse a Sra. Pritchard. – E outra longa jornada me espera amanhã. Realmente preciso descansar tranquila, no hotel, esta tarde. Além do mais, um quarto tão esplêndido e uma cama tão confortável não devem ser desperdiçados. Mas isso não deve impedi-los de sair.

– Tia Mari... – a sobrinha começou a dizer.

– Afinal – acrescentou a tia, sorrindo placidamente –, você não precisa mais de mim como acompanhante, meu amor, certo? Estará com seu marido.

A Sra. Pritchard teria esperanças de que algum tipo de romance florescesse entre eles, ao deixá-los sozinhos por toda uma tarde?, perguntou-se Aidan. Pelo modo como a noiva dele se encolheu contra o canto da carruagem, ele imaginou que ela compartilhasse da mesma desconfiança.

Era só o que ele precisava para completar a felicidade daquele dia, um maldito cupido! A mulher agora o encarava com olhos perspicazes e cintilantes, como um pequeno e velho corvo enrugado.

O coronel Bedwyn retornou pontualmente à uma e meia da tarde para levar Eve a um passeio por Londres. Ela ficou surpresa ao se pegar esperando ansiosa pela saída, apesar de não ter conseguido fazer a tia mudar de ideia sobre acompanhá-los. Mas fora melhor assim, pensou Eve ao sair do hotel com o marido. Dessa vez ele contratara uma carruagem menor e aberta, no lugar da outra que os servira pela manhã. Tia Mari jamais conseguiria subir no assento alto e estreito.

– Nunca andei nesse tipo de carruagem – admitiu Eve. – Parece assustadoramente frágil e longe do chão.

– Está com medo? – perguntou ele, estendendo a mão para ajudá-la a subir.

Na verdade ela não estava com medo, estava empolgada. Eles poderiam ver muito mais da cidade dali de cima e receberiam o ar morno de verão. Eve mudara de roupa e agora usava um vestido cinza de musselina com a cintura alta, mas mantivera o casquete com a borda cor de lavanda e, no último instante antes que ela saísse, tia Mari aparecera com mais fita cor de lavanda e a amarrara sob seus seios, em lugar da faixa cinza que Eve costumava usar com aquele vestido.

– Acredito que seja bom com as rédeas.

Aidan apenas ergueu as sobrancelhas e deu à volta na carruagem aberta para ocupar o lugar ao lado dela.

Eve não entendia por que se sentia tão estranhamente alegre. Não devia sentir-se assim ao se lembrar do que acontecera naquela manhã e de tudo o que precisara sacrificar. Mas, assim como Atlas, ela sentia como se um enorme peso houvesse sido retirado de seus ombros. Agora era tarde demais para fazer outra escolha. O acordo estava selado. Não adiantaria nada se lamentar ou desejar que nada daquilo houvesse sido necessário. E, naquele momento, ela estava em Londres pela primeira e quem sabe a única vez na vida, o sol brilhava, e havia um cavalheiro disposto a acompanhá-la pela cidade para lhe mostrar os lugares mais conhecidos. Quando voltasse a Ringwood, uma vida longa – e de muitos modos solitária – a aguardava. Eve sabia que teria que encarar uma terrível tristeza ao ficar só de novo. Mas poderia muito bem aproveitar aquele dia. Embora a ideia a horrorizasse, havia ficado secretamente satisfeita quando tia Mari decidira não acompanhá-los.

– Que tal irmos à Catedral de Saint Paul primeiro? – sugeriu o coronel. – É minha igreja favorita em Londres.

– Tudo é novidade para mim – respondeu Eve. – Estou em suas mãos.

Ele a olhou detidamente antes de fazer com que os cavalos começassem a andar.

– Lavanda é uma cor que lhe cai bem – disse o coronel, surpreendendo-a.

Ele era realmente bom com as rédeas, ela percebeu com certa admiração enquanto seguiam pelas ruas de Londres, mesmo o veículo e os cavalos não lhe sendo familiares. Não era motivo de surpresa, na verdade. Afinal, o coronel Bedwyn era um oficial da cavalaria. Também era um homem grande e forte. Eve não conseguiu evitar que seu corpo roçasse no dele em certos momentos, embora procurasse segurar firme na lateral da carruagem. Ele tinha cheiro de couro e almíscar.

Eve não ficou surpresa por a Catedral de Saint Paul ser a igreja preferida dele. À medida que se aproximavam, ela quase perdeu o fôlego ao avistá-la. Era imensa e linda. Eve nunca vira nada que se comparasse ao esplendor da grande abóbada.

– Não posso acreditar que estou mesmo vendo com meus próprios olhos uma construção tão famosa – disse Eve. – Sempre sonhei em visitar Londres.

– Gosta do pórtico com pilares? – perguntou Bedwyn, apontando com o chicote. – Pensei que talvez quisesse construir algo similar na frente do Solar Ringwood... sem as torres que os flanqueiam, talvez. Eles acabariam parecendo um tanto pretensiosos em uma casa daquele tamanho.

Eve se virou na direção dele, surpresa. A expressão do coronel era solene como sempre. Mas a intenção dele logo ficou clara. O homem *realmente* tinha senso de humor... Eve riu.

– Mas eu não poderia roubar a ideia de Cecil – comentou ela. – Não seria gentil. Talvez eu prefira construir uma abóbada.

Bedwyn a olhou de esguelha, sem sequer uma sugestão de sorriso suavizando as feições duras. Teria cometido um erro?, perguntou-se Eve. Não, ela não acreditava nisso.

– Vamos entrar? – sugeriu ele. E apontou para cima. – É possível subir até a galeria mais alta para examinar a abóbada de perto, tanto de dentro quanto de fora. Mas devo avisá-la que, se não me falha a memória, são 534 degraus e apenas os primeiros 250 são fáceis de subir.

– Ah, vamos subir de qualquer modo – disse Eve, animada. – A vista lá de cima deve ser esplêndida!

E era mesmo, mas depois de eles subirem até a galeria externa que circundava a base da abóbada, ela levou vários minutos até ficar em condições de apreciar a paisagem. Estava completamente sem fôlego e bem assustada pela dificuldade e a escuridão da maior parte da subida. Porém Eve se recusara a parar no meio do caminho – embora todos os seus instintos lhe dissessem para fazer isso e implorar a Bedwyn que a levasse de volta. Eve não ousava pensar na descida, sempre mais assustadora.

– Oh, meu Deus! – exclamou ela, ainda ofegante. – É possível ver milhas além.

– Cheguei a pensar – falou ele – que você não fosse sobreviver.

Enquanto eles passeavam pela galeria, Bedwyn apontava vários lugares importantes da cidade. Ele se posicionava logo atrás dela, para que Eve pudesse ver exatamente aonde seu braço apontava. O famoso rio Tâmisa estava logo abaixo. Bedwyn identificou as várias pontes que o cruzavam. Todos os barcos e navios em suas águas, representando o agitado comércio de uma nação, pareciam de brinquedo. O coronel mostrou ainda a Torre de Londres, a Abadia de Westminster, várias outras igrejas, com seus pináculos elegantes apequenados pela altura do domo da Catedral de Saint Paul, além de diversos prédios famosos. Mais adiante, em ambas as margens do rio, Eve pôde ver campo aberto. O vento, que no chão mal passava de uma brisa, soprava com força ali em cima, vindo da direção do rio. Bedwyn levantou o braço livre para prender o chapéu com mais firmeza na cabeça.

– Nunca me senti tão animada na vida – confessou Eve, e percebeu que dissera a mais pura verdade. Aquele homem alto e poderoso ao lado dela era seu marido fazia poucas horas. Aquele era o dia do seu casamento. Por poucos instantes, ela se permitiu imaginar como estaria se sentindo naquele momento se aquele fosse um casamento de verdade, se eles houvessem se unido por qualquer uma das razões mais usuais. Mais uma vez, Eve sentiu um arrepio de excitação percorrer seu corpo.

– Nunca? – Ele a encarou, com certa surpresa. – Sua vida foi muito quieta, então?

– Quase parada – admitiu Eve, em um tom melancólico. – Sempre sonhei em vir a Londres, em conhecer lugares distantes, outras pessoas. – Ela mal se dera conta daquilo até aquele momento. – Os homens têm muita sorte. Têm muito mais liberdade do que nós.

– Temos? – Bedwyn fitou-a por um longo tempo, a expressão severa, antes de virar a cabeça sem fazer nenhum comentário e voltar a se concentrar na vista.

Eve tinha certeza de que aquele era um dia de que se lembraria para todo o sempre. Já que agora a situação era irrevogável, ela ficava feliz por ter mais do que a cerimônia simples daquela manhã para levar na memória. Eve tocou a aliança discretamente, através da luva, embora não precisasse realmente fazer isso. Ela conseguia *sentir* a aliança no dedo, o símbolo de que agora estava ligada pelo resto da vida àquele homem, embora nunca mais fosse voltar a vê-lo depois que ele partisse, no dia seguinte. Eve se perguntou quanto tempo levaria até que ela não conseguisse mais se lembrar claramente da aparência dele. Ela virou a cabeça para olhar para o coronel naquele momento, como se de algum modo fosse importante lembrar, memorizar o rosto duro e anguloso, o nariz proeminente, os lábios finos, os olhos e cabelos escuros.

Ele a encarou de volta, estreitando os olhos, como se estivesse fazendo o mesmo.

– Está pronta para encarar os degraus? – perguntou Bedwyn.

Eve riu, constrangida.

– Acho que vou passar o resto do dia aqui em cima. Talvez o resto da semana. Quem sabe o resto da minha vida.

– Tão mal assim? – perguntou ele. – Segure a minha mão. Não vou deixá-la cair. Palavra de honra.

Bedwyn ergueu a mão direita solenemente e estendeu a esquerda para ela. Mesmo usando luvas, Eve achou muito íntimo segurar a mão dele – se agarrar a ela, na verdade – por um tempo tão longo. Mas até que estivessem perto da base da escada, ela não dispensaria o apoio do coronel por nada na vida. Ele era um homem muito forte, pensou ela. Sólido e confiável. Por muito tempo, Eve se orgulhara de sua capacidade de resolver tudo sozinha, de não depender de ninguém. Quase todas as pessoas que lhe eram mais próximas dependiam dela.

Bedwyn a levou até as proximidades da Abadia de Westminster, mas Eve não gostou tanto do lugar como gostara da Catedral de Saint Paul, embora percebesse que a aura histórica que cercava o lugar era quase esmagadora.

– Pode acreditar – comentou ela, parada no meio da nave e olhando ao redor, impressionada – que todos os monarcas, desde Guilherme, o Conquistador, foram coroados aqui?

– Com exceção apenas de Eduardo V – acrescentou ele. – E a maior parte deles também está enterrada aqui. Senti um prazer mórbido ao saber disso quando estive aqui pela primeira vez, ainda menino.

– O coronel vinha a Londres com frequência? – quis saber Eve.

– Na verdade, não. – Ele a guiou na direção do altar. – Nossos pais sempre preferiram nos manter em Lindsey Hall. Também gostávamos mais de lá. Éramos um grupo indomável. Ainda somos, eu acho.

– O senhor é mais velho ou mais novo do que seus irmãos e irmãs? – perguntou ela.

Não sabia quase nada a respeito dele, percebeu. Ainda assim, o homem era seu *marido*.

– Sou o segundo, logo depois de Bewcastle – explicou Bedwyn. – Então vêm Rannulf, Freyja, Alleyne e Morgan. Nossa mãe era uma leitora voraz, principalmente de história. Foi ela que escolheu nossos nomes um tanto excêntricos.

– Vocês são uma família unida? – voltou a perguntar Eve.

Ele deu de ombros.

– Nem sequer passei em casa nos últimos três anos – disse ele. – Briguei com Bewcastle na última ocasião e parti mais cedo do que pretendia. Mas isso não é novidade.

A atitude de Bedwyn não encorajava mais perguntas e ele não deu outras informações. Eve voltou sua atenção para a abadia. Era esquisito, pensou, estar casada com um estranho. E com um que permaneceria estranho para sempre.

Ele seguiu com a carruagem, passando pelo Palácio de Saint James e a Carlton House, onde morava o príncipe de Gales. Então a levou ao Hyde Park, que era muito maior do que Eve esperava, mais semelhante a uma área rural do que a um parque no meio da maior cidade do mundo. O coronel se manteve nas trilhas mais tranquilas, evitando a multidão de veículos e cavalos que ela via ocasionalmente a distância.

– Podemos ir à Torre de Londres, se desejar – disse ele, quando chegaram a uma praça no fim do parque. – Há um jardim zoológico lá que talvez você goste de conhecer, já que parece gostar de animais. Ou podemos ir tomar sorvete.

– Não estou certa de que gostaria de ver animais enjaulados – retrucou Eve. – Iria querer libertar todos.

– Os cidadãos de Londres ficariam empolgados com a ideia de encontrar um leão ou um tigre a cada esquina – ironizou ele. – Está sendo sentimental de novo.

Ela riu.

– Sorvetes? – perguntou Eve, só então se dando conta da outra opção oferecida por Bedwyn. – Ouvi falar sobre eles, mas nunca pensei em experimentar. *Podemos?*

Assim, Bedwyn a levou ao Gunter's, onde Eve experimentou o prazer indescritível de tomar o primeiro sorvete de sua vida.

– Londres atendeu às suas expectativas? – perguntou o coronel.

– Ah, sim – assegurou ela. – Gostaria de poder passar uma semana aqui. – Eve ficou ruborizada e mordeu o lábio ao perceber que devia soar como uma criança ansiosa e ingênua. – Mas também quero voltar para casa, é claro.

Ela temera que eles fossem passar a tarde quase em silêncio, constrangidos, ou mesmo irritados um com o outro. Mas não fora assim, de forma alguma. Bedwyn não era um homem falante nem abertamente simpático. Mas tinha a educação de um cavalheiro e se esforçou, assim como Eve, para garantir que a conversa fluísse.

– Seria possível encontrar uma loja onde eu possa comprar presentes para as crianças? – perguntou Eve quando eles terminaram os sorvetes. – Elas ficariam tão animados por receber algo de Londres.

– Para os órfãos? – Bedwyn ergueu as sobrancelhas, o que lhe deu um ar de arrogância.

– Para Becky e Davy – retrucou ela. – Meus filhos. E para Benjamin, filho de Thelma.

Ela quase esperou que ele dissesse algo como *para o pirralho ilegítimo?*. Mas o coronel não fez isso. Ele apenas se levantou e afastou a cadeira de Eve quando ela também se levantou.

– Vamos à Oxford Street – disse Bedwyn. – Lá vai encontrar muito em que gastar seu dinheiro.

Eve encontrou um pião de madeira pintado em cores fortes para Benjamin e uma boneca de porcelana para Becky que se parecia muito com um bebê de verdade. O coronel, que havia se afastado um pouco – entediado, ela supôs –, voltou com dois bastões de críquete, uma bola e metas.

– O garoto provavelmente vai gostar disso – disse ele. – Se já não tiver algo parecido.

– Não, ele não tem. – Eve sorriu para o coronel. – Obrigada. Não sabia o que escolher para Davy.

– Todos os garotos gostam de críquete – comentou Bedwyn.

– É mesmo?

O coronel teria gostado?, perguntou-se ela. Era difícil imaginá-lo menino, brincando, correndo, rindo, despreocupado.

Eve pagou pelas compras, que incluíram também lenços de renda para Thelma e para tia Mari, e o coronel Bedwyn carregou os pacotes e os acomodou no piso da charrete, bem protegidos. Então ele estendeu a mão para Eve uma última vez. Ela estava exausta. No entanto, quando finalmente o hotel Pulteney surgiu à vista e ficou óbvio que a tarde deles estava encerrada, Eve se sentiu desapontada. Tão cedo?, pensou. Sabia que a realidade logo se instalaria, mas ainda não estava preparada para ela.

– Quer jantar conosco? – convidou-o.

– Obrigado, mas não – disse ele, sem dar nenhuma desculpa para a recusa. – Voltarei amanhã de manhã. Vamos começar a viagem bem cedo, novamente.

Ele a acompanhou até o saguão do hotel, depois de pedir a um criado que subisse com as compras para ela, e estava prestes a partir quando um cavalheiro mais velho, de aparência muito distinta e usando uniforme militar parou subitamente ao lado deles, levando os óculos ao rosto com ar inquisidor.

– Ah, Bedwyn – disse o homem com entusiasmo. – Pensei *mesmo* que fosse você. Está na Inglaterra para comemorar a vitória, não é?

– General Naughton – disse o coronel. – Como vai o senhor?

Eve recuou um passo, mais uma vez consciente de que não pertencia de forma alguma ao meio social dele, mas o general voltou seu olhar confuso na direção dela e ergueu as sobrancelhas. O coronel Bedwyn segurou o cotovelo de Eve com a mão direita e a conduziu mais para a frente.

– Tenho a honra de lhe apresentar minha esposa, senhor – disse.

– Sua esposa? Que Deus me perdoe, não sabia que era casado, Bedwyn – falou o general. – Como vai, Lady Aidan? Aproveitando a estadia em Londres?

– Na verdade, sim – respondeu Eve. – Passamos a tarde toda visitando os principais pontos turísticos.

– Esplêndido, esplêndido. Verei vocês dois, então, em alguma das comemorações. – Ele acenou com a cabeça em despedida e seguiu seu caminho alegremente.

Eve estava estupefata. *Lady Aidan*. Tolamente, aquilo era algo em que não pensara ao concordar com o casamento. Não era mais Eve Morris. Agora era Lady Aidan Bedwyn.

– Até amanhã de manhã, então – disse o marido dela e, após uma breve cortesia, se foi.

Eve sentiu então uma terrível sensação de vazio. Como uma criança após terminar uma fantástica brincadeira, ela se pegou olhando além de Bedwyn, para um futuro cinza e infinito.

CAPÍTULO VII

Aidan estava parado diante da janela da sala de estar do Solar Ringwood, olhando para o dia cinza do lado de fora. Pela primeira vez desde que voltara à Inglaterra, as nuvens estavam baixas e pesadas, ameaçando chuva. Ele havia imaginado que já estaria adiantado em seu caminho para Hampshire antes que a escuridão caísse, mas o último trecho da volta de Londres fora longo e Aidan acabara aceitando o convite para um chá antes de retomar a viagem. Ele levou a xícara aos lábios e bebeu todo o chá.

As senhoras estavam sentadas em um grupo atrás dele: sua esposa, a Sra. Pritchard e a preceptora, que havia sido apresentada a ele como Srta. Rice. Parecia estranho a Aidan que a preceptora se juntasse a eles para o chá, mas a verdade era que várias coisas lhe pareciam estranhas naquela casa – como, por exemplo, o fato de todos os criados e crianças estarem reunidos na varanda quando a carruagem se aproximou, mais cedo, não em uma fila de recepção ordenada, silenciosa e respeitosa, mas em uma algazarra, todos rindo e falando ao mesmo tempo. Enquanto isso, aquele cão infernal latia sem parar. Imaginou que a falta de controle da esposa sobre seus subordinados era uma herança burguesa sua – e algo que a impelira a se casar com um estranho pelo bem deles.

Ainda assim, Aidan tinha que admitir que havia um aconchego verdadeiro naquela casa, que ele jamais encontrara em nenhum outro lugar. E não podia deixar de pensar que nenhuma outra mulher teria abandonado todos na varanda para levar as crianças ao quarto delas – em vez de entregá-las aos cuidados da babá – e então passar quinze minutos lá com elas, desembrulhando os presentes. E ela não era sequer a mãe deles. Aidan se perguntou subitamente se a esposa desejara algum dia ter os próprios filhos. Mas agora era tarde demais para pensar nisso.

– Eve – dizia agora a Srta. Rice, interrompendo a conversa em uma voz branda – e coronel Bedwyn, preciso me manifestar.

Ela falava com pressa e Aidan se voltou em sua direção.

– Preciso agradecer aos dois do fundo do meu coração. Em nome das crianças, que estavam apavoradas, mesmo sem entenderem bem o motivo, obrigada. Ele voltou aqui ontem, vocês sabem... estou falando do Sr. Morris. Agnes disse a ele que você, Eve, estava passando o dia fora com a Sra. Pritchard. Ele percorreu cada cômodo da casa, inspecionou todos os armários e gavetas. Trouxe dois criados para contarem a prataria, a porcelana, os cristais, as roupas de cama, mesa e banho, para que tudo estivesse contabilizado antes de sua partida. E fez Agnes reunir todos no vestíbulo, antes de partir. Ele nos obrigou a formar duas fileiras, como soldados, e nos disse que amanhã deveríamos estar todos longe daqui, do contrário nos denunciaria por vadiagem e nos jogaria na cadeia. Na verdade, ele pareceu muito contente ao fazer isso.

Sim, o homem deveria estar mesmo muito contente, pensou Aidan. Era possível até imaginar a cena.

– Ah, Thelma – disse a esposa dele, consternada. – Todos os cômodos? Como ele pôde? Cada armário e gaveta?

– Sim – confirmou a Srta. Rice. – Ele disse que nos dará até o meio-dia de amanhã. É quando estará de volta.

– Vou escrever para ele sem demora.

A esposa de Aidan se levantou e voltou-se para olhar para ele. Parecia mais pálida agora do que na véspera, ele notou. Estava toda de cinza novamente. O chapéu com a barra em lavanda não fora usado na viagem daquele dia.

– Mas me despedirei do senhor antes, coronel. Espero que a chuva não o atrase.

– Escrever? – disse Aidan. – Vai *escrever* para ele em vez de confrontá-lo em pessoa e ver a expressão dele quando descobrir a verdade? Ou é uma covarde, madame, ou não tem o menor senso dramático.

Ela deu um meio sorriso.

– Seria *mesmo* delicioso ver a expressão dele, não seria? – comentou. – Acho que não conseguirei resistir.

– Nem eu – falou Aidan. Não havia ocorrido a ele até aquele momento que deveria ver a conclusão de tudo aquilo. Aidan foi até o outro extremo da sala e pousou a xícara e o pires sobre a mesa mais próxima. – Acho que não vou conseguir me negar o prazer de testemunhar a merecida punição do Sr. Cecil Morris, ou até mesmo de participar dela.

– Vai *ficar*? – perguntou a esposa, os olhos arregalados.

– Sim – respondeu Aidan, em um impulso. – Sim, vou ficar... até alguns minutos depois do meio-dia de amanhã. Não acredito que o cavalheiro vá se atrasar.

Lindsey Hall e a liberdade – ao menos a liberdade relativa – poderiam esperar mais um dia, pensou Aidan com relutância. Ele devia mais aquele apoio à esposa. Um dia não era muito diante de todo o resto.

– Que maravilha, coronel – adiantou-se a Sra. Pritchard, levantando-se com dificuldade. – Vou falar com a Sra. Rowe agora mesmo e lhe avisar que haverá mais um para o jantar. Aposto que ela servirá um banquete de casamento digno da realeza.

Atrás dele, Aidan podia ouvir a chuva começar a bater na janela.

Eve achou a situação muito estranha. O coronel Bedwyn ficaria ali, no melhor quarto de hóspedes da casa, uma presença masculina perturbadora. Era perfeitamente adequado, claro – afinal, ele era *marido* dela. Mas havia toda a tensão de manter uma conversa durante o longo jantar, para o qual a Sra. Rowe havia preparado mais pratos do que o comum, e na sala de estar depois disso. No entanto, Eve estava feliz por ele ter ficado.

Nada – ainda que tudo – havia mudado na vida dela. Depois que ele se fosse, tudo seria como antes – para todo o sempre, sem esperança de qualquer mudança para melhor. Quando John retornasse, descobriria sua perda de esperança nele, os planos e sonhos que os dois um dia tiveram estariam terminados. Eve precisava de tempo para ajustar a mente à nova realidade de sua vida. Precisava ver o coronel por apenas um pouco mais, só mais um dia, para que tivesse certeza de que simplesmente não imaginara tudo aquilo.

Depois do jantar, Eve passara um tempo mais breve do que o de costume com as crianças – *como* havia sentido saudades deles, e que sensação *maravilhosa* fora a de voltar para casa e reencontrá-los, já sem nenhuma dúvida de que estavam a salvo e seguros. *Qualquer* sacrifício teria valido a pena para que tivesse aquela certeza. Agora ela se dedicava ao seu bordado na sala de estar e Tia Mari, abençoada fosse, mantinha a conversa viva, descrevendo o parque para o coronel. Mas Eve levantou os olhos com uma expressão reprovadora quando a tia sugeriu que mostrasse o parque a ele na manhã seguinte, antes do meio-dia. Ao que parecia, tia Mari ainda não havia abandonado a esperança de convencê-los a ter algum tipo de relacionamento.

– Imagino – Eve se manifestou – que o parque estará encharcado amanhã cedo, tia Mari. A chuva não está dando sinais de que vá diminuir.

Na verdade, o tamborilar das gotas na janela parecia aumentar.

O coronel estava sentado de forma relaxada, os cotovelos apoiados nos braços da poltrona funda, os dedos entrelaçados. Eve tinha a impressão de que ele a observava bordar. Era uma sensação estranha, muito física, como se houvesse algum fio ligando-os e um dedo fantasma puxando muito delicadamente esse fio. Ela se sentia meio ofegante. Foi um alívio ouvir uma batida à porta. Agnes a abriu apenas o bastante para enfiar a cabeça pela fresta.

– Está sendo requisitada no quarto das crianças, minha ovelhinha – disse Agnes, relanceando um olhar venenoso na direção de Aidan, que lembrara a ela antes do jantar que a patroa agora era "milady".

– Irei agora mesmo – respondeu Eve, enfiando a agulha no tecido, dobrando-o e levantando-se.

– As crianças não têm uma babá? – perguntou o coronel.

– Elas costumam estar dormindo a essa hora – explicou Eve. – Deve haver algum problema.

– Eve passa bastante tempo com eles – dizia tia Mari, enquanto Eve deixava a sala. – Ela seria uma mãe maravilhosa para os próprios filhos.

Eve deu um sorriso sem graça e subiu as escadas às pressas. Nem a babá Johnson nem Thelma a interromperiam se houvesse visitas, a menos que não tivessem escolha.

Sons de soluços a recepcionaram quando ela abriu a porta do quarto das crianças. A babá Johnson estava sentada em uma cadeira, com Becky aconchegada em seu colo. Davy estava parado no meio do quarto, usando sua roupa de dormir. Era Becky quem soluçava, incontrolavelmente. Thelma estava no quarto com Benjamin, ninando-o nos braços. Ele fazia barulhos sonolentos, protestando por ter o sono perturbado.

– Ela não acredita que a senhora não partirá novamente – disse a babá – e que o Sr. Morris não voltará para nos mandar embora. Ele obrigou as crianças a ficar em fila com os criados, Srta. Eve, quando nos deu a notícia.

Eve atravessou correndo o quarto e pegou Becky no colo.

– Ah, meu amorzinho – disse, o rosto pousado no topo da cabeça da criança –, não vou a lugar nenhum. Só fiquei longe por esses dias para poder deixar todos em segurança. E agora *está* tudo seguro. Ringwood é minha, e aqui é o lugar onde você irá crescer, você e Davy. Este é o seu lar e sempre será. E sempre amarei vocês. Sempre, não importa o que aconteça. Venha, vamos sentar e eu lhe mostrarei uma coisa.

Os soluços da menina estavam mais espaçados quando Eve se acomodou com ela em uma cadeira. Embora Becky fosse apegada tanto à babá quanto a Thelma, era compreensível que precisasse de Eve naquela noite. A mente infantil da menina fora lembrada da forma mais cruel de que era Eve quem evitava que ela tivesse de enfrentar mais uma vez o terror de ser abandonada. Ah, como Cecil *ousara* humilhar e assustar tanto duas crianças que eram da própria família?

– Veja. – Eve estendeu a mão esquerda e esticou os dedos. – Está vendo meu anel? É uma aliança de casamento. Quer dizer que estou casada. E *isso* significa que posso ficar em Ringwood pelo resto de minha vida. E significa que *você* também pode ficar.

– E Davy? – perguntou a criança.

– Davy também. – Eve beijou o topo da cabeça da menina. – Vocês dois estão seguros. São meus filhos. Eu amo vocês e vou amá-los para sempre. – Ainda que amor nem sempre fosse o bastante, admitiu para si mesma. O amor não os teria protegido se ela não se casasse. Eve estava *feliz* por ter casado. Poderia suportar todas as consequências dessa decisão tão dramática e dolorosa.

Ela levantou os olhos com um sorriso tranquilizador para Davy, mas o menino olhava na direção da porta, os pés descalços afastados, os punhos cerrados, o corpo todo tenso. O coronel estava parado na porta.

– Calma, garoto – disse Bedwyn com tranquilidade. – Não sou seu inimigo. Nem da sua irmã. Você a defenderia até a morte, não é mesmo? Bom rapaz. Os homens devem proteger as mulheres.

– Vá embora! – A voz de Davy saiu hesitante.

– Davy... – Eve começou a dizer, mas o coronel ergueu a mão para silenciá-la, sem desviar os olhos do menino. A babá não se moveu.

– A Srta. Morris foi a Londres comigo dois dias atrás – disse Bedwyn – para que eu pudesse me casar com ela ontem. Ela agora é Lady Aidan Bedwyn. Eu me casei com ela para lhe dar minha proteção, para que ela pudesse ficar aqui e para que, assim, vocês pudessem ter um lar e estar em segurança até crescerem e seguirem seu próprio caminho no mundo. Eu me casei com ela porque sou um homem de honra e protejo as mulheres sempre que isso está ao meu alcance. Sou um oficial militar e devo retornar logo ao meu batalhão. Lady Aidan estará segura aqui, já me certifiquei disso, mas ficarei mais tranquilo se souber que ela tem outro homem honrado para tomar conta dela e das outras mulheres daqui. Ou um menino honrado, que irá crescer e se tornar um homem. Acredito que você seja assim. Estou certo?

Eve observou a tensão gradualmente deixar o corpo de Davy.

– Sim – respondeu o menino.

– Sim, senhor – corrigiu Aidan, o tom ainda calmo.

– Sim, senhor.

– Bom rapaz. Qual é a sua cama?

– Aquela. – Davy apontou. – Ouvi Becky chorando. Pensei que aquele homem havia voltado para pegá-la.

– Agora você sabe que isso não vai acontecer – disse Aidan. – Jamais. Por que não volta para a cama e deixa a babá acomodá-lo para dormir? Está tudo bem.

A questão era que não havia nada de suave nos modos do coronel, pensou Eve, que embalava Becky nos braços. Ele até forçara Davy a chamá-lo de senhor. Não sorrira nem parecera nada menos do que feroz. Mas Eve sentiu que estava tendo um raro vislumbre do caráter daquele homem que ela sequer começara a conhecer. E jamais conheceria. No dia seguinte ele partiria, aquele estranho, seu marido.

Os olhos de ambos se encontraram e ele sustentou o olhar dela. Nenhum dos dois falou nada. Não poderiam, pois Becky estava adormecendo, Thelma, de costas para todos, ainda embalava Benjamin e a babá murmurava baixinho para Davy na cama dele.

Aquele foi um momento em que algo se passou entre Eve e o coronel, algo íntimo, quase terno, inexplicável, doloroso. Ela sentiu uma dor no peito muito parecida com luto.

Depois de algum tempo, Bedwyn se virou e saiu do quarto. Eve pousou a cabeça no encosto da cadeira e fechou os olhos. Não imaginou que se sentiria daquele jeito... como se algo realmente houvesse acontecido na véspera. Algo que mudara a vida dela de modo profundo e definitivo.

Quando Aidan saiu da cama na manhã seguinte, acordado pelo som de Andrews trazendo para o quarto de vestir a água com que se barbearia, descobriu que ainda caía uma chuva fina. Ele esperava que as estradas não estivessem lamacentas demais para viajar naquela tarde... não que ele não estivesse acostumado a cavalgar pela lama.

Aidan passara mais de uma hora depois do café da manhã caminhando sozinho pelo terreno da propriedade. A esposa havia anunciado sua intenção de passar a manhã no quarto com as crianças. A Sra. Pritchard fora de carruagem até Heybridge. O parque era mesmo belamente planejado. Havia um caramanchão de rosas em um dos lados da casa, com uma trilha rústica mais além, arborizada, irregular e cheia de grutas e assentos improvisados, dos quais se tinha uma agradável visão do lugar – ou se teria, caso o dia estivesse claro. Uma horta e um jardim se espalhavam por toda a extensão dos fundos da casa. O lago de nenúfares que vira antes era como uma pintura. O vale arborizado além dele estava desabrochando em azaleias e jacintos e parecia ser reservado e adorável em um dia de sol. Gramados bem cuidados se estendiam diante da casa.

Aquele era o lar dela – por um triz, por assim dizer. Se Andrews não houvesse ficado resfriado, ela estaria indo embora dali para sempre naquele dia. Ou se Aidan houvesse chegado ao capitão Morris minutos depois de sua morte, em vez de minutos antes. Ou se o capitão não houvesse salvado a vida dele em Salamanca. Como era estranho o padrão aparentemente fortuito dos eventos na vida de uma pessoa.

Aidan voltou para casa bem antes do meio-dia. Não duvidava que Cecil Morris pudesse chegar antes do que dissera, e não perderia por nada aquela visita.

Depois de trocar a roupa molhada por outra seca, ele encontrou a esposa na sala de estar, mais uma vez entretida com o bordado, embora Aidan tivesse a sensação de que ela pegara o trabalho assim que o ouvira se aproximar, para evitar o constrangimento de estar a sós com ele. Aidan ficou parado, observando-a por alguns minutos, até perceber que o rosto dela estava ruborizado. Então atravessou a sala, foi até a janela e ficou olhando para fora.

A carruagem de Cecil Morris surgiu à vista precisamente dez minutos antes do meio-dia.

– Aí vem ele – anunciou Aidan.

– Agnes o fará entrar – contou a esposa.

– Sim.

Ele se virou e a observou enfiar a agulha no tecido com as mãos firmes, então dobrar o bordado com todo o cuidado antes de colocá-lo de volta na bolsa onde guardava os trabalhos. Aidan se afastou ligeiramente para um dos lados da janela, colocando-se sob a sombra das cortinas. Ambos ouviam o som de cascos e rodas sobre o cascalho lá embaixo. Uma porta de carruagem se fechou, então se ouviu a aldrava ser batida com força na porta da frente – que a governanta jamais abriria de antemão para aquele visitante em particular. Pelo menos naquela vez, Aidan se solidarizou com ela.

A esposa virou a cabeça para fitá-lo antes de se levantar e se aproximar da porta da sala de estar para receber o visitante. Instantes depois, a porta foi aberta com força, sem sequer a cortesia de uma batida e se chocou com a mesa atrás dela.

– Ah, Cecil – disse Eve. – Bom dia. Um dia um tanto lúgubre, eu diria, não?

Aidan ouviu o som de outros veículos aproximando-se pela entrada da propriedade, mas não virou a cabeça para olhar. Permaneceu imóvel.

– Estou impressionado por você ainda estar aqui, Eve – falou o primo, tirando o chapéu e o sobretudo, sacudindo gotas de água de ambos e jogando-os em uma cadeira próxima. – Esperava que fosse preservar um mínimo de sua dignidade partindo antes do meio-dia. Não pretende rastejar e me implorar para que permita que fique, não é? Não adiantaria, você sabe, e abomino essas cenas.

– Espero que tia Jemima esteja bem – continuou ela, educada.

– Acredito que todos os outros já tenham partido – disse Cecil – e que aquela mulher que degradou o nível dessa casa durante o último ano ao se considerar governanta também esteja de saída. – Ele pegou um relógio de bolso e o consultou. – Faltam dois minutos para o horário que determinei que partissem, todos eles. Você também, Eve. Têm mais uma hora, que estou cedendo pela bondade do meu coração. À uma hora da tarde, homens estarão chegando, entre eles um oficial, que levará todos os vagabundos à presença do magistrado. Não podemos suportar o fardo financeiro de ter vagabundos na cidade, não é mesmo? Agora, se me der licença. – Ele fez uma pausa para rir da própria piada. – Ou se *não* me der licença, na verdade, prima. Tenho carruagens chegando e devo descer para supervisionar a bagagem sendo descarregada.

– Cecil – chamou Eve –, realmente devo pedir que vá embora. Nossa refeição do meio-dia está quase pronta e seus modos pouco corteses não o fazem merecer um convite para que nos acompanhe. Não quero nada seu dentro da minha casa. Na verdade, proíbo expressamente que seus pertences entrem aqui. Por favor, desça agora mesmo e cuide para que isso não aconteça.

– Veja bem, Eve – falou Cecil, estufando o peito, o rosto muito vermelho –, não vou aturar suas brincadeiras. E não faria isso só por ser minha prima. Jamais gostei de você, e hoje não me importo de dizer isso. Vai deixar esta casa agora, neste minuto. Teve a oportunidade de levar seus pertences com você, mas a perdeu. Agora vá saindo sem mais gracinhas, ou terei que usar meu chicote em você?

O sotaque dele agora era distintamente galês, percebeu Aidan, que pigarreou. Morris virou rapidamente a cabeça para as sombras perto da janela. E no mesmo instante sua expressão se tornou obsequiosa e exuberante.

– Milorde! – exclamou Cecil. – Veio visitar de novo? Deveria ter me dito assim que cheguei, Eve, e eu teria lhe dado mais algumas horas para que recebesse seu convidado... ou, quem sabe, deva dizer *nosso* convidado? O que são algumas horas entre parentes próximos, afinal? O senhor talvez entenda, milorde, que minha querida mãe morou durante toda a sua vida de casada no mesmo chalé, muito confortável e espaçoso, devo acrescentar, mas está compreensivelmente impaciente para se mudar para cá, para sua nova casa. Se dependesse de mim, eu teria dado a Eve até o fim da semana, com prazer.

– Alguém mencionou chicotes? – Aidan saiu das sombras.

Morris riu com vontade.

– Uma piada entre primos – disse.

– Ah. – Aidan caminhou a passos lentos até estar perto o bastante do outro homem, para que Cecil percebesse a significativa diferença entre 1,85 metro e 1,62 metro de altura. – Sou frequentemente acusado de ausência de senso de humor e agora compreendo que não é sem razão. Acreditei que estivesse falando sério.

A risada de Morris foi um pouco mais tensa dessa vez.

– Também sou conhecido como estraga-prazeres – continuou Aidan. – Mesmo de brincadeira, simplesmente não posso permitir que... hã, use o *chicote* em minha esposa.

Houve um momento breve e pesado de silêncio.

– Sua esposa? – Morris estava boquiaberto.

– Minha esposa.

Morris riu mais uma vez, num tom brincalhão.

– O senhor é um piadista – falou, piscando. – Quase me enganou, milorde. Quem disse que não tem senso de humor, hein? É o mais afiado que já vi, posso lhe garantir. E quando correram os proclamas? Hein, hein? Esqueceu isso, não é?

– A Srta. Eve Morris – continuou Aidan em um tom frio, quase esperando que em pouco tempo o outro homem fosse lhe dar um cutucão jocoso nas costelas – me deu a honra de se casar comigo com uma licença especial, em Londres, anteontem. Ela agora é Lady Aidan Bedwyn do Solar Ringwood. E acredito tê-la ouvido dizer há um ou dois minutos que sumisse daqui.

– Agora veja bem...

– Pode ir embora por vontade própria – avisou Aidan – ou posso ajudá-lo... mas *não* com um chicote, pode ficar tranquilo. Apenas um tirano covarde ameaça os mais fracos com chicotes ou outras armas quando possui duas mãos perfeitamente capazes. Antes que vá, no entanto...

– *Casada! Você se casou, Eve?*

O rosto de Morris passara a um perigoso tom púrpura. Havia saliva nos cantos de sua boca e ele cuspia as palavras. A verdade estava apenas começando a assentar em sua mente, desconfiou Aidan.

– Com um cavalheiro, Cecil – disse ela. – Portanto, hoje sou a dona por direito do Solar Ringwood, e não você.

– *Não!* – Ele se virou e encarou a prima com ódio. – Não pode ser verdade. Quem já ouviu falar em casamentos com licença especial? Não pode ser válido. E se disser que é, está mentindo, ou usando de truques e artimanhas, e farei com que seja exposta e punida por isso. E se espera piedade ou caridade da minha parte...

– Silêncio, homem!

Quase sem perceber, Aidan adotara o tom e a expressão que usava com seus subordinados quando algum deles era estúpido o bastante para questionar sua autoridade. Ele não ergueu a voz nem fez nenhum gesto ameaçador, mas a atitude provocou em Morris o mesmo efeito que sempre provocava em seus homens. O primo da esposa se virou para Aidan com os olhos esbugalhados e o rosto pálido.

– Embora seja primo da minha esposa – disse Aidan, aproximando-se mais um passo, de modo que Morris teve que levantar a cabeça para olhar para ele –, não percebi o menor traço de afeto de sua parte em relação a ela, seja em palavras, seja em atitudes. Não é mais bem-vindo aqui, senhor. Sairá assim que eu terminar de falar e não voltará. Nunca! Nem mesmo para colocar o dedo do pé nos limites do parque. Fui claro?

Cecil Morris o encarava mudo.

Aidan abaixou o tom de voz.

– Fui claro?

Nenhum som saiu até que Morris pigarreasse.

– Sim.

– Deixarei minha esposa aqui quando voltar para meu batalhão em um futuro próximo – continuou Aidan. – Mas tenho braços longos, Morris, e amigos poderosos na Inglaterra, incluindo meu irmão, o duque de Bewcastle, com quem estava tão impressionado quando nos conhecemos. Se eu ouvir a mera sugestão de que você está importunando ou mesmo aborrecendo levemente Lady Aidan Bedwyn, esses braços e esses amigos o alcançarão e lhe causarão muito mal. Você me entendeu?

– Sim. – A voz se tornara um grasnado repulsivo.

– Ótimo. – Aidan cruzou as mãos nas costas e continuou a olhar para o homem abaixo dele. Descobrira que o silêncio prolongado era uma arma poderosa para deixar de pernas bambas o mais teimoso dos soldados. – Vá embora agora.

Morris se virou e olhou para Eve com ódio. Ele abriu a boca, mas voltou a fechá-la, desistindo de dizer qualquer coisa que pretendesse. Foi sábio de sua parte. Aidan adoraria ter uma desculpa para pegar o homem pelo colarinho e levá-lo escada abaixo até a carruagem, com as botas arrastando-se impotentes no chão. Morris cambaleou até a porta, pegou o casaco e o chapéu desajeitadamente e às pressas, porque achou que Aidan iria atrás dele, e desapareceu. Aidan fechou a porta e se voltou para a esposa com as sobrancelhas erguidas.

Os olhos dela estavam iluminados de alegria.

– Ah! – exclamou Eve – Estou *tão* feliz que tenha ficado! Não perderia o que aconteceu por nada. Foi impagável! *O senhor* foi impagável.

Ela caminhou apressada na direção dele enquanto falava, as mãos estendidas. Aidan pegou as mãos dela e as apertou com força.

– Confesso – disse ele – que também me diverti muito.

– Obrigada! – falou Eve com intensidade, voltando a apertar as mãos dele. – Muito obrigada por tudo. Nunca saberá quanto lhe sou grata.

Ela estava ruborizada, animada e bonita de novo, como estivera em Londres, duas tardes antes. Eve ergueu o rosto para ele – para quê, ele jamais saberia dizer – e Aidan se inclinou na direção dela muito despropositadamente. Então, de algum modo, as bocas dos dois se encontraram e se colaram por alguns momentos que pareceram infinitos, antes que eles se afastassem de um pulo e soltassem as mãos do outro como se estivessem escaldados.

Que diabo! Com certeza aquele era um dos momentos mais embaraçosos da vida de Aidan – talvez o *mais* embaraçoso – ainda mais porque ela ficou parada, encarando-o, os olhos arregalados de medo, o rosto muito ruborizado, e ele não conseguiu pensar em nada para fazer além de cruzar as mãos nas costas e pigarrear.

– Peço que me perdoe...

– Realmente peço que me perdoe...

Os dois falaram ao mesmo tempo, como se fossem um maldito coro grego. Que Deus o ajudasse! Acabara de beijar a esposa. Ou ela o beijara. Não importava.

– Peço que me perdoe – repetiu Aidan. – Vou subir e ver se Andrews já terminou de arrumar minha bagagem.

– Não vai ficar para o almoço?

Não. Estava na hora de ir embora. Aidan vinha se pegando com a cabeça nela. Já tivera alguns relances tentadores da mulher divertida, leal e carinhosa que ela era, e não era bom para ele pensar na esposa assim. Pior, Aidan se pegara tendo pensamentos sensuais sobre ela, mais intensos na última noite, depois que fora para a cama e se dera conta de estar passando a noite sob o mesmo teto que a esposa pela primeira e única vez na vida. Fora alarmante e ele se sentira desleal. Depois se sentira desleal *por se sentir desleal.*

– Acredito que não... – começou a dizer.

A porta da sala de estar se abriu atrás dele e Aidan se virou decidido, imaginando que Morris fizera a temeridade de retornar. Mas era a Sra. Pritchard, ainda vestida com roupas de passeio, os ombros úmidos de chuva.

– Ah, que bom – disse ela. – Vocês dois ainda estão aqui para me contar tudo o que aconteceu. Tive que descer da carruagem perto dos estábulos e caminhar até aqui. Cecil e sua comitiva estão bloqueando a passagem. Ele nem olhou para mim quando lhe dei um "boa-tarde" muito animado e perguntei como estava. Agora contem-me *tudo*!

Os olhos dela cintilavam, travessos, percebeu Aidan. As duas mãos estavam apoiadas na bengala.

– Ah, tia Mari – disse Eve, levando as mãos ao peito –, a senhora deveria ter ouvido o coronel Bedwyn. Deveria mesmo. Ele falou com tanta tranquilidade, foi ameaçador de um modo tão refinado que até eu estremeci. Quase senti pena de Cecil.

Ela riu... na verdade, pareceu mais com a risadinha de uma menina.

– Quase, mas não cheguei a tanto – completou ela.

– Ele cometeu o erro – disse Aidan – de ameaçar tirar minha esposa desta casa com um chicote.

– Ah, mas ele é muito estúpido! – disse a tia com uma risadinha. – Imagino como teve coragem de dizer isso diante do senhor, coronel.

– Essa foi a melhor parte – acrescentou a esposa dele. – Morris não percebeu o coronel Bedwyn nas sombras. A senhora deveria ter visto a expressão no rosto de Cecil quando finalmente o notou.

A Sra. Pritchard riu enquanto retirava o chapéu e sacudiu dele as gotas de chuva.

– Fico feliz por encontrar os dois aqui – falou ela. – Fiz várias visitas esta manhã. Achei importante que nossos vizinhos soubessem o que havia acontecido. Todos estavam preocupados com o que seria de Eve. Felizmente, por causa da chuva, encontrei todos em casa. Tenho notícias fantásticas.

Aidan sentiu uma apreensão instantânea. A mulher tinha aquele brilho de cupido nos olhos novamente.

– Todos ficaram tão encantados ao saber que continua sendo a senhora de Ringwood, Eve, meu amor, e que foi com o coronel Bedwyn que se casou que concordaram que era preciso fazer algo para celebrar – contou a Sra. Pritchard. – Expliquei que o coronel precisa retornar logo de sua licença, mas isso não deteve ninguém. Eu ainda estava falando e já tinham começado os preparativos para uma festa esta noite nos salões que ficam no último andar da estalagem.

– Tia Mari... – começou Eve, parecendo tão contrariada quanto Aidan se sentia.

– Estou certa – disse a Sra. Pritchard, fitando Aidan com olhos suplicantes – de que pode ficar por mais uma noite, coronel. Com certeza...

– Tia Mari...

Aidan ergueu uma das mãos. Por mais contrariado que se sentisse, precisava admitir que talvez fosse uma boa ideia.

– Acabo de me lembrar – falou ele – que Cecil Morris pareceu não acreditar na validade desse casamento com uma licença especial. É possível, eu suponho, que mais pessoas nessas vizinhanças possam compartilhar da mesma ignorância. Minha partida hoje talvez acabasse levantando dúvidas e rumores que poderiam causar dificuldades desnecessárias. Aparecermos em público juntos, comemorando nosso casamento, com certeza diminuiria essas dúvidas.

A Sra. Pritchard sorria, satisfeita.

– O que acha? – Aidan perguntou à esposa.

– Acho – disse ela, franzindo o cenho – que estamos lhe causando muito mais problemas do que esperava, coronel.

Era verdade. Tudo havia parecido tão simples quando ele pensara em cumprir a promessa que fizera ao capitão Morris casando-se com a irmã dele...

– Além do mais – disse Aidan –, a chuva voltou a cair com força.

Eles se viraram juntos para olhar a água escorrendo nas vidraças das janelas.

CAPÍTULO VIII

Eve examinou o guarda-roupa em busca de um vestido adequado para usar naquela noite. Tudo o que tinha estava lamentavelmente fora de moda. Estivera de luto durante o último ano, mas, mesmo nos anos anteriores, havia passado a maior parte das noites em casa com o pai, cujos problemas de saúde a mantiveram longe dos eventos sociais, nos quais ele depositava tantas esperanças. Ela considerou suas opções e acabou optando pelo vestido de seda cinza com matizes prateados. Parecia desrespeitoso à memória de Percy não usar luto nenhum, apesar do desejo expresso dele. Edith arrumou o cabelo dela e sugeriu que usasse o cordão e os brincos prateados, para acrescentar um toque festivo.

Aquela sem dúvida fora uma péssima ideia de tia Mari e Serena, entre outros, pensou Eve, enquanto descia as escadas até a sala de estar, sentindo-se nervosa como uma debutante. Aquilo tudo era um artifício óbvio para deter o coronel ali, na esperança de que o casamento desabrochasse em algo mais do que os próprios noivos jamais tiveram a intenção de que viesse a ser. Era embaraçoso, para dizer o mínimo. Ela ficara surpresa por ele ter concordado em ficar, mas entendia que ele fora movido por seu senso de honra. Eve esperava que o coronel não tivesse a expectativa de encontrar um evento social elegante, do tipo a que ele devia estar acostumado, sendo filho de um duque.

Bedwyn esperava por ela na sala de estar. Tia Mari e Thelma tinham ido na frente, para ajudar com alguns preparativos no salão onde aconteceria a festa – ao menos fora essa a explicação que tia Mari dera para que Eve e o coronel fossem sozinhos para a hospedaria Three Feathers.

– Lamento tanto por tudo isso – Eve disse a ele. – A essa altura, deve estar ansioso por seguir seu caminho para casa.

Bedwyn se inclinou em uma mesura e deixou que os olhos a percorressem, porém não fez qualquer comentário sobre a escolha do vestido. Ele usava seu uniforme de gala, mas com sapatos de dança, em vez das botas de cavalaria.

– Eu poderia ter me recusado a ficar – argumentou Bedwyn. – No entanto, a questão é que *posso* partir amanhã e retornar ao meu modo de vida habitual, como se nada houvesse acontecido. No seu caso não será tão fácil. Continuará aqui, perto de vizinhos que sabem muito bem por que se casou e por que vive sozinha, sem o marido. Não quero que as pessoas pensem que não há nenhuma gentileza, nenhum... respeito entre nós. Confesso que fui pego de surpresa quando a Sra. Pritchard anunciou seus planos esta tarde, mas não levei muito tempo para perceber que na verdade é apenas algo necessário.

Os modos dele eram muito formais. Seria bondade ou senso de dever o que o motivava?, perguntou-se Eve. Ela já tivera alguns vislumbres de uma possível bondade, até mesmo humor da parte do coronel, mas... *ele nunca sorria.* Eve assentiu, e ele pegou o xale de suas mãos, pousou-o sobre os ombros dela e lhe ofereceu o braço.

Fazia cerca de uma hora que a chuva cessara, porém ainda estava frio e o piso da varanda continuava úmido. Eve estremeceu ao subir na carruagem. E imaginou se o coronel iria acomodar-se no assento ao lado dela ou à sua frente. Ele sentou ao lado dela. Eve sentiu o calor do corpo masculino ao longo de seu braço direito e na parte externa da coxa.

– Haverá dança – informou a ele. – Ao som de músicos locais. Também haverá jogos de cartas, muita conversa, comida e bebida. Vai achar tudo muito insípido, talvez até terrivelmente tolo.

– Não precisa se desculpar pelo que sem dúvida será um entretenimento típico do campo, perfeitamente civilizado – disse Bedwyn.

Eve se lembrou de uma vez ter contado a John sobre uma reunião festiva nos mesmos salões, à qual havia comparecido recentemente e da qual havia gostado muito. Ele dera de ombros de um modo teatral e dissera que preferiria ser atirado em uma masmorra cheia de ratos a comparecer a um evento tão vulgar. Eve rira na época, ele também rira e os dois mudaram de assunto. Será que *John* teria se comportado como o coronel naquele momento, apenas para que ela parecesse respeitável – e não se tornasse objeto de piedade – aos olhos dos vizinhos?

– Não consigo esquecer – falou Eve – que é filho e irmão de um duque, que é *lorde* Aidan Bedwyn.

– E a madame é Lady Aidan Bedwyn – lembrou a ela enquanto a carruagem se colocava a caminho.

– Uma impostora – disse ela, e riu.

– Não. – Ele virou a cabeça para encará-la. – Minha esposa.

Eve voltou a estremecer. A realidade ainda não havia assentado em sua mente, percebeu. Estava casada, mas ao mesmo tempo não estava. Tinha um marido, mas ao mesmo tempo não tinha. Dali a uma semana, a existência de Bedwyn pareceria apenas um sonho. Mas ela estaria casada com ele para sempre... até que a morte os separasse.

– Ainda está usando meio-luto – comentou Bedwyn. – Apesar de seu pai ter falecido há mais de um ano.

– Acha desrespeitoso à ocasião? – perguntou Eve. – Não consigo deixar de lembrar que, apenas quatro dias atrás, todos os meus vizinhos e amigos estavam reunidos para um serviço fúnebre em homenagem a Percy. E esta noite todos estão reunidos de novo, dessa vez para comemorar meu casamento.

– A vida é assim – disse ele. – Continua mesmo após a mais indizível das tragédias.

– Suponho – comentou Eve, olhando para ele com o cenho levemente franzido – que fale por muita experiência.

Os olhos negros e inescrutáveis perderam toda a emoção. E isso era pior do que qualquer emoção que pudesse ter demonstrado. Eve sentiu um arrepio percorrê-la. O silêncio pairou entre os dois por vários instantes.

– Está de luto agora pelo seu irmão? – perguntou ele. – Apesar do desejo expresso dele de que não ficasse?

– Como posso não ficar? – Ela suspirou. – Éramos só nós dois. Sempre fomos próximos, mesmo depois que Percy brigou com papai e foi morar com meu tio-avô. Então ele... Mas não devo aborrecê-lo.

Eve virou a cabeça para olhar para as árvores ao anoitecer.

– Conte-me – pediu Bedwyn.

– Meu tio-avô era comerciante e mercador – começou Eve. – Era quase tão rico quanto papai, mas não tinha a mesma ambição de ascender socialmente e de fazer parte da aristocracia rural. Era feliz com sua vida e com suas conquistas. Quando morreu, tudo o que tinha ficou para o filho, exceto por uma vultosa soma em dinheiro, que foi o bastante para pagar pelo sonho de Percy, uma patente no regimento da cavalaria. Papai ficou furioso, mas não havia nada que pudesse fazer. No entanto, ele alterou seu testamento.

– O filho de seu tio-avô não fez objeções? – perguntou o coronel.

– Joshua? Não. – Ela balançou a cabeça. – Ele e Percy eram grandes amigos. Joshua queria se casar comigo.

Eve se deu conta de que provavelmente não deveria ter acrescentado esse detalhe desnecessário.

– Joshua? – quis saber Bedwyn.

Eve se virou para encará-lo com um sorriso um pouco tímido.

– Eu tinha 19 anos – falou – e ele tinha 28. Era próspero, seguro de si, bonito, amigo de Percy, parte da família. Eu estava muito solitária, sozinha aqui. Achei que talvez fosse gostar de voltar... de ficar mais próxima das minhas raízes, por assim dizer. Voltar para meu próprio país, para a minha gente... embora a família da minha mãe fosse inglesa de nascimento.

– Seu pai não permitiu o casamento? – perguntou o coronel.

– Ah, de jeito nenhum – respondeu Eve. – Joshua era burguês. Totalmente, até no sotaque pesado. Não, papai não permitiria o casamento. Fiquei de coração partido, mas o esqueci em um mês. Ele se casou seis meses depois de minha recusa e hoje tem três filhos. Ainda é muito próspero.

– Mas não ficou chorando por ele?

– Não. – Ela riu baixinho. – Foi tolice imaginar que eu poderia voltar e ser feliz. Já morava aqui fazia muito tempo para voltar... a maior parte da minha vida, na verdade. Sei disso agora. Prefiro a minha vida como é. – *Ou como era até uma semana atrás*, Eve acrescentou para si mesma.

– Onde Cecil Morris se encaixa na cena familiar? – quis saber Bedwyn.

– O pai dele e o meu eram irmãos – explicou ela. – Quando papai deixou o País de Gales e comprou Ringwood, meu tio veio também e arrendou uma grande área de terra do irmão. Meu tio trabalhou duro e acabou comprando-a. Mas Cecil sempre teve uma inveja tola de mim e de Percy. Era desesperado por ascender socialmente, sobrepor suas origens e ser um cavalheiro... um rico e *ocioso* cavalheiro. Papai e Cecil acreditavam que a ociosidade era característica da nobreza. Sempre achei que Cecil deveria ter sido filho do meu pai. Na verdade, ele chegou muito perto de ser de fato o herdeiro do tio. Foi apenas graças ao senhor que isso não aconteceu.

Ela falara demais, pensou Eve, quando a carruagem atravessou a ponte e seguiu pela rua principal de Heybridge, em direção à hospedaria Three Feathers. Que interesse o coronel poderia ter na família dela?

– Não sei se devo dançar – disse ela. – Afinal, ainda estou de luto.

– Contra os desejos expressos de seu irmão – lembrou ele. – Dançar é a principal forma de entretenimento em uma festa desse tipo, creio eu, e o evento é em nossa homenagem. Desapontaria a todos se ficasse sentada, séria, em um canto, com as acompanhantes. É isso o que deseja, magoar seus amigos?

Ele estava certo, é claro. Tia Mari ficaria desapontada. Assim como todos os outros. E *ela* também ficaria desapontada. Subitamente, como acontecera em Londres dois dias antes, Eve se sentiu dominada por uma onda de vivacidade, por uma vontade de agarrar com unhas e dentes cada momento de quase felicidade, antes que ficasse sozinha para lamentar tudo de que havia desistido.

– Sabe dançar? – perguntou ao coronel. Era difícil imaginá-lo dançando.

– Madame – disse ele, quando a carruagem sacolejou uma última vez e parou e eles ainda esperavam que os degraus fossem colocados para descerem –, antes de um cavalheiro aprender a recitar o abecedário sem titubear, ele já é um mestre na graciosa arte de bailar como uma pluma.

Eve riu. Lá estava de novo, aquela sugestão seca e rascante de humor.

E teve que admitir para si mesma que vinha esperando ansiosamente pela noite.

A festa realmente foi um evento modesto, até mesmo insípido. Bewcastle teria achado vulgar. Havia um grande número de moças jovens demais para sair à noite e que, contudo, dançavam com todos os rapazes presentes, lançando risinhos empolgados para eles, que ruborizavam e se esforçavam para parecer desinteressados, mas acabavam parecendo apenas desajeitados. Havia senhoras, que riam e falavam muito alto, e homens mais velhos, que mantinham conversas longas e tediosas sobre temas relativos às guerras (para agradar Aidan) e sobre cultivo e caçadas (para agradar a si mesmos). Havia uma orquestra composta por dois violinos, um contrabaixo e uma flauta, e os músicos tocavam com mais entusiasmo do que talento. Havia mesas quase curvadas sob o peso de iguarias finas e engordativas, além de bebidas suficientes para alcoolizar o mais sólido dos batalhões de infantaria.

Aidan nunca fora muito chegado a eventos e reuniões sociais, mesmo as mais refinadas. Mas havia compreendido a importância de comparecer àquela e também reconhecia as boas intenções por trás da comemoração. Os vizinhos gostavam muito de Eve, não havia dúvidas disso. Eles *realmente* haviam ficado preocupados com o destino dela. Era óbvio que sentiam um enorme alívio por saber que estava segura, casada e que poderia continuar a morar entre eles sendo dona de Ringwood. Mas queriam mais do que isso para ela. Precisavam vê-la com o marido, para se certificarem de que existia de fato um casamento, mesmo não tendo sido uma união por amor, e sim por conveniência... e mesmo que as circunstâncias o obrigassem a partir na manhã seguinte.

Aidan se dispôs a fazer a sua parte e deu a eles o que queriam.

Ele inaugurou a rodada de quadrilhas com a esposa, postando-se na primeira posição da fileira de homens, enquanto Eve liderava a fileira de mulheres, de frente para o marido. Era uma dança vigorosa, que logo trouxe cor ao rosto dela e brilho a seus olhos. Devia fazer pelo menos um ano desde a última vez que ela dançara, ele se deu conta, ainda assim ela se movia com graça, energia e um prazer evidente. Ele não tirou os olhos da esposa. Em parte propositalmente, para que os amigos e vizinhos que os observavam percebessem. Em parte porque era bom olhar para ela... alta, esguia e de uma beleza que florescia sempre que ela estava animada, como naquele momento. E em parte porque ele sabia que, depois do dia seguinte, tentaria se lembrar da imagem dela e nem sempre conseguiria. Ainda assim, Eve seria sua esposa para sempre.

Ele teve mais três danças com a esposa no decorrer da noite – como aquele era um baile rural, as regras de etiqueta da sociedade não eram tão rígidas. Entre cada dança, Bedwyn mantinha a mão no braço dela enquanto conversavam com quase todos os presentes. Uma ou duas vezes, quando a esposa dançou com outro homem, Aidan ficou de pé, observando-a. Algumas poucas vezes ele dançou com outras mulheres, entre elas com a Sra. Robson e com a Srta. Rice. Se Bewcastle pudesse vê-lo, pensou Aidan com ironia, enquanto dançava e conversava com a preceptora... O duque teria ficado apoplético, ainda mais se soubesse a história da mulher. Aidan quase sorriu ao pensar nisso, mas logo ficou sério quando outro pensamento, dessa vez bastante inquietante, o assaltou. E se a *Srta. Knapp* pudesse vê-lo naquele momento?

Além de todos os petiscos com que foram tentados a noite inteira, houve ainda um jantar com todos sentados à mesa, no salão adjacente, às onze e meia da noite. Aidan não conseguia imaginar como tudo aquilo poderia ter sido preparado em menos de um dia. A refeição era um verdadeiro banquete. E foi seguida por discursos e brindes – um de James Robson e outro do reverendo Thomas Puddle. Aidan, para seu profundo constrangimento, foi forçado a fazer um discurso improvisado em resposta.

– Minha esposa e eu gostaríamos de agradecer a todos por sua generosidade e gentileza em organizar essa festa em nossa homenagem com tão pouco tempo de antecedência – começou ele.

Parecia não haver mais nada a dizer. Então Aidan abaixou os olhos para Eve. Ela fitava as costas da própria mão que estava apoiada na toalha de mesa entre eles.

– O capitão Percival Morris era meu amigo – continuou Aidan, ainda sem muita confiança no que diria. – Portanto, a irmã dele também era minha amiga muito antes de eu sequer conhecê-la. Foi uma grande honra para mim poder resgatá-la de uma situação difícil ao me casar com ela. Mas apenas a pressa desse casamento foi ditada por tais circunstâncias. Ouso dizer que o casamento em si teria acontecido em algum momento no futuro de qualquer modo, com mais grandiosidade, talvez, com um número maior de familiares e amigos nossos presentes, porém tudo isso não nos levaria a ter recordações mais preciosas de nossas núpcias tão discretas em Londres.

Houve aplausos emocionados e uma tentativa constrangida de erguer um brinde. Os dedos de Eve sobre a mesa se cerraram.

– Preciso partir amanhã – disse Aidan. – Tenho negócios para resolver antes de voltar para meu batalhão. Deixo minha esposa com relutância, mas a deixo aos cuidados da tia, dos amigos e vizinhos que a amam. Até o meu retorno.

Houve mais aplausos e algumas damas, incluindo a Sra. Pritchard, secavam os olhos. Aidan pegou a mão cerrada da esposa na sua, entrelaçou os dedos aos dela e os levou aos lábios. Ela levantou os olhos para ele e os olhares de ambos se prenderam por um longo momento. E a maldição, pensou

Aidan, era que *não tinha* a sensação de ter dito uma mentira deslavada. Ele não tinha ideia, quatro dias antes, de que estaria se envolvendo em algo tão profundo.

– Queiram me acompanhar – Aidan convidou a todos – em um brinde a Lady Aidan Bedwyn, minha esposa.

Logo depois, vários convidados, incluindo quase todos os mais jovens, voltaram a se aglomerar no salão ao lado e a música recomeçou. O bater surdo de algumas dezenas de pés no chão de madeira indicava que a dança fora retomada. A maior parte das pessoas que saíam ia até Aidan para apertar a mão dele e dizer algumas palavras a Eve, mas depois de alguns minutos os dois estavam sentados, com espaço bastante ao redor para permitir que relaxassem e conversassem um pouco.

– Obrigada – disse Eve. – O que fez foi muito importante para minha segurança. Jamais esquecerei. Mas deve estar ansioso por partir amanhã e ir para casa ver sua família. Finalmente estará livre de novo.

Aidan tinha uma estranha sensação de que não seria assim tão fácil, mas não disse nada. De qualquer modo, teria sido falta de educação concordar com ela.

– Se não ficou chorando as mágoas por seu primo por mais do que um mês, o que a impediu de se casar com outra pessoa até dois dias atrás? – perguntou ele, mudando de assunto. – Sei que no ano que passou deve ter se sentido moralmente obrigada a esperar, por causa dos termos do testamento de seu pai. Mas e nos anos anteriores? A senhora tem agora... quantos anos... 24, 25?

– Tenho 25 anos – respondeu Eve. – Papai se esforçou por muitos anos. Estava determinado a me conseguir um bom casamento. Estremeço só de me lembrar do desfile de cavalheiros que ele trouxe até Ringwood para que eu os avaliasse.

– Parece gostar tanto de crianças – comentou Aidan. – Nunca quis ter filhos?

– Tenho filhos – retrucou ela. – Não entende, não é, coronel? No seu modo de ver, Becky e Davy são apenas órfãos que acolhi. Para mim eles são... bem, são tão preciosos quanto se houvessem saído de meu ventre.

Ela enrubesceu diante das próprias palavras.

Pois *era* difícil entender. Ela era uma mulher com tanto amor e ternura para dar. Por que não a um homem? Por que não aos filhos que ela mesma gerasse?

– Acaba de me ocorrer – disse ele – que talvez eu tenha cometido um erro ao presumir que a senhora não desejava se casar no futuro, que não pretendia começar uma família.

– Não! – disse Eve, com tanta ênfase que uma senhora mais velha sentada em uma mesa próxima (Srta. Drabble?) virou-se para eles por um instante. – Não, não permitirei que faça isso consigo mesmo. *Escolhi* permanecer solteira. Acho que sempre soube, principalmente depois de Joshua, que jamais me casaria a não ser que estivesse apaixonada de verdade. Tive a sorte de poder me dar o luxo de escolher em uma questão que muitas mulheres não podem. Ao menos, *pensei* que tivesse tido escolha.

– Mas nunca conheceu um homem a quem pudesse amar de verdade? – perguntou Aidan.

– Não! – A resposta saiu até mais firme que a anterior, apenas em tom mais baixo. – Nunca. Talvez isso signifique que o tal amor não existe, coronel. Talvez eu buscasse o impossível. O que acha?

– Sobre o amor? – conferiu ele. – Depende de sua definição do termo. Não acredito no amor romântico. Acho que não passa de uma forma suave de se referir ao apetite sexual, no caso dos homens, e ao desejo de ter segurança e um lar, no caso das mulheres. Mas acredito firmemente em lealdade e afeição familiar.

– Eu também – concordou Eve. – E tenho essas coisas em abundância. Tenho minha tia e meus amigos e meus filhos adorados. Por que ansiaria por mais? Tenho tudo o que poderia desejar. Sou feliz como sou. Li em algum lugar que muitas vezes passamos a vida inteira procurando pelo que já temos. Sou uma das sortudas que têm consciência da própria sorte. Sei disso porque quase perdi tudo hoje. E lhe serei eternamente grata por tornar minha felicidade possível.

Aidan ficou mais tranquilo. Ou talvez tenha preferido se sentir assim para não ter que se preocupar com a possibilidade de ter destruído as esperanças dela de no futuro encontrar felicidade em um casamento. As negativas da esposa lhe pareceram veementes demais... Mas que escolha ele tivera? Que escolha ela tivera? Nenhuma em ambos os casos. Sendo assim, de que adiantaria desejar ter feito algo diferente para ajudá-la? Não havia outro modo.

– Que tal dançarmos de novo? – propôs a esposa.

Aidan ficou de pé e estendeu a mão para ela.

– Vamos – concordou. – Mais uma vez.

A tia de Eve, sentada a curta distância com duas outras damas mais velhas, assentiu feliz para os dois.

Mais uma vez. As palavras pareciam tão definitivas...

Chuviscava novamente pela manhã. Mesmo tendo ido deitar tarde, Eve se levantou cedo e foi até os estábulos para ver o coronel Bedwyn partir – apesar de ele ter lhe dito que deveria ficar em casa, pois acabaria se molhando. Ela estava protegida por uma capa, com o amplo capuz cobrindo a cabeça.

Bedwyn usava o uniforme menos formal naquela manhã – gasto, desbotado, já um pouco velho. A roupa se moldava ao corpo dele e parecia confortável, além de deixá-lo inegavelmente atraente. Era assim, percebeu Eve, que ele devia se vestir na maior parte do tempo. Parecia grande e muito másculo.

Sam Patchett guiou o cavalo enorme para fora, até o pátio do estábulo. Charlie estava ao lado do cavalo do ordenança do coronel, ansioso por ajudar.

O coronel Bedwyn se virou para ela. Já estava molhado, e ela podia sentir a umidade se infiltrando através dos ombros de sua capa. Os dois se encararam, aparentemente sem saber como dizer as palavras de despedida.

– Então é o fim – disse o coronel, muito rígido. – Fico honrado por ter lhe sido útil, madame.

Eve forçou um sorriso.

– A honra foi toda minha – retrucou.

Eles dificilmente poderiam ser mais formais um com o outro, mesmo se tentassem.

O coronel bateu os calcanhares, fez uma mesura e se virou para pegar as rédeas da mão de Sam. Mas abruptamente se voltou e estendeu a mão direita para Eve. Ela pousou a sua sobre a dele e os dois ficaram com as mãos unidas, com força, quase dolorosamente, por um longo e silencioso momento.

– Seja feliz – disse ele.

– O senhor também.

A garganta de Eve doía e ela sentia um aperto no peito. Então Bedwyn soltou a mão dela e, com um movimento ágil, montou no cavalo. Ele olhou para trás, para se certificar de que seu ordenança estava pronto, e deixou o pátio do estábulo, os cascos do cavalo fazendo um barulho oco nas pedras molhadas.

Eve ergueu a mão em um aceno de despedida, mas o coronel não olhou para trás. Logo o muro do pátio bloqueou a visão dela, que se apressou até o portão para vê-lo descer a meio-galope pelo caminho que levava para fora da propriedade, até perdê-lo de vista de vez entre as árvores. Ele não virou a cabeça na direção da casa nem uma vez.

Parte da água que escorria pela face de Eve tornou-se morna. Ela secou o rosto e abaixou mais o capuz. Poderia, caso se permitisse tamanha indulgência, chorar e chorar até se sentir fraca e vazia. Pela perda de um homem honrado que jamais tornaria a ver, embora ele fosse para sempre seu marido. Pela perda do amor e do homem que não voltara para ela a tempo. Pelo irmão, cuja morte ela mal tivera chance de lamentar. Por um futuro que parecia assustadoramente vazio.

Ela contou nos dedos em retrocesso. Na véspera, haviam confrontado Cecil e dançado na festa na hospedaria; no dia anterior a esse, haviam voltado de Londres; no anterior, haviam se casado; um dia antes, foram para Londres; no dia antes desse, houvera a cerimônia fúnebre em memória de Percy; antes ainda, fora o dia em que o coronel se oferecera para fazer o discurso fúnebre do subordinado; na véspera desse dia, o coronel chegara da França com a notícia da morte de Percy. Sete dias. Exatamente uma semana. Há uma semana, àquela hora, ela nem sabia que o irmão estava morto. Há uma semana, Eve não conhecia o coronel lorde Aidan Bedwyn.

Agora ambos haviam partido. Para sempre.

Eve não conseguia se lembrar de por que tivera que ser para sempre com o coronel. Mas aquele fora o acordo entre eles desde o princípio.

Ela não pôde suportar a ideia de voltar para dentro de casa naquele momento. Apesar da chuva e da relva úmida, seguiu pelo gramado até o lago de nenúfares – a mesma direção que tomara com o coronel seis dias antes. Muffin logo a alcançou, e parecia um rato molhado gigante.

– Ora, Muffin – disse Eve –, talvez *você* possa explicar. Por que uma pessoa sente vontade de chorar e nem sabe por qual dos três homens está chorando? Por Percy? Por John? Ou pelo coronel Bedwyn?

Muffin seguiu pulando em suas três pernas, farejando a grama, e pareceu não ter nenhuma resposta a oferecer. Na verdade, ele não estava prestando a menor atenção em Eve, que ficou muito grata por isso, já que não podia mais fingir que a umidade quente e salgada em seu rosto era água da chuva.

CAPÍTULO IX

O clima inóspito e as estradas lamacentas forçaram Aidan a passar a noite em uma estalagem. Apenas na tarde seguinte ele subiu a alameda larga, longa e reta que levava a Lindsey Hall, com olmos enfileirados de cada lado, como soldados em uma parada militar. Em casa, finalmente!

Aidan fez o cavalo trotar mais rápido. Não tinha certeza se havia alguém da família em casa. Pelo que sabia, deviam estar todos em Londres, para a temporada de eventos sociais, embora não fossem uma família muito dada à frivolidade de um grande número de festas. Com certeza Bewcastle estaria em Londres, cumprindo suas obrigações na Câmara dos Lordes. Aidan torcia para que ao menos um de seus irmãos ou irmãs estivesse em casa. Precisava de alguma distração para melhorar seu humor.

Lindsey Hall surgiu e Aidan sentiu uma onda familiar e quase dolorosa de amor percorrê-lo. A mansão enorme de pedra sempre conseguia parecer magnífica, de tirar o fôlego, mesmo com sua mistura de estilos arquitetônicos. A propriedade estava na família desde que fora construída, na Idade Média, quando era uma casa muito menor. Uma sucessão de barões, depois condes e então duques havia feito acréscimos à construção sem subtrair nada, e jamais fora feito um esforço para harmonizar os estilos em voga nas diferentes épocas.

A longa alameda se dividia em duas a alguma distância da casa e circundava um canteiro de flores exuberante e colorido, com uma fonte de mármore no centro – cortesias de um bisavô georgiano. A água subia cerca de 9 metros e respingava em todas as direções, como raios coloridos de uma sombrinha.

Aidan mal havia se encaminhado para a ramificação à esquerda da alameda quando três cavaleiros deram a volta pela lateral do conjunto de estábulos, a alguma distância – dois homens e uma mulher. Todos puxaram as rédeas ao vê-lo, então Freyja deu um gritinho, saiu galopando em uma velocidade imprudente e contornou o jardim na direção do irmão.

– Aidan! – gritou, quando estava mais perto. – Seu demônio! Não nos avisou que vinha!

Ele freou o cavalo, enquanto Freyja parava ao seu lado e lhe esticava o braço direito como um homem. Ela estava usando uma sela lateral, o que nem sempre fazia. Seus cabelos claros estavam soltos sob um chapéu de montaria enfeitado com penas. Os cachos rebeldes lhe chegavam quase até a cintura. A mesma boa e velha Freyja!

– Mas por isso é surpresa – retrucou Aidan, pegando a mão estendida. – Com vai, Free?

Ela estava bronzeada, com os olhos brilhantes e uma aparência saudável... e tão pouco preocupada em parecer uma dama quanto fora durante todos os anos em que uma sucessão de preceptoras se desesperara por sua causa.

– Muito melhor agora, por ver você – disse Freyja. – Wulf sabe que está na Inglaterra? Seria bem típico dele não avisar ao restante de nós.

– Não escrevi para Bewcastle – disse Aidan.

Então outros dois irmãos dele se aproximaram em um passo mais lento. Rannulf, o gigante de cabelos claros, sorriu e estendeu a mão grande.

– É bom demais vê-lo, Aidan – disse ele. – Quanto tempo terá?

Alleyne, mais jovem, mais esguio e moreno, sorriu alegre.

– O retorno triunfal do guerreiro – falou. – A cavalaria não permite que faça uso de papel e pena, Aidan?

– Ralf. Alleyne. – Aidan apertou as mãos dos dois. – Tenho dois meses, sendo que uma semana já se passou. Precisei cuidar de alguns assuntos. – *Como me casar, por exemplo*. – E por que usar pena e tinta se poderia vir em pessoa? Morgan está em casa?

– E Wulf também – disse Ralf a ele, enquanto todos se viravam na direção dos estábulos. – Voltou para casa há uma semana, para o funeral da condessa de Redfield, e ainda não retornou a Londres. Estava debruçado sobre algumas contas quando partimos, e Morgan estava irritada na sala de aula. Dezessete anos é uma idade terrível, rebelde, principalmente para uma Bedwyn.

– Dezessete anos! – Aidan se encolheu. – Ela deve ser uma jovem dama agora.

– E um pouco intempestiva – comentou Alleyne com uma risada. – Morgan será a pior, ou a melhor, de todos nós. Quase sinto pena de todos os rapazes que passarão a cortejá-la no próximo ano, depois que Wulf a houver arrastado para Londres para apresentá-la à rainha.

– Pelo que vejo, você não chegou despercebido em casa. – Rannulf apontou com a cabeça na direção das portas da frente. – Ali vem o senhor da mansão em pessoa.

Aidan desmontou do cavalo e entregou as rédeas a Andrews. Bewcastle vinha em sua direção a um passo preguiçoso. Era típico dele, que nunca se apressava nem erguia a voz. Ainda assim, todos os criados obedeciam de pronto a seu mais breve comando, e ele fizera um trabalho admirável em coibir os excessos dos irmãos – a maioria deles tinha certo medo do primogênito da família, embora preferisse o pior dos castigos a admitir isso. Ele era Wulfric, um nome que lembrava lobo, em inglês, e que lhe caía bem. Havia algo de lupino nele, incluindo os olhos prateados.

– Wulf – disse Aidan.

Caminhou na direção do irmão com certa cautela. Fazia anos que os dois não se entendiam muito bem. Na última vez que estiveram juntos, três anos antes, quase tiveram um enfrentamento físico, e Aidan fora embora antes do fim de sua licença.

– Aidan. – Bewcastle se deteve a uma distância maior do que a de um abraço, ou mesmo de um aperto de mão, e falou com seu tom usual leve e agradável. – Santo Deus, terei que fazer uma reclamação ao serviço postal. Sua carta avisando de seu retorno à Inglaterra se atrasou.

– Por que escrever – perguntou Aidan – se poderia chegar aqui mais rápido do que uma carta? Como você está?

– Melhor por vê-lo inteiro e, ao que parece, gozando de boa saúde – disse Bewcastle, levando o monóculo a um dos olhos e examinando o irmão da cabeça aos pés. – Não teve meios para comprar um uniforme novo, Aidan?

Aidan deu de ombros.

– Acabamos nos tornando curiosamente apegados ao conforto quando temos tão pouco dele – falou. – Quero ver Morgan. Ela se tornou a beldade que se imaginava na última vez que estive em casa? Ouvi dizer que é a mais obstinada de todos nós.

– É mesmo? – O duque ergueu as sobrancelhas, acrescentando um toque de arrogância à expressão no rosto magro, de nariz proeminente e lábios finos. – Não percebi. Mas tenho que admitir que provavelmente sou a última pessoa em quem ela testaria sua rebeldia. Venha até a sala de estar e tomaremos chá juntos.

Ele olhou além de Aidan, para os irmãos e a irmã, incluindo-os no convite, o que na verdade, equivalia a uma ordem.

– Vou pedir à Srta. Cowper que desça com Morgan – concluiu.

Sem dúvida era bom estar em casa, pensou Aidan, caminhando ao lado do irmão na direção da casa. Apesar de Wulf estar lá e recebê-lo com frieza em comparação com os outros. Três anos antes, Wulf se recusara a permitir que Freyja se casasse com o homem de sua escolha, um vizinho e amigo de infância deles, Kit Butler, porque o rapaz era apenas o segundo filho do conde de Redfield. Bewcastle forçara a irmã a aceitar a corte do filho mais velho do conde e houvera uma cena terrível quando Kit entrara intempestivamente na propriedade e lutara com Ralf, rolando com ele no gramado até ambos estarem cobertos de sangue. Na época, Kit, que também era um oficial do exército e estava de licença, fora mandado rapidamente de volta para a Guerra Peninsular.

Aidan voltara para casa alguns dias depois do episódio e tomara para si a tarefa de confrontar Bewcastle sobre sua tirania. O problema, no entanto, era que ninguém conseguia ter uma boa briga com Wulf. Quanto mais irritado Aidan ficava, mais frio e calado se tornava o irmão. Quando Aidan sugerira que os dois deveriam se enfrentar fisicamente, Bewcastle apenas erguera o monóculo e as sobrancelhas. Aidan fora embora no dia seguinte, uma semana antes do que pretendia.

A maior ironia de todas fora que o prometido de Freyja morrera antes do casamento e irmão mais novo, Kit, acabara se tornando herdeiro direto do conde de Redfield. Quando o rapaz foi liberado no exército, fazia um ano, e estava a caminho de casa, Bewcastle e o conde de Redfield por fim concordaram em casá-lo com Freyja e começaram os preparativos para o noivado, no verão. Porém, quando Kit finalmente chegara em casa, trouxera consigo uma noiva. Ao que tudo indicava, estava casado com ela. Ralf havia escrito para Aidan, contando toda a história. De acordo com ele, Freyja tivera o coração partido duas vezes pelo mesmo homem, embora houvesse acertado um soco em Ralf quando o irmão lhe sugerira isso. A boa e velha Freyja.

Eles entraram no salão medieval, meticulosamente preservado, com seu teto de vigas de carvalho, painéis de madeira com entalhes intricados e um balcão no alto, as paredes caiadas de branco, decoradas com armaduras, estandartes e armas, e a imensa mesa de jantar de carvalho. Assim que chegaram, uma jovem alta e esguia passou correndo pelo arco da escada, com os braços esticados à frente do corpo. A moça tinha os cabelos e olhos escuros e belos e, ao que parecia, era a única entre os irmãos que escapara do típico nariz da família.

– Aidan ! – gritou. – Aidan!

Ela surpreendeu o irmão ao se jogar nele, enlaçando seu pescoço. Aidan passou os braços ao redor da cintura estreita, ergueu-a do chão e girou com ela.

– Você ficou terrivelmente bela na minha ausência, Morgan – disse ele, quando a colocou de volta no chão e se afastou um pouco, para vê-la melhor.

– Não me recordo – disse Bewcastle em um tom suave – de havê-la convocado, Morgan. Estava fazendo suas lições.

A Srta. Cowper, preceptora que sofria havia muito tempo nas mãos da menina, surgiu com uma expressão de desculpas atrás deles. Desde que Aidan conhecia a mulher, ela sempre lhe dera a impressão de esperar que Bewcastle pudesse ordenar a qualquer momento que os criados a arrastassem para as masmorras e lhe cortassem a cabeça.

Aidan ficou de costas para Bewcastle e piscou para a irmã mais nova. Não havia percebido até aquele momento quanto ansiava por abraçar alguém.

Apenas após chegar em casa Aidan percebeu quanto estava cansado. Depois de anos de campanhas militares, sentia-se súbita e completamente exausto. Ele saiu para cavalgar, para caminhar e pescar com os irmãos e irmãs. Acompanhou-os em algumas visitas aos vizinhos. Uma tarde chegou a cavalgar com Ralf até Alvesley, lar do conde de Redfield, para oferecer suas condolências pelo falecimento da condessa, e conheceu a esposa de Kit, que era o mais diferente possível de Freyja. Mas o que pareceu fazer mais do que qualquer outra coisa foi dormir.

E foi no sono excessivo que Aidan colocou a culpa da depressão que sentia. Por mais encantado que estivesse por estar de novo com a família, não conseguia afastar a melancolia que o dominava. E também não conseguia evitar dormir nove, dez, até mesmo onze horas todas as noites. Ele se pegou sonhando com Eve à noite e pensando nela durante o dia, embora na verdade o que acontecera parecesse igualmente um sonho. Aidan chegou mesmo a se perguntar certa vez se aquela semana bizarra *realmente* acontecera ou se ele a havia imaginado. Também se pegou pensando na Srta. Knapp, na esperança agradável que tivera de combinar sua carreira com o casamento com uma mulher com quem compartilharia a vida, que lhe faria companhia, o confortaria e... sim, com quem faria sexo. Embora tivesse amantes ocasionais, Aidan nunca apreciara muito relações casuais, com pessoas de classe diferente.

Ele passava pouco tempo com o irmão mais velho. Os dois haviam se afastado depois da infância, quando eram companheiros inseparáveis. Wulfric mudara muito aos 12 anos, após o pai deles decretar que estava na hora de ele se preparar para suas futuras responsabilidades – que no fim acabaram chegando cedo demais, já que o pai morrera quando Wulf tinha apenas 17 anos. A partir de então ele fora educado por dois tutores, e Aidan e os mais novos haviam sido mandados para Eton. Aidan costumava se perguntar com frequência se Bewcastle era uma pessoa solitária ou se apenas se tornara um homem frio, sem emoções, que gostava de ficar só.

Tudo indicava que o restante da licença de Aidan acabaria ao menos sendo um tempo de paz e descanso. Mas essa esperança foi destruída certa manhã, pouco mais de uma semana depois do retorno dele. Aidan estivera fora, em uma cavalgada cansativa pelo campo com Alleyne. Os dois estavam tomando café da manhã com voracidade quando o mordomo informou a Aidan que o conde desejava vê-lo na biblioteca

Aidan levou junto a xícara de café. Ele desejou bom-dia a Bewcastle e se acomodou em uma poltrona de couro funda do lado oposto a dele, em frente à lareira. Aidan se perguntava o que teria acontecido, mas não questionou o irmão. Wulf chegaria a isso quando achasse apropriado.

– O calor que persistiu mais de uma semana depois que cheguei parece ter nos abandonado – comentou Aidan. – Esse vento está tornando a manhã bem fria. Mas revigorante.

Wulf nunca fora de fazer rodeios.

– Parece – falou – que o príncipe de Gales está decidido a tornar a vitória dos aliados um grande espetáculo. Espera-se que metade dos soberanos, príncipes e generais da Europa venham para a Inglaterra como seus hóspedes, incluindo o czar russo, o rei da Prússia e o marechal de campo Von Blücher.

– Ouvi rumores a respeito – disse Aidan. – Parece que toda a Inglaterra, Londres em especial, está em um delírio apaixonado por tudo o que tem duas pernas e usa uniforme. É de esperar que nosso príncipe regente queira aproveitar um pouco dessa glória.

– Tem razão – concordou o irmão. – Essa também não é a primeira vez que ouço falar a respeito. Devo voltar logo para Londres e para o Parlamento. O correio da manhã trouxe um convite específico para um jantar de Estado para convidados estrangeiros na Carlton House, a residência do príncipe regente, embora só vá acontecer daqui a várias semanas. No entanto, haverá muitos outros eventos comemorativos. Cada um irá querer superar todos os outros no que se refere a receber convidados.

Aidan fez uma careta.

– Que bom que é você, e não eu, quem irá comparecer.

– Ah, mas esse convite em particular o inclui também, cita especificamente seu nome. – Wulf pegou um cartão muito decorado no topo de uma pilha de correspondência que repousava em seu colo e o examinou. – "Temos o prazer etc., etc..." Ah, aqui está. Coronel lorde Aidan Bedwyn. Alguém próximo ao príncipe de Gales deve saber que você está em casa, de licença.

– Darei alguma desculpa – Aidan se apressou a dizer.

Bewcastle estava olhando novamente para o convite. Ele segurava o monóculo em uma das mãos para aumentar as letras – por pura afetação, Aidan tinha certeza. Ele duvidava de que houvesse alguma coisa errada com a visão sempre precisa do irmão.

– Há mais alguém citado no convite – continuou Wulf antes de levantar os olhos para encarar Aidan. – Lady Aidan Bedwyn.

O general Naughton! Naquele encontro casual no saguão do hotel Pulteney, Aidan apresentara a esposa ao general. Não poderia ser outra pessoa. Por sorte ele não havia encontrado com mais nenhum conhecido até aquele dia, bem no fim da estada deles, em que esbarrara com o general Naughton.

– Que peculiar! – comentou Aidan, com indiferença estudada.

– Devo confessar que achei divertido quando li a primeira vez – disse Bewcastle. Ele ficou em silêncio por alguns momentos enquanto a palavra *primeira* pairava no ar entre eles e Aidan cerrava os lábios. – *Existe* uma Lady Aidan Bedwyn?

A pergunta foi feita em um tom tranquilo.

– Existe.

– Ah. – Bewcastle pousou o convite de volta sobre a pilha e encarou o irmão com firmeza, com os olhos prateados ainda mais parecidos com os de um lobo. – Devo perguntar quando eu seria informado?

– Não seria.

Bewcastle conhecia tão bem quanto Aidan o efeito desconfortável de longos períodos de silêncio. Mas Aidan não se acovardou diante do escrutínio que se seguiu em uma dessas pausas. Maldito fosse Wulf. Aquilo não era problema dele.

– Agora que seu segredo foi revelado – disse Wulf por fim –, talvez possa satisfazer minha curiosidade, Aidan.

– Fiz uma promessa a um dos meus capitães no momento de sua morte – explicou Aidan. – Prometi que levaria pessoalmente a notícia de seu falecimento à irmã dele e que daria minha proteção a ela. No fim, o único modo de garantir essa proteção foi me casando com ela.

– Seu casamento é recente, então?

– Foi há duas semanas – disse Aidan.

– Com uma licença especial.

– Sim.

– Quem é ela?

– Era a Srta. Eve Morris – falou Aidan –, proprietária do Solar Ringwood, em Oxfordshire. É filha de um mineiro de carvão bem-sucedido.

– Um mineiro de carvão?

– Sim, do sul do País de Gales. Ele se casou com a filha do dono da mina de carvão e fez fortuna desse modo.

– Falecido?

– Sim.

Os dois irmãos ficaram se encarando em silêncio por um longo tempo.

– E agora você a abandonou? – perguntou Bewcastle. – Para sempre?

– Sim, para sempre – admitiu Aidan. – Porém não se trata de abandono. Ela tem uma vida em Ringwood que deseja preservar e pessoas que dependem dela e que deseja proteger. Só casando-se teria possibilidade de conseguir isso. Fizemos um acordo de mantermos um casamento de conveniência. Não me desculpo por isso, Wulf, ou por não ter lhe contado. Era algo que ninguém da minha família tinha necessidade de saber.

O olhar do irmão prendeu o dele por um longo instante, enquanto Aidan se dava conta de que o café em sua xícara havia esfriado.

– Não será assim – disse Bewcastle, por fim. – Por mais chocante que possa ser, essa *filha de um mineiro de carvão do País de Gales* agora é uma Bedwyn. É minha cunhada. E sua existência é conhecida no círculo íntimo do príncipe de Gales. O casamento deve ser reconhecido publicamente pela família do marido dela.

– Não. – Aidan falou com firmeza. – Isso não irá acontecer, Wulf.

O duque ergueu as sobrancelhas.

– Lady Aidan Bedwyn precisa ser apresentada à corte – falou. – É seguro presumir, imagino, que isso nunca aconteceu. Ela deve fazer uma visita formal ao salão de recepção da rainha. Nossa tia Rochester a acompanhará. Deve haver um baile em homenagem à sua esposa na Bedwyn House. O casamento teve um começo suspeito, para o qual você com certeza arrumará uma explicação que cale as línguas ferinas da massa. Mas a partir de agora tudo deve seguir da forma correta. Sua esposa deve ser levada à capital e se mostrar de bom nível, Aidan, por mais difícil que essa última ideia possa se provar.

– Isso não vai acontecer – disse Aidan. – Acha que dou alguma importância para as línguas ferinas das salas de visita de Londres? Elas precisam falar sobre alguma coisa. Deixe que falem, então, sobre como me casei com alguém abaixo do meu nível, envergonhei minha família e ainda acabei abandonando cruelmente a esposa burguesa... ou talvez de um nível ainda mais baixo do que a burguesia. Logo alguma outra notícia tomará o lugar desta. Alguma herdeira fugirá com um belo criado ou uma jovem atrevida falará algo malicioso na presença de uma nobre conservadora, e as salas de visita se ocuparão com o novo escândalo.

– Não haverá fofocas ofensivas sobre um Bedwyn – declarou Bewcastle. – Ainda que se trate de um que se tornou Bedwyn por casamento. Essa filha de mineiro de carvão agora é casada com o herdeiro de um ducado. Não deve haver nenhuma desconfiança de que ela possa ter sido abandonada, ou escondida da sociedade, talvez por termos vergonha de sua origem. Os Bedwyns costumam se casar mais tarde do que a maioria das pessoas, mas não abandonamos nossos cônjuges depois que, *por fim*, nos casamos, Aidan. Assim como também não expomos esses mesmos cônjuges ao ridículo ou à piedade dos outros.

– Não vai me obrigar, Wulf – Aidan disse ao irmão. – Em primeiro lugar, minha esposa conseguiu exatamente o que queria desse casamento, independência e liberdade para viver a seu modo. Por outro lado, ela não tem absolutamente nenhuma ligação com o mundo da *nobreza*, portanto não será atingida por fofocas. Ela sequer saberia delas, caso acontecessem, do que duvido muito. Em terceiro lugar, meu casamento é problema *meu* e escolhi deixar minha esposa em uma obscuridade tranquila no campo, que é o lugar a que ela pertence e onde deseja estar. Irei a Londres com você, se desejar, e comparecerei a esse jantar infernal e a quaisquer outras celebrações nas quais a minha presença seja exigida. Caso alguém seja impertinente o bastante para fazer perguntas sobre meu casamento, responderei da forma que me parecer apropriada, levando em consideração a ocasião e a audiência.

– Então está disposto a desonrar sua noiva e sua família? – perguntou o duque em voz baixa. – *Você* tem vergonha dela, Aidan?

Aidan praguejou violentamente, fazendo com que o irmão erguesse as sobrancelhas com desdém.

– Lady Aidan foi convidada para a Carlton House – falou Bewcastle. – Seria uma descortesia imperdoável, Aidan, aparecer lá sem ela... ou simplesmente não aparecer. Sua posição na cavalaria é alta e você não pode faltar ao jantar, já que todos sabem que está em casa, de licença. Sua esposa deve estar ao seu lado. Sei que será um tanto corrido, além de um desafio para nossa tia deixá-la à altura do evento, mas tudo é possível para quem tem determinação.

Aidan pousou a xícara e o pires e se levantou. Era mais pesado e tinha o tronco mais largo que o irmão e, ainda que o outro houvesse se levantado, seria mais alto do que ele. Assim, talvez tenha sido um feito notável que Bewcastle permanecesse sentado, colocando-se em desvantagem física ainda maior.

– Minha esposa – avisou Aidan no mais gelado dos tons – não aparecerá em nenhuma sala de recepção da rainha, nem em nenhum baile de apresentação, ou jantar nenhum na Carlton House. Ela sequer irá a Londres. Esse é meu desejo e, se necessário, minha ordem. Nem mesmo você, Wulf, pode se interpor entre um homem e sua esposa. Este é o fim da nossa conversa.

A maior parte dos homens teria ao menos *parecido* apreensivo diante da fria ameaça no rosto e na voz de Aidan. Bewcastle, é claro, não era como a maior parte dos homens. Ele levou o monóculo ao olho e examinou o irmão com expressão pensativa.

– Exatamente – disse em uma voz baixa e agradável. – Feche a porta quando sair.

E fora o fim da história, pensou Aidan, enquanto subia as escadas. Ele havia prometido acompanhar Morgan em uma aula de desenho ao ar livre, e apenas sob essa condição a Srta. Cowper concordara em não estar presente.

– Ela não sai de perto de mim – reclamou Morgan com o irmão. – Sinto seu *hálito* no meu pescoço. E comenta *cada* pincelada, explicando o que *ela* faria se fosse *ela* que estivesse pintando o quadro. Aí se desculpa por tirar minha concentração. Mas ela permite que eu saia sozinha e pinte em paz? Não, ela não permite. Tem medo, sem dúvida, que eu abandone o cavalete e nade nua no lago à plena vista dos jardineiros, ou que faça alguma outra coisa chocante, Wulf acabe vendo e mande acorrentá-la a uma parede úmida e escorregadia da masmorra como castigo. Poderia jurar, Aidan, que ela nunca sequer percebeu que *não há* masmorras em Lindsey Hall.

Aidan estava bastante abalado. Seu segredo fora descoberto. Ele se perguntou quanto tempo demoraria até que seus outros irmãos e irmãs soubessem. E imaginou se deveria tomar a dianteira e contar ele mesmo. Como acabara de assegurar a Wulf, não tinha vergonha do que fizera... nem da esposa. Que ideia! Mas não queria que a incomodassem. Ele prometera a ela um casamento de conveniência. Saíra da vida da esposa e pretendia manter-se fora dela.

No entanto, a novidade havia perturbado Wulf, concluiu Aidan ao voltar com Morgan para casa, no começo da tarde, depois de nadar enquanto ela pintava. A carruagem de viagem, que tinha a insígnia ducal adornando ambas as portas, estava do lado de fora, tão limpa e brilhante quanto no dia em que fora comprada. Nenhum cavalo estava atrelado a ela, mas havia criados de libré atarefados ao redor do veículo, preparando uma viagem.

– Wulf deve ir a algum lugar – comentou Morgan. – Mas ele não costuma usar a carruagem para visitas por aqui.

– Ele tem planos de retornar a Londres – disse Aidan à irmã.

Mas tão abruptamente? Ele segurou com força o cavalete grande demais de Morgan e apressou o passo.

– Para onde Bewcastle vai, Fleming? – perguntou ao mordomo, quando entraram no salão.

– Sua graça não me confidenciou, milorde – respondeu o mordomo, inclinando respeitosamente a cabeça.

– Então quem diabos sabe? – ralhou Aidan.

Mas o próprio Bewcastle entrou no salão naquele momento, vestido para viagem.

– Para onde vai, Wulf?

O irmão o encarou com arrogância.

– Para Londres – disse. – Já negligenciei demais meus deveres lá, ficando tanto tempo em casa. Você seguirá amanhã, Aidan, com Alleyne e Freyja. Está tudo arranjado.

Sim, é claro. Ele também iria, conformou-se Aidan. Ser filho de um duque trazia deveres dos quais não se podia escapar quando se estava na Inglaterra. E assim terminava o sonho de um mês tranquilo e de mais descanso em Lindsey Hall.

– Meus olhos estão me enganando, Fleming? – perguntou Bewcastle em um tom de voz agradável. – Ou minha carruagem realmente não está me esperando na porta?

CAPÍTULO X

– Talvez você seja convidada este ano – dizia tia Mari, esperançosa –, agora que não está mais de luto por seu pai, meu amor, e agora que é Lady Aidan Bedwyn, em vez de apenas Srta. Morris.

– Não tenho vontade de ir – disse Eve. – Embora eu até fosse se a senhora estivesse incluída no convite.

– Você sabe – rebateu a tia em tom de repreensão – que não é para mim que quero o convite. Já estou no paraíso. Mas está na hora de você ser reconhecida pelo que é: uma perfeita dama, mesmo que seu pai e seu velho tio *realmente* tenham ganhado a vida enfiados em uma mina de carvão. Achei que talvez a perspectiva de uma festa nos jardins pudesse animá-la.

Elas voltaram para casa na carruagem pequena, depois de passarem a tarde com Serena Robson. Havia outras pessoas na casa de Serena também, e a conversa acabara se voltando para a festa anual nos jardins de Didcote Park. Embora, para obterem um número suficiente de convidados, o conde e a condessa de Luff chamassem quase qualquer um que tivesse o menor vínculo com a nobreza, sempre excluíam a família Morris. Serena expressara a mesma esperança que tia Mari de que Eve fosse convidada, e ainda declarara que ela mesma não iria caso isso não acontecesse.

– Não preciso me animar – garantiu Eve, sorrindo com determinação. – Quer que eu passe o dia todo às gargalhadas, tia Mari, apenas para lhe provar que não me sinto abandonada nem desprezada?

De fato não se sentia nenhuma das duas coisas. Fizera um acordo com o coronel Bedwyn no qual ambos se beneficiaram. Ela mantivera Ringwood e, mais importante, as crianças, ao passo que ele cumprira a promessa solene que fizera a Percy. Agora ambos estavam livres para seguir suas vidas como desejassem. O que havia de tão deprimente nisso?

Porque ela *estava* profundamente deprimida. Apesar de tudo o que conseguira, apesar de todas as bênçãos, do lar e da família, Eve sentia um vazio tão profundo que a assustava. Não recebera qualquer notícia de John. E é claro, também não tivera notícias do coronel. Por mais estranho que parecesse, era a falta de notícias do coronel que mais aumentava sua melancolia. Saber que jamais voltaria a ouvir falar do próprio marido – a não ser, talvez, no dia em que alguém avisasse de sua morte – a enchia de um pânico inexplicável.

Eve foi distraída de seus pensamentos sombrios ao ver Thelma e as crianças subindo a encosta do vale quando a carruagem chegou ao nível do lago de nenúfares. O reverendo Thomas Puddle estava com eles, carregando Benjamin sobre os ombros e dando a mão a Becky. Eve acenou para eles.

– Hum... – disse tia Mari, de um jeito malicioso, pois também os vira.

O reverendo dançara duas vezes com Thelma na festa de casamento de Eve e do coronel. E também aparecera várias vezes nos últimos dez dias para visitar Eve e saber da saúde da Sra. Pritchard. Em cada visita, ele perguntara se poderia assistir um pouco às lições das crianças. Não era preciso ser muito inteligente para perceber o romance que começava a se insinuar entre o reverendo e Thelma. Eve ficava encantada ao ver que ele parecia não se incomodar com a reputação injusta da preceptora. Como também era uma alma bondosa, o reverendo conquistara as crianças sem precisar fazer nenhum esforço.

– Talvez haja um final feliz a caminho – comentou Eve.

Ela ficou surpresa quando percebeu que, olhando para Thelma, o reverendo e as crianças, ficara distraída a ponto de não ver que havia uma carruagem parada diante da porta da frente da casa. Não reconheceu o veículo. Na verdade, era mais grandiosa do que qualquer carruagem que já vira antes, incluindo a do conde de Luff. Havia uma insígnia adornando a porta. Ela não a reconheceu, mas não entendia muito de brasões.

– Temos visita – disse, acenando com a cabeça na direção da casa. – Quem poderia ser? – Ela se perguntou, sentindo um frio na barriga, se seria John.

Agnes esperava por elas no saguão. Estava mais mal-humorada que de costume. Parecia toda eriçada de indignação.

– Quem é, Agnes? – perguntou Eve em voz baixa, já que podia ver aberta a porta da sala de visitas.

– Eu teria colocado o homem lá – disse Agnes, apontando com o polegar na direção da sala de visitas –, mas não era o bastante para Sua Alteza Real, era? "Vou esperar na sala de estar", ele disse, todo cheio de si, e subiu as escadas antes que eu pudesse lhe mostrar o caminho. Não sei que mundo é esse, não sei, em que as pessoas podem se convidar para a casa de outras e agir com se fosse a delas.

– Quem? – perguntou Eve, franzindo o cenho.

– Um duque qualquer.

Por um momento, Eve ficou com medo que seus joelhos fraquejassem. *Um duque qualquer?*

– Ah, Eve, meu amor – disse tia Mari. – Suponho que possa ser o irmão do coronel, não acha? O coronel está com ele, Agnes?

Eve se virou sem esperar pela resposta de Agnes e subiu correndo as escadas. Que outro duque poderia visitá-la? Mas por que estava ali? Ela abriu de supetão as portas do salão e entrou.

O homem estava parado do outro lado do cômodo, perto da janela, de frente para as portas. Estava vestido de modo impecável, com muito bom gosto, usando um paletó verde-escuro feito sob medida, de um tecido muito elegante, calças bufantes e colete branco de linho. As botas eram de cano alto, muito bem engraxadas, e o cavalheiro tinha uma aparência sombria e austera, tão parecido com a do coronel Bedwyn que o coração de Eve pareceu saltar no peito. Ela fechou a porta às suas costas e o encarou com os olhos arregalados.

– Por que está aqui? – perguntou Eve, a voz fraca e trêmula. – O que aconteceu com ele? O coronel sofreu algum acidente? – Aquela lama... toda aquela *lama*.

O homem inclinou a cabeça em uma breve cortesia, os longos dedos brincando com o monóculo.

– É um prazer conhecê-la, Lady Aidan – falou. – Sou Bewcastle.

Ele falava com uma voz suave, leve, não exatamente efeminada... na verdade, *nada* efeminada... mas uma voz que parecia carecer da força e da profundidade que se esperava do discurso de um cavalheiro. Mesmo assim, Eve sentiu um frio na espinha e de algum modo sentiu que seu tom contradizia as palavras.

Com certo atraso, ela se inclinou em uma reverência.

Havia diferenças entre os dois irmãos, percebeu Eve. O duque de Bewcastle era mais esguio e não tão alto, e o rosto magro com o nariz proeminente e os lábios finos parecia frio, arrogante e cínico, em vez de implacável e severo como o do coronel. Os olhos também eram pálidos demais, de um cinza mais claro que os de Eve. Quase prateados, na verdade.

– A senhora ficará satisfeita em saber – informou o duque – que deixei meu irmão em boa saúde, em Lindsey Hall, ontem, com todos os seus membros intactos.

– Fico feliz em ouvir isso – retrucou ela. *Havia um duque em sua sala de estar.* Por que ele viera?

– Deve estar se perguntando por que estou aqui – disse o duque –, já que não é para informá-la de que está viúva. Vim conhecer minha cunhada.

Eve ficou constrangida. Não estava vestida de acordo para receber visitas. Ainda usava o casquete e as luvas de sair.

– É muito bem-vindo aqui, Vossa Graça – falou. Era aquela a forma correta de se dirigir a um duque?

– Duvido muito – retrucou ele com frieza, erguendo o monóculo a meio caminho do olho e parecendo muito arrogante. – Mas talvez possa persuadir sua obstinada governanta a trazer uma bandeja de chá, para que possamos discutir seu futuro papel como Lady Aidan Bedwyn diante de alguns regalos.

O futuro papel dela?

– Sim, é claro – concordou Eve, indo até o sino e puxando-o. – Por favor, sente-se, Vossa Graça.

Eles permaneceram sentados, em um silêncio enervante, até Agnes aparecer. Eve entregou a ela as luvas e a touca e pediu a bandeja de chá. Onde estava tia Mari? E como estava seu cabelo? Os olhos do homem eram realmente prateados. E pareciam ter a capacidade de ver através dela.

– Meu futuro papel? – retomou Eve, quando a porta se fechou atrás de Agnes e ela não conseguiu mais suportar o silêncio.

– Eu me pergunto, madame – falou Bewcastle –, se a senhora compreende exatamente com quem se casou. Ainda não cumpri meu dever para com a posteridade. Não tenho esposa nem filhos. Aidan é meu herdeiro direto. Apenas minha frágil vida se interpõe entre ele e um ducado... e entre a senhora e um título de duquesa.

Eve sentiu o rubor colorir seu rosto.

– Acha que me casei com o coronel Bedwyn por esse motivo? – perguntou. – Julga-me ambiciosa e manipuladora? Isso tudo é um grande absurdo!

– Exatamente!

O duque ainda segurava o monóculo. Eve chegou a pensar que ele o levaria ao olho.

– Casar-se com o membro de uma família aristocrática implica certas responsabilidades e expectativas – continuou o duque. – Casar-se com um herdeiro traz mais de ambas as coisas. A esposa de lorde Aidan Bedwyn, possível futura duquesa de Bewcastle, deve ser apresentada à sociedade, se isso ainda não aconteceu. Deve ser apresentada à rainha. Deve aprender a transitar com facilidade no mundo do marido.

Eve arregalou os olhos.

– Mas não tenho intenção de transitar no mundo do coronel Bedwyn – falou. – Ele com certeza já deve ter lhe contado sobre a natureza de nosso casamento. Foi combinado que nos separaríamos imediatamente depois das núpcias e que nos manteríamos distantes pelo resto de nossas vidas. Lamento se não aprova, mas...

– Está absolutamente certa – falou o duque em uma voz enganadoramente calma e cortês. – De fato não aprovo, madame... e isso é para dizer o mínimo em relação ao que sinto de verdade. De fato não aprovo a escolha da noiva pelo meu irmão, ou o fato de se tratar de um casamento clandestino, nem mesmo a natureza dele. Não posso fazer muita coisa em relação aos primeiros fatos, já que a senhora é e sempre será a filha de um mineiro de carvão galês e está e sempre estará casada com meu irmão. Mas *posso* fazer alguma coisa em relação ao terceiro fato. A natureza do seu casamento deve mudar.

– A sabedoria popular, Vossa Graça – falou Eve, cruzando as mãos com força no colo, na esperança de controlar o próprio gênio –, diz que é melhor não mexer com quem está quieto. Não há necessidade de vir até aqui com ameaças. Não tenho intenção de envergonhá-lo expondo em público minhas unhas sujas de carvão, ou assassinando os ouvidos de seus pares com meu sotaque galês. Não tenho intenção de me afastar de Ringwood pelo resto de minha vida. Pode tranquilamente esquecer minha existência. Agora, desejo-lhe uma boa tarde.

Ela se levantou. O duque parecia entediado.

– Poupe-me de atuações teatrais, madame – falou ele –, e sente-se. E dê algum crédito ao meu bom senso. Não teria saído de Hampshire e viajado todo esse caminho apenas para mandá-la fazer o que já está fazendo. Não entendeu minha proposta. Amanhã, a senhora viajará para Londres comigo.

Os olhos de Eve se arregalaram em choque e ela voltou a se sentar, mas, antes que pudesse dizer qualquer coisa, Agnes voltou ao salão com a bandeja de chá, que depositou sem a menor gentileza sobre uma mesa ao lado de Eve. A governanta encarou o duque com um olhar diabólico e pareceu precisar apenas de uma pequena desculpa para jogar o homem escada abaixo e porta afora sem nem mesmo abri-la primeiro. O duque, por sua vez, exibiu de novo seu ar de tédio, como se nem se desse conta da existência da mulher. Agnes bufou e saiu do salão batendo a porta. Eve serviu o chá com mãos não muito firmes.

– Aidan não é apenas o herdeiro do ducado – disse o duque de Bewcastle ao pegar a xícara e o pires das mãos dela. – É também um oficial militar de alta patente, madame. Por ambos os motivos, a presença dele em Londres é essencial. O verão será cheio de celebrações na capital por nossa vitória. Já recebemos um convite específico para um jantar de Estado na Carlton House, com o príncipe regente e vários outros chefes de Estado. Esse convite inclui Aidan e... a senhora, Lady Aidan Bedwyn. Como pode ver, madame, sua existência já é conhecida nos círculos íntimos da mais alta sociedade.

– *Eu* fui convidada para a *Carlton House*? – Eve riu ao pensar em Cinderela, sapatinhos de cristal e abóboras. – Pode, então, declinar do convite em meu nome, Vossa Graça. Vai compreender que eu acabaria comparecendo ao evento usando um vestido de algodão amassado, com trapos presos aos cabelos, e que começaria a contar histórias vulgares e a dançar em cima da mesa após entornar alguns copos. – A voz dela falhava lamentavelmente.

Bewcastle parou o monóculo na altura do peito.

– Seu desdém está mal colocado, madame – disse ele, a voz muito suave e, ao mesmo tempo, parecendo extremamente perigoso. – Caso se negue a comparecer, envergonhará minha família. Todos sussurrarão que deve haver alguma coisa errada com a senhora, ou conosco, já que a escondemos no campo, poucas semanas depois de suas núpcias secretas. Talvez não possa esperar que tenha grande preocupação com os membros de minha família, mesmo sendo um deles agora, devo lembrá-la, mas eu esperava que até mesmo a filha de um mineiro de carvão tivesse algum respeito pelo homem que sacrificou sua liberdade por ela.

Eve inspirou fundo com dificuldade.

– Foi *isso* que ele lhe disse? – perguntou ela.

– Então não é verdade? – Ele fez uma pausa educada, esperando que Eve respondesse, então continuou. – Use seu bom senso, madame. Meu palpite é que isso não lhe falta. Aidan tem 30 anos. Se usarmos a Bíblia como guia, ele tem uma expectativa de vida de 40 anos e passará os dez que lhe restam casado com uma mulher que jamais verá de novo. Ou seja, obviamente há um sacrifício de liberdade aí.

Ela respirou fundo para responder, então descobriu que não havia o que dizer. Que argumento poderia usar contra a verdade? A menos que voltar sem aviso à vida do coronel comprometesse ainda mais a liberdade dele.

– O coronel Bedwyn sabe que o senhor está aqui? – perguntou Eve. – Ele quer que eu vá a Londres?

– Aidan cumprirá seu dever – respondeu ele. – Isso é algo que sempre faz. Sempre.

– Então por que não veio com o senhor? – perguntou ela. – Por que não mandou ao menos uma carta por seu intermédio?

– Acredito – disse o duque – que, por questões de honra, meu irmão se sinta obrigado a não interferir mais em sua vida. Não tenho a mesma tendência.

Então o coronel *queria* que ela fosse? Era apenas honrado demais para tentar forçá-la ou mesmo convidá-la ele mesmo?

– Aidan *não* sabe que vim para cá – informou o duque.

– Ele não me quer na vida dele – disse Eve. – Não iria querer que eu fosse a Londres com o senhor. É lá que ele está?

– Não tenho o poder de interferir nas questões particulares de um casamento, mesmo no caso de um irmão – falou o duque de Bewcastle. – Se escolherem nunca viver juntos, nunca consumar o casamento, nunca pensar a respeito, então que seja. Mas *sou* o chefe da minha família e farei o que estiver em meu poder para evitar que qualquer desgraça se abata sobre nosso nome. Caso se recuse a acompanhar seu marido nas celebrações da vitória, Lady Aidan, trará desgraça para o meu irmão e, portanto, para toda a família Bedwyn.

Eve passou a língua pelos lábios secos. Seria verdade? Ela conhecia tão pouco as famílias aristocráticas, seu senso de honra e de propriedade. Mas alguém que desprezava as origens dela – como o duque fizera tanta questão de ressaltar – com certeza não teria se dado o trabalho de ir até ali caso a presença dela em Londres não fosse de crucial importância. Ela estava mesmo hesitando? Estava realmente pensando em ir? Era impossível. Eve riu, nervosa.

– Eu traria muito mais desgraça à sua família *se fosse* a Londres com o senhor, Vossa Graça – ponderou ela. – Recebi a criação de uma dama, mas nada em meu passado, em minha experiência, me preparou para me comportar em círculos sociais tão elevados como os de quem frequenta a Carlton House e me misturar com as pessoas ligadas ao príncipe de Gales. Pode dar a desculpa que quiser... Pode dizer que estou indisposta, que tenho outras responsabilidades prementes, que sou uma camponesa tola, o que desejar. Não irei refutá-lo.

– É *assim* – disse o duque – que mostra sua gratidão ao meu irmão, madame?

Eve o encarou com os lábios cerrados.

– Logo – continuou ele –, dentro dos próximos dois anos, no máximo, Aidan será general. Ele alcançará o auge de sua carreira e sem dúvida colherá a glória e as honras a que tem direito. Caso Aidan se comporte com sabedoria e continue a se destacar como sempre fez, será recompensado com títulos e propriedades. Está mesmo disposta a impedir sua ascensão tão garantida, Lady Aidan? Privaria meu irmão não apenas de sua reputação, mas também do que ele sempre valorizou mais do que a própria vida? Estou me referindo à honra dele.

O coronel não contara nada daquilo a ela. Talvez porque não fosse verdade? Ou talvez porque ele fosse honrado demais para colocar sobre os ombros dela o fardo de saber quanto havia destruído suas esperanças? Como poderia saber a verdade? Como poderia saber o que o coronel realmente desejava naquele momento?

– Isso é um absurdo – falou Eve. – É impensável. Eu não poderia fazer o que me pede sem me constranger terrivelmente... e, assim, constranger também o coronel Bedwyn.

– Temos o tempo exato – explicou o duque – para prepará-la a contento, Lady Aidan. Precisamos torcer para que seja uma pupila dedicada. Minha tia é a marquesa de Rochester. Ela a acompanhará em sua apresentação à rainha. E a ajudará na escolha de um guarda-roupa adequado para suas várias aparições públicas, incluída sua roupa para a corte. E a instruirá em qualquer aspecto do comportamento educado para o qual não tenha sido preparada. Haverá tempo para sua apresentação à rainha e para um baile na Bedwyn House, para apresentá-la à aristocracia antes do jantar na Carlton House e todas as outras celebrações pela vitória a que será convidada a comparecer com Aidan. Só resta uma pergunta... na verdade, duas. A senhora *sente* alguma gratidão pelo seu marido, mesmo ele não tendo exigido isso? E tem a coragem necessária?

Houve um longo momento de silêncio, que o duque não deu sinal de quebrar.

– Se ao menos eu tivesse certeza do que *o coronel* deseja nesse caso... – falou Eve.

O silêncio se estendeu novamente.

– Muito bem – murmurou Eve por fim. Ela voltou a umedecer os lábios e falou com mais firmeza. – Devo ao coronel a minha casa, a minha fortuna e a segurança de muitas pessoas que dependem de mim. Acima de tudo, devo a ele meus filhos, que significam mais para mim do que a própria vida. Se algumas semanas em Londres puderem poupá-lo da censura de seus pares, então darei a ele essas poucas semanas. Mas farei isso por *ele*, não pelo senhor. Não viverei intimidada a cada momento de cada dia, nem serei repreendida toda vez que errar. Farei o meu melhor... pelo coronel Bedwyn.

– É tudo o que se pode desejar da senhora, madame – falou o duque. – Imagino que a hospedaria pela qual passei na cidade seja a melhor acomodação que a vizinhança tem a oferecer, certo?

– Sim – respondeu Eve.

– Como eu suspeitava. – Ele terminou de tomar o chá, pousou a xícara e o pires e se levantou. – Esteja pronta para partir quando eu voltar pela manhã, Lady Aidan.

Era uma ordem, pura e simples. Eve desejou de todo o coração que a Three Feathers fosse conhecida por suas pulgas e ratos, em vez de apenas pela comida sem gosto.

Aidan sentia-se razoavelmente animado ao voltar de uma cavalgada vespertina no Hyde Park com Freyja e Alleyne. Durante o dia, reencontrara vários conhecidos, incluindo alguns colegas militares. Todos conversaram com ele sobre uma variedade de assuntos. Nenhum mencionou seu casamento. Portanto Wulf estivera errado. Não era de conhecimento geral. Não haveria embaraços e com certeza nenhum escândalo. Ele estava satisfeito por ter tomado a decisão de não contar a seus outros irmãos e irmãs.

Sentia-se revigorado. Sua família sempre fora de cavaleiros destemidos, incluindo as moças. Os três haviam galopado várias vezes por toda a extensão da Rotten Row, sem parar, em vez trotarem devagar, com afetação – palavras de Freyja –, como fazia a maior parte dos cavaleiros, mais interessados em se exibir e impressionar os pedestres que ficavam além das cercas do que em exercitar os cavalos e a si mesmos.

Fleming, o mordomo de Bewcastle, estava no salão da Bedwyn House quando eles chegaram. O mordomo viera de Lindsey Hall na véspera com vários outros criados e toneladas de bagagem.

– Bewcastle já chegou? – perguntou Freyja a ele, tirando o chapéu de montaria e libertando os cachos rebeldes. Todos haviam ficado surpresos na véspera, ao chegarem a Londres e descobrirem que Wulf ainda não estava na residência da família. Freyja presumira em voz alta, sem o menor pudor, que o irmão mais velho provavelmente fora direto para a casa da amante.

– Sim, milady – respondeu Fleming, com uma de suas peculiares reverências rígidas. – E requisitou que o coronel Bedwyn se juntasse a ele na biblioteca, imediatamente, e que a senhorita e lorde Alleyne o acompanhassem no chá, no salão de visitas, daqui a meia hora.

– *Requisitou* – disse Alleyne com uma risadinha. – *Imediatamente.* Você está na mira de nosso irmão por algum motivo, Aidan. Pelo menos Freyja e eu teremos tempo de lavar as mãos antes de estarmos na augusta presença do duque.

O mordomo acompanhou Aidan até a biblioteca, bateu de leve à porta, abriu-a e afastou-se para o lado para que Aidan entrasse.

Ela estava sentada diante da lareira, em um dos lados, vestindo cinza, os cabelos presos em um severo coque baixo na nuca. Estava muito pálida, quase enferma. Quando se levantou, Aidan teve a impressão de que a esposa havia perdido peso. Ela o encarou com os olhos arregalados e os lábios cerrados, e ele a encarou de volta. Apenas quando percebeu um movimento com sua visão periférica Aidan se deu conta de que não estavam sozinhos. Bewcastle se levantara de um dos sofás. Aidan se virou para o irmão.

– O que é isso? – exigiu saber.

– *Isso?* – rebateu Wulf com certa arrogância. – Lady Aidan é um objeto inanimado, Aidan? Eu lhe trouxe sua esposa.

– Era lá que você estava? – perguntou Aidan, sentindo a fúria apertar seu peito. – Em Ringwood? Contrariando uma ordem específica minha?

O duque ergueu as sobrancelhas.

– Santo Deus – falou. – Desde quando recebo ordens de um irmão mais novo? Acho que me confundiu com um de seus soldados, Aidan.

– Tenho, *sim*, o poder de comando sobre minha própria esposa – falou Aidan, dando um passo ameaçador mais para perto do irmão. – Falei para deixá-la em Ringwood. Disse que não a queria aqui. E avisei que não mudaria de opinião.

– Devo avisá-lo – falou Bewcastle em um tom tranquilo – que nem Lady Aidan nem eu somos surdos, Aidan... ao menos presumo que a dama não seja. Peço, por favor, que reserve esse tom de voz para o campo de batalha. Expliquei a você a necessidade da presença de sua esposa ao nosso lado durante as próximas semanas. Não tenho a intenção de repetir a explicação. Os negócios da família são domínio meu.

– Vai mandá-la de volta para casa – exigiu Aidan, a voz gelada. – Imediatamente. Melhor ainda, eu mesmo farei isso.

Ele se virou para sair pisando firme do salão, mais furioso do que havia se sentido em muito tempo... talvez desde sua última licença e do embate com a personalidade obstinada e tirânica de Bewcastle.

Um movimento suave chamou sua atenção e ele virou a cabeça para ver a esposa voltar a se sentar, as costas muito retas, os olhos presos ao chão, o rosto branco como o de um fantasma e totalmente inexpressivo. Diabos, o que ele acabara de dizer diante dela? Estava tão furioso que... Aidan ficou imóvel, encarando-a.

– Acabou de chegar, madame? – perguntou ele sem a menor necessidade. – Fez toda a viagem hoje?

A esposa levantou lentamente a cabeça até que os olhos dos dois se encontrassem. A expressão dela era indecifrável.

– Por favor – disse ela, as palavras severas e frias –, um dos senhores encontre o nome e o endereço da estalagem de onde parte a próxima diligência para Oxfordshire. Vou precisar de um coche de aluguel para me levar até lá. Talvez pudessem fazer a gentileza de chamar um imediatamente. Um dos senhores.

– Madame – disse Aidan –, peço que me perdoe. Eu não...

– Imediatamente. – Ela voltou a se levantar.

Aidan olhou furioso para Bewcastle, mas o irmão se afastara tranquilamente, como se não fosse a causa de tudo aquilo.

– Talvez devêssemos... – Aidan começou a dizer.

– Imediatamente.

– Talvez devêssemos esfriar os ânimos – falou ele – e discutir o assunto.

– Se meus ânimos esfriassem mais – retrucou ela –, eu me tornaria uma pedra de gelo. Estou de partida. Vou subir agora e arrumar minha bagagem. Quando descer, espero ter um coche de aluguel na porta. Caso contrário, sairei daqui a pé e encontrarei um eu mesma.

Ela atravessou o salão na direção de Aidan, contornou-o e foi direto para a porta, que bateu depois de sair. Bewcastle se virou e olhou para a porta.

– Minha carruagem está à sua disposição – falou ele.

– Maldito seja, Wulf – disse Aidan, cada vez mais furioso com o irmão. – Adoraria fazê-lo engolir seus dentes. Ela quer um coche de aluguel, maldição. É isso que terá.

Ele se virou e saiu da sala pisando firme, sem esperar resposta.

CAPÍTULO XI

Eve não desceu imediatamente. Queria dar tempo para que chamassem o coche de aluguel que exigira. Não queria ter que esperar no saguão até que o veículo chegasse. Por isso, ficou andando de um lado para o outro na sala de estar dos suntuosos aposentos para onde a governanta a levara quando chegara, mais cedo.

Sentia-se furiosa e humilhada. Mais furiosa do que humilhada. Com raiva *dele*. Furiosa consigo mesma.

Falei para deixá-la em Ringwood.

Como se ela fosse uma encomenda indesejada e descartável.

Disse que não a queria aqui.

De uma franqueza brutal, considerando o fato de que ela estava ali, ouvindo-o. Mas Eve sabia: nenhum dos dois jamais fingira desejar o outro. Ah, ela estava com *tanta* raiva de si mesma!

Tenho, sim, *o poder de comando sobre minha própria esposa.*

Como ele tivera coragem! Nem chegara a perguntar... Como estava *irada* com ele!

E o duque de Bewcastle! O homem passara o dia todo de frente para ela na carruagem – pensando a respeito, era surpreendente que não houvesse exigido que *ela* viajasse de costas para os cavalos – em um silêncio arrogante na maior parte do tempo, falando sobre a família e sua história ilustre *quando* se dignava a conversar com ela, como se Eve fosse uma pupila ignorante e rude que precisasse ser educada em relação às coisas importantes da vida. Ela não ficaria surpresa se descobrisse que, caso o duque se cortasse, a ferida vertesse gelo em vez de sangue. Era um homem horrível, que lhe dava arrepios.

Eve mal podia esperar para estar de volta em Ringwood. Aliás, por que saíra de lá? Fora uma agonia deixar as crianças. Becky se agarrara a seu pescoço, inconsolável, mesmo depois que Eve prometera lhe trazer presentes. Davy a encarara em um silêncio reprovador, como se dissesse que sabia o tempo todo que ela preferia se entregar aos prazeres de Londres a ficar com crianças que não eram suas e que mais ninguém quisera depois da morte dos pais.

Por fim, quando considerou já ter dado tempo bastante para que cumprissem sua exigência, Eve pegou a bolsa de viagem – o duque a instruíra a levar apenas algumas poucas mudas de roupa – e desceu as escadas em um passo determinado. Não foi fácil. Eve acreditava que os dois irmãos poderiam estar parados ombro a ombro no saguão, morenos, ameaçadores e irritados, dispostos a ordenar que ela cumprisse seu dever. Mas encontrou apenas o mordomo rígido e pomposo, com mais dois criados, que imediatamente se adiantaram para pegar a bolsa que ela carregava.

– Há um coche de aluguel à minha espera? – perguntou Eve.

– Sim, milady. – O mordomo se inclinou em uma reverência e abriu as portas da frente.

– E o cocheiro sabe para qual estalagem deve me levar?

– Sim, milady.

Eve passou apressada pelas portas e desceu os degraus até o pátio, o queixo erguido, enquanto pensava sem a menor lógica que ele poderia ao menos ter aparecido para se despedir. Então viu que o marido *aparecera*. Estava parado ao lado da porta da carruagem e o cocheiro já havia se acomodado. O coronel abriu a porta quando ela se aproximou e Eve entrou sem sequer olhar para ele ou usar como apoio a mão que o marido lhe estendia. Estava decepcionada. Sim, era isso. Começara a gostar dele em Ringwood. Ao mesmo tempo, sentia-se culpada e humilhada... Acabara complicando a vida do coronel ao aparecer sem aviso quando ele achava estar livre dela para sempre.

Então Bedwyn subiu na carruagem depois dela, fechou a porta e sentou ao seu lado. O assento era estreito. O corpo dele encostava no braço e na coxa dela, convertendo a raiva fria em calor.

– Se isso é algum tipo de gentileza, coronel Bedwyn – falou Eve –, é equivocado. Não preciso que me acompanhe.

– Ainda assim – retrucou ele –, eu a acompanharei. Quero vê-la acomodada e em segurança na estalagem.

Eve virou a cabeça com determinação para observar as ruas cheias de Londres, que tanto a haviam empolgado menos de três semanas antes. Poderia mesmo ter se passado tão pouco tempo? Parecia que toda uma vida transcorrera desde então. Nenhum dos dois tentou conversar.

Eve tinha a intenção de dispensar com firmeza a presença do marido assim que chegassem ao destino, diria a ele que permanecesse na carruagem e voltasse para a Bedwyn House. Mas a The Green Man and Still era uma estalagem tão grande e o pátio de pedras estava tão barulhento e tumultuado que ela ficou desnorteada com tudo aquilo. Por isso não protestou quando o coronel, que saltara primeiro da carruagem para pegar a bagagem e ajudá-la a descer, saiu andando com firmeza em direção à porta de onde a maior parte das pessoas parecia sair. O cocheiro levou o veículo embora. Ele provavelmente recebera o pagamento adiantando.

Eve entrou e ficou perto da porta da estalagem, enquanto o coronel conversava com o homem atrás do balcão. A estalagem era mais cheia e barulhenta do que o hotel Pulteney, onde ela se hospedara poucas semanas antes, mas, à sua maneira, era igualmente intimidante. Eve se sentia como um rato assustado.

– Consegui um quarto – disse o coronel quando voltou para junto dela. – Fica no segundo andar, de frente para a rua. Deve ser um pouco mais silencioso do que os que ficam de frente para o pátio.

– Pagou pelo quarto? – perguntou Eve.

– É claro – respondeu Bedwyn.

Ela abriu a bolsinha.

– Quanto foi?

Houve uma breve pausa.

– Não há necessidade disso – retrucou ele.

– Pelo contrário. – Eve levantou os olhos para o marido. – Há toda a necessidade. E, graças ao coronel, não estou pobre, não é mesmo?

Ele cerrou o maxilar. Parecia mais carrancudo do que o normal.

– Cuidarei das necessidades da minha esposa quando estiver na companhia dela, madame – falou Bedwyn.

– Isso inclui a necessidade de ela ser tratada com respeito? – indagou Eve, fechando a bolsinha com força e abaixando-se para pegar a bolsa de viagem.

A mão dele se fechou no pulso dela.

– Se continuar com isso – falou ele –, atrairemos a atenção das pessoas. Se deseja uma briga, ao menos façamos isso na privacidade do seu quarto.

– Sou perfeitamente capaz de encontrar o caminho se me disser o número do quarto – disse Eve. – Não vou privá-lo do resto da sua vida nem por mais um instante, coronel Bedwyn.

Mas ele já pegara a bolsa dela e ia em direção à larga escadaria de madeira. Eve tentou acompanhar o passo do marido, mas saiu-se muito mal em se desviar de hóspedes e criados apressados. Eles subiram até o segundo andar e caminharam por uma longa galeria antes de pararem do lado de fora de uma porta bem no fim dela. O coronel abriu a porta e Eve entrou no quarto antes dele.

Não era grande, bem decorado, nem de mobiliário elegante... não era nada que se comparasse ao hotel Pulteney. Havia apenas uma cama grande, uma cômoda, um lavatório e uma cadeira. Mas ao menos parecia limpo. E parte do barulho da estalagem diminuiu depois que Bedwyn também entrou e fechou a porta.

Não havia motivos para que ele entrasse. Eve tirou o casquete e as luvas e, de costas para o coronel, os colocou sobre a cômoda.

– Por que veio a Londres? – perguntou ele. – Mas será que essa pergunta precisa ser respondida? Bewcastle foi buscá-la, e pouquíssimas pessoas conseguem se opor à vontade do duque quando ele está determinado. Como meu irmão a persuadiu?

– Não importa – respondeu Eve. – Amanhã estarei de volta a Ringwood e o coronel nunca mais precisará me ver nem ouvir falar de mim... e o mesmo vale para mim em relação ao senhor. Não sairá chamuscado pelo dia de hoje, a não ser pelo custo de um quarto em uma estalagem e de um coche de aluguel.

– O diabo é que não consigo me lembrar exatamente do que disse a Wulf quando a vi na biblioteca e me dei conta do que ele havia feito. Foi algo sobre ter avisado a ele para deixá-la onde estava, acredito.

Eve foi até a janela, o mais longe dele que conseguiu, e pousou as mãos no parapeito. Abaixo, uma carruagem de quatro cavalos diminuía a velocidade, prestes a fazer a curva que levava ao prédio.

– O coronel disse – Eve lembrou a ele – que não me queria ali. O que é bastante compreensível. Eu também não queria estar ali. Era parte do nosso acordo que nenhum de nós passaria mais tempo na companhia do outro além do estritamente necessário.

Ela o ouviu pousar a bolsa de viagem no chão. Não queria se virar para encará-lo. Bedwyn usava o uniforme velho, quase surrado, e parecia belo demais para que ela lidasse com ele em um espaço tão restrito.

– Mas as palavras foram mal escolhidas e ditas da pior maneira – falou ele. – Não tive a intenção de dizê-las do modo como soaram.

– E disse também – continuou Eve, de modo mais pausado, virando-se por fim para lançar um olhar acusador na direção dele – que tem, *sim*, o poder de comando sobre a própria esposa. Isso foi mais do que abominável, coronel. Nós nos casamos por conveniência mútua. E nos separamos com toda a intenção de jamais voltarmos a nos comunicar. A questão de sua superioridade e de minha subserviência nunca foi levantada entre nós, pela simples razão de que *não* sou sua esposa. Não de qualquer forma que realmente importe.

Agora ele também estava furioso. Eve percebeu isso pela rigidez do maxilar e pelos lábios cerrados.

– Talvez, madame – disse o coronel –, esse tenha sido o nosso erro.

– Erro?

– Concordar com um casamento apenas no nome – retrucou ele. – Deveríamos ao menos ter feito do nosso um casamento de verdade, mesmo que seguíssemos separados o resto de nossas vidas. Então não haveria esse tipo de discussão absurda sobre se é ou não a minha esposa, sobre se devo pagar parte de suas contas ou não, sobre se tenho ou não direito de ordenar que meu irmão a deixe em paz. No dia do nosso casamento, talvez devêssemos ter chegado à sua conclusão natural.

Eve o encarava com o rosto em chamas. Mas durante os preciosos segundos que deveria ter usado para encontrar palavras para expressar sua indignação, acabou se permitindo apenas sentir os efeitos físicos das palavras dele... certa perda de ar, um enrijecimento dos seios, um latejar entre as coxas e mais para dentro de seu corpo, além de uma fraqueza nas pernas.

– Teria sido errado – falou ela por fim. – Nenhum de nós queria isso.

– *Errado?* Somos um homem e uma mulher – disse ele com severidade – e nos casamos há algumas semanas. Homens e mulheres, principalmente quando casados, costumam ir para a cama juntos. E satisfazem certas necessidades nela. Já sentiu essas necessidades?

Eve passou a língua pelos lábios secos e engoliu com dificuldade. Queria que a janela estivesse aberta. O quarto parecia abafado.

O coronel deixou escapar um som de impaciência e atravessou o quarto na direção da esposa, parando perto do pé da cama. Eve manteve as costas pressionadas com força contra a janela e segurou o parapeito com ambas as mãos. Ele ficou parado diante dela, as pernas afastadas, e pousou as mãos grandes no rosto de Eve. Ela fechou os olhos e a boca do marido encontrou a dela, com vontade, pressionando os lábios dela de forma quase dolorosa contra os dentes. Mas quase no mesmo instante a pressão se tornou mais suave, ele abriu os lábios e lambeu os dela, ainda fechados, instigando uma reação e provocando uma sensação aguda e pulsante entre as pernas de Eve.

Quando os lábios dela se abriram, e também seus dentes, o coronel enfiou a língua fundo em sua boca, explorando as superfícies tenras. Uma das mãos dele a segurava pela nuca, puxando-a mais para perto.

O primeiro pensamento consciente de Eve foi que estava sendo desleal, desonesta. Mas desleal a quem? O coronel Bedwyn era seu marido. Ela era *casada* com ele. Se não fizesse essas coisas com o marido naquele momento, não faria nunca mais, com ninguém. Nunca mais. O pensamento trouxe um anseio desesperado e Eve levou as mãos aos ombros dele. Eram muito largos e musculosos, mesmo cobertos pelo casaco militar pesado. Ela retribuiu o beijo, inclinando a cabeça, abrindo mais a boca, tocando a língua dele com a sua. E se permitiu assumir o próprio desejo.

O calor aumentou entre eles em uma onda de paixão. A mão de Bedwyn havia se afastado da nuca de Eve e agora ele envolvia a cintura dela com um dos braços, enquanto espalmava a outra mão por trás de seu quadril. Ele a puxava com força para si, de tal modo que Eve percebeu, ofegante, as botas pesadas de couro, as coxas firmes e musculosas, a masculinidade evidente. Ela passou os braços pelo pescoço dele, enquanto curvava o corpo para se encaixar melhor ao do marido, desesperada para chegar mais e mais perto...

Quando Bedwyn parou o beijo para encará-la, Eve se sobressaltou por um instante ao se dar conta do que estava acontecendo e com quem. O rosto de nariz aquilino dele parecia implacável e severo como sempre. Ela imaginou que deveria se sentir um pouco assustada, talvez até sentir certa repulsa. Em vez disso, sentiu-se ainda mais excitada, principalmente quando olhou dentro dos olhos de pálpebras pesadas e viu ali uma paixão semelhante à sua.

– Vamos consumar nosso casamento – falou Bedwyn – nessa cama atrás de mim. Se não quiser que isso aconteça, diga agora. Não estou dando nenhuma ordem.

Aquilo não fora parte do acordo entre eles. Na verdade, parecera muito importante na época, para os dois, que se casassem apenas no nome, e que se separassem o mais rápido possível depois da cerimônia. Eve já não conseguia mais se lembrar das razões para isso. Conseguiria mais tarde, quando estivesse pensando com clareza. Também se odiaria mais tarde, se continuasse agora, se cedesse ao desejo. Mas por que não? Se *havia* algum motivo, não conseguia se lembrar de qual poderia ser. Afinal, os dois eram marido e mulher.

– Eu quero – disse Eve, surpresa pela rouquidão na própria voz. Mas ela ergueu a mão quase imediatamente. – Mas há algo que deve saber antes.

Eve quase perdeu a coragem. Ele ergueu as sobrancelhas.

– Não sou virgem.

Ele ficou absolutamente imóvel e buscou os olhos dela com os seus, enquanto Eve ouvia o eco das próprias palavras, consternada. Ela jamais sonhara que teria que confessar *aquilo* a ele.

– Ah – falou Bedwyn, por fim, muito suavemente. – É justo. Eu também não sou.

Aquele foi o último momento racional, de sanidade, por um longo tempo.

Ele se virou, carregando-a consigo com um braço enquanto puxava as cobertas da cama com a outra mão. Então abriu os botões que fechavam a capa dela no pescoço e descartou a peça de roupa. Depois jogou Eve sobre a cama, descalçou seus sapatos e meias e levantou o vestido, passando-o pelas pernas e pelo quadril, que ela ergueu do colchão. Bedwyn se sentou brevemente na beira da cama para descalçar as botas. O casaco saiu pelo avesso. O coronel abriu a calça e se colocou acima de Eve, empurrando o vestido dela mais para cima.

O peso dele estava todo sobre ela. Bedwyn era muito pesado e a estava deixando sem fôlego. Ele passou as mãos por baixo dela, ergueu-a, inclinou-a, e logo estava dentro dela em uma estocada firme e úmida. Eve prendeu o pouco de ar que ainda restava em seus pulmões. O coronel era grande e estava muito rígido. Ela foi distendida e preenchida quase no limite da dor.

Quase.

Eve passou os braços com força ao redor dele e ergueu as pernas para envolvê-lo. Então ouviu um gemido e entendeu que provavelmente vinha dela mesma.

Bedwyn apoiou parte do peso nos antebraços e começou a se mover quase imediatamente, recuando e arremetendo, pressionando a intimidade do corpo dela sem parar, em um ritmo tão rápido e determinado que parecia natural que ela se movesse com ele, que flexionasse e relaxasse os músculos internos para acompanhá-lo. Logo Eve ouviu os arquejos roucos de ambos e sentiu a umidade do encontro dos dois corpos. Ela sentiu o aroma da colônia que ele usava, da masculinidade dele e também de outra coisa, mais crua, excitante, que não conseguiu identificar.

A ânsia do desejo que sentia desde o começo estava toda concentrada naquele ato, em que buscavam juntos um prazer frenético. Logo era mais do que uma ânsia. Tornou-se uma dor que não doía exatamente, que a engolfou da cabeça aos pés, partindo do centro do corpo dela, do centro dos corpos *deles*. E ameaçou tornar-se insuportável. *Era* insuportável. Mas no instante em que pensou isso, no instante em que deixou escapar um grito, tudo pareceu se estilhaçar ao seu redor, como se tivesse havido uma explosão partindo de dentro dela. No entanto, em vez de dor, Eve sentiu apenas uma paz profunda que pareceu derreter seus ossos.

Bedwyn deixou escapar um som muito semelhante a um rugido e seu peso desabou novamente sobre Eve, no instante em que ela sentia um jato de líquido morno em seu íntimo. A pele dele estava quente e coberta de suor. Assim como ela.

O marido rolou para o lado, embora mantivesse os braços ao redor dela. Ficaram se encarando de perto. Ele era o coronel Bedwyn, Eve lembrou a si mesma tolamente, e uma imagem vívida surgiu em sua cabeça: a primeira vez que o vira na sala de visitas de Ringwood: ele muito alto, poderoso, moreno e amedrontador. Mas agora ela estava cansada demais para compreender o que acabara de acontecer ou por que fora tão prazeroso. Com certeza estava mais exausta do que jamais se sentira na vida... Seus olhos foram ficando pesados e se fecharam...

Quando o sono já a envolvia, Eve imaginou se iria se arrepender do que fizeram quando acordasse. Ou se ele se arrependeria. Com certeza, se arrependeriam. Mas ela pensaria nisso depois.

Carruagens públicas e particulares entravam e saíam incessantemente da The Green Man and Still. Passageiros, hóspedes da estalagem e criados iam e vinham sem parar, com grandes doses de barulho e energia. Havia sempre alguém gritando por alguém, em vez de chegar perto o bastante para falar baixo. Ali havia toda a agitação entusiasmada que Aidan sempre associara à Inglaterra e da qual ele lembrava com nostalgia quando estava longe do país.

Jantava com a esposa no restaurante. O barulho garantia privacidade bastante para que ninguém ouvisse a conversa deles, mas não tanta privacidade quanto ele gostaria. Os dois se comportavam como estranhos bem-educados. E era essa a impressão que deviam passar a qualquer um que não os olhasse com mais atenção. Aidan se perguntou se o leve rubor no rosto da esposa, os lábios um pouco inchados e as pálpebras ainda pesadas tornariam tão óbvio a um estranho quanto era para ele que os dois haviam saído da cama havia pouco tempo, depois de um vigoroso encontro sexual.

Aidan ainda não conseguia acreditar completamente no que acontecera... no que os dois quiseram que acontecesse.

– Como as crianças reagiram à sua vinda? – perguntou ele. – Não teve medo de partir?

– Medo, não – respondeu Eve. – Mas, sim, eu hesitei. Calculei que precisasse passar algumas semanas em Londres. Mas eles estão seguros e sendo bem cuidados. Não acredito que irão se sentir desprotegidos como da última vez. Tia Mari gosta de mimá-los... Ela está ensinando Becky a tricotar. E a babá Johnson e Thelma também são boas para eles. O reverendo Puddle faz visitas frequentes e conquistou a afeição das crianças.

Aidan sentira-se estranhamente comovido com o apego da esposa aos dois órfãos de quem cuidava embora não fossem responsabilidade dela. Mas não compreendera de todo, até estarem casados, que as duas crianças eram um ponto central na vida dela, que sem elas talvez a irmã do capitão Morris houvesse reagido de forma diferente à proposta de casamento.

– E sua tia está bem? – perguntou Aidan.

– Sim, obrigada. Ela ficou encantada com a minha decisão de vir para Londres. – Eve riu. – Mesmo depois de o duque ter levado o monóculo aos olhos ao ouvir seu sotaque galês, quando os apresentei.

– Por que *realmente* decidiu vir? – perguntou ele mais uma vez. – Sei que Bewcastle pode ser muito persuasivo, mas não a vejo como uma mulher de vontade fraca.

Ela virou com a ponta dos dedos uma colher que não usara.

– Ele me convenceu – disse Eve – de que o senhor sofreria a censura de seus pares se eu não viesse.

– Não dou a menor importância para meus pares – falou Aidan.

– Ah, dá, sim. – Ela franziu o cenho. – Sempre faz o que acha certo, mesmo que lhe custe um sacrifício pessoal. Nosso casamento é prova disso. Acredito que o dever é tudo para o senhor. Se seus pares tiverem uma ideia errada sobre o fato de vivermos separados, se acreditarem que tem vergonha de mim depois de ter se casado por impulso e me abandonado friamente a uma espécie de prisão no campo, seria julgado como um homem sem honra. E se magoaria com essas intrigas, mesmo sabendo que não guardavam uma gota de verdade.

Talvez ela estivesse certa, admitiu Aidan.

– Então veio para me salvar – concluiu ele. – Fez de mim o seu mais novo incapaz.

Ela levantou os olhos para ele, com traços da raiva que sentira mais cedo aparecendo no maxilar rígido.

– Vim para retribuir o que fez por mim – disse Eve. – Quando achou que era importante que meus vizinhos nos vissem juntos, em uma relação confortável e amistosa, respeitosos um com o outro, o senhor permaneceu em Ringwood e, pelo meu bem, suportou o tédio de uma festa no campo. Nosso acordo não o obrigava a nada disso, ainda assim o senhor o fez. Vim até aqui para poder fazer o mesmo pelo senhor.

– Mas para a senhora seria uma inconveniência que duraria mais do que um dia – argumentou Aidan.

– Algumas semanas, foi o que presumi – disse Eve. – Talvez até mesmo um mês. Eu teria tido que me preparar cuidadosamente... com a ajuda da sua tia, de acordo com o duque.

– Da tia Rochester?

– Sim. – Eve continuava virando a colher sobre a mesa. – Não sou uma dama por nascimento e fui apenas parcialmente educada como uma. Fui criada e passei a maior parte da minha vida no campo, entre pessoas bem-nascidas, mas que de forma nenhuma são membros da nobreza. Não sei nada sobre as modas e maneiras da capital. Não sei nada sobre como me portar na alta sociedade ou o que se espera da esposa do herdeiro de um duque. Teria que aprender a me apresentar à rainha sem cair em desgraça, e também a me comportar em um baile na Bedwyn House sem perder completamente a compostura e acabar cometendo alguma gafe terrível. Então teria que comparecer a todas as celebrações da vitória ao seu lado, me comportando como é esperado de Lady Aidan Bedwyn.

Não era de surpreender que houvesse um toque de amargura na voz dela. Aidan desejou desesperadamente poder praguejar em voz alta.

– E tudo isso lhe foi dito por Wulf sem subterfúgios, eu imagino – falou.

– Não gosto dele – falou Eve. – Na verdade, meus sentimentos a respeito do seu irmão vão além de um mero não gostar. Mas ao menos respeito a honestidade do duque. Ele não é do tipo que diz uma coisa querendo dizer outra.

– Sobre o que aconteceu no quarto esta tarde... – Aidan começou a dizer.

Eve espalmou a mão sobre a colher, escondendo-a completamente da vista, e balançou a cabeça.

– Não importa – interrompeu-o. – Talvez seja mesmo como o senhor disse. Precisávamos fazer isso, para completar o que começamos, por assim dizer. Não importa. E dificilmente poderia fingir que não gostei. Gostei. Vamos deixar as coisas como estão.

Fazia muito tempo que Aidan estivera na cama com uma mulher... antes daquela tarde, é claro. A última vez fora em algum lugar na Espanha, antes de os exércitos de Wellington atravessarem os Pirineus no inverno, antes que seu relacionamento com a Srta. Knapp se tornasse promissor. Mas ele não poderia fingir que possuíra a esposa apenas para aplacar sua violenta carência de sexo. Fora, como ela dissera, uma consumação. E aparentemente também um fim.

– Sua carruagem parte às sete horas da manhã – avisou Aidan.

– Sim. – Ela tirou o guardanapo do colo e o pousou sobre a mesa, ao lado do prato. – Devo ir cedo para a cama. Foi um longo dia.

– Permita-me acompanhá-la até sua casa – pediu Aidan. – Alugarei uma carruagem particular. Será muito mais confortável do que a diligência.

– Não. Obrigada.

– Eu a acompanharei na diligência, então – falou ele.

Eve balançou a cabeça, negando.

Aidan a encarou, exasperado. Como poderia deixá-la voltar sozinha? Maldição, a esposa estava ali por causa dele. E maldito fosse Bewcastle!

– Não teria gostado daqui, sabe? – disse ele. – A vida na Bedwyn House, a temporada de eventos sociais e todo o resto.

– Eu não esperava gostar – retrucou Eve. – Não vim pela diversão.

– Teria achado impossível – insistiu Aidan. – Bewcastle, tia Rochester, até mesmo Freyja e Alleyne. Nunca conseguiria fazer frente a eles ou a tudo o que esperariam da senhora.

– Impossível? – Eve levantou os olhos para ele com o cenho franzido. – Nunca?

– Peço perdão pelo inconveniente do dia de hoje – falou Aidan. – E pelo tédio de outro dia de viagem amanhã. Mas ficará muito mais feliz em casa, em Ringwood. Jamais conseguiria assimilar a tempo tudo o que precisaria aprender aqui.

– Não mesmo?

A calma excessiva na voz dela finalmente chamou a atenção dele.

– Não de um modo que satisfizesse Bewcastle, de qualquer forma – falou Aidan. – Ou a tia Rochester. Eles são incrivelmente exigentes.

– E o senhor não é, coronel?

Ele se inclinou um pouco na direção dela.

– Acredito que ambos já percebemos faz tempo – falou – que pertencemos a mundos diferentes. Um não é necessariamente superior ao outro. São apenas diferentes. Bewcastle estava errado quando a persuadiu a vir até aqui. A senhora teria se sentido profundamente infeliz se ficasse. O que é natural para mim, para Bewcastle, para minha irmã não seria de forma alguma natural para a senhora. Não é o...

Mas ele estava falando sozinho. Eve afastara a cadeira e estava de pé. Aidan também se levantou, as sobrancelhas erguidas.

– Chame um coche de aluguel, coronel Bedwyn – disse ela. – Vou voltar para a Bedwyn House... esta noite. Não há tempo a perder. Preciso me preparar para uma apresentação à rainha, para um baile e para inúmeros outros eventos sociais, incluindo um jantar de Estado na Carlton House.

Aidan ficou apenas encarando-a por um longo tempo. E, embora a esposa falasse baixo e parecesse perfeitamente composta – e portanto não atraísse qualquer atenção indesejada dos outros hóspedes no restaurante – ele podia perceber quanto estava furiosa.

– Não acho que seja uma escolha inteligente, madame – falou.

– Então – retrucou Eve, o queixo erguido em uma atitude obstinada e potencialmente perigosa – vai ter que usar sua prerrogativa de marido, coronel, e ordenar que eu volte para casa. Por favor, faça isso e terei o prazer de desafiá-lo abertamente. Vai chamar o coche de aluguel ou chamo eu mesma?

Que diabo! Aquela história que ele começara três semanas antes jamais teria fim? Aidan saiu do restaurante pisando firme, sem dizer mais uma palavra sequer, enquanto respondia silenciosamente à própria pergunta. Não, não teria. Não enquanto os dois vivessem.

Aidan presumiu que a esposa houvesse subido até o quarto para pegar a bolsa de viagem enquanto ele chamava o coche de aluguel. Não olhou para trás para se certificar.

CAPÍTULO XII

Um dos criados no saguão da Bedwyn House informou ao coronel que a família ainda estava jantando. Esperariam na sala de estar, então, informou o coronel, guiando Eve pelo cotovelo na direção da escada. Mas o criado tossiu discretamente.

– Acredito que Sua Graça tenha planos de sair esta noite, depois do jantar, milorde – falou o homem. – E Lady Freyja e lorde Alleyne vão ao teatro.

– Então interromperemos o jantar deles – avisou o coronel, a voz severa e abrupta. – Diga a Fleming que nos anuncie.

O criado ergueu as sobrancelhas por meio centímetro, talvez, seu único sinal de ter opinião própria sobre a questão. Ele se virou e foi na frente. Eve, ainda guiada pela mão do coronel em seu cotovelo, tentou respirar fundo para se acalmar, sem fazer barulho. A raiva e a coragem que, menos de meia hora atrás, a haviam impelido a sair da estalagem, entrar no coche de aluguel que a esperava e depois na Bedwyn House se esvaíam rapidamente... a coragem, ao menos. Até entrarem no saguão e ele falar com o criado, o coronel Bedwyn não dissera uma única palavra. Contentara-se em parecer furioso.

O criado bateu à porta – que devia ser da sala de jantar –, murmurou algo ao mordomo quando este a abriu e voltou para seu posto no saguão. As sobrancelhas do mordomo se ergueram talvez por um centímetro.

– Lorde e Lady Aidan, Vossa Graça – anunciou, afastando-se para o lado.

A sala de jantar era uma câmara de teto alto e longa, com uma mesa que ocupava a maior parte de sua extensão. Eve teve uma impressão imediata de grandeza e percebeu o candelabro de ouro e cristal que pendia do teto ornado e em arco e também a porcelana fina, os cristais e a prataria cintilando sobre a mesa à luz das velas. No entanto, verdade seja dita, a maior parte de sua atenção se concentrou nas três pessoas sentadas à mesa. O duque de Bewcastle ela já conhecia. O jovem à esquerda dele era obviamente outro irmão, embora fosse mais bonito do que o duque e mesmo o coronel. A dama à direita do duque tinha cabelos ondulados e claros, sobrancelhas muito escuras em contraste, um tom de pele moreno e o nariz típico da família. Os três usavam trajes formais para a noite e pareciam tudo o que Eve sempre imaginara da aristocracia. Se aquela composição pudesse ser descrita em uma única palavra, seria *esnobe*.

Os dois cavalheiros se levantaram.

– Ah – disse o duque com certa presunção, o monóculo já na mão.

– *Lady* Aidan? – perguntou o rapaz.

A moça simplesmente os encarou com as sobrancelhas erguidas.

– Tenho a honra – disse o coronel Bedwyn – de apresentar Lady Aidan Bedwyn, minha esposa. Lady Freyja Bedwyn, a mais velha de minhas duas irmãs, madame, e lorde Alleyne Bedwyn, meu irmão mais novo.

As sobrancelhas de Lady Freyja subiram ainda mais e seus olhos avaliaram Eve dos pés à cabeça, deixando a esposa do coronel terrivelmente consciente de suas roupas de viagem, que eram elegantes e limpas, mas estavam muito longe de ter o mais fino dos tecidos, ou o modelo mais em moda... e também não era nem de perto uma roupa adequada para a noite.

– Que demônio você é, Aidan! – exclamou lorde Alleyne. Ele riu, mostrando ser ainda mais belo do que Eve achara a princípio, e a encarou tão diretamente quanto a irmã, embora seus olhos cintilassem de humor. – Isso aconteceu hoje?

– Na verdade, foi há quase três semanas – contou o coronel. – Com uma licença especial.

Lorde Alleyne percorreu a longa sala de jantar na direção deles.

– Antes que você chegasse a Lindsey Hall – falou ele, os olhos presos em Eve. – E mesmo assim não nos disse uma palavra. Imagino por quê. – Ele riu de novo e agraciou Eve com uma reverência formal e elegante. – Seu criado, Lady Aidan.

– Lorde Alleyne – murmurou Eve, fazendo uma cortesia.

– Ah, dispense o *lorde* – disse ele. – Sou Alleyne. Como podemos chamá-la? Não vai insistir em que tratemos sua esposa com absoluta formalidade, não é, Aidan? Afinal, ela é nossa cunhada.

– Sou Eve – falou ela.

– Eve. – O rapaz sorriu. – Ofereceu a ele a maçã do paraíso, como Eva a Adão? Por que nosso irmão manteve sua existência em segredo? Vai nos contar?

De perto, o sorriso dele era dúbio. Era difícil saber se era de puro bom humor ou um tanto malicioso. O irmão mais novo de Aidan estaria sendo acolhedor e tratando-a como um irmão... ou estava zombando dela? Com certeza as perguntas dele ficariam sem resposta.

– Estão um pouco atrasados para o jantar, Aidan – observou o duque, de seu lugar na cabeceira da mesa.

– Já jantamos – informou o coronel bruscamente.

– Ah – disse Sua Graça. – Mas se juntarão a nós para uma taça de vinho. Alleyne, acomode Lady Aidan ao seu lado.

Então ele não iria comentar o fato de ela ter voltado, pensou Eve, enquanto lorde Alleyne lhe oferecia o braço e ela pousava a mão sobre sua manga. O duque também não aproveitaria a deixa do irmão para chamá-la pelo nome. Eve se sentou à mesa e, por um momento, sentiu-se dominada pelo pânico. Eles eram de mundos diferentes, dissera o coronel mais cedo. Era mais como se fossem de universos diferentes.

– Mas a notícia não foi uma surpresa para Wulf, isso é claro – comentou lorde Alleyne quando Eve se sentou e ele empurrou a cadeira dela mais para perto da mesa. – Fomos menosprezados, Free. Ficamos às cegas. Não participamos da mais deliciosa intriga da família em uma geração.

– Lady Aidan – disse Lady Freyja com uma arrogância fria enquanto o coronel se sentava ao seu lado –, posso perguntar com quem exatamente Aidan se casou? Acredito que nunca tenhamos nos encontrado antes, não é? Conhecemos sua família? Reconheceríamos seu sobrenome se o ouvíssemos?

– Estou certa de que não – falou Eve, olhando dentro dos olhos desdenhosos da cunhada.

– Minha esposa era Srta. Morris, do Solar Ringwood, em Oxfordshire – explicou o coronel Bedwyn. – Ela é proprietária do lugar desde o falecimento do pai, há pouco mais de um ano. O capitão Morris, irmão dela, foi meu oficial na Guerra Peninsular. Tive o triste dever de levar à família a notícia da morte dele em batalha.

– Ah, aceite as minhas sinceras condolências, Eve – disse lorde Alleyne.

– E vocês caíram de amores um pelo outro à primeira vista – falou a irmã, os olhos zombeteiros fixos em Eve. – Que incrivelmente romântico... Mas Morris? Não, lamento, mas nunca ouvi esse sobrenome.

– Seria estranho se tivesse ouvido. – Eve sorriu. – Meu pai era um mineiro de carvão antes de se casar com a filha do proprietário.

E assim, pensou ela quando a cunhada respondeu ao seu sorriso com outro e não fez nenhum comentário, as linhas de batalha estavam traçadas. Bem, ela fora avisada tanto pelo próprio bom senso quanto pelo marido. Não podia culpar a ninguém além de si mesma por isso.

– Um mineiro de carvão. – Lorde Alleyne deu uma risadinha. – Então o que os uniu com certeza deve ter sido o amor. Aidan sempre foi de encontrar valor onde ninguém mais enxergava e não precisa da fortuna de ninguém... tem a sua própria, que não é pequena. Sabe disso, Eve? Agora me diga: por que ele está me olhando desse jeito?

Eve não estava certa se iria gostar de Alleyne. Não sabia como interpretar o bom humor dele, tão diferente da frieza dos irmãos. Então achou que seria mais sábio ignorar suas perguntas e esperar que outra pessoa dissesse algo.

– Lady Aidan – chamou o duque de Bewcastle enquanto o mordomo servia vinho tinto na taça de cristal ao lado dela –, amanhã deve estar pronta logo depois do café da manhã para acompanhar a mim e a Aidan quando formos visitar a marquesa de Rochester.

Não fora uma pergunta, mas Eve respondeu de qualquer modo.

– Estarei, Vossa Graça – garantiu ela.

Tomara sua decisão, agora precisava arcar com as consequências.

– Tia Rochester? – Lorde Alleyne fez uma careta teatral. – Vai soltar o dragão em cima de Eve, Wulf?

– Tia Rochester recebeu a tarefa de poli-la, Lady Aidan? – perguntou Lady Freyja.

– Acho que ela foi convidada a me acompanhar em minha apresentação à rainha – respondeu Eve – e também a me dar alguns conselhos e orientações sobre como transitar mais confortavelmente no mundo do coronel Bedwyn pelas próximas semanas, até que eu possa retornar à minha casa e à minha própria vida.

– Tia Rochester está à altura da maioria dos desafios – comentou Lady Freyja. – Até os mais difíceis.

– Todos nós concordamos com você nisso, Free – disse Alleyne, erguendo a taça em um aparente brinde à irmã. – Ela orquestrou a *sua* apresentação à sociedade, não foi? E o mundo não parou.

Lady Freyja encarou o irmão com irritação e desdém.

– Deve admitir que foi mesmo um sucesso, Freyja – disse o duque languidamente. Ele se levantou com a taça na mão. – Vamos fazer um brinde ao mais novo membro da família Bedwyn. A Lady Aidan Bedwyn.

Não havia calor nem na voz nem nos olhos dele. Os outros também se levantaram e tocaram suas taças nas dos outros antes de beber, mas apenas Alleyne olhou diretamente para Eve. Apenas Alleyne sorriu... e deu uma rápida piscadela.

O coronel Bedwyn manteve o rosto severo, como se fosse de pedra. Subitamente, a lembrança daquela tarde voltou à cabeça de Eve, a lembrança da hora que haviam passado juntos em sua cama na estalagem. Aquilo fora real? Parecia ter sido apenas um sonho estranho, bizarro, a não ser pelo fato de que ela ainda podia sentir no corpo seus efeitos. Era mesmo possível que *aquele* homem fosse *esse* homem diante dela? Eve sentiu o estômago revirar.

A marquesa de Rochester estava em casa, mas ainda não saíra de seu quarto de vestir. Foi o que o mordomo dela informou a Bewcastle na manhã seguinte, de um modo que demonstrava toda a deferência adequada ao título de nobreza e, ao mesmo tempo, a inegável reprovação do criado. Aquela hora não era, é claro, o momento adequado para uma visita social, mesmo no caso de uma pessoa tão importante quanto o duque.

– Vossa Graça se importaria de esperar no salão rosa? Milorde? – perguntou o mordomo, deixando claro por seu tom que o mais correto a fazer era irem embora e voltarem em um horário mais respeitável. O homem avaliou Eve da cabeça aos pés e aparentemente a desprezou.

Bewcastle já caminhava a passos firmes na direção do salão.

– Traga-nos algo para comer e beber – ordenou.

Tia Rochester levou o tempo que julgou necessário até descer. Aidan acomodou a esposa em um sofá e ficou de pé atrás dela. Wulf foi até a janela e ficou olhando para o lado de fora. Depois de cerca de dez minutos, durante os quais eles apreciaram os petiscos servidos sem trocar uma única palavra, as portas do salão foram abertas com um floreio, e o mordomo se afastou para dar passagem à marquesa, que entrou parecendo deslizar, vestida e penteada para uma saída matinal. Ela carregava um lornhão, uma espécie de óculos que segurava por um cabo longo na mão direita – uma afetação, pelas recordações de Aidan, que ela ostentava desde sempre, embora ele suspeitasse que, assim como Wulf e seu monóculo, a tia tivesse a visão perfeita. E usava um anel em cada dedo.

– Bewcastle! – exclamou a mulher ao entrar. – Só você teria a audácia de fazer uma visita em uma hora tão inapropriada e esperar ser recebido. Mas não é um bom momento. Tenho que comparecer a uma reunião de um dos meus comitês de caridade e você sabe como sou rigorosa com pontualidade. Ora, abençoada seja a minha alma. – Ela levou o lornhão aos olhos. – Trouxe Aidan com você. Onde está seu uniforme, menino? Vai ter que usá-lo se quiser ser visto comigo na cidade. De que adianta ter um sobrinho coronel se não posso exibi-lo em todo o seu esplendor escarlate nesse momento? Devo dizer, no entanto, que está cada dia mais distinto. Quantos anos faz que o vi pela última vez? Dois? Três? Quatro? Na minha idade, o tempo passa tão rápido que parece não ter decorrido mais que uma semana. Quem é essa mulher?

– Tia. – Aidan fez uma cortesia para ela. – Tenho o prazer de lhe apresentar minha esposa, Lady Aidan Bedwyn. Minha...

Ele não teve chance de concluir a apresentação.

– Abençoada seja a minha alma! – exclamou a tia de novo, levando o lornhão aos olhos e avaliando a esposa do sobrinho de alto a baixo. – De que sala de aula você a sequestrou? De quem essa moça era preceptora?

Eve, é claro, usava um vestido cinza, como de hábito.

– Ela era a Srta. Morris, do Solar Ringwood, em Oxfordshire – Aidan informou à tia. – É a dona da propriedade, tia.

– Pelo amor de Deus, como a encontrou? – perguntou tia Rochester. Ela era famosa por sua rispidez. O que teria sido considerado uma grosseria imperdoável em qualquer outra pessoa era visto como excentricidade na filha de um duque e esposa de um marquês.

– Fui a Ringwood levar a notícia da morte em batalha do capitão Morris, irmão da Srta. Morris. Ele faleceu em Toulouse.

– E ela chorou copiosamente sobre esse seu peito largo, eu suponho, e uivou de tristeza sobre como estava só no mundo – pressupôs a tia em tom desdenhoso. – A moça sentiu o cheiro da fortuna assim que você atravessou a porta dela com suas botas, viu que tinha um tolo à sua frente no mesmo instante.

– Tia! – Aidan cruzou as mãos atrás das costas e a fuzilou com seu olhar mais duro. Se ela fosse um homem, por Deus, estaria estirada no tapete persa, contando estrelas no teto. – Com certeza não posso permitir que a senhora...

Mas foi novamente interrompido.

– Não sou surda nem idiota – disse a esposa dele em voz baixa, ficando de pé. – Também não sou fraca de espírito. Não gosto que falem de mim na terceira pessoa, como se eu fosse tudo isso. E tenho enorme aversão a ser insultada. Vou informá-la de que sou muito abastada, madame, caso essa informação ajude a combater seus medos de que seu sobrinho tenha sido enganado por uma interesseira. Meu pai trabalhou duro como mineiro de carvão, se casou com a proprietária da mina, herdou o que era dela e então trabalhou duro novamente para juntar uma fortuna ainda maior. Eu tinha e tenho muito orgulho dele e de minha origem. – Eve falou com um sotaque mais carregado do que o usual... de propósito, suspeitou Aidan.

– Você é galesa! – disse a tia, como se acusasse Eve de algum crime hediondo.

– Tia – falou Aidan em tom firme –, a senhora deve desculpas à minha esposa.

A tia respondeu com uma risada que mais pareceu um latido.

– Moleque abusado! – falou.

– Não trouxe minha esposa aqui para que fosse insultada!

– Sentem-se – ordenou a tia de súbito. – Vocês dois. Sentem-se! E você também, Bewcastle... e pode ir abaixando tanto as sobrancelhas quanto o monóculo. Eles não me intimidam.

Nenhum dos três se moveu.

– Já me atrasaram para meu compromisso – reclamou tia Rochester. – E *nunca* negligencio meus deveres com os menos afortunados. Agora, *sentem-se* e digam a que devo essa *honra*. Desconfio que meus dois sobrinhos não viriam até aqui esta manhã só para me apresentar a Lady Aidan Bedwyn.

Eve voltou a se sentar e Aidan contornou o sofá e ocupou o lugar ao lado dela. Bewcastle permaneceu de pé, perto da janela.

– Lady Aidan deve ser apresentada à corte e devidamente preparada para isso. – começou o duque. – Para o bem ou para o mal, ela é esposa de Aidan. Além disso, foi incluída em um convite para um jantar que será oferecido a todos os dignitários europeus na Carlton House. A senhora a orientará, tia.

– É mesmo? – perguntou ela, com arrogância. – Está muito seguro de si, Wulfric.

– É verdade – retrucou ele. – A senhora é uma Bedwyn. Lady Aidan deve ser preparada devidamente para o que a espera. Não há ninguém mais qualificado para a tarefa do que a senhora.

Tia Rochester o examinou através do lornhão.

– Ela terá que ser levada a uma modista elegante – continuou Wulf. – Lady Aidan irá precisar de tudo e, principalmente, deve deixar o luto de lado. Cinza não combina com ela.

– Por que ela não está usando preto? – perguntou tia Rochester. – O irmão acabou de falecer, não foi?

– O irmão pediu a Aidan que não a deixasse usar luto por ele. Mas, mesmo se o capitão Morris não houvesse feito isso, eu solicitaria que deixasse o luto de lado em sua apresentação à sociedade – explicou Bewcastle. – Vai assumir a tarefa, tia?

– Ao que parece – falou tia Rochester com um suspiro –, não tenho escolha. Será um desafio interessante. Nunca fui convidada a orientar a filha de um mineiro de carvão galês. – Ela virou o lornhão na direção de Eve, que permaneceu sentada e em silêncio durante o escrutínio, embora Aidan tivesse ficado na expectativa de que a qualquer momento a esposa se levantasse de um salto e exigisse ir embora. – Ao menos ela tem uma aparência passável e feições toleráveis. Mas é claro que algo terá que ser feito em relação aos cabelos.

Bewcastle e tia Rochester voltaram a conversar sobre Eve em terceira pessoa... e como se ela fosse um ser inanimado. Aidan teria sentido certa pena da esposa, se ela mesma não houvesse provocado aquela situação. Assim, talvez fosse bom que, já naquela manhã, Eve compreendesse as consequências que o ataque de orgulho da véspera traria. E também seria interessante saber aonde aquele orgulho a levaria naquele dia e nos seguintes, se é que a levaria a algum lugar. Aidan só presenciara a força daquele orgulho em sua plenitude na véspera... o que era um estranho lembrete de como conhecia pouco a mulher com quem se casara. Será que acabaria levando-a de volta para The Green Man and Still naquela tarde ou na próxima?

– Se eu aprovar o que for sugerido, madame – disse Eve depois de um ou dois minutos, interrompendo a conversa e voltando a atenção da tia e de Wulf, ambos atônitos, para si –, então permitirei que mudem o estilo dos meus cabelos. Quanto às roupas e ao meu comportamento, apreciarei sua ajuda e conselho, madame, antes de decidir por mim mesma o que é apropriado. Mas talvez seja melhor eu aplacar alguns de seus piores medos, assegurando-a de que o coronel Bedwyn não me tirou do fundo de uma mina de carvão. Tive a criação e a educação de uma dama.

– Abençoada seja a minha alma – disse a tia –, você se casou com uma mulher de garras afiadas, Aidan.

– Sim, tia – concordou ele.

– É melhor que ela mantenha essas garras longe de *mim* – avisou. – E ela precisa aprender que a língua inglesa foi feita para ser falada, não cantada... a não ser pelos membros de um coro. E *damas* não cantam em coros.

– É o sotaque galês – explicou Aidan. E maldito fosse aquele sotaque atraente... mesmo que ela estivesse, *sim*, exagerando-o para provocar a família dele.

Bewcastle interrompeu o que poderia ter se transformado em uma briga. E, como sempre, falou em tom suave.

– Deseja, então, Lady Aidan – perguntou ele –, ser deixada nas mãos de Lady Rochester? Não poderia estar sob melhores cuidados, posso lhe assegurar.

– Obrigada, Vossa Graça – respondeu Eve com frieza. – Desejo, sim. Obrigada, madame.

Ela relanceou o olhar para Aidan, que percebeu na postura da esposa uma determinação da qual não havia se dado conta até a véspera, embora ela provavelmente estivesse ali desde o início, supôs ele, lembrando-se de quanto Eve resistira a sua oferta de ajuda, por mais que precisasse desesperadamente dela.

– Se tudo isso for demais para a senhora, madame – disse ele –, diga agora e eu a levarei de volta para casa, em Ringwood. Não a estou coagindo a nada. Isso não é parte do nosso acordo. E não permitirei que seja coagida.

– Não vou a lugar algum – retrucou Eve, fitando-o nos olhos.

– Ah, sim, vai sim, minha menina – falou a tia, o lornhão de volta aos olhos, avaliando a aparência de Eve da cabeça aos pés. – Nós duas vamos fazer uma visita à minha modista agora mesmo. Wulfric, Aidan, podem ir embora. Vão! Quem é a sua modista, menina? Não, não vá ferir meus ouvidos com a resposta. Alguma camponesa desconhecida, suponho.

– Sim – concordou Eve. – Minha tia e eu, madame.

Aidan se levantou e olhou para Bewcastle, que saiu à frente dele da sala, depois de uma cortesia rápida às duas mulheres.

Quando, na carruagem em que seguiam até Bond Street, Lady Rochester mencionara que a Srta. Benning, sua elegante modista, cancelaria todos os seus compromissos pelos próximos dias apenas porque a marquesa estava levando a esposa do sobrinho para ser vestida para a apresentação à corte e para o resto da temporada social, a ideia parecera uma pretensão absurda a Eve. Ela não acreditara.

Agora acreditava.

Logo percebeu, sem restar dúvidas, que a marquesa de Rochester era mesmo uma personagem social importante. E naquele dia a mulher ainda tinha o peso da autoridade do duque de Bewcastle às suas costas – outra figura de grande relevância. E Eve era a esposa do herdeiro do duque. Além de tudo, era também aquele raro tipo de cliente com quem todas as modistas devem sonhar: o que precisa de absolutamente tudo. Nem uma única peça de roupa que ela colocara na bolsa de viagem para Londres serviriam para Lady Aidan Bedwyn fazer seu *début* na alta sociedade britânica. Bastou um olhar da Srta. Benning para o vestido que Eve usava para que a estilista concordasse com a marquesa.

Elas consultaram um croqui após o outro, selecionando modelos de roupas a serem usadas pela manhã, outros para vestidos de tarde, roupas de noite, trajes de baile, vestidos para andar de carruagem, roupas de montaria, capas, peliças... A lista era interminável, apesar da profunda consternação de Eve. Sim, ela ficaria na cidade por apenas três ou quatro semanas, concordou a marquesa quando Eve protestou, mas simplesmente não podia ser vista usando a mesma roupa aonde quer que fosse. Uma mesquinharia dessas refletiria mal na imagem de Aidan.

Então chegaram à mais importante de todas as questões: o traje com o qual Eve seria apresentada à rainha. Eve logo descobriu que a rainha Charlotte tinha algumas regras rígidas quanto ao que era aceitável que as damas usassem em seu salão de visitas. Os vestidos de cintura alta e saia fluida, tão em voga no momento, simplesmente não eram permitidos. Na corte se usavam vestidos com corpete e saia ampla com armação, plumas no cabelo e uma faixa decorada na cabeça, com pontas caindo pelos ombros, como estivera na moda uma geração antes. E o traje tinha que ter uma cauda pesada também, de exatos três metros de comprimento. Eve imaginou se alguém na corte, algum criado talvez, engatinharia de uma dama para outra, com uma fita métrica nas mãos. E que terrível destino se abateria sobre a pobre dama cuja cauda fosse um centímetro mais curta ou mais longa? Seria ela banida e excluída da vida social para todo o sempre?

Havia tecidos a selecionar, cores e aviamentos a serem escolhidos. E também medidas a serem tiradas – intermináveis medidas de cada centímetro do corpo dela.

Era tudo cada vez mais atordoante, empolgante, estonteante, tedioso e exaustivo. Para toda escolha havia uma discussão prolongada. Por sorte, a Srta. Benning concordou com Eve na questão da cor. Tons pastel realçariam a compleição suave de Lady Aidan Bedwyn, seus belos olhos e cabelos sedosos, disse a modista a Lady Rochester. Mas a Srta. Benning apoiou a marquesa quando ela ressaltou que o traje para a apresentação à rainha deveria ter um tom mais forte – talvez admitindo não explicitamente que, na corte, o vestido importava muito mais que a pessoa dentro dele. Na maior parte das vezes, a opinião de Eve também venceu no que se referia aos tecidos. Ela preferia materiais mais leves e simples a veludos e padronagens ousadas. No entanto, Eve perdeu em praticamente todas as questões referentes a feitio. Tudo o que era ajustado demais ou mostrava demais seu colo ou seus tornozelos a alarmava... iria se sentir nua! Mas esses estilos estavam muito em moda, garantiram as outras duas mulheres, e ela compreendeu que, para a alta sociedade, a moda era um tipo de divindade que deveria ser obedecida sem questionamentos.

Não havia preços marcados nos tecidos nem nos moldes. Eve mal conseguia imaginar quanto tudo aquilo iria custar, ainda mais depois que todos os acessórios também foram escolhidos. Era uma mulher abastada, mas também tinha muitas pessoas que dependiam de sua riqueza. E o pai, apesar do grande desejo de transitar na alta escala social, nunca fora um homem de extravagâncias. Assim como ela. Sempre levara uma vida simples. E tudo aquilo seria para apenas algumas semanas de uso!

Ela se perguntou se o irmão teria tido noção das consequências de suas últimas palavras a seu oficial superior. Mas pensar em Percy despertou novamente em Eve a indignação que sentira contra o duque de Bewcastle, que descartara de modo tão frio e arrogante qualquer necessidade que ela pudesse ter de usar cores sóbrias em respeito à memória do irmão - mesmo que, atendendo a seu último desejo, não vestisse luto completo. Bewcastle dissera à marquesa que, ainda que Percy não houvesse feito esse pedido, o duque a teria obrigado a não usar luto pelas próximas semanas. Percy, é claro, não era ninguém no que dizia respeito a Sua Graça. Assim como Eve. Ela era apenas alguém a quem dar ordens, como todos os outros na esfera do duque.

– Para alguém que terá um quarto de vestir cheio de trajes da Srta. Benning, está decididamente desanimada, Lady Aidan – comentou Lady Rochester, enquanto calçava as luvas, mais para o fim da tarde.

A carruagem dela acabara de retornar à modista e um criado saltara da parte de trás do veículo para abrir a porta da loja para a marquesa.

– Estou muito cansada, madame – respondeu Eve. – Não estou acostumada com nada disso.

– Deveria ter pensado nisso antes de se casar com o herdeiro de Bewcastle – falou Lady Rochester, saindo da loja com o criado logo atrás para ajudá-la a subir na carruagem.

Aquela foi a última gota. Eve, que estava prestes a seguir a marquesa, voltou decidida para dentro da loja da Srta. Benning.

– Quanto a meu traje para a corte... – começou a dizer.

A Srta. Benning foi toda ouvidos.

CAPÍTULO XIII

Eve estava sentada diante da pequena escrivaninha na sala de estar dos aposentos dourados, que compartilhava com Aidan, quando ele subiu após o jantar. Ela levantou a cabeça e explicou que estava escrevendo para a família, em Ringwood. Ele presumiu que a esposa incluía no termo "família" as crianças órfãs, a tia e provavelmente também a preceptora e seu filho, e quase com certeza ainda a governanta feroz, o rapaz com problemas mentais e todos os outros estranhos criados dos quais ela se cercara. Aidan não se espantaria em saber que ela também mandava cumprimentos acalorados ao vira-lata.

Ele se sentou em uma poltrona funda e ficou observando-a enquanto considerava a ideia de descer para pegar um livro, mas logo a afastou. Não estava acostumado com o ócio. Freyja tinha um compromisso para o jantar. Eve subira ao fim da refeição e deixara o marido tomando vinho do Porto com os irmãos, mas Alleyne partira logo depois para uma visita ao White's Club, onde se encontraria com alguns amigos antes de seguirem para um baile. Wulf iria sair mais tarde para algum destino não informado – a casa da amante, suspeitava Aidan. Ele também poderia ter saído. Poderia ter ido ao clube com Alleyne. Sem dúvida encontraria vários conhecidos lá, com quem poderia passar uma ou duas horas agradáveis.

Mas tinha uma esposa que insistira em permanecer em Londres para o bem dele, mesmo que ele não a quisesse ali e ela mesma não desejasse estar ali. E é claro que Eve não poderia sair para lugar nenhum, exceto talvez o teatro, até ter sido apresentada à sociedade. Aidan tamborilou com os dedos nos braços da poltrona enquanto a esposa secava a tinta da carta, dobrava a folha e a colocava de lado. Então Eve atravessou a sala até um sofá e pegou um bordado em uma bolsa que estava ao lado – tudo sem sequer olhar para ele.

– O coronel me deixa nervosa – disse ela, depois de alguns minutos bordando.

– Deixo? – Ele parou de tamborilar com os dedos e franziu o cenho em direção ao topo da cabeça baixada da esposa. – Por quê?

– É tão silencioso – falou Eve. – E fica me encarando.

Silencioso? Só ele? Ela redigia uma carta na hora que ele entrou na sala, de costas para a poltrona que ele ocupou. O que esperava, que ele ficasse tagarelando enquanto ela escrevia? E a esposa não falara uma palavra desde que terminara a carta... até aquele momento.

– Perdão... – disse Aidan.

Foi a vez de a esposa franzir o cenho, erguendo os olhos para ele.

– O senhor sorri em algum momento? – perguntou ela.

Que diabo de pergunta era aquela? É claro que ele sorria. Mas devia ficar rindo, gargalhando, o tempo todo, sem motivo?

– Nunca o vi sorrir – observou Eve. – Nem uma vez sequer.

– Parece que não tive muito motivo – retrucou ele.

– Lamento por isso – falou ela, voltando a se debruçar sobre o trabalho.

Maldição! Agora ela pensaria que ele estava se referindo ao casamento deles e à companhia dela. Mas havia ficado em casa com ela, não é mesmo? Tanto na noite da véspera quanto naquela.

– Sou um assassino – disse Aidan de súbito. – Mato para ganhar a vida. Não há nada muito divertido a esse respeito.

Eve levantou os olhos para ele, a agulha suspensa sobre o bordado. Aidan franziu o cenho. Por que diabos dissera aquilo? Não pensava conscientemente daquela forma fazia anos. Nunca falara com ninguém sobre esses pensamentos, menos ainda com uma mulher.

– É assim que se vê? – perguntou Eve. – Como um *assassino*?

Ele quisera chocá-la. Quisera sacudi-la e tirá-la da complacência da maior parte dos ingleses, motivada talvez pelo fato de a guerra ocorrer longe demais deles, que estavam a salvo em sua ilha.

– Dizem que toda mulher é apaixonada por um uniforme – falou Aidan. – No momento, acredito que toda a Inglaterra, homens e mulheres, ama um uniforme, desde que seja britânico, prussiano ou russo. Todos amam assassinos.

– Mas o senhor tem lutado contra a tirania – argumentou ela. – Tem lutado para libertar países e suas populações das garras de um tirano cruel. Tem que haver algo correto e nobre nisso, mesmo que de fato precise matar soldados inimigos.

– No próximo ano – disse ele – ou no ano seguinte, talvez o inimigo seja a Rússia ou a Prússia ou a Áustria ou a América... e a França seja nossa aliada. A Inglaterra, é claro, sempre estará ao lado do que for bom e justo. Ao lado de Deus... Deus fala com sotaque britânico, sabia disso? Um sotaque inglês refinado, das altas classes, para ser mais preciso.

Eve abaixou a agulha até o tecido, mas continuou a fitar o marido.

– Sou um assassino – repetiu ele. – A grande vantagem de ser um soldado, é claro, é que jamais serei enforcado por meus crimes. Em vez disso, serei festejado e adulado. As damas continuarão a se apaixonar por mim, ainda que eu seja casado... e ainda que eu não sorria.

Por que diabos ele estava falando sem parar daquela maneira? Estava se sentindo cruel... e alarmantemente próximo das lágrimas. Gostaria de poder se levantar e sumir daquela sala sem parecer um idiota, ou então que Eve baixasse os olhos e voltasse a se concentrar no bordado. Aidan não conseguia se lembrar de quando se sentira tão vulnerável antes... talvez nunca, desde que era menino.

– Lamento muito – disse Eve, por fim. – Não tinha ideia. Presumi que, por o senhor parecer tão... Eu não compreendia. Imagino se é de propósito que bloqueamos a realidade chocante do que acontece quando um exército defende a liberdade de uma nação... e, assim, acabamos nos esquecendo de que um exército é feito de homens reais, com sentimentos de verdade e consciências. Será que Percy também se sentia assim? Ele nunca disse nada... Mas acho que não diria.

– Peço que me perdoe. – Aidan se levantou, virou-se de costas para a esposa e baixou os olhos para o carvão ainda não aceso na lareira. – Dei uma resposta tola a uma pergunta simples sobre por que eu não sorria. Acho que sorrio, sim, madame. Mas se isso realmente não acontece, sem dúvida é porque sou um Bedwyn. Por acaso já viu Bewcastle sorrir?

Mas ele costumava fazer isso havia muito, muito tempo. Quando os dois eram meninos, ambos viviam sorrindo, gritando e gargalhando e viam o mundo como um lugar mágico e maravilhoso onde podiam se divertir. Houve um tempo em que ele e Wulf foram o melhor amigo um do outro, quase inseparáveis.

Mas a esposa não permitiria que ele mudasse de assunto.

– Por que se juntou ao exército? – perguntou Eve.

Aidan inspirou lentamente.

– É o que o segundo filho de um aristocrata faz – respondeu. – Não sabia? O filho mais velho é o herdeiro, o segundo se torna oficial militar e o terceiro, clérigo.

Ralf, porém, fugira do destino do terceiro filho.

– Mas ficou no exército todos esses anos, sentindo-se desse jeito – continuou Eve. – Por quê? Por que não vendeu sua patente? Parece-me que é um homem rico, que não depende do seu soldo.

– Existe algo chamado dever, madame – falou Aidan. – Além do mais, a senhora me entendeu mal. Não disse que não gosto de matar. Disse apenas que minha vida de assassino não permite que eu seja um homem que ri de frivolidades.

Ele se virou para encarar a esposa quando ela não respondeu. Eve voltara a bordar, embora Aidan tivesse a impressão de que sua mão não estava tão firme quanto antes.

– Gostou das roupas que escolheu esta tarde? – perguntou ele.

Dessa vez, para alívio de Aidan, ela permitiu que o rumo da conversa fosse mudado.

– Encomendei tantas coisas – falou Eve. – Será uma surpresa para mim se conseguir usar cada peça de roupa ao menos uma vez durante a minha curta estadia na cidade. Mas tanto Lady Rochester quanto a Srta. Benning me asseguraram de que escolhi apenas os trajes minimamente necessários. O que é um absurdo. Tenho medo de pensar no valor da conta, principalmente depois que forem somados todos os acessórios, sapatos, plumas, leques, chapéus, bolsas de mão, lenços e muito mais.

– Não precisa se preocupar com isso – disse Aidan. – Meus bolsos, como a senhora mesma mencionou, são fundos.

Ela ergueu alto as sobrancelhas.

– Eu vou pagar pelas roupas – avisou.

– Acho que não, madame. – Ele se dirigiu a ela com arrogância deliberada. – Vou pagar por suas roupas e me responsabilizar por todas as suas outras despesas enquanto estiver comigo.

– Não vai, não. – Ela espetou a agulha no tecido e colocou o trabalho de lado. Seu rosto estava muito vermelho. – Com certeza não, coronel. Sou perfeitamente capaz de pagar pelas minhas coisas. Não vou ouvir...

– Madame – Aidan a interrompeu e estreitou os olhos para encará-la –, essa questão não está aberta a discussões. A senhora é minha *esposa*.

– Não sou, *não*. – Ela o encarou com os olhos muito abertos. – Pode falar assim com seus soldados, se quiser, mas não *comigo*. Não serei intimidada, nem pelo senhor, nem pelo duque de Bewcastle, nem pela marquesa de Rochester, nem por ninguém. Vim a Londres por minha própria vontade. E permaneci aqui também por minha vontade, contra a sua. Aceitei Lady Rochester como mentora. Vim para a cidade e continuo aqui não como alguém inferior que deve ser adestrada até se comportar adequadamente para não envergonhar o nome dos Bedwyns, mas como uma igual, para retribuir um favor que o senhor me fez algumas semanas atrás. Pagarei por minhas roupas.

– A senhora *não* é minha esposa? – Ele ignorou tudo o mais que ela dissera. – Com certeza existe um registro em certa igreja que lhe provaria que está mentindo, madame. Usa a minha aliança de casamento em seu dedo. Teve relações conjugais comigo na tarde de ontem. Hoje mesmo, nosso filho ou filha, pode estar crescendo em seu ventre. Está dizendo que essa criança seria bastarda?

Eve empalideceu. Ela não considerara a possibilidade de conceber uma criança? Para dizer a verdade, ele também não se dera conta disso até a ideia assaltá-lo quando ele tentava dormir, sozinho, na última noite.

– É muito improvável – disse ela.

– Mas possível – rebateu ele. Fora um tolo por ceder ao desejo. Se houvesse mesmo uma criança, os dois estariam ligados para sempre por algo mais profundo e mais determinante do que uma mera aliança de casamento. Aidan não permitiria que seu filho crescesse longe dele.

Eve abaixou a mão para o colo em busca do bordado que, é claro, não estava mais lá. Então cruzou as mãos, entrelaçando os dedos, que ficaram muito brancos diante do olhar dele.

– Eu não deveria ter vindo – disse Eve. – Deveria ter resistido à persuasão do duque. Não é verdade, não é mesmo, que a nobreza o condenaria se eu não estivesse aqui com o senhor?

Aidan deu de ombros.

– Quem sabe? – respondeu. – Há várias pessoas que acreditam que os Bedwyns são naturalmente cruéis e insensíveis. Embora qualquer um que conheça a nossa história também devesse saber que sempre foi uma questão de honra para um Bedwyn tratar a esposa com respeito e cortesia. Acho que é por isso que a maior parte de nós se casa tarde ou nem se casa.

– O senhor teria permanecido em casa na noite passada e nesta se eu não estivesse aqui? – perguntou Eve.

– Provavelmente, não – admitiu.

– Sem dúvida, não – falou Eve, levantando-se. – Vou para a cama, coronel. Estou exausta. O senhor deveria sair, se for do seu desejo. Vá encontrar seus irmãos, sua irmã, ou alguns colegas e amigos. Não precisa ficar em casa por minha causa.

– A senhora é minha esposa – declarou ele.

Ela riu baixinho, um som sem o menor humor, e se virou para sair.

– Eve – chamou Aidan.

Ela virou rapidamente a cabeça para olhá-lo.

– Se vamos passar as próximas semanas na companhia um do outro – falou ele –, acho que devemos dispensar essas formalidades de *madame* e *coronel*, *senhor* e *senhora*. Sou Aidan.

Ela assentiu.

– E talvez – acrescentou ele antes que pudesse parar e considerar a sensatez de suas palavras – devêssemos viver juntos, como homem e mulher, por essas semanas. Ontem à tarde foi bom. Ambos teremos muitos anos à frente para o celibato.

Ela baixou os olhos para o chão entre os dois enquanto aparentemente pensava no que ele sugeria. Durante todo o dia aquilo o atormentara: o fato de eles serem casados, de passarem as próximas semanas dividindo aqueles aposentos – com apenas dois quartos de vestir conectados separando seus quartos de dormir –, de terem possuído um ao outro uma vez, mas de aparentemente nunca mais voltarem a dividir uma cama. Pelos céus, seu apetite sexual era bastante saudável. Não sabia como iria lidar com outra tradição Bedwyn, a de que os homens da família se mantinham escrupulosamente fiéis às esposas. Mas, nesse meio-tempo, havia aquelas poucas semanas.

– É claro – ele se forçou a alertá-la, embora sem dúvida fosse isso que passava pela cabeça dela –, suas chances de conceber irão aumentar consideravelmente.

Ela levantou os olhos para encontrar os dele e Aidan se sobressaltou com o que viu ali, embora não conseguisse definir o que era. Anseio, talvez?

– Acho que eu gostaria que isso acontecesse – falou Eve, por fim. – Muito bem, então.

Ela *queria* que aquilo acontecesse? Queria um filho? Então ele se enganara no que presumira antes de se casarem? Eve ainda teria esperanças, naquela época, de encontrar um homem que amasse e de se casar? Ela desejara uma vida normal de casada, com filhos? Aidan se perguntou brevemente sobre o amante, ou amantes, do passado da esposa – ainda o espantava saber que houvera algum – mas afastou essa curiosidade. Se ela houvesse desejado se casar, teria tido a oportunidade. Quem quer que fosse o homem, não correra em socorro dela algumas semanas antes, quando Eve precisara tanto de um marido.

– Irei procurá-la esta noite, então – disse ele. – Em meia hora?

– Sim. – Ela assentiu e se virou para sair.

Talvez estivesse grávida. O pensamento ressoava na mente de Eve, como um refrão. Talvez estivesse *grávida*. Ou, se não estivesse, então era muito provável que fosse estar até o fim daquelas semanas, quando voltasse para Ringwood sozinha. Havia conscientemente aberto mão de seu sonho de um "felizes para sempre" quando concordara em se casar às pressas três semanas antes, em vez de esperar que John voltasse. Agora talvez houvesse encontrado outro sonho para si.

Eve sempre desejara ter filhos. Talvez houvesse sido esse o único motivo para, aos 19 anos, ter aceitado prontamente o pedido de casamento de Joshua, embora não nutrisse nenhum sentimento romântico pelo primo. Também fora com certeza a razão para que, aos 21, ela houvesse sugerido a John que assumissem para o conde e a condessa sua relação até então secreta – que, àquela altura, já durava um ano – e se casassem mesmo correndo o risco de provocar a ira dos pais dele. Nos quatro anos que haviam se passado desde então, culminando no último, em que ficaram totalmente afastados enquanto John estava na Rússia, ela se preocupara com o passar dos anos em que poderia estar gerando seus filhos.

– Não, deixe solto, Edith – disse Eve à sua criada pessoal, que escovara seus cabelos e agora se preparava para trançá-los como sempre fazia à noite. – E não vou precisar da touca.

Ela encontrou os olhos da criada no espelho do quarto de vestir e ambas enrubesceram. Edith deu as costas para pendurar o vestido de noite de seda cinza que Eve acabara de despir.

A chegada de Becky e Davy à vida dela na verdade fora uma bênção, pensou, dirigindo-se ao quarto de dormir e fechando a porta ao passar. Ela os abrigara porque não conseguia suportar a ideia de crianças não terem um lar nem alguém que as quisesse. Mas não demorara mais do que dias para que eles se tornassem como filhos para ela. E isso era verdade, os dois *eram* filhos dela. Eve deixara a marquesa exasperada quando, depois que as duas haviam deixado a loja da Srta. Benning e percorrido outras lojas para escolher vários acessórios, ela parara para comprar uma linda touquinha para Becky e botas resistentes para Davy... então, é claro, tivera que levar também um pequeno chapéu de marinheiro para Benjamin.

Sentia uma falta terrível de todos eles, pensou Eve, pousando uma vela sobre a mesa de cabeceira. Os dias sem eles já pareciam intermináveis. Porém talvez aquelas semanas lhe dessem outro filho... um bebê dessa vez, nascido de seu ventre, para mamar em seus seios, para chorar a toda hora em busca do conforto dos braços dela e do alimento de seu leite. Era uma ideia maravilhosa demais para se prender a ela. Porque, é claro, seriam *apenas* aquelas poucas semanas. Era melhor evitar ter muitas esperanças.

Eve ouviu uma batida na porta e todos os pensamentos sobre concepção e bebês desapareceram quando Aidan entrou no quarto usando chinelos e um roupão de brocado azul-royal. Ele parecia tão grande, severo e espetacular como sempre. E também estava muito atraente, embora ela não soubesse por quê. Com certeza o marido não era um homem de beleza convencional. E era grande demais, largo demais para ter o físico de um deus. Mas Eve mal podia esperar que ele a tocasse outra vez, que a penetrasse novamente, que voltasse a fazer amor com ela.

Talvez, pensou Eve, fosse porque ela tivesse tido outro vislumbre interessante por trás daquela fachada... dessa vez de um homem cuja severidade escondia sofrimento. Ele era um homem que devotara a vida adulta ao dever – à família, ao rei e ao país – e, ainda assim, se via como um assassino. Eve sentiu uma súbita e inesperada onda de ternura pelo marido.

– Não deixe tia Rochester intimidá-la e obrigá-la a cortá-los – disse Aidan, vindo na direção dela e pegando uma mecha de seus cabelos entre os dedos. – Estão lindos assim.

Era verdade. Os cabelos dela eram de um tom de castanho suave. Não atraíam o olhar tão imediatamente quanto o louro, o ruivo, ou o preto teriam atraído. Mas eram fartos e brilhosos e, agora que estavam soltos, Aidan podia ver os tons de mel e ouro cintilando. E caíam em ondas sobre os ombros dela, descendo pelas costas. Eve parecia incrivelmente sedutora na camisola branca e recatada, as pernas longas e delgadas destacando-se contra o tecido. Ele não quisera pensar nela com mais interesse do que teria por uma amante casual, mas ao atravessar o próprio quarto de dormir em direção ao dela, estava muito consciente de que Eve era sua esposa. Não seria apenas sexo o que fariam, teriam... relações conjugais... Era esse o termo que usara com ela mais cedo.

Aidan abaixou a cabeça e beijou os lábios entreabertos dela. Eve tinha perfume de rosas e sabonete. Mas ela pousou as mãos nos ombros dele, colocando uma pequena distância entre os dois antes que ele pudesse estreitar o abraço.

– Como lhe disse antes – falou ela –, não permitirei que ninguém me intimide, nem em relação aos meus cabelos, nem a nada mais. Nem mesmo você.

– Não vamos voltar às contas de suas roupas, não é? – perguntou ele.

Não ocorrera a Aidan que ela tentaria pagar pelas compras. Ainda sentia-se chocado com o insulto... e a esposa provavelmente sequer percebera que o insultara.

Eve suspirou e balançou a cabeça.

– Agora não – disse. – Vamos deixar para brigar sobre isso amanhã.

– Uma boa decisão também – comentou Aidan. – Esta noite nos amaremos. Diga-me, Eve, você é uma dessas mulheres que teme ficar nua diante do marido? Vai desmaiar se eu tentar despi-la? Ou se eu tirar meu roupão antes de apagar as velas?

Ele não estava usando nada sob o roupão, mas não forçaria a esposa a olhar para seu corpo nu se ela preferisse o sexo no escuro e sob as cobertas. Não haviam feito nada daquilo na véspera, mas na ocasião haviam tido relações quase completamente vestidos.

Eve balançou a cabeça, negando.

Ele despiu a camisola dela assim que abriu os botões da frente. Embora nunca houvesse sido um grande admirador de mulheres magras, achou a esposa muito bonita. Ela era esguia, graciosa e tinha a pele de porcelana. Seus seios não eram grandes, mas eram firmes e empinados, os bicos rosados e rígidos de frio... ou talvez de embaraço... ou de desejo.

Aidan desfez o laço de seda de seu roupão e o deixou cair. Ao contrário de Eve, estava longe de ser belo. Embora não houvesse um grama de gordura em excesso em seu corpo, sabia que era grande. Sempre tivera cuidado para não machucar suas amantes. O corpo dele trazia cicatrizes de muitos ferimentos, o nariz era grande e os cabelos e os olhos, pretos, e a pele era morena demais. Tudo isso poderia causar repulsa em algumas mulheres. Mas a esposa admitira ter apreciado o que haviam feito na véspera. Ele não se esconderia dela agora.

Aidan segurou Eve pelos ombros e a beijou novamente, segurando-a a uma leve distância de seu corpo. Ela estremeceu. Então ele observou as próprias mãos, que deslizaram dos ombros dela para cobrir seus seios, depois se encaixaram sob eles – a pele morena contra a palidez feminina.

– Eles são pequenos demais – disse Eve, encarando-o.

Ah... Então ela não estava segura do desejo que provocava...

– Pequenos para quê? – perguntou ele. – Para amamentar bebês? Duvido. Para dar prazer a um homem? Com certeza, não. Veja, encaixam-se perfeitamente em minhas mãos.

Ela abaixou os olhos quando o marido segurou seus seios e pousou os polegares sobre os mamilos rígidos, roçando-os de leve. Então ele tomou um mamilo na boca e o sugou, roçando a língua no bico. Aidan sentiu o próprio corpo se enrijecer em uma ereção poderosa.

– Ah! – exclamou ela, enfiando as mãos nos cabelos dele e arqueando o corpo.

– É melhor nos deitarmos – disse Aidan, levantando a cabeça. – Se incomoda se eu deixar as velas acesas? Gosto de ver. Mas posso apagá-las, se preferir.

Eve hesitou e, pela expressão nos olhos dela, Aidan viu que preferia a escuridão.

– Deixe-as acesas – falou ela.

Eve se deitou no meio da cama, mas Aidan não se colocou sobre o corpo da esposa de imediato, como fizera na véspera, quando estavam dominados pela paixão. Ele também não se deitou ao lado dela. Em vez disso, ajoelhou-se no colchão, afastou bem as coxas dela com as mãos e se posicionou entre elas. Eve mordeu o lábio e espalmou as mãos ao lado do corpo, enquanto ele a erguia pegando-a por trás dos joelhos e posicionava as próprias pernas sob as dela.

Aidan se inclinou sobre a esposa, então, os olhos devorando-a, as mãos explorando lenta e completamente o corpo feminino com toda a habilidade que ganhara ao longo dos anos, excitando-a com toques leves e carícias suaves, provocando, roçando, arranhando, beliscando de leve em pontos eróticos que aumentariam o desejo dela. Eve ficou deitada imóvel, os braços no colchão, os olhos semicerrados, os lábios afastados, seu corpo reagindo com calor, ofegando e gemendo baixo de prazer, mas sem participar ativamente. Ele brincou com ela com a boca, com a língua e com os dentes, além de com as mãos.

Ao menos uma coisa estava clara: a experiência sexual dela era muito limitada.

Aidan deslizou ambas as mãos pelas pernas esguias e lisas, até elas estarem atrás dele, enquanto descobria e excitava pontos nos pés dela que aumentavam ainda mais o desejo. E, como esperava, quando ele pousou as mãos entre as coxas da esposa, viu que o lugar estava quente e úmido. Tocou-a com as pontas dos dedos, acariciando-a com delicadeza, abrindo-a, explorando mais fundo, deslizando um dedo para dentro dela e observando o que fazia e, ao mesmo tempo, ciente de que não conseguiria esperar mais muito tempo antes de penetrá-la. Aidan sentiu os músculos internos dela se contraírem contra o dedo dele e o retirou.

– Está pronta? – perguntou ele, olhando dentro dos olhos dela. Ele podia interpretar o corpo de Eve e sabia a resposta, mas não a penetraria antes que ela consentisse.

– Sim. – A voz baixa e rouca dela fez com que ele perdesse o fôlego.

Aidan deslizou as mãos por baixo do corpo dela e segurou suas nádegas, movendo o corpo dela para cima e penetrando-a em uma estocada firme. Calor, umidade e músculos firmes o envolveram. Ele precisou fechar os olhos e respirar fundo para se controlar. Sua vontade era cobrir o corpo dela com seu peso e aliviar toda a tensão dentro de Eve com algumas poucas e poderosas arremetidas. Mas a havia excitado e agora precisava satisfazê-la. Aidan ficou de joelhos entre as coxas dela, mantendo as mãos onde estavam, e fitou-a enquanto entrava e saía de dentro dela, uma vez, mais uma, concentrando-se em penetrá-la em toda a extensão de seu membro em um ritmo firme, forte. Esperou, controlando as necessidades do próprio corpo, esperando que o dela respondesse.

Eve estava linda, completamente feminina – uma mulher entregando-se ao ato sexual. Aidan podia ouvir o ritmo úmido do que faziam juntos e sentia o aroma primitivo do sexo misturado ao perfume de sabonete e rosas do corpo dela. Eve moveu os braços até os joelhos dele.

Então finalmente vieram os gemidos e a tensão extrema nos músculos internos, depois a contração firme contra o corpo dele que indicavam o clímax iminente. Aidan manteve o ritmo intenso, penetrando com mais determinação a passagem firme, estreita e úmida a cada estocada. Então Eve relaxou e se abriu como uma flor ao sol. Ele a penetrou mais uma vez, fundo, ficou imóvel por algum tempo e, quando ela estava relaxada e completamente aberta e saciada, derramou sua semente na esposa.

Eve estava semiadormecida quando, mais ou menos um minuto mais tarde, ele desvencilhou o corpo do dela, levantou-se para apagar as velas, voltou a deitar-se ao lado da esposa, puxou as cobertas sobre os corpos úmidos de suor e passou um braço sob a cabeça dela. Não tivera a intenção de passar a noite na cama da esposa – nunca havia literalmente dormido com uma mulher –, mas ela estava dormindo, ele estava cansado e sabia que iria querer possuí-la de novo antes que a manhã chegasse. Afinal, eles teriam apenas algumas poucas semanas juntos. Podiam muito bem aproveitar esse tempo da melhor forma possível.

Pouco antes de ele dormir, Eve se virou de lado, pousou a cabeça no ombro dele e suspirou no sono.

Aidan estava amarrando a faixa do roupão e fitando Eve. Ela despertara quando ele a retirara de cima de seu corpo, onde a esposa dormira pela última hora ou duas depois que os dois haviam feito amor pela terceira vez. Eve lamentou que ele saísse da cama tão cedo... com certeza *era* cedo, não?

– Que horas são? – perguntou ela.

– Quase seis – respondeu Aidan. – Sempre levantei cedo. Prometi cavalgar no Hyde Park com Freyja e Alleyne. Volte a dormir.

Ah, cavalgar! De manhã cedo! Não havia nada mais delicioso. Ele ia com o irmão e a irmã sem sequer levantar a possibilidade de que ela também quisesse ir? Mas de qualquer modo, Eve não levara roupas de montaria.

– Pensei em ir até o White's Club com Alleyne mais tarde, agora de manhã – falou Aidan – e ao Tattersall's depois disso. Ele quer comprar alguns cavalos. No entanto, se precisar de mim...

– Não vou precisar – respondeu ela. – Tenho apenas quatro dias antes de minha apresentação à rainha. Lady Rochester estará aqui logo após o café da manhã. Na opinião dela, quatro dias são um tempo curto demais para me livrar da minha rusticidade e me ensinar a fazer uma reverência corretamente.

– Uma reverência não é apenas uma reverência? – questionou ele, franzindo o cenho.

– Aparentemente, não – disse ela. – E há mil e uma outras coisas que preciso aprender. Pode se distrair como desejar durante os dias, Aidan, e não ache que deva ficar ao meu lado o dia inteiro. E a noite também... não deve se sentir obrigado a ficar sentado comigo como fez na noite passada.

O alívio dele foi óbvio.

– Depois que você houver sido apresentada à rainha – disse Aidan –, será esperado que apareça em todos os lugares. Você *realmente* compreende, não é, que estamos em plena temporada de eventos sociais e que seus dias serão cheios de visitas, saídas de compras, festas em jardins, chás da tarde, caminhadas, cavalgadas e passeios de charrete no parque, piqueniques e várias outras atividades? E que todas as noites serão cheias de festas, bailes, eventos, concertos e idas ao teatro? Tia Rochester poderá lhe dar mais detalhes.

– Sim – concordou Eve. – Mas não precisa parecer tão aborrecido, Aidan. Não será obrigado a me acompanhar a todos os lugares... Está vendo, isso eu já sei sobre casamentos da nobreza. Bastará que eu seja vista e que saibam que sou sua esposa. Logo ambos estaremos livres disso, dessa farsa, e poderemos voltar às nossas vidas.

Ele considerou as palavras dela e assentiu bruscamente.

– Bem – disse Aidan –, apenas siga as instruções da minha tia e tudo correrá bem. E siga também as orientações de Wulf. Use cores assim que suas novas roupas começarem a chegar. Ele está certo... cinza não combina com você.

Eve se virou para o lado, escondendo-se da visão dele, puxou as cobertas sobre o ouvido e ficou imóvel. Por alguns instantes, o quarto ficou em total silêncio, então ela ouviu a porta de seu quarto de vestir ser aberta o mais devagar possível e voltar a ser fechada.

Ora... por que ela esperara que a noite fosse fazer toda a diferença? Que tipo de *mulher tola* tinha essa ideia de que o amor mudava tudo? E não fora nem amor o que haviam compartilhado. Eve sabia que as mulheres muitas vezes cometiam o erro de pensar que intimidade e ternura na cama eram produto do amor. Fora *apenas* intimidade física, um prazer absoluto para ambos. Ela estava consciente de que, em todas as três vezes, Aidan usara de um talento considerável para que ela aproveitasse o ato. E tivera muito sucesso, na verdade.

E ele agora ia cavalgar com Alleyne e Lady Freyja em vez de ficar com ela.

Depois, o marido iria ao White's Club e então ao Tattersall's, onde passaria o resto da manhã e provavelmente também da tarde.

Quando ela o liberara para sair às noites, ele parecera aliviado.

E dissera a ela para obedecer a Lady Rochester.

E para obedecer ao duque de Bewcastle.

Eve sentia vontade chorar e chorar, até secar o poço de lágrimas que havia dentro dela.

Em vez disso, pegou o travesseiro que ainda guardava a marca da cabeça do marido e o atirou com ambas as mãos contra a porta do quarto de vestir.

CAPÍTULO XIV

A apresentação à corte seria seguida, no mesmo dia, por um baile na Bedwyn House, no qual Eve seria oficialmente apresentada à sociedade como Lady Aidan Bedwyn. Fora decisão do duque de Bewcastle promover logo o baile. Ele não consultara ninguém, muito menos Eve. Apenas mandara os convites e fizera os preparativos. Era confiante e arrogante o suficiente para crer que todos compareceriam, mesmo com tão pouco tempo de antecedência, ainda que já houvesse pelo menos uma dúzia de outros eventos sociais importantes marcados para a mesma noite.

E a questão era, pensou Eve, que todos provavelmente compareceriam.

Ela detestava o duque com todas as suas forças. Também não gostava de Lady Freyja. A cunhada raramente se aproximava e, quando estava presente, tratava Eve com um desdém frio que revelava muita coisa. Aidan passava a maior parte dos dias e das noites fora, retornando apenas para jantar em casa e para dormir com ela à noite. Eve quase desprezava a si mesma por esperar ansiosa pelas noites e por aproveitá-las tanto. Um casamento deveria ser mais do que só aquilo, embora ela obviamente compreendesse que nenhum dos dois queria que fosse mais.

Alleyne parecia o único ser humano normal da família. Foi com o cunhado que Eve aprendeu a valsar. O duque contratara um professor de dança, presumindo, ao que parecia, que a filha de um mineiro de carvão criada no campo teria dois pés esquerdos. Mas Eve na verdade gostara das aulas de minueto e de valsa, dois estilos de dança que ainda não experimentara. Alleyne se oferecera para ser parceiro de dança da cunhada depois que ela mencionara as aulas a ele durante um café da manhã, e seguira os passos junto com Eve com uma paciência e um bom humor admiráveis. Ela acabou se dando conta de que o cunhado era realmente simpático, mesmo sendo um jovem um tanto superficial. E com certeza ele sorria bastante, para compensar a sisudez dos dois irmãos mais velhos.

A marquesa de Rochester era uma mentora difícil. Às vezes Eve se aborrecia com ela, como na manhã em que o cabeleireiro da própria marquesa chegara à Bedwyn House com instruções de cortar os cabelos de Lady Aidan Bedwyn mais curtos, no estilo em voga na época. As pessoas daquela família adoravam dar ordens, em vez de consultá-la e se contentarem em oferecer conselhos. Eve permitiu que o homem cortasse seus cabelos em um estilo que ambos concordaram que iria melhorar sua aparência e o estado dos cabelos, sem encurtá-los demais.

No entanto, Eve teve bom senso bastante para aceitar o fato de que precisava ser orientada em questões nas quais não tinha experiência. Uma reverência *não* era simplesmente uma reverência, apesar da opinião de Aidan. Havia diferentes formas de cumprimentar as pessoas, dependendo da idade e da classe social. E havia uma reverência específica para a rainha. Eve levou um longo tempo para conseguir satisfazer os padrões de Lady Rochester no assunto. Então havia a questão de como se aproximar do trono, e a atitude ao chegar diante dele. Havia ainda a dificílima tarefa de sair da presença da rainha. A cauda de três metros do vestido não poderia ser pendurada no braço. E Eve também não poderia dar as costas a Sua Majestade. Caminhar de costas com graça e dignidade sem tropeçar e cair em cima da cauda do vestido não era nada fácil. E por um bom tempo pareceu quase impossível a Eve. Ela teve vários ataques de riso ao cair sentada nas primeiras tentativas. A tia de Aidan não achava a menor graça. E usava o pequeno lornhão para mostrar seu desprazer diante de tamanha e inconveniente demonstração de leviandade.

Também havia pessoas sobre quem aprender – nomes e posições de várias pessoas da nobreza e quem era mais importante do que quem. Havia todo um sistema hierárquico a ser memorizado. E também a etiqueta a ser seguida em um baile de apresentação. Eve precisava lembrar que havia certos cavalheiros com quem deveria dançar, caso a convidassem, e outros com quem não deveria. Certos convites deviam ser honrados depois que ela fosse devidamente apresentada à sociedade, outros eram opcionais, dependendo dos compromissos que ela pudesse ter e de suas inclinações pessoais... outros ainda deveriam ser firmemente recusados. E também havia... ah, como Eve comentara com Aidan... havia outros milhares de coisas a aprender.

Aquele mundo da aristocracia, com todas as suas regras e expectativas, na verdade não passava de uma grande tolice, concluiu Eve na véspera de sua apresentação à rainha. Também era inegavelmente empolgante e desafiador. Se o pai pudesse vê-la, acharia que os grandes sonhos da vida dele haviam se realizado.

Mas Eve sentia uma saudade imensa de casa. Escrevia todos os dias para Thelma, o único adulto da casa além dela mesma e de Ned Bateman que sabia ler e escrever, mas suas cartas eram dirigidas a todos. Ela sabia que Thelma as lia em voz alta, primeiro para tia Mari, depois para a babá Johnson e para as crianças e então para todos no andar de baixo. E as cartas que Eve recebia deles também continham mensagens de todos, incluindo algumas frases nos rabiscos infantis de Davy e na letrinha redonda de criança pequena de Becky, o que invariavelmente levava lágrimas aos olhos de Eve. Ao que parecia, também sentiam falta dela, embora tia Mari sempre pedisse a Thelma para animar a sobrinha a ficar em Londres com o coronel Bedwyn pelo tempo que desejasse, que todos estavam bem em casa sem ela, naquelas circunstâncias. O nome do reverendo Puddle aparecia em várias cartas e Eve imaginou que ele provavelmente fazia visitas diárias ao lugar. Ned escreveu falando das fazendas, dos trabalhadores e da escola da cidade. Em nenhum lugar, em nenhuma das cartas, houve qualquer menção a Didcote Park e à chegada de John da Rússia. Eve tivera alguma esperança de que ele voltasse enquanto ela estivesse fora, que descobrisse a deslealdade dela e que partisse de novo, para nunca mais retornar. Eve detestava a ideia de encará-lo.

Ela esperava a apresentação à rainha e à sociedade com animação e temor... mais do último. Quase todas as suas roupas novas haviam chegado, embora ainda não houvesse usado nenhuma delas. O vestido para a corte, em particular, fora guardado em um armário no quarto de vestir, cuidadosamente embalado. Eve ficava tensa cada vez que pensava nele.

Tensa, determinada e bastante orgulhosa de si mesma.

Na manhã da importantíssima apresentação à corte, Aidan ficou em casa. Ele sabia que Eve estava nervosa. Ela não dissera nada, mas seu sono fora mais agitado do que o normal e, em certo momento da noite, ele acordara com a esposa aconchegando-se ao seu corpo e batendo queixo. Ao perceber que o acordara, Eve alegara estar com frio, embora não *estivesse* fria. Aidan a beijara até que ela relaxasse, então se virara para ela e os dois fizeram amor. Depois, ele a abraçou com força até que ela voltasse a dormir.

Iria sentir saudades das noites que passavam juntos, pensava Aidan às vezes. Mas não se permitia pensar demais a respeito. Lidaria com a situação quando fosse a hora. Supôs que *não* se manteria fiel à esposa, embora também preferisse não pensar muito a respeito daquela perspectiva desagradável por enquanto. Ia contra a honra da família, mas como poderia ser fiel em um casamento de conveniência?

Aidan ficou andando de um lado para o outro na sala de estar particular deles, enquanto esperava que a esposa se arrumasse. Ela estava trancada no quarto de vestir fazia quase duas horas com a criada – Edith, a moça tímida de Ringwood, uma das incapazes de Eve. Aidan ficou surpreso ao se dar conta de que também estava um pouco nervoso. As damas da classe social dele eram criadas desde o berço para momentos como aquele. Eve tivera menos de uma semana para se preparar. Era tudo culpa dela mesma, é claro. Deveria ter contrariado Wulf e permanecido no campo. E com certeza deveria ter aceitado o conselho de Aidan, aquele dia no The Green Man and Still, e voltado para casa como ela planejara inicialmente. Mas não. Era uma mulher teimosa aquela sua esposa. Aidan resolvera a questão do pagamento das roupas indo pessoalmente à loja da Srta. Benning e pagando tudo de uma vez, para grande surpresa da modista. Ele duvidava que Eve já soubesse disso.

Finalmente a porta do quarto de vestir foi aberta e Aidan parou de andar para fitar a esposa.

A saia ampla de cetim brilhoso e a outra, mais curta, de renda, usada sobre ela, estavam cuidadosamente drapeadas sobre a armação de metal. O corpete, rígido e enfeitado, baixo no colo e nos ombros, também cintilava com os bordados elaborados. A cauda de cetim estava presa aos ombros do vestido e se estendia atrás dela. Os cabelos haviam sido penteados de modo a deixar a testa livre e ela usava uma faixa larga e cravejada de pedras ao redor da cabeça, que terminavam em abas longas nas laterais. Uma profusão de penas de avestruz tingidas havia sido presa à parte de trás dos cabelos, que estavam arrumados para o alto. As penas se inclinavam por cima dos cabelos e balançavam sobre a testa dela. Eve segurava a lateral da cauda com um braço nu, calçado em uma longa luva.

Ela mantinha o queixo erguido, em uma postura régia. Os olhos cintilavam, desafiadores.

Das plumas nos cabelos aos sapatos delicados nos pés, estava totalmente vestida de negro.

– E então? – perguntou Eve ao marido que a observava.

– Vermelho-rubi? – Aidan ergueu as sobrancelhas. Fora o que tia Rochester dissera sobre o vestido para a corte de Eve quando Bewcastle perguntara. – Por acaso fiquei daltônico?

– Não, não ficou. – Ela pendurou a cauda do vestido no pulso esquerdo e se adiantou um pouco mais.

– Tia Rochester sabe? – Ele sabia que nem precisaria perguntar. A expressão no rosto da esposa já respondia. – E Bewcastle?

– Não preciso do consentimento deles. – Os olhos de Eve cintilavam como se ela achasse que estava entrando em uma briga... o que com certeza aconteceria quando descesse as escadas. – Mas não, eles não sabem. Talvez sua tia mude de ideia sobre me acompanhar e você consiga finalmente se ver livre de mim.

Aidan cerrou os lábios.

Faixas estreitas de seda bordada circundavam a bainha larga da saia de cetim e faixas mais largas, bordadas, circundavam toda a cauda e cintilavam sob a luz do sol que vinha pela janela.

– O que *você* acha? – perguntou ela.

– Isso importa? – Aidan voltou a examinar a esposa lentamente, da cabeça aos pés. – Sim, acho que importa. Você fez isso para deixar todos nós furiosos, não é mesmo? Para nos afrontar. É a sua vingança pelo tratamento arrogante que está recebendo? Talvez queira nos lembrar de que sua fortuna vem do carvão? Todo esse desacato não representa nada para mim. Você deveria simplesmente ter voltado para casa. Posso levá-la de volta agora mesmo, se é o que quer. Mas seria uma pena estragar sua exibição. Aceitaria meu braço?

Na verdade, pensou Aidan, ela estava magnífica. Pela primeira vez em tanto tempo que ele nem conseguia se lembrar, sentiu vontade de soltar uma enorme gargalhada. Eve sem dúvida pregara uma bela peça em todos eles. E Aidan não estragaria o momento rindo dela.

Eve pousou o braço direito sobre o dele sem fitá-lo. Estava ocupada demais mantendo a cabeça erguida em uma atitude desafiadora.

Como era de esperar, todos aguardavam para vê-la no saguão do andar de baixo – tia Rochester, espetacular em um vestido púrpura, além de Bewcastle, Freyja e Alleyne. Todos permaneceram em um silêncio eloquente enquanto Aidan descia com a esposa.

A tia foi a primeira a falar. A medida do seu choque foi dada pelo fato de ela esquecer de usar o lornhão.

– *O que significa isso*? – perguntou, o colo coberto de púrpura erguendo-se contra o corpete justo.

– Estou atrasada? – perguntou Eve, parecendo terrivelmente calma. – Lamento, mas estou pronta agora, madame.

– E *onde* – insistiu a tia – está o vestido para a corte que encomendamos com a Srta. Benning?

– Mas é este o vestido, madame – disse Eve, os olhos arregalados em uma expressão de falsa inocência. – Se olhar com mais atenção, verá que é quase o mesmo que encomendamos.

Quase. Aidan se surpreendeu ao perceber que estava se divertindo. Ela levara a melhor sobre todos eles – um duque, uma marquesa e um lorde. Todos eles a haviam subestimado e achado que não passava de um rato do campo.

– O vestido é *preto*! – A voz da tia saiu como um trovão quando ela declarou o óbvio.

– Sim, madame – concordou Eve. – Dei instruções à Srta. Benning para mudar a cor.

– Estou certo – disse Bewcastle, a voz mais baixa e agradável do que nunca e, portanto, mais perigosa – de que Lady Aidan irá nos explicar por que fez isso, tia.

Eve retirou a mão do braço de Aidan. Ele percebeu que ela havia se preparado para aquele momento. Agora entendia por que a esposa tivera um sono tão agitado.

– O capitão Percival Morris, meu irmão – disse Eve em um tom de voz tão baixo quanto o de Wulf, embora fosse possível perceber nele um leve tremor – era tão precioso para mim quanto seus irmãos são para o senhor,

Vossa Graça. Talvez mais, já que eu... o *amava*. Não deixarei de usar luto por ele só porque Percy pediu que eu não usasse ou porque *o senhor* ordenou que eu vestisse roupas coloridas por serem mais convenientes para a sua família. Para essa ocasião, e *apenas* para essa ocasião, honrarei a memória do meu irmão usando preto durante o que vocês repetidamente disseram ser a cerimônia mais importante da minha vida. Hoje vou conhecer a rainha e tornar meu casamento absolutamente respeitável aos olhos da nobreza e da família Bedwyn. E hoje também prestarei uma homenagem à minha família, os Morris.

– Bravo! – murmurou Alleyne, os olhos dançando de pura diversão.

Bewcastle levou o monóculo aos olhos e examinou Eve através dele, dos pés à cabeça.

– Espero, Lady Aidan – disse ele, por fim –, que seu desejo de fazer um discurso não a tenha atrasado. Sua Majestade não aceita bem ser deixada esperando. – Ele se virou e saiu na direção da biblioteca.

Nobremente irritada, tia Rochester virou-se com um farfalhar de saias e seguiu na frente sem dizer mais uma palavra. Aidan ofereceu novamente o braço a Eve.

Demorou algum tempo até que conseguissem acomodá-la na carruagem sem amassar a armação da saia nem as plumas e sem pisar em sua cauda. Quando Aidan finalmente viu a carruagem partir e voltou para dentro de casa, a família já se dispersara. Mas ele percebeu que as portas da biblioteca haviam sido deixadas abertas. Então Wulf o esperava. Ótimo! Ele atravessou o saguão a passos determinados e fechou a porta com firmeza depois de entrar na biblioteca.

Bewcastle estava sentado diante da escrivaninha, os dedos acariciando a pena de uma caneta, embora não estivesse escrevendo.

– Escute bem, Wulf – foi dizendo Aidan –, não vou admitir que censure Eve sobre o que aconteceu. Minha esposa veio para cá contra a vontade, porque você a convenceu de que a presença dela era necessária para garantir a minha reputação. E Eve permaneceu aqui porque não cederia ao que considerou como covardia. Ela sofreu em silêncio todas as pequenas maneiras com que nossa família demonstra superioridade sobre as filhas de meros mineiros de carvão. E trabalhou duro para compensar as falhas de sua educação e conseguir transitar confortavelmente nos círculos da nobreza. O que minha esposa fez hoje foi nos desafiar, sim. Mas foi também expressar seu luto. Vou permitir. Não a censurarei, por mais desastrosa que possa vir a ser a apresentação dela à corte. E não permitirei que a censure. *Não permitirei*, Wulf.

Bewcastle não moveu um músculo, a não ser para continuar a acariciar a pena.

– Realmente não amo nenhum de vocês? – perguntou ele, por fim, encarando a pena como se não houvesse escutado uma única palavra do irmão.

– Hein? – Aidan franziu o cenho.

– Ela disse que o irmão era tão precioso para ela quanto os meus são para mim – falou Bewcastle. – Talvez mais, porque ela o amava. Então não amo nenhum de vocês, Aidan? – Ele finalmente levantou os olhos, com uma expressão confusa no rosto que não lhe era nada comum. – Nem as minhas irmãs?

Se Bewcastle já havia duvidado de si mesmo em algum momento antes daquele, sem dúvida nunca demonstrara... ao menos não depois dos 12 anos de idade.

– Eu amei *você* – perguntou Bewcastle de novo – ao insistir em comprar sua patente quando você tinha 18 anos, embora tenha me implorado que não fizesse isso? Amei Freyja ao não permitir que ela ficasse noiva de Kit Butler na época em que ele era um mero segundo filho? Amo Morgan ao insistir que permaneça na sala de aula até fazer 18 anos e que venha a Londres na próxima temporada social para debutar, embora ela não queira? O que é amor, afinal? Não consigo me lembrar de como é esse sentimento. Não é algo que um homem em minha posição possa se permitir sentir.

Aidan sentia um profundo desconforto. Embora os dois tivessem sido grandes amigos quando meninos, haviam se afastado completamente desde então. Bewcastle não tinha amigos próximos, pelo que Aidan sabia. Ainda assim, os dois eram irmãos.

– Acredito que você sempre faz o que considera melhor para nós – falou Aidan, por fim. Infelizmente, nem sempre era o que os irmãos consideravam o melhor para si. Amor? O próprio Aidan não sabia muito sobre amor. Dever ele sabia reconhecer. E Wulf sempre cumpria com seus deveres.

– Esperava que você fizesse um bom casamento – comentou Bewcastle, mais dono de si.

– Meu casamento não é ruim – retrucou Aidan.

– Não? – O irmão levantou os olhos para ele. – Está se deitando com ela?

Aidan ergueu uma das mãos.

– Isso não é da sua conta, Wulf.

– Pois é, *sim* – falou Bewcastle. – Você é meu herdeiro, Aidan, e como não tenho planos de me casar, havia esperado passar a você a responsabilidade de gerar futuros herdeiros.

– Mesmo se Eve tiver um filho – disse Aidan – e mesmo se for um menino, ele seria tanto herdeiro dela, herdeiro de Ringwood, quanto o segundo na fila de sucessão do título do duque de Bewcastle. Acredito sinceramente que minha esposa consideraria o primeiro legado mais importante. E seria ela que criaria a criança, não você.

– E nem você? – perguntou Wulf. Mas ele fez um gesto com a mão impedindo que Aidan respondesse. – Não direi nada sobre o vestido preto para a apresentação à corte. Verdade seja dita, a cor fica muito melhor nela do que o cinza. Mas sua esposa não deve usar preto novamente esta noite, Aidan. Confio em você para garantir que isso não aconteça. Casou-se com uma mulher teimosa.

Aidan preferiu não comentar.

Bewcastle se levantou.

– Tenho alguns assuntos a resolver no salão de baile – falou. – Nos reuniremos todos no salão de visitas quando Lady Aidan retornar.

E estariam todos lá, seguindo as ordens do duque, pensou Aidan, encarando a porta após o irmão deixar a biblioteca. Era estranho que tivesse sido Eve a achar uma brecha na armadura de Bewcastle e provocar aquele raro escorregão do irmão em demonstrar uma vulnerabilidade tão humana. Então até mesmo Wulf às vezes tinha dúvidas sobre a vida e as escolhas que fizera?

Quando Eve voltou do palácio de Saint James, sentia-se tão esgotada, tanto física quanto emocionalmente, que seu maior desejo era se recolher o mais rápido possível aos seus aposentos – sobretudo porque ainda haveria um baile para o qual se preparar naquela noite. Infelizmente, a marquesa de Rochester descera da carruagem com ela e Eve tivera de acompanhar a tia do marido até o salão de visitas, onde o mordomo havia informado que o chá as aguardava.

Longe do ambiente irreal do palácio, onde todos estavam vestidos de modo semelhante a ela, Eve sentiu novamente como se estivesse participando de algum tipo de baile à fantasia. Ela pendurou a longa cauda no braço esquerdo e se preparou para subir as escadas. Mas Aidan descia para encontrá-las.

– As duas sobreviveram, então? – disse ele ao se aproximar, os olhos indo de uma mulher para a outra.

Era difícil dizer se ele estava zangado ou não. Era raro saber o humor em que o marido se encontrava. Se Eve não houvesse tido alguns vislumbres de uma pessoa de verdade, poderia ter confundido aquela máscara sem emoção com o homem real. Mas agora sabia que não era bem assim.

– E por que não sobreviveríamos? – perguntou a tia, quando ele ofereceu o braço a ambas.

Eles subiram lentamente até o salão de visitas. Eve estava muito feliz pelas saias com armação serem coisa do pasado.

– Muito bem, Bewcastle – disse Lady Rochester, ao entrar quase deslizante no salão –, *isso* está feito. Não há nada mais cansativo nesta terra do que fazer uma apresentação formal na corte. A multidão era terrível e a espera, interminável. Sou grata por restar apenas Morgan a ser apresentada. Quando ela e Freyja se casarem, terão suas sogras para cumprir esse papel.

– É possível, tia – disse o duque, olhando para Eve com o monóculo a meio caminho do olho –, que Lady Aidan a poupe do aborrecimento e apresente Morgan ela mesma no ano que vem.

Aidan estava ajudando Eve a sentar, o que era bem difícil com a armação da saia e a cauda. Os olhos dos dois se encontraram, os dela arregalados de espanto. Como sempre, a expressão do marido era indecifrável.

– Parece – disse Lady Freyja – que a rainha não ordenou que a arrastassem para a Torre e a decapitassem por usar preto, Lady Aidan.

– Alguém fez algum comentário desagradável a esse respeito, Eve? – perguntou Alleyne.

– Não. – Eve percebeu que todos a encaravam na expectativa. – Ninguém.

– Ora, menina – falou a marquesa, ríspida –, você pode muito bem contar toda a história a eles.

– Nós esperamos com todas as outras damas na longa galeria, pelo que pareceu uma eternidade – começou Eve. – Então, por fim, chegou a minha vez e nós fomos chamadas. Um lorde a serviço da rainha ajeitou minha cauda e outro pegou meu cartão e anunciou meu nome a Sua Majestade, que estava sentada muito grandiosamente em seu trono. Eu segui adiante, fiz a minha reverência, beijei a mão dela e me afastei. Tudo sem nenhum contratempo.

Era como uma história de um livro escrito para garotinhas. Ela, Eve Morris, filha de um mineiro de carvão, havia feito uma reverência diante da rainha sentada no trono e beijara a mão dela! Conseguia imaginar tia Mari ouvindo a história extasiada e pedindo a Eve para repeti-la vezes sem conta. Aquilo com certeza se transformaria em uma lenda da família. Ela teria muito o que escrever na carta que mandaria para casa no dia seguinte.

O duque de Bewcastle a observava com arrogância. Aidan estava parado ao lado de sua cadeira, as mãos cruzadas nas costas, o rosto inexpressivo. Alleyne parecia contente, Lady Freyja, um pouco desapontada.

A marquesa de Rochester estalou a língua com impaciência.

– Se *isso* fosse tudo – falou –, eu não teria lhe dito para contar, menina. Freyja já fez a mesma coisa. Assim como toda dama da alta sociedade com mais de 17 ou 18 anos. A rainha quase *nunca* fala com nenhuma lady que está sendo apresentada a ela.

– A rainha *falou*? – Lady Freyja ergueu as sobrancelhas.

Eve não havia percebido que isso não era comum.

– Sua Majestade se inclinou e me perguntou por quem eu estava de luto – explicou. – Disse a ela que era por meu irmão, que havia caído em ação na Batalha de Toulouse. Ela me dirigiu um sorriso muito bondoso e me elogiou por colocar o amor à minha família à frente de qualquer tentação de usar belas roupas na presença dela.

– E acrescentou – disse Lady Rochester – que todo o país havia ficado de luto pelo irmão *dela*, a rainha, apenas alguns meses atrás.

Alleyne riu.

– Por Júpiter... que feito! – comentou ele. – Você será a estrela da nobreza, Eve.

– Está claro que se saiu bem, Lady Aidan, e honrou o capitão Morris – falou o duque. – Agora, pretende servir o chá, Freyja? Ou ele deve esfriar no bule?

Eve levantou os olhos para Aidan, que também a encarava. Ele não disse nada, mas se virou para buscar uma xícara de chá para ela. Eve se perguntou se o marido concordava com o elogio frio e relutante do irmão. Será que ela o havia aborrecido? Humilhado? Magoado? E se importava realmente com isso?

Sim. Sim, talvez ela se importasse.

Eve tomou o chá enquanto a conversa continuava ao seu redor, depois, por sugestão do duque, se retirou para seus aposentos para descansar antes dos compromissos da noite. Aidan a teria acompanhado, mas Lady Freyja se ofereceu primeiro.

– Eu a acompanharei, Lady Aidan – disse.

Eve encarou a cunhada, surpresa. Se Lady Freyja não chegara exatamente a ignorá-la na semana que acabava, também não fizera nenhum esforço em passar algum tempo com ela ou em conversar. Eve fez uma reverência diante de Lady Rochester antes de deixar o salão – uma reverência menos profunda do que fizera para a rainha, é claro, mas adequada a uma senhora mais velha de título elevado.

– Obrigada, madame – falou –, por tudo o que fez por mim hoje.

A marquesa a encarou através do lornhão.

– Acredito, Lady Aidan – disse ela –, que já está na hora de se dirigir a mim como tia.

– Obrigada, tia Rochester. – Eve sorriu.

Lady Freyja segurou a cauda do vestido de Eve enquanto as duas subiam a escada.

– Essas coisas são uma abominação – falou Lady Freyja. – Assim como todo o ritual tolo de fazer reverência a um fóssil de rainha cuja noção de moda parou no século passado.

Abominação? Ritual tolo? Fóssil? Oh, céus.

– Mas tudo isso me dará uma fantástica história para contar quando eu voltar para casa – comentou Eve.

– Você nos pregou uma peça e tanto – disse Lady Freyja. – A primeira visão que tivemos de você foi impagável. Viu a expressão da tia Rochester? E a de Wulf? Ouso dizer que até eu fiquei de queixo caído. E Aidan estava ainda mais enigmático do que o normal. Admito um golpe quando o recebo. E a cumprimento por isso.

– Fiz o que fiz pelo meu irmão – retrucou Eve quando as duas já seguiam pelo amplo corredor até os aposentos dourados.

Freyja já havia soltado a cauda.

– Fez mesmo? – perguntou ela. – Mas acho que esse não foi o único motivo. Acredito que outra razão igualmente forte foi nos colocar em nossos lugares, Lady Aidan. Escolheu uma maneira impressionante de fazer isso e, por um enorme golpe de sorte, saiu não apenas ilesa, como vingada também. Foi muito corajosa. Se o irmão da rainha não houvesse morrido alguns meses atrás, talvez ela não visse seu gesto com tanta bondade.

Eve parou do lado de fora de seus aposentos, com a mão na maçaneta.

– Respeito qualquer um que consiga se impor a nós – disse Lady Freyja. – Ouso dizer que não é fácil. Não vou entrar. Wulf ordenou que descansasse, e é o que deve fazer. Nos veremos mais tarde. Devo chamá-la de Eve?

– Por favor – respondeu Eve.

– Sou Freyja.

A cunhada estendeu a mão direita e apertou a de Eve com firmeza, antes de se virar e voltar pelo caminho que haviam acabado de percorrer... a passos largos, quase masculinos. Era uma mulher pequena e de corpo bem-feito, mas se movia, falava e muitas vezes se comportava como um homem.

Ao entrar na sala de estar dourada e creme que compartilhava com Aidan, Eve tinha plena consciência de que haviam lhe oferecido uma trégua. O duque dissera que ela se saíra bem. A marquesa permitira que a chamasse de tia.

Realmente havia feito progressos. Tudo porque os desafiara. Seria essa a chave para sobreviver com os Bedwyns?

Mas e quanto a Aidan? Ela o *teria* envergonhado? Será que agora todos acreditavam que ele não controlava a esposa e pensavam o pior dele?

Mas tudo em que Eve conseguia realmente pensar naquele exato momento, percebeu, era em despir aquelas roupas absurdas e asfixiantes e se deitar na cama. De onde tiraria energia para comparecer a um baile naquela noite? Ainda mais ao seu próprio baile de apresentação? Só de pensar nisso, seu estômago se revolveu.

Que saudades sentia de Ringwood!

CAPÍTULO XV

Por Júpiter, ela conseguira! Só depois que a esposa voltara para casa e contara sua história – e que a tia acrescentara a parte mais significativa – foi que Aidan percebeu quanto temera a semana toda que alguma coisa saísse errado e Eve fosse humilhada. Ele havia ficado longe dela a semana inteira, durante os dias e as noites. Percebera a concentração da esposa em tudo o que precisava aprender e praticar, e não quisera distraí-la. E acabara, é claro, deixando-a livre também para seu grande ato de rebeldia.

Aidan estava feliz por Eve não ter se intimidado com a grandiosidade da família dele. Talvez fosse isso que ele mais temera quando ela insistira em voltar da The Green Man and Still para a Bedwyn House, em vez de ir para casa na diligência do dia seguinte. Ele acabara gostando dela em Ringwood, chegara mesmo a admirá-la, por mais estranhas que achasse as atitudes de Eve em relação aos órfãos, vagabundos e outros excluídos da sociedade.

Mas havia outro teste a encarar naquele dia e talvez fosse mais difícil do que a apresentação à rainha. Naquela noite, Eve teria que encarar a nobreza, teria que se misturar a eles, conversar, dançar com alguns. E seria observada e julgada a cada instante. Aidan não tinha dúvidas de que a origem humilde dela já devia ser de conhecimento de todos.

Ele estava usando seu uniforme de gala, com sapatos de dança, assim como fizera na festa na hospedaria Three Feathers, poucas semanas antes. Quanto tempo parecia ter se passado desde então! Esperando por Eve para acompanhá-la até o salão de baile. Ela não o fez esperar. A porta do quarto foi aberta no momento exato em que ele consultava o relógio sobre o console da lareira e via que ainda tinham uns bons quinze minutos antes do prazo de Bewcastle para que assumissem seus lugares na fila de recepção.

Ela parecia muito diferente do habitual e tão adorável que o fez perder o fôlego. Não havia a insipidez do cinza que usava tanto nem a severidade magnífica do preto absoluto. O vestido que usava agora era estreito, de cintura alta, bem cortado e atraente em sua simplicidade, no amarelo pálido de uma prímula. E flores bordadas enfeitavam a bainha delicadamente recortada e as mangas curtas e bufantes. Os sapatos combinavam com o vestido, enquanto o leque e as luvas eram marfim. Plumas cor de marfim e de prímula estavam presas aos cabelos dela, que haviam sido penteados para o alto e pareciam ainda mais belos do que o normal, com alguns cachos soltos caindo pela nuca e as têmporas dela. O colo estava à mostra acima do decote baixo do vestido e era um prazer para os olhos.

– Presumo – disse Eve – que esteja me olhando com mais aprovação do que fez esta manhã. Mas não tenho certeza. Sua expressão é sempre severa.

Aquela acusação começava a irritá-lo. No entanto, Aidan se deu conta de que a esposa estava nervosa e, portanto, na defensiva. Ele não disse nada, apenas se aproximou e lhe estendeu um estojo de joias comprido, que estivera segurando desde que saíra do próprio quarto de vestir.

– O que é isso? – perguntou ela, ao ver o estojo.

– Um presente de casamento – disse ele. – Não lhe dei nenhum quando nos casamos.

Ela franziu o cenho.

– Mas não estamos...

– Não vamos repetir aquela bobagem – disse ele. – *Somos* casados, Eve. Muito casados. Pegue.

Ela ainda hesitou, o olhar agora fixo no rosto dele. Aidan estalou a língua e abriu a caixa ele mesmo. Então ergueu a corrente de ouro em uma das mãos, pousou a caixa, foi para trás da esposa e prendeu a joia ao redor do pescoço dela. Eve inclinou a cabeça sem dizer uma palavra enquanto ele lidava com o fecho. Quando Aidan terminou, ela segurava a pedra que pendia da corrente. Era um único diamante, sem nenhuma lapidação exagerada. Aidan decidira pela simplicidade para a esposa. Ele percebeu que a corrente era do tamanho exato. Quando Eve soltasse o diamante, que permanecia em sua mão, ele se aninharia perfeitamente sobre o vale entre os seios dela.

Em um primeiro momento, quando se afastou, Aidan estava aborrecido. Ela não dissera nada, apenas mantivera a cabeça baixa. Então ele ouviu um soluço e percebeu que a esposa lutava contra as lágrimas. Que diabos estava acontecendo? Ele cruzou as mãos nas costas, desconfortável.

– Obrigada – disse Eve, por fim. – É muito lindo e vou guardá-lo para sempre, como um tesouro. Mas não tenho nada para você.

Ele deixou escapar um som que deixava claro que não tinha importância.

– Aidan – disse ela, levantando os olhos para ele –, a loja da Srta. Benning entregou todas as minhas roupas. Mas ainda não recebi a conta.

Foi a vez dele de franzir o cenho.

– Você a pagou?

– É claro – retrucou Aidan com certa rispidez.

Ela cerrou os lábios e ele pensou que começariam outra discussão.

– Não era para ser dessa forma – falou Eve. – Nada disso. Não deveria haver nenhum... nenhum *relacionamento*. Sinto muito.

– É melhor descermos – disse Aidan, oferecendo o braço à esposa. – Wulf não achará a menor graça se nos atrasarmos.

– Ele acha graça de alguma coisa? – perguntou ela, pousando o braço enluvado sobre a manga dele. – O duque é um homem infeliz, Aidan? Ou apenas naturalmente frio?

– Ninguém sabe – respondeu Aidan. – Wulf nunca permite que ninguém se aproxime o bastante para saber.

Porém Eve penetrara sua armadura naquela manhã. Talvez ainda houvesse alguém dentro dela.

Eve estivera nervosa durante a manhã. Mas, de algum modo, desafiar as convenções de Aidan, do duque de Bewcastle, da marquesa de Rochester e até mesmo, se necessário, da própria rainha, a ajudara a esconder seus medos. Já à noite, ela não tinha essa defesa. E se perguntava se suas pernas conseguiriam levá-la ao longo do corredor e pelas escadas. Eve concentrou todos os seus esforços em não se apoiar demais no braço de Aidan.

Como se colocara naquela situação aflitiva? Parecia que na véspera mesmo estivera no vale, em Ringwood, cercada pelas pessoas mais próximas e mais queridas de sua vida, colhendo flores. Agora estava prestes a comparecer a um baile da nobreza na Bedwyn House, em Londres. Um baile *em sua homenagem*!

Então eles chegaram ao andar de baixo, se aproximaram do salão de baile e Eve pôde ver o duque e Alleyne, ambos em elegantes casacas pretas. O duque usava calça cinza até abaixo dos joelhos e colete prateado; Alleyne; calça marrom-clara e colete de um dourado fosco, ambos vestidos com camisas de linho muito alvas e rendadas no pescoço e nos punhos. Freyja estava de pé um pouco além deles, absolutamente deslumbrante em um vestido e plumas de vários tons de verde – escuro, turquesa, água. Os três pareciam os perfeitos aristocratas que eram. E é claro, ainda havia Aidan de uniforme.

E assim, Cinderela chegou ao baile, pensou ela com amargura, e sorriu com a piada interna.

– Encantadora – elogiou Alleyne, fazendo uma reverência elegante para ela. – Suponho que Aidan tenha reservado as primeiras danças e a primeira valsa com você. Posso ter a honra da segunda valsa?

– Valsas? – Aidan estava com o cenho franzido quando Eve levantou os olhos para ele. – Haverá valsas, Wulf?

– Tia Rochester me garantiu que elas são absolutamente obrigatórias em todo baile elegante – disse o duque, examinando Eve da cabeça aos pés com um monóculo adornado com pedras preciosas. – E é claro que Lady Aidan, sendo uma mulher madura, casada, poderá dançar, mesmo sem o consentimento explícito do comitê de respeitosas senhoras do clube Almack's.

– Ah, pelo amor de Deus! – disse Freyja. – E quem se importa com o que dizem aquelas solteironas e fofoqueiras? Sabe dançar, Aidan? Seria muito, muito desagradável se pisasse nos dedos de Eve.

– Valsei na Espanha – disse ele. – Mas será que Eve conhece os passos? Conhece? – Aidan abaixou os olhos para a esposa.

– Aprendi esta semana – contou ao marido. – E treinei com Alleyne.

– É mesmo? – Aidan franziu o cenho de um modo que lembrou uma expressão de reprovação. – Foi muito gentil da parte dele.

– Sim.

Eve abriu um sorriso. Seria possível que Aidan estivesse com *ciúmes*? Do próprio irmão? Que delícia!

– Venha ver – chamou Freyja, pegando o braço da cunhada e puxando-a na direção das portas do salão de baile.

A primeira visão que teve do salão de baile deixou Eve sem fôlego. Centenas de velas ardiam em três candelabros de cristal no teto e em castiçais presos às paredes ao longo de todo o salão, e a luz intensa fazia cintilar as paredes e o teto dourado. Outros suportes presos às paredes e muitos vasos, alguns também dourados, guardavam uma imensa quantidade de flores em tons de amarelo e branco. O perfume se espalhava pelo ar. As portas francesas que levavam à varanda mais além estavam abertas e revelavam as lanternas coloridas pousadas ao longo da balaustrada. No tablado em uma das extremidades do salão, uma orquestra completa, com músicos em trajes formais, se acomodava e afinava os instrumentos atrás de uma faixa de flores no chão.

– Tia Rochester deixou escapar a cor do seu vestido para Wulf – contou Freyja. Então a moça riu. – Que bom que você não mudou *essa* cor, como fez com o vestido da apresentação à corte.

– Estou sem ação – admitiu Eve.

– Não precisa ficar – disse Freyja. – Sem dúvida, a notícia do que aconteceu hoje de manhã já deve ter se espalhado. A essa altura, todos já sabem que você apareceu vestida de negro diante da rainha e que ela se dirigiu a você com aprovação. Não pode haver maior recomendação do que essa. Já ganhou a atenção e a admiração da nobreza antes mesmo de conhecê-la. Wulf acaba de erguer as sobrancelhas. Significa que você precisa correr de volta para lá.

Eve se virou e saiu apressada do salão de baile para se juntar à fila de recepção, o coração ainda batendo com força no peito, mas agora em doses iguais de empolgação e de medo. Ela se acalmou pensando em tudo o que teria para contar na carta que escreveria para casa no dia seguinte.

Apesar da pouca antecedência do convite para o baile – e àquela época do ano, em que toda casa elegante recebia dezenas de convites por dia –, ao longo da hora seguinte muitos convidados chegaram à casa dos Bedwyns, e Eve se pegou pensando se teria lugar para todos no salão de baile. Ela ficou de pé entre Aidan e o duque de Bewcastle e com certeza fez centenas de reverências. Nunca tivera que manter um sorriso por tanto tempo no rosto. Sentia os músculos da face doloridos. Como deveria ser mais fácil ser o duque ou Aidan, que simplesmente pareciam arrogantemente bem-nascidos.

– Vamos entrar e dar início às danças – anunciou por fim o duque, durante uma pausa na chegada de convidados. – Cumprimentarei mais tarde os que vierem depois.

Voltar ao salão de baile foi um momento de nervosismo e animação para Eve. O lugar parecia duas vezes maior e mais impressionante agora que estava cheio de convidados. Ela sentiu-se grata pela mão firme de Aidan em seu cotovelo e sorriu para ele. Ficou surpresa ao perceber a onda de afeição pelo marido que a dominou.

O baile foi aberto com uma sequência de quadrilhas que Eve conhecia bem. Na verdade, ela as dançara na comemoração de seu casamento, em Heybridge. Mas uma coisa era bater os calcanhares em uma festa no campo, outra bem diferente era dançar em um salão de baile em Londres no auge da temporada social.

– Ah, meu Deus – disse ela, quando ocupou com Aidan os lugares à frente de duas longas filas, uma para damas e outra para cavalheiros. – Teremos mesmo que percorrer todo esse caminho girando, depois dos primeiros passos?

– Teremos – confirmou Aidan. – À vista de todos os presentes. Tentarei não ficar tonto para não esbarrar nas pessoas da fila.

Ela sorriu para ele. *Lá* estava de novo, aquele humor seco em um rosto sem expressão alguma que o denunciasse.

– É claro que não ficará tonto – falou Eve. – Você é um excelente dançarino. Só podemos dançar juntos duas vezes esta noite. É uma das regras arbitrárias da nobreza. Sua tia fez questão de se certificar de que eu estivesse bem consciente disso. Você *vai* valsar comigo?

– Tenho que – retrucou ele. – Preciso descobrir se Alleyne foi um bom professor.

– Mas foi o professor de dança que me ensinou – explicou ela. – Alleyne apenas teve a infinita paciência de ser meu parceiro.

– Ah – murmurou Aidan.

Era bem possível, pensou Eve de repente, que ela estivesse se apaixonando um pouco pelo marido. Por sorte, não houve tempo para explorar a fundo essa alarmante possibilidade. A orquestra começou a tocar uma música animada e Eve, com o coração aos pulos, deu os primeiros passos em seu primeiro grande baile da nobreza. O esplendor de tudo aquilo era quase excessivo. Mais uma vez ela teve a sensação de ter entrado nas páginas de um livro de histórias infantis. Mas o que via, o que ouvia, os aromas que percebia ali eram muito reais, assim como a sensação de pura alegria. Quando chegou a vez deles de sair girando pelo espaço aberto entre as duas fileiras para ocuparem seu lugar na outra extremidade, Eve riu abertamente – o que, é claro, era estritamente contra as regras. Lady Rochester havia explicado que damas das classes superiores nunca demostram seu entusiasmo em público; em vez disso, assumem sempre um ar levemente entediado. Eve não se importou, mesmo sabendo que a maior parte dos olhos no salão estava pousada nela. Apenas riu.

Então, o mais extraordinário aconteceu. O rosto de seu marido, sempre tão soturno e severo, relaxou aos poucos... ah, não bem em um sorriso. O rosto dele não sorriu. Nem a boca. Mas os olhos sorriram. Ficaram mais suaves e cintilaram com uma expressão que Eve só conseguiu descrever para si mesma como um sorriso.

E o mundo inteiro sorriu.

Eve foi arrebatada pela própria exuberância. Seus olhos estavam concentrados em Aidan. Mas parte dela permanecia consciente de tudo ao redor e consciente também de que já não se sentia intimidada pelo ambiente ou pelas dezenas de pessoas que a observavam. Pois que a observassem! Que censurassem seus sorrisos! Não se importava nem um pouco. Aidan estava sorrindo para ela. Sim, ele estava. Eve podia jurar que estava.

Ela continuou a dançar, sorrindo, rindo, conversando com Aidan e, algumas vezes, com os parceiros de dança que estavam mais próximos na fila, talvez divertindo-se mais do que em qualquer outro momento da vida. Eve sabia que, em algum lugar além de tudo aquilo, a razão e o bom senso a aguardavam. Mas naquela noite não queria encará-los. Naquela noite iria aproveitar a oportunidade de ser a Cinderela no baile.

Enquanto Eve dançava as duas quadrilhas seguintes, primeiro com Alleyne e depois com o visconde Kimble, Aidan se mostrou agradável com algumas acompanhantes, mães e avós que cumpriam o dever de se manterem atentas a suas jovens pupilas, mesmo que muitas dessas senhoras, ele estava certo, fossem ficar muito mais contentes no salão de jogos. Aidan passou de grupo em grupo, sempre parando em uma posição que o permitisse observar a esposa.

Era muito provável que tia Rochester acabasse considerando que todos os seus esforços da semana anterior haviam sido em vão. Wulf talvez também pensasse assim. Eve com certeza era muito diferente de qualquer outra dama ali. Divertia-se abertamente – sorrindo, rindo, dançando com graça e entusiasmo. Mas ninguém parecia olhar para ela com desaprovação. Muito pelo contrário.

– Uma bela moça – disse a ele a nobre viúva Lady Harvingdean. – E radiante, como toda noiva feliz. Deve estar fazendo muito bem a ela, coronel.

Ele não podia negar que se sentia encantado pela esposa. Ela era como uma promessa de primavera desabrochando no solo árido do inverno da vida dele. Não... talvez não uma promessa. Não havia futuro para eles. Mas Aidan não queria pensar a respeito naquela noite. Aquela noite ele apenas desfrutaria o prazer de observá-la, ansiando por valsar com ela mais tarde... e por tê-la toda para si quando o baile terminasse. Aidan estava com muito medo de sentir uma falta enorme de Eve quando ela voltasse para Ringwood... porém, mais uma vez, ele afastou o pensamento que poderia comprometer o prazer que a noite vinha lhe proporcionando.

A dança seguinte era uma valsa e ele finalmente poderia bailar com Eve de novo.

– Aidan, você conhece alguma dança mais divina? – perguntou ela quando a música começou e eles já se moviam pelo salão no ritmo saltitante.

– Nenhuma – retrucou Aidan com convicção. – Estou certo de que a valsa é a dança dos anjos... eles valsam sobre as nuvens.

Eve riu.

– Gosto quando você faz isso – disse ela. – Mantém uma expressão absolutamente séria e então diz algo absurdo. Você está feliz?

– Como poderia não estar? – perguntou ele. – Estou em um baile da nobreza que certamente será declarado o grande evento da estação, à disposição dos caprichos de Wulf, sou o foco de todos os olhares... exceto os que estão absortos em você. E estou aqui com uma esposa que insiste que não é casada comigo. Quem, no meu lugar, *não* estaria girando com alegria por todos os cantos do salão? – Ele a levou em um giro exagerado perto de um dos cantos dos quais se aproximavam.

Eve riu de novo, então os dois ficaram em silêncio. Aidan sempre achara a valsa bastante tediosa e até mesmo constrangedora. Até então suas parceiras haviam sido damas com quem ele dançara por mera cortesia. Estar cara a cara com uma mulher por meia hora quando não a considerava sexualmente atraente – ou pior, quando ela era casada cou outro – não era sua ideia de diversão.

Mas aquela valsa estava sendo mágica. Eve era esguia e alta – sua cabeça chegava ao queixo dele. Era uma dançarina leve e graciosa. Suas costas se arqueavam sob a mão dele e ela antecipava cada movimento, de modo que os dois valsavam em perfeita harmonia. As cores dos vestidos, das plumas e casacas se transformaram em um borrão, em um glorioso caleidoscópio de sombras, conforme eles evoluíam pelo salão. Joias cintilavam sob a luz das velas. Aidan se pegou desejando que pudessem continuar assim. Mas é claro que o fim inevitável chegou.

– Ah, foi *maravilhoso*! – disse Eve, o rosto corado, os olhos brilhando, a voz ofegante. – Você é um dançarino fantástico, Aidan. *Realmente* desejaria que tivéssemos permissão para dançar de novo.

O dever chamava, percebeu Aidan. Ele acenou na direção de Bewcastle, parado na porta do salão, olhando inquisitivamente para ele.

– Mais convidados chegando – explicou Aidan, oferecendo o braço a Eve. – Esses estão bastante atrasados. É melhor irmos cumprimentá-los.

– Se muito mais pessoas chegarem – comentou ela –, alguns de nós teremos que dançar na varanda. Já viu tantas pessoas reunidas em um só lugar? Eu com certeza...

Eve se deteve no meio da frase e, quando Aidan abaixou os olhos para a esposa, descobriu que o sorriso parecia haver se congelado em seu rosto e que o olhar dela estava fixo nas pessoas que se aproximavam da porta. Por um momento, ela quase tropeçou.

– Madame – disse Bewcastle, dirigindo-se à cunhada –, permita-me apresentar-lhe Sir Charles Overly, que está com a embaixada britânica na Rússia, e Lady Overly. E este é o visconde Denson, também da embaixada. Estes são Lady Aidan Bedwyn e meu irmão, o coronel Bedwyn.

Eve fez uma reverência, assim como Lady Overly. Os cavalheiros inclinaram o corpo em um cumprimento.

– Retornaram à Inglaterra para as comemorações da vitória? – perguntou Aidan a Sir Charles.

– Retornamos – retrucou o homem. – Na verdade, voltamos há dois meses, assim que a vitória das forças aliadas se tornou iminente. Mas sem dúvida esperamos ansiosos pela chegada do czar, logo.

– Permita-me dar os parabéns pelo casamento, Lady Aidan. – Lady Overly deu uma risadinha e tinha uma expressão arguta no rosto. – É um feito e tanto. Os homens Bedwyn são reconhecidamente ariscos no que se refere ao casamento.

Eve sorriu mas, quando os olhos de Aidan pousaram na esposa, ele descobriu que o rosto dela estava pálido e os lábios, sem cor. Era óbvio que ela já conhecia uma daquelas três pessoas... e Aidan desconfiava de que fosse Denson, o louro sorridente e muito bem-apessoado. O homem estava se inclinando para ela.

– Vejo que estão formando pares para a próxima dança – disse Denson. – Poderia me dar essa honra, Lady Aidan? Com a permissão do coronel Bedwyn, é claro.

Aidan inclinou a cabeça, aprovando, e Eve, sem uma palavra ou um olhar na direção do marido, se virou e entrou no salão de baile.

Eles dançaram por algum tempo, Denson com sorrisos charmosos para todos ao redor deles, Eve com os olhos baixos, os movimentos mecânicos, sem o brilho do olhar. Quando a orquestra fez uma pausa entre duas músicas, Denson abaixou a cabeça e disse alguma coisa à parceira de dança, então pousou a mão sob o cotovelo dela e a guiou na direção da varanda.

Aidan os observou, cerrando os punhos nas costas.

– Há algum lugar mais reservado aonde possamos ir? – perguntou Denson.

Havia dois outros casais na varanda, além de um grupo maior, mais barulhento, em uma das extremidades.

– Não – disse ela.

Mas Denson vira os degraus que levavam ao jardim. Ele voltou a segurá-la pelo cotovelo e a levou até lá. Havia caminhos pavimentados com cascalho, bancos e um lago ornamental com uma fonte. Lanternas haviam sido penduradas nas árvores e vários convidados passeavam por ali. Era uma noite agradável.

Ele voltara para a Inglaterra fazia *dois meses*. Um mês antes do casamento dela. Talvez até mesmo antes da morte de Percy. Estivera na Inglaterra durante todo aquele tempo.

– Eve – disse ele quando os dois acabaram de descer a escada que levava aos jardins –, eu não tinha ideia de que você havia se casado com o irmão de Bewcastle. Até chegar aqui, até você estar quase diante de nós, eu não tinha ideia.

– Você voltou à Inglaterra faz dois meses – falou Eve.

– Tenho andado ocupado – explicou ele. – Mal tenho um momento livre. Todo dia penso em ir até Oxfordshire para vê-la. Nem posso lhe dizer quanto senti a sua falta.

– Dois meses – repetiu ela.

Dois meses para alguém que jurara que correria até a casa dela assim que pousasse os pés em solo inglês.

– Como pôde fazer isso, Eve? – questionou ele. – Tínhamos um acordo. Nós...

– Percy morreu – disse ela. – Ele foi morto na batalha de Toulouse.

Denson a levou na direção de um dos bancos, ligeiramente afastado do caminho e sombreando pelos galhos baixos de um salgueiro. Ela se deixou afundar no assento e o encarou. A luz do lampião pendurado em outra árvore iluminava as feições perfeitas dele.

– Lamento saber disso – falou Denson. – Mas por que se casou, Eve, e logo depois da morte do seu irmão? E por que se casou com Bedwyn?

– Papai morreu depois que você partiu – explicou ela. – Talvez você não tenha sabido dos termos do testamento dele. Tudo ficaria para mim, sob a única condição de que eu me casasse dentro de um ano depois da morte dele.

– Você deveria ter escrito para mim, então, para me contar sobre isso – retrucou ele. – Eu teria...

– Teria o quê? – questionou ela. – Se apressado em voltar para casa, para mim? Mas como eu poderia ter lhe escrito, mesmo se não fosse tão inapropriado fazer isso? Eu não saberia para onde mandar a carta. Não tinha o seu endereço em *Londres*...

– Eve – disse Denson –, você precisa entender. Para um homem na minha posição, é importante ser visto durante a temporada social em Londres. Socializar. Eu teria ido para casa no verão. Teríamos nos casado, então.

– Teríamos? – Era como se ela finalmente conseguisse enxergar. Quinze meses antes, ir para a Rússia fora mais importante do que se casar com ela. Agora, socializar fora mais importante. – Percy teria passado tudo para o meu nome depois que o ano houvesse transcorrido, ou ao menos dividiria tudo comigo, se eu insistisse para que ele ficasse ao menos com uma parte. Mas meu irmão morreu cedo demais. Cecil teria herdado tudo.

– Você deveria ter me avisado. – Ele se inclinou na direção dela. – Maldição, Eve, você deveria ter me avisado.

– Eu tive apenas uma semana antes de ser obrigada a acatar os termos do testamento de papai – falou Eve. – Não tinha ideia de que você havia regressado à Inglaterra. Você deveria ter arrumado um modo de *me* avisar.

Subitamente Eve se deu conta, sem qualquer dúvida, de que ele não tivera intenção de se casar com ela... jamais. Gostara bastante dela, talvez houvesse até mesmo se apaixonado, mas não teria se casado. Se ela não fosse tão ingênua, ou não estivesse tão apaixonada, com certeza teria percebido isso antes. Se as circunstâncias houvessem permanecido as mesmas, no verão ele encontraria outra desculpa para adiar uma conversa com o pai, o conde.

– Por que Bedwyn? – perguntou Denson. – Imaginei que as finanças dele fossem suficientes para que não precisasse procurar uma herdeira com tanta pressa.

– Foi ele que me deu a notícia da morte de Percy – explicou Eve. – Quando soube da minha situação aflitiva, se ofereceu para casar comigo.

– E você me esqueceu com tanta facilidade? – perguntou Denson, sentando-se ao lado de Eve.

– Como eu poderia esquecê-lo? Depois de tudo o que houve entre nós?

Os dois haviam se conhecido quando Eve mal completara 20 anos. O pai dela já havia feito algumas investidas no conde de Luff, na esperança de selar um compromisso entre os dois. Eve e Denson haviam se encontrado por acaso em uma estrada no campo, onde ambos cavalgavam. Haviam se cumprimentado e conversado educadamente por um minuto ou dois, então ele havia manobrado o cavalo de modo a poder cavalgar ao lado dela. Depois disso, os dois se encontraram com frequência, por desejo de ambos – sempre em segredo, porque o conde havia recusado com firmeza a sugestão do pai de Eve. John fora para a universidade, depois para Londres, onde começara uma carreira no serviço diplomático. Mas sempre que ele voltava para casa, os dois se encontravam. A amizade inevitavelmente se transformou em romance. Assim que ele terminasse os estudos e estivesse mais velho, os dois se casariam, prometera John. Quando ele estivesse estabilizado na carreira, os dois se casariam, prometera John. Então surgira o posto na Rússia.

John calculara que ficaria fora por um ano. Eles se casariam assim que ele voltasse, garantira a Eve. Ela desejara desesperadamente que se casassem antes de ele partir, ou ao menos que anunciassem o noivado, para que pudessem se corresponder enquanto ele estivesse longe. Eve chorara nos braços do amado, e ele a abraçara com força e também derramara algumas lágrimas. Então... então, de algum modo, eles foram além de um mero abraço, de beijos e juras de amor eterno.

Ela nunca se lamentara do que fizera... até aquele momento. Havia acreditado que o que sentiam era amor. Talvez de certo modo tivesse sido, de ambas as partes. Mas apenas ela se comprometera com aquele sentimento. E até mesmo ela rompera o compromisso.

– Como eu poderia esquecê-lo? – perguntou Eve mais uma vez. – Mas, John, havia muito a perder. Muitas pessoas dependem de mim, inclusive crianças. Você nem sabe sobre as crianças. O coronel Bedwyn me ofereceu uma chance de salvar todas essas pessoas. Ele tem sido muito bondoso.

– *Bondoso?* – falou John, pegando a mão direita dela e levando-a ao próprio coração. – Bondade lhe basta, Eve, quando já teve tanto mais?

Ela estava puxando a mão quando levantou os olhos. Aidan estava parado a poucos metros de distância. Eve se levantou de um salto.

– O jantar será servido após essa dança – falou ele. – Você não vai querer se atrasar, Eve. Pode dar licença à minha esposa, Denson?

Eve não se virou para olhar para John. Ele ficou onde estava e também não respondeu nada. Ela pousou a mão sobre a manga de Aidan. Todos os músculos estavam rígidos como pedra sob o toque dela.

– Talvez – disse Aidan –, quando voltarmos ao salão de baile, já esteja recuperada o bastante para voltar a sorrir.

– Aidan...

– Agora não – interrompeu-a em voz baixa. – Não é a hora nem é o lugar adequado, madame.

CAPÍTULO XVI

Eve pousou o leque nas costas do sofá na sala particular deles e descalçou as luvas. Então removeu as plumas, soltando assim alguns dos cachos do alto da cabeça. O sorriso animado que estivera em seu rosto durante toda a noite fora abandonado do lado de fora da porta. Ela agora parecia exausta e pálida. Não olhou nem uma vez para ele... nem tentou se abrigar na privacidade do seu quarto de vestir.

– Você chegou muito perto de ser indiscreta – disse Aidan.

– Muito perto, talvez – concordou Eve, levando mão ao diamante em seu colo. – Mas não cheguei a ser. Não há mal nenhum em caminhar com um convidado por um jardim todo iluminado.

– E sentar-se à sombra com ele, afastados do caminho principal? – perguntou ele. – E dar a mão a ele para que a pousasse no peito?

Como eu poderia esquecê-lo?... Ele tem sido muito bondoso. As palavras pareciam reverberar na cabeça de Aidan desde que ele as ouvira, fazia três ou quatro horas. Ele ainda não tivera a chance de avaliar por que exatamente ficara tão chocado, furioso e... magoado

– Não dei a mão a ele – contestou Eve. – Ele a pegou e eu a estava puxando.

– Ah, perdoe-me. – Aidan estava de pé diante da lareira, as mãos cruzadas nas costas, olhando para a cabeça abaixada dela. – Você foi coagida a tudo, imagino: a dançar, a sair para a varanda e a descer para o jardim, a escolher um banco afastado, no escuro. E também a dar a mão a ele.

– Aidan... – Eve levantou os olhos, mas então pareceu descobrir que não tinha mais nada a dizer. Seus olhos estavam obscuros de tristeza.

– Quem é ele? – perguntou Aidan. – Confesso que desconheço tanto o homem quanto o sobrenome.

– O visconde Denson é filho do conde de Luff – explicou ela. – Eles moram em Didcote Park, a pouco menos de 10 quilômetros de Ringwood.

– Ah – disse Aidan, percebendo que se comportava como o típico marido ciumento, mas incapaz de se conter. Sentira-se tão encantado por ela durante a primeira hora do baile... Sentira-se... Sim, sentira-se mesmo um pouco apaixonado pela esposa. Talvez fosse mesmo bom que houvesse acontecido algo para trazê-lo de volta à realidade. Mas continuava furioso e magoado.

Eve parecia se esforçar para dizer algo mais, porém apenas balançou a cabeça e pousou os dedos nas plumas que havia colocado sobre as luvas.

– Você mentiu para mim – acusou Aidan. – Disse que não havia ninguém. Disse que não desejava se casar com outra pessoa.

– Não – retrucou ela. – Eu deixei que você fizesse essa suposição sem contradizê-lo.

– Então foi uma mentira por omissão – falou ele. – Mas uma mentira da mesma forma. Deveria ter me contado. Fui colocado injustamente na posição de vilão naquela cena comovente no jardim.

– Então você não ouviu tudo, ou *nada*, do que eu disse. – Eve afastou a mão das plumas e segurou com força o pendente de diamante. – Disse a ele que você salvou a mim e a todos os que dependem de mim. Disse também quanto você tem sido bondoso comigo.

– *Bondoso!* – falou Aidan, com um tom e uma ênfase muito semelhantes aos de Denson, mais cedo. – Não sou do tipo bondoso, madame. Nunca fui acusado de ser um homem bondoso. Casei com você para pagar a dívida que tinha com um homem morto.

– Então por que está tão furioso? – perguntou Eve.

Era uma pergunta desagradável, para a qual ele não tinha resposta.

– Aquele encontro privado não irá se repetir – garantiu Eve. – É disso que tem medo? De que eu vá envergonhá-lo e desgraçar sua família? Isso não acontecerá. Tomei a decisão consciente de não esperar pelo visconde Denson e, em vez disso, de me casar com você. Ninguém aqui está enganando ninguém, Aidan. Nunca planejamos ter nada além de um casamento de conveniência. Não esperávamos passar mais de dois ou três dias juntos, não é verdade? Aceitei as consequências da minha decisão na época e as aceito agora.

Ele sabia que deveria deixar a conversa morrer ali. Eve estava sendo ponderada e honesta.

– Suponho – disse Aidan – que tenha sido ele o seu amante.

Ela balançou a cabeça lentamente, embora não para negar, ele imaginou.

– Vamos deixar isso de lado, Aidan – falou Eve. – Ficou tudo no passado. Está terminado. Passou. – Havia um ligeiro tremor na voz dela, embora ele não soubesse dizer que emoção o causava.

– É mesmo? – perguntou Aidan. Ele odiava o fato de agora conhecer o nome e o rosto do amante dela. – Ele é filho de seu vizinho. Irei embora para sempre depois que levá-la de volta a Ringwood.

– Aidan. – Os nós dos dedos dela estavam brancos ao redor do diamante. – Não faça isso.

Ele a encarou com uma expressão de ressentimento. Não havia se importado muito por a esposa não ser virgem quando a possuíra pela primeira vez – embora *tivesse* ficado surpreso. Mas se importava, sim, com a possibilidade de ela ainda amar o homem. Incomodava-o que a necessidade de se casar com ele, Aidan, houvesse destruído todas as esperanças de Eve de ser feliz. Sentia-se o vilão da história, mesmo sabendo que não era, e que Eve não o via dessa forma. Maldito fosse por ser tão tolo! Realmente baixara a guarda o suficiente para se apaixonar por ela? Para depois descobrir que o coração da esposa pertencia a outro? E sabendo muito bem que estava obrigado por uma questão de honra a deixá-la para sempre dali a poucas semanas? Ele não havia aprendido anos e anos antes que o melhor a fazer com os sentimentos de ternura era mantê-los tão no fundo do coração a ponto de você mesmo acreditar que eles nem sequer existiam? Não era sem esforço que conseguira sua fama de ter os nervos de uma rocha.

– Está certa – disse Aidan. – Absolutamente certa. Não vamos falar mais no assunto. E irá desencorajar Denson se ele tentar outro tête-à-tête, madame.

Eve cerrou o maxilar e a expressão em seus olhos ficou mais dura.

– Isso é desnecessário, Aidan – falou. – Não vou permitir que faça o papel de marido controlador comigo. Tive a oportunidade de escolher entre minha felicidade e esperar pelo amor ou a felicidade de outras pessoas e me casar com você. Escolhi você. Se eu pudesse voltar atrás e me deparasse com circunstâncias similares, faria o mesmo de novo. Fiz minha escolha e serei fiel a ela, não pelo bem dos Bedwyns, mas por respeito próprio.

Ele fez uma breve cortesia na direção dela.

– Não falaremos mais nesse assunto, então – concordou Aidan. – Desejo-lhe uma boa noite.

Eve ainda o encarava, o rosto pálido, o queixo determinado, quando Aidan se virou e saiu pisando firme em direção ao próprio quarto de vestir. Nada mudara. Nada e tudo. Uma coisa era ser casado com ela quando o casamento parecia não fazer outra diferença na vida de Eve além de lhe permitir manter sua casa, sua fortuna e seus preciosos incapazes. Outra completamente diferente era ele saber que destruíra um sonho de amor que deveria ter sido tão forte para ela. Eve não era o tipo de mulher que entregaria sua virgindade se não estivesse apaixonada e comprometida com um casamento futuro. Aidan vinha dormindo com ela havia uma semana, profundamente satisfeito com o sexo, profundamente satisfeito com *ela*, embora não houvesse se dado conta do componente emocional de seus encontros. Ele nem sequer percebera até aquele momento, até aquela noite, que não era apenas sexo... ao menos não para ele. Eve também vinha gostando das noites que passavam juntos, disso ele não poderia duvidar. Mas para ela fora apenas uma satisfação física, como Aidan achara que também era o caso dele. Durante todo o tempo, o coração da esposa provavelmente ansiava pelo amante que não voltara a tempo para ela.

Era uma constatação perturbadora e desagradável. E humilhante... E era... era dolorosa demais.

Ele fechou a porta e percebeu que não estava sozinho.

– Pensei ter lhe dito para não esperar acordado – disse Aidan, franzindo o cenho em uma expressão irritada. – Sou perfeitamente capaz de despir minha roupa sozinho e de ir para a cama sem ajuda, Andrews.

– Eu sei – concordou o ordenança. – Mas jogaria seus trajes de qualquer maneira, como trapos, senhor, e então eu levaria uma eternidade para desamassá-los. Prefiro sacrificar três quartos de uma noite de sono.

– Você tem uma língua bastante impertinente – falou Aidan. – Não sei por que o mantenho a meu serviço. Não fique aí parado como um mártir. Ajude-me a despir este casaco. Quem quer que desenhe esses uniformes militares deveria ser obrigado a usá-los e a ficar de pé nas linhas de batalha vestido neles. *Isso* lhes ensinaria uma lição... se vivessem tempo bastante para aprendê-la.

Aidan decidiu que dormiria na própria cama naquela noite... naquela e em todas as noites pelo resto da vida. Não iria até ela de novo. Não poderia. Não aguentaria tocar a esposa outra vez.

Sentia a alma imersa na escuridão.

Eve estava na sala, pela manhã, escrevendo a carta diária para casa. Havia tanto a contar que ela não sabia direito por onde começar. Mas em vez do humor leve em que esperara estar àquela hora, sentia o coração pesado, as lágrimas iminentes, apesar de não ter conseguido verter uma sequer durante o que restara da noite, depois que fora para a cama... sozinha.

John voltara para a Inglaterra dois meses antes. Dois meses! E mesmo assim, durante todo aquele tempo, não conseguira sequer um dia para ir a Oxfordshire vê-la. Estivera ocupado demais com sua agenda social. Por um ano, e por anos antes disso, ela amara e ansiara por um homem que nunca tivera a intenção de se casar com ela. Agora Eve compreendia isso. Mas não sabia que efeito essa constatação teria sobre seus sentimentos. Era cedo demais para dizer.

Mas pensamentos recorrentes sobre John se misturavam a pensamentos sobre Aidan. Por que ele ficara tão irritado? Por que se comportara como um marido autoritário e ciumento que fora traído? E por que ela não conseguia sentir apenas raiva dele? Por que a magoara que ele voltasse a chamá-la de *madame*? Por que a cama parecera tão vazia sem ele? E por que, se amava John com tanta ferocidade, no início do baile sentira que poderia estar se apaixonando por Aidan? Seria possível amar dois homens?

Eve riu enquanto afiava sua pena depois de escrever uma única frase na carta, mas não se sentia nem um pouco bem-humorada. Amava dois homens, um que jamais tivera a intenção de desposá-la, outro que se casara com ela na intenção de deixá-la para sempre – de acordo com o que haviam combinado e com o desejo expresso dela.

Quando terminava o primeiro parágrafo, esforçando-se para descrever em detalhes sua ida ao Palácio de Saint James na véspera, a porta foi aberta de repente.

– Ah, aí está você – disse Freyja. – Achei que ainda a encontraria na cama. Não consigo *acreditar* que dormi demais e perdi a cavalgada diária com Aidan e Alleyne. Você não cavalga, eu suponho?

– Como poderia não cavalgar? – perguntou à cunhada. – Cresci no campo.

– Mas você nunca nos acompanhou – comentou Freyja.

– Nunca fui convidada – retrucou Eve.

– Ora, bobagem! – disse Freyja, aproximando-se. – Se esperar ser convidada sendo uma Bedwyn, Eve, murchará na obscuridade como uma violeta seca. O que, por sinal, até a manhã de ontem, achei que você fosse. Há muito tempo não me divertia tanto como quando a vi descer as escadas usando um vestido preto para ser apresentada à corte, de nariz empinado, como se fosse no mínimo uma duquesa. E admirei sua energia na noite passada; tenho absoluta certeza de que tia Rochester a instruiu a não exibir os dentes como uma camponesa, a apenas favorecer um convidado ocasional com um sorriso distante e gracioso.

– Ah, céus! – espantou-se Eve – Fiquei *exibindo os dentes*?

– Aidan estava claramente encantado – continuou Freyja. – Arrisco dizer que vocês dois serão o assunto de todos os salões de visita elegantes hoje. Um casal recém-casado que teve a ousadia de olhar um dentro dos olhos do outro em público, como se quisessem se devorar. Estou orgulhosa de vocês. Todos sabíamos, é claro, que quando Aidan se apaixonasse seria com vontade. Acho que o mesmo se aplica a todos nós, Bedwyns.

– Ah, mas... – Eve começou a dizer.

Porém a cunhada a interrompeu com um gesto impaciente da mão.

– Vá se trocar, vista seu traje de montaria e daremos uma volta no parque – falou. – Imagino que tenha um traje de montaria.

– Sim, um novo – retrucou Eve. – Mas não tenho cavalo.

– Wulf tem um estábulo – informou Freyja. – Todos os cavalos são excelentes corredores. Vou pedir para que tragam mais um, junto com o meu. Não vai precisar de um medroso, espero?

– Não.

Eve riu e limpou a pena. Terminaria a carta mais tarde. Talvez um pouco de ar fresco arejasse sua mente.

– Ótimo – disse a cunhada. – Desprezo mulheres que se encolhem de medo cada vez que o cavalo tenta andar a um passo um pouco mais rápido e que olham ao redor, desesperadas, em busca de um homem que saia a galope para resgatá-las.

Menos de meia hora mais tarde, cavalgavam lado a lado pelas ruas de Londres, em direção ao Hyde Park. Era uma sensação deliciosa estar outra vez sobre um cavalo, constatou Eve, principalmente numa montaria esplêndida como aquela. No entanto, era estranho e um pouco alarmante ter que manobrar o animal em meio a carruagens, coches, diligências e pedestres.

As pessoas viravam a cabeça quando elas passavam. É claro que era Freyja quem provocava a comoção. Vestida com um traje de montaria verde-floresta, com um chapéu elegante, enfeitado de penas, sobre cabelos que desciam soltos e dourados quase até a cintura, ela ficava estonteante, mesmo que ninguém pudesse descrevê-la como bela. Eve sentia-se muito conservadora em contraste, vestida em seu novo traje de montaria azul-claro, com chapéu da mesma cor e os cabelos elegantemente presos sob ele.

– Você irá passar o verão em Lindsey Hall? – perguntou Freyja. – Sei que resta apenas um mês de licença a Aidan, mas você poderia ficar mais tempo e conhecer Ralf... é o diminutivo de Rannulf, como deve saber... e Morgan. Ou vai seguir o batalhão dele?

– Nenhuma das duas opções – respondeu Eve. – Vou voltar para casa, para Ringwood, logo depois do jantar na Carlton House, e ficarei lá. Talvez nem Aidan nem o duque tenham lhe explicado a natureza do nosso casamento.

– Ah, por favor, não me venha com *isso* – disse Freyja. – Você não vai manter esse arranjo tolo, não é mesmo? Irá morrer de tédio em um ano. Se eu fosse você, exigiria um lugar na vida do meu marido e na da família dele também.

– É que eu... – Eve começou a dizer.

– Aidan é meu irmão favorito – interrompeu-a a cunhada – e a felicidade dele é importante para mim. Não que não goste de todos, até mesmo de Wulf, mas Aidan é... especial.

Eve seguiu Freyja adentrando o parque e se lembrou na mesma hora de como se sentira quando Aidan a levara lá, no dia do casamento deles. Tinha sido como voltar ao campo. Mas ela estava intrigada com o que a cunhada acabara de dizer.

– De que maneira? – perguntou.

– Bem, em primeiro lugar – contou Freyja –, porque ele foi o único que realmente ficou ao meu lado três anos atrás. Aidan lhe contou a respeito?

– Não. – Mas Eve se lembrava de alguma coisa. – Ele me contou, sim, que havia se desentendido com o duque e partido antes do fim de sua licença há três anos. Foi por sua causa?

– Eu havia acabado de ficar noiva do visconde Ravensberg, nosso vizinho, filho mais velho do conde de Redfield – disse Freyja. – Houve uma cena terrível porque eu queria me casar com Kit, o filho mais novo, e quando Kit soube do noivado, galopou até Lindsey Hall cuspindo fogo e esmurrou a porta até Ralf sair. Eles tiveram uma briga horrorosa, rolaram no chão, um arrancando sangue do outro, na escuridão, e então Kit voltou para casa e quebrou o nariz de Ravensberg... ou talvez tenha sido o contrário. Na verdade foi uma enorme comoção, bem típica dos Bedwyns. Aidan chegou em casa, de licença, poucos dias depois.

– E ele lhe deu apoio? – perguntou Eve. – Que terrível que mais ninguém tenha ficado ao seu lado. Mas como o duque de Bewcastle pôde ignorar seus sentimentos?

– Você obviamente ainda não conhece Wulf – falou Freyja. – Mas eu havia aceitado o noivado. Afinal, Ravensberg era o filho mais velho. Conheço o meu dever.

Elas não estavam cavalgando por uma das trilhas de terra, mas sim pela grama. O dia estava nublado, mas não ventava nem estava frio. Pássaros cantavam. Outras pessoas passavam por elas, a pé ou a cavalo.

– O que aconteceu? – perguntou Eve. – Ainda está noiva dele, três anos depois?

– Ele morreu – explicou Freyja, dando de ombros. – E Kit acabou se tornando o herdeiro. Uma deliciosa ironia, não concorda? No ano passado Wulf tentou combinar o noivado entre nós, para quando Kit voltasse para casa. Ele estava na Guerra Peninsular também. Mas quando Kit voltou, trouxe uma noiva junto, uma moça afetada, certinha e sem sal, e se casou com ela pouco depois. Que tenha uma vida longa e tediosa com a esposa. Para mim, foi um alívio poder me livrar dessa obrigação, é claro. Prefiro mil vezes estar livre a estar casada com um antigo admirador.

Eve observou detidamente a cunhada. Duvidava muito... de que Freyja não se importasse. A hostilidade que demonstrara contra a esposa do antigo pretendente já indicava que se importara muito... e talvez isso ainda fosse verdade.

– Por que mais Aidan é especial? – perguntou. Estava ansiosa para saber mais sobre ele.

Freyja apontou para a frente com o chicote.

– Lá está Rotten Row – disse. – Poderemos instigar nossos cavalos a um passo um pouco mais rápido quando chegarmos lá. Aidan sempre foi o mais sincero de todos nós, se é que essa é a palavra certa. Ele adorava nosso pai, e foi o que mais sentiu sua morte. Aidan costumava acompanhar nosso pai quando ele visitava nossas fazendas e conversava com o administrador. Às vezes, quando Aidan sumia e ninguém sabia onde ele estava, acabava sendo encontrado no campo, junto com os lavradores. Era um garoto feliz, animado, estava sempre sorrindo.

– Aidan?

– Então papai morreu de repente e começaram as terríveis brigas com Wulf – continuou Freyja. – Não que soassem exatamente como brigas. Wulf nunca discute com ninguém quando há outra pessoa no mesmo cômodo. Ele leva a pessoa para a biblioteca e então ouvíamos sempre a voz de alguém gritando, seguida por intervalos de absoluto silêncio. Os silêncios são a resposta de Wulf. Ele nunca ergue a voz. Nunca precisa. – Freyja suspirou. – Tem poder suficiente para isso.

– Não gosto dele – confessou Eve, então se arrependeu de não ter mordido a língua antes de dizer uma coisa dessas para a irmã do homem.

Mas Freyja apenas riu.

– Ele não foi sempre assim – falou. – Ambos mudaram. Mas Aidan permaneceu bondoso conosco. Eu estava em uma idade em que não podia botar o nariz para fora da porta sem um acompanhante. Aidan estava sempre disposto a cumprir esse papel, mesmo que estivesse fazendo outra coisa. E sempre saía para pescar com Alleyne e Ralf. E sempre passava algum tempo no quarto das crianças com Morgan.

As lágrimas que Eve fora incapaz de derramar na noite da véspera pareciam estar alojadas em algum lugar entre a garganta e o peito dela. Era muito doloroso. Fora bem mais confortável imaginar o marido apenas como um homem frio e rabugento.

– Por que eles brigavam o tempo todo? – perguntou.

– Quem sabe? – respondeu Freyja. – Ah, Rotten Row, finalmente. E graças a Deus não está muito cheia. Por que não pergunta a Aidan? É casada com ele. Vocês nunca conversam?

Eve ficou aliviada ao perceber que Freyja não esperava obter resposta. A cunhada esporeou o cavalo a meio-galope e Eve fez o mesmo. Rotten Row era uma pista larga, longa, reta, exclusiva para se andar a cavalo. Os pedestres seguiam além das grades em ambos os lados.

– Vou correr até o outro extremo e ganhar de você – anunciou Freyja, e partiu com um grito empolgado, o corpo inclinado sobre o pescoço do cavalo.

Eve disparou atrás da cunhada. Ambas estavam rindo quando chegaram a Hyde Park Corner, o fim da Rotten Row, quase pescoço a pescoço.

– Venci – declarou Freyja.

– Por um fio – protestou Eve. – E porque começou com um corpo de vantagem.

– Ora, ora, ora – disse uma voz arrastada de homem. – De repente, temos *duas* moças atrevidas na família... três quando Morgan se juntar a nós no ano que vem.

Era Alleyne, que provavelmente acabara de chegar ao parque. Aidan vinha com ele. Foi um momento difícil para Eve. Ela não colocara os olhos no marido desde que ele desaparecera no próprio quarto de vestir na noite anterior. Não sabia se haviam brigado ou não, se estavam se falando naquela manhã ou não. Ele a encarou com as sobrancelhas erguidas.

– Não sabia que você cavalgava – disse Aidan.

– Nunca me perguntou. – Ela ergueu o queixo, esquecendo-se de que estava rindo poucos momentos antes.

– Opa, opa – falou Alleyne. – Percebo uma discussão matrimonial prestes a acontecer. Quer correr comigo até o outra ponta, Free? Ou está exausta demais depois de sua vitória por tão pouco?

A resposta de Freyja foi um muxoxo de desprezo. Ela deu a volta com o cavalo e disparou, com Alleyne em seu encalço.

Aidan usava seu uniforme antigo. E parecia muito à vontade nele e na sela da mesma montaria poderosa em que cavalgara quando foram a Londres para o casamento. E também parecia mais taciturno do que o comum.

– Deveria ter pedido para vir – disse ele – em qualquer uma das manhãs que eu me levantei e lhe avisei de minha intenção de cavalgar aqui, com meu irmão e minha irmã.

– Não tinha roupa de montaria nos primeiros dias – retrucou Eve.

– Isso poderia ter se resolvido – insistiu Aidan. – Bastaria uma palavra à Srta. Benning e ela aprontaria a roupa e mandaria entregar em questão de horas.

– Então sua palavra tem tanto peso quanto a do duque ou a de sua tia? – perguntou ela.

– É claro – disse ele, parecendo um pouco surpreso. – Vamos cavalgar.

Eles passearam com os cavalos lado a lado ao longo da Rotten Row, sem dizer nada por algum tempo. Os dois cumprimentaram com um aceno de cabeça os outros cavaleiros e pedestres, muitos que Eve reconhecia da noite anterior.

– Freyja estava me contando o que aconteceu três anos atrás e no último verão – disse ela.

– Sobre Kit? – Ele cumprimentou outro cavaleiro. – Ela ficou muito magoada, pelo que disse Rannulf, mas jamais admitiria, nem sob tortura.

– Ela o amava, então? – perguntou Eve.

– Uma coisa sobre os Bedwyns – falou Aidan – é que não amam facilmente, mas quando amam é com muita intensidade. Ninguém imaginaria isso ao nos conhecer, não é mesmo? É claro que nenhum de nós nesta geração, exceto Freyja, já experimentou esse sentimento, por isso não temos certeza. Acho que ela levará bastante tempo até se recuperar. Talvez nunca consiga.

Nenhum de nós... exceto Freyja, já experimentou esse sentimento. Por algum estranho motivo as palavras a magoaram. E sem dúvida desmentiam as crenças de Freyja. Ainda assim, Freyja dissera quase a mesma coisa sobre amor e sobre sua família. Como era triste que a cunhada houvesse perdido o homem que amava e que Aidan fosse forçado pela honra a um casamento sem amor. A exuberância da última noite pareceu pertencer a um passado muito distante.

– Você cavalgará conosco todas as manhãs, a começar por amanhã – disse ele brevemente. – Pedirei a sua criada que a acorde a tempo.

Por que ele mesmo não a acordava? Então não voltaria para a cama dela?

– Obrigada – respondeu Eve.

– E se houver mais alguma coisa que deseje fazer – acrescentou Aidan – ou qualquer lugar que deseje visitar, basta me informar e providenciarei um acompanhante.

Era uma oferta formal e fria. O marido zeloso.

– Obrigada – disse ela. – Porém creio ser capaz de me entreter perfeitamente bem sem a sua ajuda, coronel. Sua tia já aceitou vários convites em meu nome e irá me acompanhar. Não precisarei perturbá-lo.

– Maldita seja, Eve – disse ele baixinho, em uma voz firme, depois de alguns momentos de silêncio tensos e hostis. – Maldita seja.

Ela se sobressaltou. Pelo que estava sendo censurada? E por que Aidan usara palavras tão chocantes, tão fortes? Eve virou a cabeça para o outro lado e guiou seu cavalo até a cerca, onde trocou amabilidades com uma jovem e sua mãe, que estavam na frente dela e de Lady Rochester na fila do Palácio de Saint James na véspera.

CAPÍTULO XVII

Durante a semana seguinte, Aidan passou algum tempo na companhia da esposa – mais especificamente durante as cavalgadas matinais no parque, das quais ela sempre participava, e em dois bailes, um concerto e uma ida ao teatro, onde se sentaram no camarote de Bewcastle. Porém, mesmo nessas ocasiões, eles evitaram ficar sozinhos. Na maior parte das vezes, Aidan estava com Alleyne ou com colegas militares, muitos dos quais estavam em Londres para a comemoração da vitória. Aidan passava as manhãs no White's ou no Tattersall's, as tardes no Jackson's Boxing Salon ou nas corridas de cavalos e as noites livres em um ou outro clube, após o jantar na Bedwyn House. E dormia sempre sozinho na própria cama.

Até onde ele sabia, Eve não voltara a se encontrar com Denson. Sempre que não estava com o marido, ela estava em casa ou em algum outro lugar com tia Rochester, Freyja ou ambas. Não que ela precisasse ser vigiada. Eve lhe assegurara que permaneceria fiel e Aidan acreditava nela. Mas odiava a ideia de que ela ansiasse por apenas mais um breve encontro com o amante. E odiava a si mesmo pelo ciúme que não conseguia controlar.

Começara a contar os dias até que todos os chefes de Estado europeus finalmente chegassem à Inglaterra e o jantar na Carlton House acontecesse. Haveria outras celebrações depois disso, mas Eve estaria basicamente livre para voltar para casa. Ele não duvidava de que era o que a esposa faria, tão logo possível. E esperava ansiosamente que sim. Queria que ela fosse embora... da Bedwyn House, da vida dele. Ao mesmo tempo, a ideia lhe provocava certo pânico.

Como ele *odiava* todo aquele contrassenso.

O dia presumido para a vinda dos chefes de Estado finalmente chegou. A família estava reunida à mesa de café, todos eles – até mesmo Wulf, que não estava na Câmara dos Lordes naquele dia.

– Já viram as ruas de Londres tão cheias? – perguntou Freyja a ninguém em particular. – Mal conseguimos chegar até o parque, e a volta foi ainda pior. Já saiu hoje, Wulf?

– Ainda não – respondeu ele. – E provavelmente não sairei. Prefiro não ser atacado pelo populacho de Londres. Mas parece que dessa vez não são apenas rumores de que os visitante aliados chegaram a solo inglês. O duque de Clarence trouxe alguns deles a bordo do *Impregnable*. Devem chegar a Londres ainda hoje.

– É o que todos na cidade parecem acreditar – falou Alleyne. – E todos e mais alguns estão determinados a ir recebê-los. Imagino que a loucura começará de verdade depois disso. O que é o bastante para fazer qualquer um voltar a pleno galope para Lindsey Hall.

– Mas foi para acompanhar as celebrações que viemos – Freyja lembrou ao irmão com um suspiro. – Sob as ordens de Wulf, é claro. Imagino que essa seja uma grande ocasião, um momento histórico... a celebração da derrota de Napoleão Bonaparte.

– Sabe quem exatamente comparecerá ao evento de hoje, Vossa Graça? – perguntou Eve, inclinando-se de leve para a frente.

– O czar da Rússia – respondeu Wulf –, o rei da Prússia, o príncipe Metternich da Áustria e o marechal de campo Von Blücher, entre outros.

– O duque de Wellington não irá? – perguntou ela.

– Não, Wellington, não.

– Ah, que decepção... – comentou Eve. – Mas seria empolgante ver os outros chegarem. Não culpo a população por encher as ruas.

Aidan percebeu que o rosto dela enrubescera de animação e os olhos brilhavam. Eve estava incrivelmente bela... mas a verdade é que já fazia algum tempo que ele não conseguia vê-la de outra maneira.

– Verá todos eles amanhã à noite, madame – Bewcastle lembrou a ela –, no ambiente muito mais civilizado da Carlton House. Também verá o príncipe de Gales... e a rainha, novamente.

– Será maravilhoso – admitiu Eve. – Mas a empolgação de hoje é de outra natureza. Todos podem compartilhá-la, as classes mais altas e as mais baixas, juntos. A felicidade está unindo pessoas de todos os tipos e também de todas as nações. Não *sentiu* isso de manhã, Freyja? E você, Alleyne?

Alleyne riu.

– Acho que você está querendo ir lá, Eve – disse ele –, para ser empurrada, esmagada, ter os tímpanos estourados pelo barulho e o nariz agredido pelo cheiro de sujeira.

– Ah, sim – admitiu ela –, realmente quero. Ninguém mais?

– Ouso dizer – manifestou-se Bewcastle, recostando-se na cadeira e brincando com o monóculo – que há pessoas de nossa classe que não conseguem resistir à diversão de um espetáculo público, Lady Aidan, mas há certa vulgaridade em participar de uma demonstração de histeria em massa.

– Histeria? – perguntou Eve, o cenho franzido. – Não, com certeza não é isso, Vossa Graça. Eu chamaria de euforia.

Aidan pousou o guardanapo sobre a mesa.

– Se deseja ir até lá, Eve – disse ele –, eu a acompanharei.

– Ah, faria isso?

Nos últimos dias, ela mal o olhara diretamente e, quando o fizera, tinha sido com cautela. Mas agora a esposa o fitava com a empolgação e o calor de uma criança ansiosa para ganhar um presente que desejava muito.

– Não vai ser incômodo para você, Aidan? – perguntou ela.

Seria. A ideia de se juntar à multidão em júbilo nas ruas de Londres era levemente repugnante. Mas Eve queria ir, e ela não pedira nada a ele na semana que decorrera desde o baile de apresentação.

– Vamos descer perto da Ponte de Londres – explicou ele –, e veremos todos eles vindo de Dover.

– Se conseguirem chegar lá – observou Alleyne.

– Vamos chegar – afirmou Aidan, e Alleyne riu.

– Oh, *obrigada*! – disse Eve, levantando-se. – Se me derem licença, vou me arrumar. Freyja, não quer vir conosco? E você, Alleyne?

Aidan esperava uma resposta desdenhosa da irmã, mas Freyja apenas deu de ombros e pareceu achar engraçado.

– Você é um deleite, Eve – disse ela. – Desconcertou Wulf e tia Rochester ao cair nas graças de todos e ainda consegue resistir firmemente às tentativas deles de moldarem uma futura duquesa que exale dignidade e tédio.

– Aprendi muito com sua tia – comentou Eve, muito séria. – E sou grata por isso.

Bewcastle ergueu as sobrancelhas.

– Muito bem, crianças – disse ele –, é melhor se apressarem, ou perderão o espetáculo.

No fim das contas, nem houve espetáculo a ser perdido, a não ser o de uma capital enlouquecendo. Acabaram conseguindo parar sua carruagem aberta perto da Ponte de Londres – talvez porque Aidan tivesse resolvido usar o uniforme e, assim, havia pessoas o bastante na multidão ansiosas por cumprimentá-lo, apertar a mão dele, dar um tapinha no ombro se pudessem e abrir caminho. O trecho da ponte até o Palácio de Saint James estava cheio de carruagens e pedestres, todos em um humor festivo e barulhento. As janelas de todos os prédios estavam cheias de gente. Os ambulantes que vendiam comida e artigos variados estavam em intensa atividade. Assim como, pensou Aidan, os ladrões. Em vários momentos, quando um cavalo ou um veículo qualquer parecia se aproximar vindo do sul, a animação aumentava. Mas era sempre alarme falso.

– Acredito – comentou Aidan já perto do fim da manhã – que houve tantos rumores que é impossível saber a verdade. Talvez todos os dignatários que esperamos a qualquer momento ainda estejam tranquilos em seus palácios, cada um em seu país.

Mas se isso fosse verdade, eles haviam enganado até mesmo a realeza. Vestidos em dourado e escarlate, os distintos mensageiros do príncipe regente esperavam a cavalo na ponte para escoltar as carruagens quando chegassem. A multidão tentava ruidosamente dispersar os mensageiros, já que, ao que parecia, o povo pretendia tirar os cavalos das seges dos chefes de Estado e puxar os veículos triunfantemente até o palácio.

– Podemos esperar só um pouco mais? – Eve pousou a mão sobre a manga dele e o encarou com uma súplica no olhar.

Que Deus o ajudasse. Como poderia resistir a um olhar e um pedido daqueles? Aidan se pegou desejando que as coisas pudessem se acertar entre eles antes que se separassem para sempre. Não queria que a esposa se lembrasse dele com hostilidade. E não queria se lembrar dela com arrependimento.

– Só mais um pouco – concedeu ele, pousando a mão sobre a de Eve quando ela sorriu para ele, e então encontrando os olhos de Freyja do outro lado da carruagem. A irmã tinha uma expressão que ele não via com frequência... pensativa, melancólica, quase triste.

Freyja tinha legiões de admiradores, com alguns solteiros muito cobiçados entre eles. Ela tratava a todos com uma camaradagem descuidada que punha um ponto final em qualquer esperança que algum deles pudesse ter de cortejá-la. Aidan se perguntava quanto ela ainda se sentia magoada, quanto ainda gostava de Kit Butler. Não havia como saber. Freyja era como uma fortaleza impenetrável quando se tratava de falar sobre si.

Menos de cinco minutos mais tarde, um novo rumor varreu a rua, agora vindo da direção oposta. O czar já chegara, as pessoas gritavam agitadas umas para as outras. Estava no hotel Pulteney, com a irmã, a grã-duquesa Catherine. Ele viera por um caminho diferente.

– Provavelmente para evitar a turba; sábio homem – comentou Alleyne, enquanto várias pessoas na multidão corriam na direção do hotel.

– *Se* o rumor for verdadeiro – disse Freyja. – Estou absolutamente entediada. Vamos para algum outro lugar, de preferência tranquilo e civilizado. Que tal a Royal Academy? Gosta de ver quadros, Eve?

Aidan virou-se para a esposa.

– O que deseja fazer? – perguntou.

– Acho que talvez fiquemos aqui o dia inteiro para no fim descobrir que *todos* os convidados chegaram por outro caminho.

– Lamento que isso seja, sim, bastante possível – concordou ele. – Está terrivelmente desapontada?

– Na verdade, não. – Ela sorriu para ele. – De qualquer modo, já presenciei uma parte da História. Presenciei *isso*. Hoje com certeza será um dia a ser lembrado. Talvez até mesmo toda essa confusão.

– E você verá *todos* eles amanhã à noite – lembrou Aidan.

– Sim. – Eve voltou a pousar a mão sobre o braço do marido. – Obrigada por me trazer, Aidan. Sei que deve ter sido muito tedioso para você. – Ela virou a cabeça para olhar para Freyja. – Adoraria visitar a Royal Academy. É muito longe daqui?

– Fica na Somerset House – respondeu Freyja. – Não muito longe.

Aidan não se ressentiu do tédio da manhã. De algum modo aquele período com Eve recuperara um pouco da harmonia do relacionamento.

Eles passaram uma hora na Somerset House, examinando os quadros expostos. Eve ficou claramente encantada e Freyja, que costumava ficar inquieta sempre que permanecia por muito tempo em algum lugar (principalmente no caso de eventos culturais), parecia satisfeita ao lado da cunhada, vendo cada quadro junto com ela. Alleyne, que era um bom conhecedor de arte, estava do outro lado de Eve, apontando detalhes importantes em cada obra.

Depois de uma volta pela sala, Aidan ficou um pouco para trás observando os três. Eve ganhara o respeito de Alleyne e de Freyja da única forma possível, pensou ele: não se esforçando para isso. Embora ela houvesse prestado atenção nas orientações de tia Rochester em assuntos que precisava saber, não tentara agradar ninguém. *Aqui estou*, a presença dela parecia dizer. *Aceite-me ou deixe-me em paz.* Apesar de suas origens, concluiu Aidan, a esposa era uma dama. Seria muito difícil nunca mais vê-la depois que...

Seus pensamentos foram interrompidos pelo surgimento de um rosto conhecido à sua frente e pelo som de uma voz familiar – um rosto redondo, rosado e marcado por algumas rugas, encimado por cabelos grisalhos, quase brancos, e uma voz vigorosa e brusca.

– Bedwyn – chamou o homem. – Ora se você não está aqui! Ainda de licença, não é? E foi pego na loucura desse dia? Fugimos para cá, embora admirar fileiras de quadros não costume ser meu passatempo favorito. – Ele riu com vontade.

O homem era a última pessoa que Aidan esperava, ou desejava, ver naquele momento em particular.

– General Knapp – falou.

– Mas Lady Knapp e Louisa quiseram vir – continuou o general, com outra de suas gargalhadas estrondosas. – O que eu poderia fazer? Estava em minoria. Qual é a sua desculpa?

Antes que Aidan pudesse falar, as duas damas mencionadas apareceram, uma de cada lado do general, ambas sorrindo para Aidan.

– Coronel Bedwyn – disse lady Knapp –, que surpresa feliz.

– Madame – Aidan fez uma cortesia às duas damas. – Srta. Knapp.

Ela era uma jovem de cabelos escuros e ossos grandes, forte, capaz e sensata, e não era desagradável aos olhos, embora não fosse exatamente bela. Era a companheira ideal para um oficial do exército, já que fora criada acompanhando a vida militar desde a infância e não possuía um único osso delicado no corpo.

– Tinha grande esperança de encontrá-lo aqui, coronel Bedwyn – disse ela, fazendo uma reverência.

– Elas me arrastaram de volta para a Inglaterra para passarmos o verão – falou o general, rindo novamente. – Duas contra um. Não é justo, certo, Bedwyn? E agora continuam a me arrastar para todo canto, enchendo minha cabeça de cultura. Já vi o bastante para ter até dor de cabeça. E você, o que está fazendo aqui?

– Ele está vendo os quadros, é claro, Richard – disse Lady Knapp. – E faz muito bem. Esse é um encontro oportuno, coronel Bedwyn. Chegamos a Londres apenas dois dias atrás e daremos um pequeno jantar festivo esta noite. Mas, para horror dos horrores, estamos com um cavalheiro a menos para acompanhar as damas. O senhor nos faria esse favor, mesmo que o convite chegue com tão pouca antecedência?

Foi nesse exato momento que o olhar de Aidan se encontrou com o de Eve. Ela veio caminhando na direção do grupo e ele percebeu com um peso no coração que aquele momento não poderia ser evitado.

– Lamento não poder aceitar seu gentil convite, madame – retrucou Aidan, quando Eve se juntou a eles, encarando a todos com curiosidade. – Permitam-me a honra de apresentar minha esposa. General e Lady Knapp, Eve, e Srta. Knapp.

Ela sorriu e fez uma reverência, enquanto os rostos dos três demonstravam surpresa, até mesmo choque.

– Sua esposa, coronel? – perguntou Lady Knapp.

– Ora, que notícia infernal – disse o general. Ele pigarreou e pareceu recuperar o controle. – Infernalmente súbita. Não deixou escapar uma palavra sobre ser comprometido quando estávamos em batalha, Bedwyn.

– Conheci Eve e me casei com ela na volta – explicou Aidan, pegando a mão da esposa e pousando-a sobre sua manga, o tempo todo desejando que um enorme buraco se abrisse aos seus pés e o engolisse.

– Ora, Lady Aidan – disse Lady Knapp. – Eu lhe desejo felicidades. Espero que esteja preparada para as dificuldades de seguir a vida de um marido militar.

– Não farei isso, madame – esclareceu Eve. – Permanecerei em casa, enquanto Aidan estiver em serviço.

– Peço que me deem licença – falou a Srta. Knapp. – Vi alguém que conheço e que acaba de desaparecer no salão ao lado. Preciso ir cumprimentá-la.

– Irei com você, Louisa – disse Lady Knapp.

– Um oficial precisa da esposa ao seu lado quando está no campo de batalha – comentou o general, encarando Aidan com um olhar duro. – Mas se ele escolhe casar com alguém que fique em casa, ouso dizer que a sociedade irá aplaudi-lo. Bom dia para vocês, Bedwyn, Lady Aidan.

O homem saiu pisando firme atrás da esposa e da filha. Eve encarou Aidan, que a encarou de volta.

– O que acaba de acontecer aqui? – perguntou ela.

– Como assim? – Aidan se fez de sonso.

– Eles ficaram bastante descompostos quando apareci – disse Eve. – Mas com certeza não sabem quem eu sou, portanto não foi esnobismo. O que houve, Aidan?

– Como o general explicou – falou Aidan –, há pessoas que acreditam que os oficiais devem se casar com damas que estejam dispostas a viajar com eles.

– Talvez – continuou ela, em um tom suave – com mulheres que já estejam viajando com os exércitos e saibam o que esperar desse tipo de vida.

– Talvez – concordou ele.

Ela cerrou o maxilar e diminuiu o tom de voz.

– Você estava comprometido com ela?

– Não, é claro que não.

– No entanto, havia expectativas de que isso viesse a acontecer – falou Eve. – Um acordo, talvez? Similar, mesmo que diferente nos detalhes, ao que eu tinha com John... com o visconde Denson?

– Nunca houve acordo nenhum – retrucou Aidan.

Ela continuou a encará-lo.

– Não um acordo verbal – falou Aidan. – Nada foi dito entre nós, Eve. E nada foi falado também entre o general Knapp e eu. Houve apenas, talvez uma... uma...

– Expectativa – completou ela.

– Talvez.

– E ainda assim você ousou me acusar de mentir quando não lhe contei sobre o visconde Denson?

– Eu não fui para a cama com a Srta. Knapp – disse Aidan.

Ela deu um passo atrás tão rápido quanto se ele a houvesse agredido fisicamente. Aidan não tivera essa intenção. Quisera apenas sugerir que o que ela escondera dele tinha mais importância do que o segredo que ele guardara, porque ela amara o outro homem e se comprometera a ponto de entregar o próprio corpo.

– Eve... – falou Aidan.

Mas ela se virara rapidamente e logo se juntava a Freyja e Alleyne, que conversavam com alguns conhecidos que haviam encontrado por acaso.

Santo Deus!, pensou Aidan. Nunca teriam uma trégua?

E isso importava, já que dentro de alguns dias estariam separados para sempre?

Sim, importava, concluiu a contragosto. Importava.

Amanhã ela anunciaria sua intenção de voltar para casa, decidiu Eve no dia seguinte ao passeio a Somerset House. Havia decidido isso depois de descobrir, para seu horror, que quando fora persuadida a se casar com Aidan, ele já estava ligado a outra mulher, tão ligado que toda a família dela obviamente ficara na expectativa de um pedido de casamento. E a mulher em questão era a filha de um general que acompanhara as tropas junto com a mãe. Sem dúvida teria sido um arranjo perfeito para ambos.

Eve andava com uma leve náusea desde então. A saudade de todos de casa era tanta que chegava a doer. Seus braços ansiavam pelas crianças. E ela sentia falta da própria Ringwood. Estava nervosa com o jantar de Estado. E deprimida por ter descoberto quatro dias antes que não estava grávida... mas ao mesmo tempo feliz por assim não haver mais *aquela* complicação em sua vida. Estava exausta da ronda interminável de compromissos sociais, que poderiam ter sido empolgantes em outras circunstâncias. Estava cansada de esquivar-se de John, a quem via com frequência e que sempre tentava ficar a sós com ela.

Mais do que tudo, Eve se sentia terrivelmente deprimida por se descobrir apaixonada por Aidan. Por isso desejava ardentemente ir embora, resolver de uma vez a separação inevitável. Queria que sua vida voltasse ao normal, para poder começar a esquecê-lo, para se curar em paz, para concentrar nas crianças todo o seu amor.

Passado o jantar na Carlton House, ela iria dizer a Aidan e ao duque que voltaria para casa. Sairia de cena na manhã seguinte. O duque discutiria, é claro – ou iria tentar lhe dar ordens, o que era mais provável –, mas ela se manteria irredutível. Estava terrivelmente *exausta*.

Além do mais, Aidan devia estar tão desesperado para se ver livre dela quanto ela estava para partir.

– Estou de saída então, Bewcastle – anunciou tia Rochester, ficando em pé. – Seria imperdoável chegar atrasada a um jantar na Carlton House.

Eles tomavam chá, toda a família, no salão de visitas da Bedwyn House. Tia Rochester voltara para lá após acompanhar Eve e Freyja em uma breve expedição de compras para procurar alguns acessórios de última hora para os trajes que usariam naquela noite – e Eve também comprara um livro para cada uma das três crianças.

A conversa durante todo o dia girara em torno da noite que se aproximava. Todos os dignatários estrangeiros haviam realmente chegado na véspera. Se, em vez de ir para a Somerset House, o grupo de Eve houvesse esperado um pouco mais onde estava, perto da ponte, teria visto a multidão cercar o marechal de campo Von Blücher, desatrelar os cavalos de sua carruagem e arrastá-la até a Carlton House, onde o militar entrara nos braços do povo.

– Nenhum de nós se atrasará – disse o duque de Bewcastle, pondo-se de pé junto com os outros cavalheiros. – Freyja e Lady Aidan talvez desejem retirar-se com a senhora, tia, para se recolherem aos seus quartos e descansar um pouco.

Freyja deixou escapar seu típico muxoxo de desdém diante da mera ideia de descanso, mas Eve se levantou agradecida.

– Acho que farei isso – disse ela.

Seu estômago ainda estava enjoado, mas dessa vez ela acreditava ser por nervosismo. Em poucas horas estaria entrando na Carlton House. Veria a rainha, o príncipe regente e metade dos homens que comandavam a Europa. Sentaria à mesa para jantar com todos eles. Como conseguiria evitar ter um colapso e começar a tremer sem parar?

– Ah, Eve – chamou Alleyne quando Aidan já abria a porta do salão para a esposa e para a tia. – Acabo de lembrar que passei metade do dia com uma carta para você em meu bolso. Peguei-a com Fleming esta manhã, achando que a veria, mas você já havia saído. Aqui está.

– Obrigada – disse ela, sorrindo para o cunhado e pegando a carta. – Achei que hoje não havia chegado nenhuma. – Eve relanceou o olhar para a letra familiar de Thelma.

Ela tirou os sapatos assim que entrou nos aposentos dourados e arrancou todos os grampos dos cabelos. Então balançou a cabeça e suspirou. Iria mesmo dormir um pouco antes de se arrumar para a noite. Subitamente Eve desejou poder brandir uma varinha mágica e se ver livre de tudo aquilo. Por outro lado, seria uma história fantástica para contar em casa. O príncipe regente era mesmo obeso como diziam? A conversa da rainha seria tão tediosa quanto Freyja dissera? Algum dos dignatários se comunicariam bem em outro idioma?

Eve afundou no sofá para ler a carta, antes de se recolher ao quarto de dormir. Era mais curta do que o comum, percebeu com certo desapontamento quando quebrou o lacre. Mas não importava. Em poucos dias ela estaria em casa com eles.

Começou a ler.

Instantes depois, ficou de pé de um salto, olhando horrorizada para a carta, como se esperasse descobrir que decifrara errado as palavras. Uma onda de pânico a dominava, porém ela sabia que não se enganara. Eve se virou e saiu cambaleando até a porta, então lutou com a maçaneta até conseguir abri-la, disparou pelo corredor, desceu as escadas e seguiu correndo em direção ao salão de visitas sem nem perceber o que estava fazia ou como estava sua aparência. Ela abriu a porta antes que o criado pudesse alcançá-la e entrou voando no salão.

O sólido porto seguro estava a poucos metros de distância, levantando-se naquele momento. O problema era que, mesmo enquanto corria para ele, Eve sabia que não havia porto seguro. Ninguém poderia ajudar.

– Aidan – gritou. – Tenho que ir embora. Tenho que ir embora.

Os braços dele se fecharam ao redor dela como tiras de aço, dando a Eve novamente, por um instante, a ilusão de segurança. Mas apenas por um instante. Ela estava dominada pelo pânico.

– O que foi? – Aidan perguntava sem parar. – Qual é o problema? O que aconteceu?

– As cri... As cri... cri... – Ela batia o queixo incontrolavelmente.

– Calma – falou ele. E manteve um braço firme ao redor da esposa, enquanto usava o indicado e o polegar da outra mão para sustentar o queixo dela. Aidan capturou o olhar dela e prendeu-o ao seu. – Calma, meu amor. Conte o que aconteceu e eu resolverei para você.

Palavras tolas. Ah, palavras tolas.

– Ele as levou – disse ela, parte do seu cérebro percebendo que as palavras saíam em lamúrias. – Ele as levou e eu não posso pe... pe... pegá-las de vol... vol... volta.

– Quem? – perguntou Aidan, a voz enlouquecedoramente calma. – Quem pegou quem?

– Ce... Ce... Cecil – disse Eve. – Ele levou as cri... cri... crianças e não posso pegá-las de volta. Ele é pa... pa... parente delas e eu não sou. E eu as ab... ab... abandonei. Tenho que ir. Tenho que ir e pegá-las de volta. Elas devem estar tão as...as...assustadas.

– Então ele encontrou um modo de se vingar, foi? – falou Aidan. – Vamos resolver isso. Você as terá de volta. Avisei a ele o que deveria esperar se pusesse os pés em sua propriedade.

– Não, mas você não entende – insistiu Eve, balançando a carta que estava amassada em uma de suas mãos. – Ele mandou buscá-las. Foi até o magistrado e conseguiu a custódia. Ele não as devolverá. Conheço Cecil. Tenho que ir.

– Sim, compreendo – concordou Aidan. – Respire fundo um pouco. Entrar em pânico nunca ajuda em nada.

– Posso sugerir – intrometeu-se uma voz fria e arrogante – que leve Lady Aidan ao quarto para descansar, Aidan? Ela precisa recuperar a compostura antes de hoje à noite.

– Mas tenho que ir embora. – Eve virou a cabeça para encarar o duque e se libertou dos braços de Aidan. – Agora mesmo. Tenho que ir para casa, em Ringwood, sem esperar mais nem um instante. As crianças devem estar desesperadas.

– Está absolutamente fora de questão a possibilidade de se ausentar do jantar da Carlton House, Lady Aidan, depois que o convite foi recebido e aceito – declarou o duque. – Além do mais, não é sensato começar uma longa viagem a essa hora, já tão tarde. Se acredita que sua presença em Oxfordshire vai solucionar o que acaba de afirmar não ter solução, então Aidan a acompanhará até lá amanhã, em minha carruagem. Agora, sugiro que descanse.

– Não... – Eve começou a dizer, mas Aidan segurou a mão dela e passou-a com firmeza por seu braço, interrompendo-a.

– Eve deseja retornar para casa agora – disse ele. – E é agora que retornará. Eu a levarei.

– Você fará o que eu disser – retrucou o duque.

– Não. – A voz de Aidan era determinada. – Não dessa vez, Wulf. As necessidades da minha esposa têm prioridade sobre o dever e sobre a lealdade familiar. Peça desculpas em nosso nome esta noite, se considerar necessário.

Ninguém falou uma palavra enquanto ele guiava Eve para fora do salão.

Meia hora mais tarde, os dois estavam a caminho do Solar Ringwood em uma carruagem alugada.

CAPÍTULO XVIII

Um temporal com raios e trovões os obrigou a se alojar em uma estalagem por algumas horas, embora não tenham dormido. Eve ficou andando de um lado para outro no quarto, sem querer se deitar, comer, nem conversar. Os dois chegaram a Ringwood cedo, em uma manhã fria e úmida.

Os moradores do solar já estavam acordados e, à maneira de Ringwood, saíram todos correndo de dentro da casa e dos estábulos para cumprimentar os recém-chegados... todos falando ao mesmo tempo. O cão os cercou, latindo sem que ninguém o repreendesse. Por fim, eles se instalaram na sala de visitas no andar de baixo, onde a lareira fora acesa para combater o frio e a umidade, e a governanta de aparência antipática chegou com uma bandeja de chá. Ela serviu as xícaras e foi passando de um em um, então assumiu seu posto diante da porta fechada, os braços maciços cruzados no peito – ninguém lhe disse para sair.

Aidan deixou a xícara sobre a mesa e foi até a janela. A Sra. Pritchard chorava, Eve tentava confortá-la e a preceptora se culpava por ter permitido que as crianças fossem levadas, apesar de a tia insistir, entre lágrimas, que a moça não tivera escolha, que nenhuma delas tivera. O cão apoiava o queixo no colo de Eve, ganindo e arfando alternadamente.

Aquele Cecil Morris... aquela doninha em forma de gente planejara bem sua vingança. Era um homem fraco, de baixa estatura, com a musculatura de um preguiçoso. Sem dúvida sabia que não teria chance de vencer nenhum tipo de contenda física contra os homens que protegiam Eve, ou mesmo contra Eve e a governanta, por sinal. Assim, arquitetara outro plano e correra até um magistrado para pedir a guarda legal dos órfãos, que eram parentes distantes dele pelo lado materno. Então mandara o oficial da cidade, com quatro ajudantes corpulentos, até Ringwood, para levar as crianças.

– Agnes quebrou o nariz de Will Perkins com um soco – disse a Srta. Rice. – Havia sangue por toda a parte, Eve. Teríamos pensado que o homem estava morto se ele não estivesse urrando a plenos pulmões. E Charlie deu uma cabeçada na barriga do Sr. Biddle. Mas você entende, Eve, ele tinha os papéis, assinados pelo conde de Luff, e contra isso não havia argumentos. Além do mais, seria pior para Becky e Davy se vissem uma briga. A Sra. Pritchard nos convenceu a nos acalmarmos antes que eles fossem chamados. O Sr. Biddle mandou Will Perkins para casa.

– Eu mesma limpei o sangue do chão antes que as crianças fossem trazidas para baixo – disse a governanta, sem esperar que dessem licença para que se manifestasse. – Mas teria quebrado o nariz de *todos* eles, minha ovelhinha, e a cabeça também. Aqueles covardes... cinco homens enormes levando dois bebês.

– Você teria sido presa, Agnes – disse a Sra. Pritchard, assoando o nariz no lenço que segurava e recuperando o controle. – Teriam arrastado você para a cadeia.

– Ora, isso não teria sido novidade, madame – falou a governanta, sem se abalar.

Aidan olhou para Agnes por sobre o ombro com uma aprovação relutante. Ela realmente teria dado um sargento fantástico, leal, se não tivesse tido a infelicidade de nascer mulher.

– Como eles ficaram? – A voz de Eve falhava, embora ela não estivesse chorando. Ela não chorara em momento nenhum. Depois de ficar à beira da histeria no salão de visitas de Wulf, a esposa permanecera retraída, tensa e calada. – Como eles estavam q... q... quando foram levados embora?

– Disse a eles que passariam umas férias curtas com a tia, que estava ansiosa para vê-los – explicou a Srta. Rice. – Falei que seria apenas enquanto você estivesse fora, Eve. E garanti que seria divertido.

– Mas eles sabiam – falou a Sra. Pritchard, triste, em seu sotaque galês melodioso. – Não se deixaram enganar nem por um instante. Davy saiu com os lábios brancos e os olhos de Becky estavam tão arregalados que quase ocupavam o rostinho todo. E não foi apenas porque a babá Johnson disse a eles que havia alguns homens maus escondidos no campo e que era por isso que o Sr. Biddle e seus homens tinham vindo acompanhá-los, para que chegassem em segurança à casa da tia. Ah, meu coração dói só de lembrar.

– Minhas crianças. Ah, meus bebês.

O sofrimento na voz de Eve afastou qualquer possibilidade de que as palavras dela fossem apenas melodrama. Talvez pela primeira vez, Aidan se deu conta da intensidade do sentimento que a esposa nutria pelos órfãos que abrigara. Eles não eram apenas incapazes para ela. Eram a família de Eve. Ela não teria ficado mais transtornada nem mesmo se os dois tivessem nascido de seu ventre.

Eve se colocou de pé de um pulo.

– Por que estou sentada aqui, tomando chá e me aquecendo diante do fogo? – gritou. – Tenho que ir até eles. Tenho que trazê-los para casa. Eles devem estar tão assustados...

– Vou com você, minha ovelhinha – ofereceu a governanta. – Vou pegar aquele Morris pelo pescoço e dar um nó.

– Agnes, querida! – disse a Sra. Pritchard em tom de reprovação.

Aidan se virou na direção delas e pigarreou. Todas prestaram atenção nele no mesmo instante.

– O conde de Luff é o magistrado aqui? – perguntou ele. *O pai de Denson.*

– Sim, é ele, coronel – confirmou a Sra. Pritchard.

– É a ele que temos que recorrer, então – falou Aidan. – Não vale de nada ir até a casa do seu primo, Eve, e apelar para sua bondade. Suspeito fortemente que ele não a tenha. E não adianta gritar e ameaçar. Seu primo está protegido pela lei. E a lei ficará ainda mais do lado dele se você for vista como uma pessoa agressiva... você ou seus criados.

– Olhe aqui... – a governanta começou a dizer.

Aidan a encarou com sua expressão mais fria e arrogante.

– As damas terminaram o chá – disse ele. – Pode recolher a bandeja e voltar a se ocupar de seus afazeres matinais costumeiros.

Agnes o encarou de volta, e por um curioso instante Aidan pensou que ela se provaria mais forte do que qualquer homem que ele já tivera sob seu comando... achou que iria contrariá-lo. Em vez disso, a mulher se adiantou pisando firme, recolheu as xícaras com bastante barulho, pegou a bandeja e deixou a sala sem dizer uma palavra.

– Pobre Agnes – disse Eve. – Ela quer ajudar.

– Ela *pode* ajudar – retrucou Aidan – fazendo seu trabalho e mantendo a casa em bom funcionamento. Você e eu iremos até o conde de Luff, Eve. Permita-me acompanhá-la ao seu quarto para que possa se refrescar e mudar de roupa.

A Sra. Pritchard suspirou.

– Ah, eu sabia que se o senhor viesse, coronel, tudo ficaria bem – disse ela.

Aidan acompanhou Eve até o andar de cima e parou do lado de fora do quarto da esposa, com ela, antes de seguir para o quarto de hóspedes onde ficara antes.

– Ainda é cedo – argumentou ele. – Gostaria de dormir por algumas horas antes de irmos?

Ela balançou a cabeça, negando.

– Eu não conseguiria dormir – falou. – Não serei capaz de descansar até ter minhas crianças de volta em casa. Mas, Aidan, não posso envolvê-lo ainda mais nas crises da minha vida. Resta tão pouco do seu tempo de licença e você ainda não teve a liberdade de aproveitá-la. Deve voltar a Londres ou a Lindsey Hall. Não precisa se preocupar...

Ele pousou o dedo sobre os lábios da esposa.

– Ficarei até esta situação estar resolvida – falou. – Quando eu deixá-la, quero que esteja a salvo, em segurança e feliz.

– Por causa da promessa que fez a Percy? – perguntou Eve.

– Porque você é minha esposa.

Ela pareceu prestes a dizer alguma coisa, e Aidan achou que iria discutir, como sempre fazia. Mas Eve apenas assentiu e se virou para entrar no quarto.

Quando eu deixá-la. Agora aquilo logo aconteceria, em um ou dois dias, assim que as crianças estivessem em casa, no lugar a que pertenciam. Ele retornaria para Londres e aproveitaria o que restava de seus dois meses na Inglaterra. Estaria desimpedido finalmente, quase livre de novo. Voltaria à vida que lhe era tão familiar. Mas primeiro, pensou Aidan com a expressão fechada, entrando no quarto de hóspedes e tocando o sino para pedir água quente para se lavar e se barbear, precisaria lidar com Luff.

Quando eu deixá-la...

Didcote Park, a propriedade de campo do conde de Luff, era um lugar onde Eve jamais colocara os pés, ainda que não fosse longe de Ringwood. Só as famílias de origem indiscutivelmente nobre eram convidadas para os eventos sociais ali. Mesmo com toda a sua riqueza, o pai de Eve nunca chegara perto de cumprir esse requisito.

A casa era uma mansão georgiana elegante, de proporções perfeitas. Era o lugar onde John crescera... o lar dele. Mas Eve não tinha tempo para pensar em John.

– E se o conde se recusar a nos receber? – perguntou.

– Se recusar? – Aidan a encarou com evidente surpresa. – Por que ele se recusaria?

– Sou filha de um mineiro de carvão do País de Gales – lembrou Eve ao marido.

– E esposa de um Bedwyn – retrucou ele.

Como eram diferentes em suas percepções da realidade, pensou Eve. Sendo filho e irmão de um duque, jamais ocorreria ao marido que alguém poderia se recusar a recebê-lo, mesmo a mais nobre das famílias. E é claro que jamais se recusariam.

– E se ele não nos ouvir?

– Por que não ouviria? – perguntou Aidan. – É seu dever de magistrado.

Como explicar a ele o que significava não nascer na privilegiada classe aristocrática, não ter nem poder nem influência suficientes para se sentir confiante de que tudo correria bem na visita que estavam prestes a fazer? O conde de Luff a conhecia como uma mulher cujo pai tivera a audácia de sugerir uma aliança entre as duas famílias através do casamento.

– E se ele negar nosso pedido? – perguntou Eve. – E se o conde se recusar a mudar de ideia?

– Vamos garantir que isso não aconteça – falou Aidan. – Em geral, Eve, se esperar o pior, é o pior que acabará conseguindo. Ah, chegamos.

Ele a ajudou a descer da carruagem enquanto Sam Patchett batia a aldrava na porta. Eve sentia os joelhos fracos e o estômago embrulhado, apesar de não ter comido nada no café da manhã e de ter colocado um de seus novos vestidos para se sentir mais confiante. Aidan usava seu uniforme de gala.

– Coronel Bedwyn e Lady Aidan Bedwyn para ver o conde de Luff – disse ele ao porteiro que atendeu à batida de Sam. Aidan segurou o cotovelo de Eve e a guiou para dentro do vestíbulo de entrada, sem ser convidado.

Eve sempre desejara independência. Em uma situação normal, talvez se ressentisse da maneira confiante como ele tomara as rédeas da situação.

Mas, naquela manhã, estava grata por isso. Se estivesse sozinha, àquela altura provavelmente estaria voltando para casa, com a porta de Didcote firmemente fechada às suas costas. E ficou óbvio que a confiança de Aidan tinha fundamento. Depois de meros dois ou três minutos de espera no vestíbulo, eles foram levados até uma sala que logo perceberam ser a biblioteca e foram convidados a entrar.

O conde de Luff se levantou de trás de uma enorme escrivaninha de carvalho. Ele era uma versão mais velha de John, com os cabelos louros agora grisalhos e rareando no topo, mas ainda um homem de aparência muito distinta.

– Coronel Bedwyn? – disse ele. – Lady Aidan? Que prazer inesperado. Sentem-se. Posso lhes oferecer algo para beber? Ou talvez prefira um chá, madame. – Os olhos dele a percorreram com uma cortesia desinteressada.

– Não quero nada, milorde. Obrigada – respondeu Eve.

– Ah – falou o conde. – E quanto a você, Bedwyn? Conhaque? Vinho? Alguma outra coisa.

– Nada. – Aidan ergueu a mão.

Ele mesmo indicou um sofá a Eve e ambos se acomodaram. Ela se sentia quase tonta de ansiedade e exaustão.

– Muito bem. – O conde se acomodou em uma poltrona de couro e cruzou uma perna sobre a outra. – A que devo o prazer dessa visita?

Com certeza ele sabia. Só poderiam ter uma razão para estar ali.

– Quero minhas crianças de volta – falou Eve, percebendo consternada que sua voz soava fraca e trêmula. – O senhor deixou que Cecil Morris os tirasse de mim. Mas eles são meus. O lugar deles é em Ringwood. São felizes lá. Quero os dois de volta.

O conde ergueu as sobrancelhas em aparente surpresa.

– Está se referindo aos jovens primos de Morris? – perguntou ele. – As crianças que seus familiares não queriam permitir que voltassem para a casa com ele, madame, porque a senhora não estava lá para autorizar? Foi uma simples questão de lidar com sua ausência.

– Casa? – falou Eve. – Eles *já estavam* em casa. Moram comigo. E meus familiares não foram consultados até que o Sr. Biddle e quatro outros homens aparecessem para levar as crianças à força. O lugar delas é em Ringwood.

– Perdoe-me, madame – disse o conde –, mas qual é o seu parentesco com as crianças em questão?

O medo cravou uma facada mais fundo em Eve.

– Nenhum – admitiu ela –, a não ser pelo fato de que sou prima de Cecil pelo lado paterno. Mas é comigo que elas vivem.

– Pelo que sei, os dois são órfãos – argumentou o conde – e foram mandados para viver com um parente, o Sr. Cecil Morris. Ele me explicou que a senhora teve a gentileza de abrir sua casa para as crianças durante uma indisposição da Sra. Morris, mãe dele, e que durante esse tempo as deixou sozinhas e foi para Londres, aproveitar os prazeres da temporada social com seu marido.

– Não as deixei sozinhas! – exclamou ela. – Eu...

– Talvez, senhor – disse Aidan –, como há uma incerteza sobre quem tem o direito à guarda desses órfãos, o senhor pudesse reabrir o caso e ouvir os argumentos de ambos os lados.

– Mas me parece – falou o conde – que todos os direitos estão do lado do Sr. Morris.

– *Não estão!* – falou Eve em um tom angustiado. – Ele nem ao menos *quer* as crianças.

– Então ele tem um modo muito estranho de demonstrar isso, madame – retrucou o conde, franzindo o cenho.

– O senhor ao menos estaria disposto a ouvir o lado da minha esposa na história? – solicitou Aidan, parecendo irritantemente calmo, quase entediado. – Aquelas crianças são importantes para ela. Eve cuidou deles por quase um ano e as tem como filhos.

– Um ano! – O conde ergueu as sobrancelhas. – A Sra. Morris esteve indisposta por tanto tempo?

– Ela *nunca* esteve doente – falou Eve.

– Estou pedindo apenas que nos ouça – disse Aidan. – Com Morris e a mãe dele presentes, se desejarem.

– Ah, *não*!

Ele voltou a erguer a mão espalmada.

– Junto com qualquer testemunha que ele possa querer chamar. E qualquer testemunha que *minha esposa* escolha chamar.

Eve sentia um bolo no estômago. Queria pedir que o conde resolvesse a questão *naquele momento*. Queria que ele visse a razão *naquele instante*. Queria sair de Didcote Park direto para a casa de Cecil, pegar as crianças e levá-las de volta para casa. Não queria uma audiência em que Cecil pudesse contar novamente suas mentiras e forçar tia Jemima a mentir por ele.

O conde de Luff suspirou.

– A questão me pareceu perfeitamente clara – disse. – Ainda me parece. Não vou passar por todo o aborrecimento de convocar uma audiência formal, Bedwyn, com conselheiros discutindo o caso vezes sem conta, sem chegar a lugar nenhum. Mas permitirei uma audiência *informal*, se for necessário. Contanto que seja hoje. Tenho planos para o resto da semana. Às duas horas da tarde, nos salões de reunião, em Heybridge. É pegar ou largar. Informarei a Morris.

Aidan ficou de pé.

– Obrigado, senhor – falou. – Estaremos lá.

– Mas – protestou Eve – queria esse assunto resolvido esta manhã. Não posso esperar até a tarde.

– Então, madame – disse o conde, encerrando o assunto –, vai ter que se contentar em ter a questão já resolvida a favor de Morris. Certamente ficarei feliz com isso.

Ela se levantou.

– Esta tarde, então – falou.

Poucos minutos depois, eles estavam de volta à carruagem, descendo pelo caminho que saía da propriedade do conde. Soava correto dizer a ela que não esperasse o pior, pensou Eve, exausta, mas de que forma ela conseguiria isso? A lei parecia estar ao lado de Cecil. O amor não serviria de argumento.

– Eve – disse Aidan –, vamos direto para casa e você vai para a cama. Precisa dormir.

– Não vou conseguir dormir – protestou ela.

– Mas irá para a cama assim mesmo. – A voz dele era firme, a expressão dura. – Se quer mesmo essas crianças de volta, precisa dormir e deixar sua mente mais alerta. E aconselho-a firmemente a deixar que eu conduza a conversa com o conde e, quando *você* precisar falar, não se fie apenas na emoção.

– Como posso *ignorar* a emoção? – gritou ela.

– Se não for assim, ele vai vencer – avisou Aidan. – Acredite em mim.

Eve encarou o rosto frio e severo e, de repente, se sentiu tão sozinha que não conseguiu suportar mais. Virou o rosto rapidamente para o lado, enterrou-o nas mãos e chorou. Ela quase nunca cedia às lágrimas, mas não conseguiu controlá-las naquele momento, por mais que tentasse. Havia esquecido como chorar podia ser doloroso fisicamente. A garganta doía. O peito parecia ter sido rasgado por uma dezena de facas. E era como se o coração estivesse prestes a explodir.

Por um minuto, talvez, ela realmente ficou só. Então sentiu a mão em suas costas, acariciando-a com delicadeza. Quando o choro descontrolado por fim se reduziu a soluços esparsos, um enorme lenço foi colocado em suas mãos. Ela secou o rosto com ele e assoou o nariz.

Nunca se sentira mais cansada na vida, pensou.

Foi como se Aidan pudesse ler seus pensamentos. Ele se inclinou sobre ela, passou um braço ao redor de seus ombros e outro por baixo de seus joelhos, então ergueu o corpo da esposa até acomodá-la sobre as próprias pernas. Antes que a mente de Eve pudesse registrar o choque, Aidan já havia esticado os pés dela, calçados com botas, contra o assento oposto e ajeitado-a de tal maneira que sua cabeça estava confortavelmente aninhada no ombro dele. Eve não percebeu em que momento seu chapéu foi removido nem quem o removeu, só que ele não estava mais em sua cabeça.

– Tudo vai melhorar, meu amor – sussurrou o marido no ouvido dela.

– Vai mesmo?

Mas Eve estava tão cansada que já nem precisava ouvir a resposta. Naquele momento, ela confiava cegamente nele. Como era maravilhoso ter os fardos da vida retirados de seu ombro às vezes.

– Prometo que sim – disse Aidan.

A próxima coisa de que Eve se deu conta foi de acordar diante de Ringwood, quando a carruagem se deteve.

Cecil Morris tinha uma expressão convencida no rosto e a mãe dele parecia nervosa. Eve estava pálida e abatida, apesar de ter dormido tanto na carruagem quanto na própria cama, depois que voltaram de Didcote Park. A Sra. Pritchard estava visivelmente ansiosa e a Srta. Rice, tensa. O reverendo Puddle se sentara entre elas e mostrava uma profunda preocupação com as duas damas. O oficial da cidade e seus quatro assistentes – um deles exibindo um nariz inchado e dois olhos roxos – estavam de pé, com um ar de importância, como se esperasse o início de uma briga a qualquer momento. Várias outras pessoas interessadas também estavam ali, assistindo, embora Aidan não tivesse ideia de como haviam sabido da audiência.

O conde de Luff se atrasou e, quando chegou, parecia mal-humorado.

– Vamos resolver esse assunto sem mais demora – disse ele, sentando-se com a expressão fechada atrás da mesa que fora colocada em uma das extremidades do maior salão de reunião, como se fosse ele quem houvesse ficado esperando pelos outros.

Cecil Morris foi o primeiro a ser chamado para se sentar na cadeira ao lado da mesa do conde e repetir as razões por que acreditava que a custódia dos órfãos, David e Rebecca Aislie, deveria ser garantida a ele. E foi o que fez Cecil, após jurar honestidade sobre uma enorme Bíblia, cometendo perjúrio a cada inspiração. De acordo com a história que contou, ele era incrivelmente apegado aos jovens primos, assim como fora aos pobres pais falecidos das crianças, e sua mãe sem dúvida era louca pelos dois. Ele havia permitido no entanto, contra a sua vontade, que a prima, então Srta. Eve Morris, hospedasse os meninos enquanto a mãe dele se recuperava de uma longa indisposição, mas ficara perturbado ao saber que a prima abandonara as crianças para aproveitar a temporada de eventos sociais em Londres.

Aidan pousou a mão firme sobre o braço de Eve quando ela pareceu prestes a dizer algo.

Ele pedira e ganhara a custódia legal dos jovens primos, explicou Morris, e mandara o oficial buscar as crianças, porque na última vez que visitara os meninos para lhes assegurar de que logo estariam de volta à casa deles com a tia querida, o marido da prima, então recém-casada, o ameaçara com violência. Cecil temera então que os outros moradores da casa, alguns deles ex-condenados, pudessem lhe fazer mal – ou, pior ainda, fazer mal às crianças – se ele fosse pessoalmente exigir que as devolvessem.

– E como pode ver, meu lorde – disse Cecil, fazendo um gesto dramático na direção do ajudante do oficial que tinha o nariz inchado e os olhos roxos –, meus medos não eram infundados.

Aidan, sentindo a agitação de Eve, estendeu a mão por baixo da mesa e apertou a mão dela.

– Quem fez isso? – perguntou o conde, franzindo a testa para o homem machucado.

– Fui eu, senhor – falou a governanta de Eve de algum lugar atrás deles. – E faria de novo a qualquer um que entrasse na casa da minha patroa sem aviso, querendo arrastar duas criancinhas inocentes só porque *ele*, aquele vilão ali, quer se vingar. Só gostaria que fosse o nariz dele que meu punho houvesse encontrado.

– Sente-se, mulher – ordenou o conde em uma voz seca, massageando a ponte do nariz em um gesto de exaustão.

– Ora, o senhor perguntou – retrucou ela.

– É verdade – concordou ele. – Agora sente-se. Lady Aidan, tem alguma pergunta que gostaria de fazer ao Sr. Morris?

Aidan apertou de novo a mão da esposa, mas ela ignorou o pedido silencioso para deixar que ele falasse em seu lugar e se levantou.

– Sim – disse ela. – Becky e Davy foram trazidos de diligência para Heybridge em 5 de setembro do ano passado. Será fácil verificar essa data nos registros da diligência. Poderia dizer ao conde, por favor, Cecil, quanto tempo as crianças ficaram em sua casa antes que a suposta doença de minha tia o forçasse a permitir que eu as levasse?

– Como posso me lembrar disso? – perguntou ele. – Um mês, dois, talvez mais tempo.

– Os registros que mantenho em minha casa mostram – falou Eve – que contratei a Sra. Johnson como babá para as crianças no dia 6 de setembro. Os mesmos registros mostram um grande número de roupas e outros objetos que comprei para eles na mesma semana. A Sra. Johnson pode testemunhar a esse respeito, se necessário.

– Minha querida mãe ficou doente... – Morris começou a dizer.

– E poderia contar ao conde também sobre sua visita a Ringwood, dois dias antes do primeiro aniversário da morte do meu pai? – pediu Eve. – Refrescarei sua memória, se desejar. Você achava, naquele momento, que herdaria a propriedade depois do aniversário. Na minha ausência, fez com que todos da casa ficassem em fila no vestíbulo para que pudesse se dirigir a eles. Todos os meus criados podem confirmar o fato de que as crianças foram incluídas nessa fila. Pode nos contar o que disse a todos eles?

– Não consigo me lembrar – alegou Cecil. – Já faz algum tempo.

– Muitas pessoas se lembram – falou Eve. – Você disse a todos, *a todos*, que queria vê-los fora dali quando voltasse para fixar residência, do contrário faria com que todos fossem presos por vadiagem.

– Eve! – Ele arregalou os olhos, parecendo chocado. – Não pretendi me referir aos meus pobres priminhos. Eles estavam no vestíbulo porque deveriam ir embora comigo. Mas *aquela mulher* – Cecil apontou para a governanta – me ameaçou com uma faca de cozinha e, pelo bem das crianças, recuei.

Ouviu-se alguém mais atrás bufar.

– Se eu tivesse uma faca nas mãos – declarou a governanta –, teria arrancado as suas orelhas, seu rato mentiroso, e deixado esse seu focinho melhor.

– Mulher – disse o conde com firmeza –, segure a sua língua ou pedirei que deixe o recinto. Volte para o seu lugar, Sr. Morris. Vamos ouvir Lady Aidan. Venha até aqui, madame, e sente-se. Diga-me por que pede a custódia de David e Rebecca Aislie, quando não há nenhuma ligação de sangue entre vocês.

Aidan manteve os olhos fixos na esposa enquanto ela se sentava e jurava sobre a Bíblia. Desejou ardentemente que ela ficasse calma, que não perdesse o controle como quase acontecera na biblioteca de Luff naquela manhã.

Eve explicou como, após a morte dos pais, as crianças haviam sido mandadas de um parente para outro, até chegarem a Heybridge e serem rejeitadas mais uma vez. Não havia mais opção para eles exceto serem mandados para um orfanato. Mas a tia procurara Eve aos prantos, sem que o filho soubesse, e implorara que a sobrinha acolhesse os meninos. E assim ela fizera. Contratara uma babá e uma preceptora para eles e ela mesma passava o maior tempo possível com os dois e logo começou a amá-los como filhos. Eve explicou que nunca lhe ocorrera a ideia de pedir a guarda legal das crianças, já que ninguém mais as queria.

– E como a senhora explica as ações do Sr. Morris na semana passada, se ele não se importa com as crianças? – perguntou o conde. – Ele obviamente estava preocupado com sua ausência e negligência em relação aos jovens primos. E passou por dificuldades para levar as crianças para a casa dele.

– Vingança – respondeu Eve.

– O que disse? – perguntou o conde.

Eve contou como havia mantido a herança do pai ao se casar antes do primeiro aniversário da morte dele. Descreveu a ameaça que Morris fizera a todos na casa dois dias antes da data do aniversário e também o comportamento do primo naquela manhã em que fora tomar posse de Ringwood, até que o marido dela ordenasse que ele partisse da propriedade e nunca mais voltasse a pôr os pés lá.

– Ele a ameaçou fisicamente? – O conde franziu o cenho.

– Uma brincadeira, meu lorde – protestou Cecil Morris, pondo-se de pé. – Por que eu ameaçaria a minha prima querida? Isso foi...

– Sente-se, Sr. Morris – ordenou o conde.

– Ele sabe que amo as crianças – continuou Eve. – Foi humilhado ao perder a herança e ter o coronel Bedwyn como testemunha das ameaças que me fez. Cecil encontrou um modo de se vingar de mim usando as crianças.

– Sr. Morris – falou o conde, com um suspiro que não fez a menor questão de esconder –, tem alguma pergunta para fazer a Lady Aidan?

– Tenho – respondeu Morris, ficando rapidamente de pé de novo. – Onde esteve nas últimas duas semanas, Eve, enquanto as crianças foram largadas sozinhas em Ringwood, abandonadas pela mulher que supostamente as ama tanto?

– Estava em Londres, a convite do duque de Bewcastle – disse Eve, olhando para o conde –, para ser apresentada à rainha e à sociedade como esposa do coronel lorde Aidan Bedwyn. Estava lá para comparecer a um jantar de Estado na Carlton House na noite passada, embora tenha perdido o evento para poder voltar para casa o mais rápido possível quando soube o que acontecia aqui. Deixei as crianças aos cuidados da minha tia, Sra. Pritchard, da babá e da preceptora deles. Escrevia para os dois todos os dias. Senti uma saudade imensa de ambos. – Ela tocou o coração com a ponta dos dedos de uma das mãos. – Uma profunda saudade, aqui.

– Muito comovente – disse Morris sem esconder o sarcasmo. – E diga-me, Eve, quem Davy terá como figura paterna, algo tão importante para um menino? Sua casa é cheia de mulheres. Seu *marido* está, acredito, prestes a deixá-la para nunca mais retornar. Todos sabem que você se casou com ele apenas para manter Ringwood e sua fortuna.

Houve um burburinho de indignação entre as pessoas que assistiam.

Aidan ficou de pé.

– Gostaria de responder a essa pergunta, se puder – pediu.

Luff fez um gesto cansado com a mão, consentindo.

– Vamos ouvi-lo então, com certeza, coronel Bedwyn – disse ele. – Nunca em minha vida vi tanta confusão por causa de dois órfãos.

– Durante os últimos anos, combati na Guerra Peninsular e no sul da França com as tropas de Wellington – falou Aidan, satisfeito por ter escolhido vestir de novo o uniforme de gala, por mais desconfortável que fosse, principalmente em um dia que acabara se mostrando quente e úmido como aquele. – E quem sabe, mesmo agora, se as hostilidades finalmente terminaram? A Europa vai precisar juntar seus cacos depois de anos de operações militares e pilhagens. Meu dever está com o exército. Minha casa é o Solar Ringwood. É onde minha esposa vive. É onde meu coração ficará quando eu partir. É onde me instalarei em caráter definitivo assim que for possível. Os parentes e amigos da minha esposa também são meus amigos e parentes, os criados dela também são meus e, igualmente, os filhos adotivos dela são meus filhos. Até onde eu puder, mesmo que apenas por carta durante alguns anos, serei um pai para o jovem Davy... e para Becky.

Eve observava o marido muito pálida, com os olhos arregalados. E o diabo, pensou Aidan, era que ele não tinha a *sensação* de estar mentindo.

Aidan voltou a se sentar. Morris também.

– E a senhora, madame – falou o conde, dirigindo-se à mãe de Cecil. – O que tem a dizer sobre o assunto? Quer essas crianças? Importa-se com elas? Tem amor pelos dois?

– Sim, meu lorde – disse ela em uma voz que mal passava de um sussurro. – Amo profundamente as crianças, mas...

Todos esperaram educadamente que ela terminasse, a não ser o filho, que se virou para encará-la com uma expressão furiosa.

– Assim – voltou a falar o conde de Luff, quando ficou claro que a Sra. Morris não tinha mais nada a dizer –, tenho que pesar o pedido de um homem e de sua mãe que têm a custódia das crianças, têm laços de parentesco com elas e alegam amá-las contra o pedido de um homem que provavelmente está prestes a voltar ao seu batalhão por tempo indeterminado e de uma mulher que não tem nenhum laço de sangue e nenhum direito legal sobre as crianças e que talvez não consiga lhes dar uma noção de família.

Eles iam perder, pensou Aidan, estupefato.

– Nesse último ponto, é claro, o senhor está absolutamente enganado – disse uma voz suave, mas muito distinta do fundo da sala.

Aidan olhou rapidamente para trás. Wulf estava parado na entrada da porta, usando roupas de viagem, mas tão imaculado quanto se houvesse acabado de sair dos cuidados de seu ordenança, com o monóculo a meio caminho de um dos olhos.

– Quem, pelo amor de Deus... – o conde começou a dizer. Então olhou com mais atenção. – Ah, é você, não é, Bewcastle?

Eve, ainda sentada ao lado da mesa do conde, agarrou com força os braços da cadeira.

– Eu mesmo – disse Bewcastle, adiantando-se a passos firmes, parecendo arrogante e entediado como sempre. – Lady Aidan não terá família para protegê-la e a seus filhos adotivos enquanto o coronel Bedwyn estiver fora, servindo seu rei e seu país? Isso é um absurdo, Luff. Ela tem todo o considerável apoio da família Bedwyn.

– Está disposto a tomar essas duas crianças abandonadas sob os cuidados dos *Bedwyns*? – perguntou o conde.

Wulf ergueu as sobrancelhas.

– E já não estão? – retrucou ele. – Não estão sob os cuidados da minha cunhada, mesmo que não inteiramente no momento? E Lady Aidan não é uma Bedwyn?

O conde de Luff ficou encarando o duque como se o recém-chegado tivesse duas cabeças, então balançou a sua como se afastasse a ideia absurda.

– Sua súbita afeição por essas crianças *realmente* soa um tanto suspeita, Sr. Morris – disse. – Parentescos à parte, sua preocupação com elas com certeza parece motivada pelo rancor. E com um simples *mas* a Sra. Morris colocou em dúvida a alegação de que ama as crianças. É de imaginar se os dois não estariam muito mais felizes na casa de Lady Aidan, mesmo que o coronel Bedwyn *realmente* fique afastado por anos. Com a garantia de que estarão sob a proteção do duque de Bewcastle, sinto que devo julgar como o melhor para David e Rebecca Aislie que sua custódia legal seja entregue a Lady Aidan Bedwyn, que deu abrigo e afeto aos dois quando ninguém mais os queria. E que assim seja cumprido.

Por um momento, Aidan pensou que Eve fosse desmaiar. Mas ela se manteve firme, os nós dos dedos muito brancos agarrados ao braço da cadeira. Então os olhos dela buscaram os dele.

E Aidan sorriu para a esposa.

CAPÍTULO XIX

Eve estava sentada entre Becky e Davy na carruagem, com um braço ao redor de cada um. Não conseguia suportar a ideia de se afastar dos dois, ainda não. Becky mostrava a ela um pequeno lenço de renda cheio de tesouros – um broche com uma das pedras faltando, um brinco de prata sem par, um bracelete com o fecho quebrado –, todos dados por tia Jemima. Davy se mantinha em silêncio.

Eles pareciam ter sido bem cuidados. Tia Jemima aparentemente os mimara e os fizera comer – principalmente bolos – em grande quantidade. Ela colocara Becky na cama todas as noites, beijara a menina e cantara canções de ninar.

– Mas senti saudade das suas histórias, tia Eve – disse a menina. – E senti saudades da *senhora*. E de Benjamin. E da tia Thelma, da tia Mari e da babá.

– E todos sentiram saudades de vocês dois – assegurou Eve, abraçando os meninos com força. – Senti uma falta terrível de vocês esse tempo todo que passei fora. Não vou sair daqui de novo, não sem vocês. Vou ficar com a minha família. Com as minhas crianças. E ninguém vai levar vocês de férias, a menos que perguntem antes se vocês querem e que eu esteja presente para me certificar de que foram consultados. Foi muito insensato da parte do primo Cecil mandar o Sr. Biddle pegá-los só porque imaginou que poderia haver homens maus por perto. Ele deve ter assustado vocês. Mas tia Jemima realmente queria vê-los.

– Ele disse que não tínhamos permissão para voltar para Ringwood – disse Davy, falando pela primeira vez.

– Cecil estava enganado – falou Eve. – Imagino que tia Jemima não tenha dito a mesma coisa, não é? Ninguém menos do que o conde Luff, que é o magistrado aqui, acaba de declarar Ringwood como o lar permanente de vocês e a mim como sua mãe... ou quem fará o papel da mãe de vocês – acrescentou ela com delicadeza. Sempre encorajara as crianças a se lembrarem dos pais e a falar deles.

Becky fitava Aidan, que se sentara diante deles, com seus joelhos esbarrando nos de Eve de vez em quando.

– Você é o nosso novo papai? – perguntou a menina.

Ele não respondeu de imediato, e Eve sem querer ergueu os olhos para encontrar os do marido. Aidan com certeza partiria no dia seguinte, ainda mais agora que o irmão estava ali com a carruagem particular para levá-lo. Não havia razão para que ele ficasse mais tempo. Eve estava consciente disso desde o momento em que havia ganhado a custódia das crianças, o que a deixara de pernas bambas e leve de felicidade, uma sensação que ecoou nos aplausos com que o veredicto do conde foi recebido. Mas também fora um momento doloroso. Aidan partiria no dia seguinte.

No entanto ele sorrira para ela.

E não fora apenas a expressão nos olhos dele, como a que ela interpretara como um sorriso durante o baile na Bedwyn House. Dessa vez, fora um sorriso aberto, radiante, que curvara a boca de Aidan, provocara rugas nos cantos dos seus olhos e iluminara o rosto dele inteiro. Toda a dureza, a severidade, havia desaparecido para dar lugar a um belo sorriso – iluminado, caloroso, quase uma risada.

Estranhamente, aquele sorriso fora mais íntimo do que qualquer encontro sexual que tiveram. Algo profundo dentro dele, uma alegria mais brilhante do que o sol, a alcançara e a envolvera, levando-a mais para perto do marido do que até mesmo um abraço conseguiria.

Ou assim lhe parecera. Afinal, fora apenas um sorriso.

Ele sorrira para ela. Por uma eternidade. Ou talvez por dez ou quinze segundos, até Cecil sair pisando fundo e tia Jemima, chorando copiosamente, se aproximar apressada de Eve para abraçar a sobrinha e garantir que amava muito as crianças, sim, mas que estava velha e cansada demais para assumir os cuidados diários deles. Eve retribuíra o abraço e lhe assegurara que poderia visitar as crianças e a *ela* em Ringwood sempre que quisesse. Quando Eve voltou novamente a atenção para Aidan, ele já conversava com o duque de Bewcastle e com o conde de Luff no outro extremo da sala, parecendo distante e até mesmo severo em seu uniforme.

Eve não perdeu mais tempo. Acabara de saber por tia Jemima que as crianças estavam no andar de baixo do prédio, na taverna, sendo entretidas por duas das três camareiras da hospedaria Three Feathers. Eve descera as escadas em disparada, dois degraus por vez, de um modo muito pouco recomendado a uma dama, e entrara correndo na taverna, onde tomara as crianças nos braços, uma de cada vez, rindo e dançando em círculos com elas. Mal conseguia se lembrar de um momento mais feliz em toda a sua vida.

– Imagino – Aidan estava agora falando com Becky – que você se lembre do seu pai, não é? Ele sempre será seu pai, mesmo não podendo mais estar com vocês. Estou aqui para fazer o papel dele, para me certificar de que vocês estejam sempre seguros, confortáveis, que recebam a educação e os cuidados que permitirão que cresçam, você para se tornar uma jovem dama elegante e Davy para ser um bom rapaz.

– E como devo chamá-lo? – perguntou Becky.

Eve percebeu que a menina o pegara de surpresa. Ele ergueu as sobrancelhas.

– Hummm – falou Aidan. – Deixe-me ver. Minha esposa é tia Eve. Então suponho que eu seja o tio Aidan.

Parecia absurdo, tão absurdo que Eve riu. Quem teria imaginado uma coisa daquelas? O coronel lorde Aidan Bedwyn convidando dois órfãos abandonados a chamá-lo de tio Aidan? Como ela o *amava*! Mas era um sentimento doloroso demais para ser analisado naquele momento. Eve sorriu novamente para Becky.

No dia seguinte ele iria embora.

O duque de Bewcastle aceitara o convite para passar a noite no Solar Ringwood. Qualquer coisa era melhor, dissera ele em seu habitual tom suave e arrogante, do que ficar de novo na Three Feathers. E a julgar pela expressão no rosto do dono da estalagem mais cedo, quando o vira chegar à hospedaria – que ficava no mesmo prédio dos salões de reunião da cidade –, o sentimento era recíproco, acrescentara Sua Graça.

Eve ficara surpresa e confusa por ele ter ido até lá, mas não pensara muito nos motivos para isso até entrar na sala de visitas pouco antes do jantar e encontrar o duque sozinho. Não havia sinal de Aidan.

Eve nunca gostara do duque. E, como todos ao redor dele, também o temia, admitiu para si mesma. Mas era um medo ao qual nunca se permitira sucumbir. Ela resistiu à vontade de dar alguma desculpa para desaparecer da sala ou de começar uma conversa sobre trivialidades. Em vez disso, cruzou a sala com determinação, os braços esticados à frente do corpo. O duque não teve alternativa além de segurar as mãos da cunhada, parecendo levemente surpreso e talvez, também, um pouco desconfortável.

– Obrigada – disse Eve. – Do fundo do meu coração, obrigada.

Ela apertou as mãos dele antes de soltá-las. As mãos do duque eram mais delgadas, de dedos mais longos do que as de Aidan, e ele usava um anel em cada uma.

– Ignoro – retrucou ele – que possa lhe ter feito algum grande serviço, Lady Aidan.

– Não sei quanto tempo o senhor ficou assistindo, antes de se pronunciar – disse Eve –, mas deve compreender que o veredicto era incerto, tanto o conde poderia ter confirmado a custódia a Cecil quanto poderia ter me devolvido as crianças. Foi o que o senhor disse que pesou na decisão dele. Mais do que isso, no entanto, pesou a sua presença.

– Fico feliz de poder ter sido de alguma ajuda, então – concordou ele.

– Por que veio?

Eve teve vontade de retirar a pergunta, de se sentar e se ocupar com alguma coisa. Os olhos cor de prata do duque, com seu olhar muito direto, eram desconcertantes mesmo nos melhores momentos. Mas ela ficou onde estava, a poucos metros dele.

– Não pode ter sido pelo bem das crianças – continuou ela. – O senhor não deve sentir nada além de indiferença pelos órfãos de um comerciante. Também não pode ter sido por minha causa, já que na melhor das hipóteses me tolera e, na pior, me despreza, acredito. E ficou bastante irritado por eu ter perdido o jantar na Carlton House. Deve ter sido por causa de Aidan, então.

– É tranquilizador descobrir uma pessoa que me conhece tão bem a ponto de responder por mim as próprias que faz a meu respeito, o que me poupa o esforço de respondê-las eu mesmo – comentou o duque.

Eve enrubesceu de vergonha diante da repreensão arrogante.

– *Por que* veio? – insistiu ela.

– Eu vim, madame – respondeu o duque –, porque sou o chefe da família Bedwyn e sempre considerei meu dever me preocupar com todos os seus membros. A senhora agora é uma de nós e continuará a ser, não importa quanto declare sua independência, não importa quanto insista em mandar Aidan embora para sempre assim que sua licença acabar. Ponderei que talvez precisasse da minha influência, que, como teve a oportunidade de testemunhar, é considerável. Portanto, vim.

– Veio por minha causa, então?

Ela franziu o cenho. O duque parecia um homem frio demais para agir movido pela bondade. Mas não fora bondade. Ele mesmo acabara de contar... fora dever. Assim como Aidan, o duque era motivado pelo dever mais do que por qualquer outra coisa. Os dois irmãos eram tão parecidos em tanta coisa... Ainda assim, não eram amigos.

O duque inclinou levemente a cabeça.

– O que há entre o senhor e Aidan? – Eve se pegou perguntando. – Por que não são... próximos? São tão parecidos em idade e em temperamento. – Mas aquilo não era bem verdade. Havia fogo por trás da reserva de Aidan e gelo por trás da do duque. – Os dois colocam a honra e o dever acima de tudo. Por que não são próximos?

Ele ergueu as sobrancelhas, o monóculo na mão, os olhos claros frios nos dela. Eve então percebeu que o duque se escondera atrás da mais espessa de suas máscaras. Ela se perguntou de repente se havia um homem de verdade por trás mesmo da máscara mais fina.

– Então irmãos têm que demonstrar seu afeto da maneira galesa, madame? – perguntou ele. – Batendo nas costas um do outro, derramando lágrimas sentimentais a cada partida, a cada briga e reconciliação, proclamando a profundidade do sentimento que nutrem um pelo outro na mais floreada e apaixonada das linguagens? Caso os dois se comportem com uma reserva mais inglesa, é porque deve haver algum problema entre eles?

Ela o abalara. Ele a castigava com palavras frias e um desdém ostensivo por seus compatriotas galeses. Mas ela o abalara.

– O senhor o ama, então? – perguntou Eve.

– A senhora usa palavras de mulher, Lady Aidan – falou o duque. – *Amor*. O que é o amor além de um termo abstrato que não pode sequer ser definido senão em ações? Aidan é um Bedwyn. É meu irmão e, a menos ou até que eu faça um filho meu, é também meu herdeiro. A vida dele é importante para mim, assim como a... felicidade dele. Eu morreria por Aidan, se um gesto tão extremo e dramático fosse necessário. Isso é amor? Pode decidir por si mesma.

A porta se abriu antes que ele terminasse de falar e tia Mari entrou, apoiada em sua bengala. Thelma a acompanhava – Eve insistira para que a preceptora jantasse com eles, como sempre fazia. Tia Mari logo começou a falar com grande entusiasmo sobre o julgamento, como insistia em chamar a audiência daquela tarde. Uma expressão de desprazer tomou conta do rosto do duque ao ouvir o forte sotaque galês.

Cinco minutos se passaram antes que Aidan aparecesse, sem seu uniforme, vestindo em vez dele uma elegante roupa de noite azul e cinza, com uma camisa de linho branca muito bem passada.

– Andrews chegou de Londres no fim da tarde e não tinha passado minha camisa – explicou. – E de jeito nenhum me deixaria usá-la sem que passasse, ainda que meus olhos destreinados não enxergasse um amassado sequer. Resolvi que era preferível me atrasar um pouco a vê-lo chorar de vergonha.

Eve virou para o marido e sentiu a dor da saudade atravessá-la. Aidan viera até ali com ela, desafiando o irmão. Lutara por ela naquele dia e por crianças que não significavam nada para ele. *Ele sorrira pra ela.*

E iria partir no dia seguinte.

– Mas você sempre foi bastante descuidado com sua aparência, Aidan – comentou o duque.

– O jantar já vai ser servido – anunciou Eve. – Vamos passar à sala de jantar?

Tarde demais, após Aidan oferecer o braço a tia Mari e o duque de Bewcastle se adiantar para lhe oferecer o seu, Eve se lembrou de que deveria ter pedido a Agnes para servir alguns drinques na sala de visitas. Como aqueles dois a achariam mal-educada...

Mesmo tendo planejado passar apenas um dia no campo, Bewcastle levara uma verdadeira comitiva consigo – sua própria carruagem coberta, outra para seus pertences e seu ordenança, dois cocheiros, dois criados para a carruagem em que ele viajava, além de seis cavaleiros, todos vestidos em deslumbrantes librés.

Aidan estava parado na varanda na manhã seguinte, com Eve ao seu lado, para ver o irmão partir, e sentiu uma estranha pontada de tristeza.

Fora *naquilo* que Wulf se transformara – já não era o garoto travesso, inteligente e cheio de energia de que se recordava, mas um aristocrata frio e solitário, com tanto poder que poderia exercê-lo com um mero levantar do dedo longo, ou o erguer de uma sobrancelha escura. Ou uma palavra dita em voz suave. Por um momento, Aidan sentiu um aperto incomum no peito. Não costumava ser afetado por despedidas, principalmente quando esperava rever a outra pessoa em poucos dias.

Por que Wulf fora até lá? Aidan tentava responder a essa pergunta desde a tarde da véspera e, ainda assim, não conseguia aceitar a resposta óbvia: o irmão fora até lá simplesmente porque um Bedwyn estava com problemas e a presença dele poderia resolver a questão. Por que Wulf se importaria que Eve sofresse com a perda de dois órfãos, mesmo ela sendo uma Bedwyn? Seria possível que ele tivesse ido... seria mesmo?... porque sabia que Aidan gostava de Eve e ele, *o duque*, gostava de Aidan? Por carinho, isto é, não apenas pelo seu dever de duque, mas por um sentimento de... amor fraternal? Não adiantaria nada perguntar a Wulf. Ele teria fitado Aidan com aqueles olhos cor de prata e erguido as sobrancelhas, com o monóculo em uma das mãos e no rosto a expressão de quem jamais ouvira aquela palavra.

As carruagens desapareceram no caminho que levava para fora de Ringwood.

– Espero não importuná-la por ficar mais um dia aqui – falou Aidan.

– Não, de forma nenhuma. – Mas Eve franziu um pouco o cenho, como se não compreendesse seu motivo de ficar.

Ela, é claro, esperara que o marido partisse com Wulf, naquela manhã. Fora o que ele dissera que faria. Mas então Aidan ficara deitado na cama do quarto de hóspedes, incapaz de voltar a dormir depois de acordar algumas vezes antes do amanhecer, repassando vezes sem conta a cena ocorrida no salão do conselho.

Minha casa é o Solar Ringwood. É onde minha esposa vive. É onde meu coração ficará quando eu partir.

Quando falara, as palavras não haviam soado como uma mentira, embora ele presumisse que essencialmente *eram*. Com certeza haviam sido quase embaraçosas de tão emproadas. Mas Aidan fora incapaz de tirar as palavras da mente enquanto tentava dormir.

É onde meu coração ficará quando eu partir.

... os filhos adotivos dela são meus filhos.

As crianças não eram filhas dele. Ele não teria se interessado pelos dois a não ser, talvez, por uma preocupação natural com crianças tão pequenas que haviam ficado órfãs, abandonadas e indesejadas por todos os parentes.

Então as palavras de Cecil Morris haviam se alojado no cérebro de Aidan e ficaram dando voltas, repetindo-se, até que ele por fim se levantou, se vestiu sem chamar Andrews, foi até os estábulos para selar um cavalo e saiu para uma rápida cavalgada em direção ao nascer do sol.

... E diga-me, Eve, quem Davy terá como figura paterna, algo tão importante para um menino?

Com as palavras, surgiram imagens do garoto, magro, confuso e cheio de raiva no quarto das crianças, silencioso e passivo na carruagem, na véspera.

... quem Davy terá como figura paterna...

É onde meu coração ficará quando eu partir.

As crianças eram filhas dela. De Eve. E Eve era esposa dele. Como agora lhe parecia tola a lembrança de sua decisão de se casar com Eve, levá-la para Londres para a cerimônia, trazê-la de volta para casa e deixá-la para sempre. Como se tudo fosse parte de uma manobra militar bem organizada: rapidamente realizada, rapidamente esquecida. Deveria ter levado em consideração que era um Bedwyn e que, como regra geral, os Bedwyns amam seus parceiros. Era uma tradição da qual ele e os irmãos haviam zombado quando pequenos. E Bedwyns amavam e cuidavam de seus filhos, ainda que insistissem em lhes ensinar noções de dever e responsabilidade. Não que Aidan pudesse se recordar de alguém em sua família que adotara uma criança.

– Está um belo dia – falou ele para Eve. – Pensei que talvez pudesse levar o menino para pescar. – Aidan se sentiu profundamente embaraçado assim que as palavras saíram de sua boca.

– *Davy?*

– Pensei em fazer isso – falou. – Depois de nosso casamento, garanti a ele que estaria seguro e o encorajei a pensar em si mesmo como protetor da irmã e das outras mulheres aqui. No fim das contas, ele não estava seguro coisa nenhuma e não pôde fazer nada para proteger ninguém, nem a si mesmo. Eu deveria ter percebido que ele é uma criança e que precisa de adultos que passem algum tempo com ele e que o protejam até que tenha idade para fazer isso sozinho. Vou passar ao menos o dia de hoje com ele.

Eve franziu ainda mais o cenho e, a princípio, Aidan pensou que havia cometido um erro ao ficar, ao impor sua presença por mais um dia, como se questionasse a capacidade de Eve de cuidar sozinha do menino. Mas quando a esposa finalmente falou, ele descobriu que havia interpretado mal sua expressão.

– Você *é* bondoso – falou ela baixinho. – Tive minhas dúvidas. Você facilita essas dúvidas. Nem sequer havia percebido até ontem que tanto você quanto o duque de Bewcastle se escondem atrás da mais impenetrável das máscaras. Mas você *é* um bom homem.

– Só porque decidi passar o dia pescando? – Máscaras? Ele não usava máscaras, usava? E Wulf? Sim, na verdade o irmão usava, e Eve fora perspicaz o bastante para perceber. Mas Aidan não usava... certo? – Você não conhece muito os homens, Eve, se acha que será um grande sacrifício da minha parte ficar para um dia de lazer.

– O pai de Davy era um comerciante – falou ela. – E não particularmente próspero. Ainda assim, o *coronel lorde Aidan Bedwyn* não estará fazendo sacrifício nenhum ao abrir mão de mais um dia de seu tempo de licença para levar o filho desse homem para pescar?

– Está um lindo dia – disse Aidan abruptamente. – É melhor você vir também, Eve, e trazer a menina. Arrisco dizer que ela e o irmão não se sentiriam confortáveis ficando afastados hoje, ainda mais por eu ser quase um estranho para eles. Vamos levar a charrete e preparar uma grande cesta de piquenique.

Eve inclinou a cabeça para o lado e o fitou com olhos lindos e luminosos.

– Vá e diga à babá para aprontar as crianças – falou ele, constrangido. – E avise à Srta. Rice que eles não terão aula hoje. Então pode ir dar ordens para que preparem a cesta de piquenique enquanto vou cuidar para que aprontem a charrete.

Ela sorriu para ele antes de levantar a barra da saia e subir correndo os degraus que levavam para dentro de casa. Aidan se sentiu subitamente animado, como um menino que fugira da sala de aula. Não conseguia lembrar quando fora a última vez que tivera um dia dedicado apenas ao lazer. Era lazer, então, passar um dia com duas crianças, filhas de um comerciante, como Eve lembrara a ele? Ensinar o menino a pescar? Fazer um piquenique com eles? E com Eve?

Aidan se perguntou subitamente se teria ficado se não fosse pelas crianças. Se não fosse por elas, será que estaria na carruagem com Wulf naquele momento, confortavelmente imerso em uma conversa sobre política ou coisa semelhante? Ou teria encontrado outra desculpa para permanecer em Ringwood?

Ele não se importou em buscar a resposta. Em vez disso, saiu andando a passos largos na direção dos estábulos.

É onde meu coração ficará quando eu partir.

Havia uma centena de coisas importantes a fazer, já que passara duas semanas longe de Ringwood. Eve sempre fora muito zelosa de seus deveres como proprietária de terra. E sempre aceitara suas obrigações sociais também: frequentar a casa dos vizinhos, recebê-los na sua, visitar os doentes. Mas não se sentiria culpada por tirar aquele dia para si, decidiu. Afinal, não era apenas para si mesma, certo? Era para as crianças. Para os filhos *dela*. Se havia aprendido algo com as experiências das últimas semanas fora que dar seu tempo, sua atenção e seu amor a Davy e Becky era a coisa mais importante que poderia fazer em sua vida.

Eles encontraram um lugar tranquilo no rio, nas terras dela, mas longe de casa da cidade. Lá, em um prado coberto pela relva, pontilhado por flores do campo coloridas, com o céu azul e o sol acima de suas cabeças, eles pousaram a cesta de piquenique que vinham carregando desde o portão onde deixaram a charrete e foram pescar. O cavalo ficou solto para pastar em um canto da pradaria.

Todos pescaram por algum tempo, Aidan com Davy e Eve com Becky. Eve tentou se lembrar dos truques que aprendera com Percy tantos anos antes. Aidan ajudara as duas de vez em quando e colocara a mão sobre a de Becky na vara de pescar, depois que a menina a lançara, mostrando a ela como manter a vara firme sem cansar os braços rápido demais. Becky inclinou a cabeça para trás, levantou os olhos para o rosto abaixado dele, e sorriu – um sorriso ensolarado e despreocupado de criança. Aidan olhou para ela e piscou.

Foi um momento precioso para Eve. Como ela poderia ter imaginado que ele seria gentil com as crianças... aquele oficial de cavalaria austero e poderoso, que ela encontrara de pé na sala de visitas para lhe contar sobre a morte de Percy no campo de batalha?

Mas Becky logo se cansou da brincadeira passiva que era a pescaria – para deleite de Muffin, que levantou do lugar que arrumara para si na margem do rio e começou a correr à frente de Eve e da menina, caçando insetos. Eve passeou pela pradaria com Becky, identificando vários tipos de flores, caçando borboletas e soltando a única que haviam pegado, depois de examinarem encantadas as cores dela. Brincou de pegar a menina e de fugir dela e de Muffin – embora o dia estivesse quente demais para que aquela brincadeira durasse muito. Depois sentou-se ao lado da cesta de piquenique para fazer guirlandas de margaridas. Eve fez uma longa o bastante para passar ao redor do pescoço de Becky e outra menor para que ela usasse de coroa. A menorzinha que a própria Becky fez terminou ao redor do pulso de Eve.

Durante todo esse tempo, enquanto elas brincavam, enquanto a menina tagarelava sobre nada em especial ou cantava baixinho para si mesma, Eve estava consciente de Aidan e Davy juntos, na beira do rio, envolvidos na tarefa de pegar um peixe. Ela viu Aidan explicar com calma e supervisionar pacientemente enquanto Davy fazia tudo sozinho. No fim, os dois estavam sentados lado a lado na margem do rio, ambos em mangas de camisa, silenciosos na maior parte do tempo, conversando de vez em quando. Eve teve a impressão de que o menino estava falando um pouco mais do que de hábito. Nenhum dos dois riu, ou sequer sorriu, mas ambos pareciam relaxados e satisfeitos.

Quase como se fossem pai e filho.

Por que Aidan ficara? Ela passara a maior parte da noite acordada, preparando-se para encarar a despedida dele na manhã seguinte. Não pretendera sequer fingir indiferença. Não queria que ele partisse. Era simples assim. Não estava pronta... jamais estaria. Então a manhã chegara e ela descobrira que conseguira um adiamento. Teria outro dia para passar ao lado do marido... e a mesma angústia para suportar à noite e na manhã seguinte. Ficara quase desapontada com a decisão dele. A pior parte da agonia dela já poderia ter terminado àquela altura. Mas talvez não.

Com certeza não.

– Vá dizer a Davy e ao tio Aidan que está na hora de comer – falou Eve a Becky, por fim, abrindo a cesta de piquenique.

Ela observou a menina ir chamar os dois. E viu quando Aidan se virou e passou o braço pela cintura da menina, enquanto Becky envolvia o pescoço dele com seu bracinho roliço e se apoiava no ombro largo. Viu também quando Davy levantou os olhos para ela e chamou a atenção da irmã para o pequeno peixe que conseguira fisgar.

Eve abraçou os joelhos e tentou gravar aquela cena na memória. No dia seguinte... mas ela não pensaria no dia seguinte.

Não estava na hora de comer, ela logo descobriu. Além dos gordos pedaços de pão com manteiga que a Sra. Rowe mandara com generosas fatias de queijo, eles também comeriam peixe feito na hora.

– Por que acha que Davy e eu passamos a manhã pescando? – perguntou Aidan quando Eve expressou sua surpresa. – Trabalhamos duro até ferir nossos dedos para que pudéssemos alimentar nossas mulheres como homens de verdade. Não é mesmo, Davy?

Não havia um sorriso no rosto de Aidan, mas com certeza se fazia ouvir em sua voz. Ele mandou Becky procurar algumas folhas largas e lisas, enquanto ia com Davy atrás de gravetos e galhos para fazer fogo. Aidan com certeza teria conseguido fazer tudo sozinho na metade do tempo, pensou Eve, que ficara coçando a barriga de Muffin, pois não ganhara uma tarefa, mas ele deixou as crianças fazerem quase tudo sozinhas, incluindo montar a fogueira e acendê-la com os fósforos que ele tirara do casaco. Ele ensinou as crianças a limpar e temperar o peixe e os supervisionou nesse trabalho, então permitiu que colocassem o peixe sobre as folhas e os embrulhasse. O próprio Aidan colocou as folhas no fogo.

Eve cruzou as mãos sobre os joelhos erguidos quando seu estômago começou a roncar de fome, mas não protestou pela demora da refeição. As duas crianças estavam concentradas e se divertindo mais do que ela já vira.

– Papai fez uma fogueira certa vez – contou o menino.

– É mesmo, Davy? – Becky levantou os olhos arregalados para o irmão.

– E assou castanhas – continuou o menino. – Aí mamãe o repreendeu por deixar que queimássemos nossos dedos.

– Mamãe me deixava pentear os cabelos dela – comentou Becky.

Foi uma conversa breve, mas que levou lágrimas aos olhos de Eve e aqueceu seu coração. Embora ela sempre houvesse encorajado os dois a se lembrarem dos pais, eles nunca conversavam sobre as lembranças que tinham deles diante dela.

– Acho que o peixe está pronto – falou Aidan. – Vou tirá-lo do fogo e abrir as folhas e tia Eve vai dizer quando podemos comer. Não vou me arriscar a que ela me acuse de deixar que queimem seus dedos ou suas línguas.

Eles se fartaram de comer um peixe com sabor levemente queimado e delicioso, com pão, manteiga e queijo, tortas de geleia e bolo de groselha. Todos tomaram limonada. Então Aidan se esticou sobre a manta com um suspiro, os pés calçados com botas e uma das pernas cruzadas sobre a outra na altura do joelho, as mangas da camisa enroladas até os cotovelos e um braço pousado sobre os olhos para protegê-los do sol.

– Isso – disse ele – é uma bênção absoluta.

As crianças se afastaram com Muffin para explorar a pradaria. Eve guardou de volta na cesta o que restara do piquenique. Aidan dormiu, a respiração profunda e tranquila. Eve ficou olhando para o marido, colecionando mais lembranças. Ela mesma não se deitaria, por mais que se sentisse sonolenta. Alguém precisava ficar de olho nas crianças. Além do mais, Eve não queria perder um momento que fosse daquele dia.

Isso é uma bênção absoluta.

Sim, realmente era. E era também um dia de pura agonia.

A situação era tão parecida com a vida em família que ela sempre sonhara – primeiro com Joshua, depois com John. E agora estava tendo um breve vislumbre de como seria uma vida assim – só que com os filhos de outros e um marido que partiria no dia seguinte. Talvez não importasse. As crianças *eram* filhas dela, Aidan *era* seu marido, e naquele dia eles estavam juntos como uma família. Talvez o presente fosse tudo o que importava. Talvez fosse tudo o que qualquer um pudesse esperar. Talvez o amanhã fosse uma ilusão que nunca chegasse.

– Suponho – falou Aidan, a voz dele penetrando nas divagações de Eve – que, tendo vindo de uma área urbana, com lojas e negócios, Davy não saiba muito sobre o campo. Você fala com ele sobre o trabalho da fazenda, explica as coisas a ele, deixa que suje as mãos, por assim dizer?

– Nunca fiz isso. Sempre quis mantê-los próximos ao conforto de casa. Eles estavam tão magros, pálidos e apáticos quando chegaram aqui, Aidan. Seu coração ficaria em pedaços ao vê-los. Mas quem sabe eu devesse?

– Ele precisa se preparar para alguma carreira – disse Aidan. – A terra é uma possibilidade concreta. Davy poderia aprender a ser um administrador, talvez até mesmo o seu administrador. Ou poderia trabalhar em uma fazenda, ou ser um fazendeiro.

– Talvez um proprietário de terras – falou ela. – Minha propriedade não será herdada por ninguém.

Aidan tirou o braço da frente dos olhos e virou a cabeça para olhar para ela.

– Você já pode estar esperando um filho – disse.

– Não.

Eve virou a cabeça para o outro lado, alarmando-se ao perceber que as lágrimas turvavam sua visão. Não, não estava. Tivera uma semana durante a qual poderia ter concebido, mas isso não acontecera. Jamais teria um filho nascido do próprio ventre.

– Ah – falou Aidan com delicadeza instantes depois. – Lamento, Eve.

– Não há necessidade – disse ela. – Teria complicado irremediavelmente as coisas, não é mesmo? Você teria se sentido obrigado a nos visitar sempre que estivesse na Inglaterra, de licença, e eu teria me sentido obrigada a deixá-lo vir.

Outro silêncio curto.

– Não teria sido o desejável – falou ele.

– Não.

Havia uma pequena nuvem deslocando-se pelo céu, apenas uma. Mas ela encontrou o sol e o encobriu por alguns instantes. Eve estremeceu com a friagem súbita.

– Vou conversar com Ned Bateman – comentou ela, quando a nuvem se afastou do sol. – Meu administrador. Sobre Davy, quero dizer.

– Quem sabe eu leve Davy para dar uma volta na fazenda amanhã – propôs Aidan. – Gostaria de conhecê-la também. Sei uma coisa ou outra sobre o trabalho em uma fazenda.

– Amanhã?

Houve outro daqueles breves silêncios que haviam pontuado a conversa deles.

– Londres no momento é um lugar de onde eu preferia permanecer longe – declarou Aidan. – Estremeci quando Wulf descreveu o jantar que perdemos na Carlton House. Você, não? Todos insistindo em conversar em várias línguas diferentes, sem que ninguém entendesse nada, a grã-duquesa, a única pessoa que poderia ter servido de intérprete para todos, não podendo fazer isso para não constranger o príncipe de Gales e por um desejo de ver seus pares fazendo papel de bobos, a rainha entediando a todos e acabando com o que ainda restava da noite ao forçar todos a fazerem a reverência a ela no salão de visitas, depois do jantar, o czar da Rússia flertando indiscriminadamente com todas as damas e ficando carrancudo por deixar de ser o centro das atenções. E haverá mais do mesmo para aguentar, assim que eu voltar a Londres. Prefiro ficar aqui.

Apenas pelo dia seguinte? Por mais alguns dias? Pelo resto da licença dele?

– Você se importa? – perguntou Aidan.

– Não. – Eve não sabia se era verdade ou mentira. – Não, de forma alguma.

As crianças haviam voltado e patinharam na água da margem do rio por algum tempo. Muffin se acomodou ao lado de Eve e ficou empurrando a mão dela com o focinho molhado enquanto Becky ia se postar ao lado de Aidan.

– Tio Aidan – falou a menina –, trouxe uma coisa para o senhor.

Ele se sentou e ela colocou um seixo muito liso nas mãos dele, ainda úmido do leito do rio.

– Para mim? – perguntou Aidan, examinando com atenção a pedra antes de levantar os olhos para Becky. – Acho que é o presente mais precioso que já ganhei. Muito obrigado, querida.

Eve ficou espantada com a ternura. Mas Becky já dera a volta ao redor da manta e agora estava ao lado dela.

– E uma para a senhora, tia Eve – disse ela.

Era um presente, percebeu Eve enquanto abraçava a criança, que seria guardado entre seus tesouros mais valiosos enquanto ela vivesse, como lembrança daquele dia, um dos mais felizes de sua vida.

– Acho melhor levarmos aquele cavalo de volta para o estábulo – falou Aidan. – Antes que ele exploda de tanto pastar.

Becky bocejou longamente e Aidan a pegou no colo com um dos braços, enquanto pegava a cesta de piquenique com a outra mão.

– Pode trazer as varas de pescar e todo o resto, rapaz? – pediu a Davy. – Vamos deixar tia Eve fazer o papel da dama.

Becky aconchegou a cabeça no ombro dele e adormeceu no mesmo instante.

CAPÍTULO XX

Aidan não tinha ideia de quanto tempo pretendia ficar. Era de propósito que não fizera a pergunta a si mesmo. Sabia apenas que não desejava passar o resto de sua licença em Londres, onde a vida seria tão agitada e metódica como quando ele estava com o batalhão. E Lindsey Hall perdera parte de seu encanto. Estaria vazia e sem graça com a maior parte dos irmãos e irmãs longe de lá – até mesmo Ralf fora para Londres, de acordo com Wulf.

E sem Eve.

Ele precisava relaxar. E a Inglaterra passava por uma onda de calor – dia após dia de céu azul, sol brilhando e um calor que entrava pela pele, relaxava os músculos e era como um bálsamo morno para a alma.

Era difícil para Aidan compreender seu apego às crianças, que a princípio haviam sido sua desculpa para ficar, mas logo se tornaram mesmo grande parte do que o prendia ali. Talvez fosse porque ele sabia que aqueles seriam os únicos filhos que ele ou Eve teriam. Depois que ele partisse, não poderia mais voltar. Eve deixara isso bem claro quando estavam às margens do rio. Se ela desse à luz um filho dos dois, teria permitido que Aidan visitasse a criança, mas ela não havia concebido durante a semana em que dormiram juntos.

Então só restava o momento presente. Aqueles poucos dias – tantos quanto a consciência de Aidan lhe permitisse roubar – eram tudo o que teria com a esposa e os filhos. Sim, era estranho, mas era assim que pensava: filhos dele. *Deles*.

Eve declarou férias dos estudos para as crianças. Aidan saiu com Davy algumas vezes e logo o garoto se tornou sua sombra onde ele estivesse, mesmo se fosse apenas visitar os estábulos ou dar um passeio pela cidade.

Os dois inspecionaram os campos de cultivo da propriedade, na primeira vez com o administrador de Eve, e apenas os dois na vez seguinte. Aidan mostrou ao menino todos os diferentes tipos de alimentos que estavam sendo cultivados, levando-o direto aos campos, abaixando-se ao lado de Davy para tocarem as plantas, verem e sentirem as diferenças entre elas. Observaram também os animais pastando, as vacas em um pasto, as ovelhas em outro. Ajudaram a alimentar os porcos e as galinhas e examinaram o interior do celeiro, ainda parcialmente ocupado pelo feno do ano anterior, onde uma das vacas ruminava tranquila, com seu bezerro adoentado ao lado. Quando lhes explicaram que o bezerro não conseguia se alimentar sem ajuda, Aidan ensinou Davy a ordenhar a vaca. Os dois provaram direto na boca um pouco do leite doce e morno. Depois, foram ver o ferreiro trabalhar. Durante todo o tempo Aidan respirava os aromas familiares de uma fazenda em atividade e sentia a conhecida atração pela vida rural.

Na vez seguinte, Eve e Becky os acompanharam, o cachorro bamboleando ao lado deles em suas três pernas boas, usando a quarta como apoio ocasional. Os quatro não ficaram juntos o tempo todo. Eve e Becky entraram em alguns chalés para visitar as esposas dos trabalhadores e Aidan viu Becky pouco tempo depois brincando com algumas crianças do lado de fora. Mais tarde, no lado de fora do celeiro, a menina perdeu o interesse pelos animais maiores e sentou no chão para brincar com o gato mais tranquilo, enquanto o cão, que parecia ter medo de gatos, se colava às saias de Eve.

As duas crianças estavam bronzeadas, percebeu Aidan. Assim como Eve, apesar do chapéu flexível de palha que a acompanhava em quase todo canto da propriedade – o mesmo que ela usava naquele primeiro dia, se ele se lembrava bem, embora agora estivesse adornado por fitas cor-de-rosa em vez de cinza. Eve usava um vestido de musselina de um rosa pálido, que não era novo e nem muito elegante. Ela combinava perfeitamente com o campo ao seu redor. Tia Rochester teria ficado horrorizada se pudesse ver a pupila naquele momento. Mas, para Aidan, Eve estava simplesmente linda.

Ao voltarem para casa – haviam resolvido caminhar em vez de pegar a charrete – estavam todos empoeirados e um tanto desalinhados, em particular as crianças. Era um dia especialmente quente. Becky estava sobre os ombros de Aidan, agarrada aos cabelos dele – que não usava chapéu. Outro dia se aproximava do fim, pensou ele com tristeza. Não poderia atrasar sua partida por muito tempo mais.

O rio surgiu à direita deles.

– Pois bem... *aquilo* – disse Aidan, apontando – costumava ser a solução para um dia quente quando eu era menino. Nós íamos nadar.

– Ah, é mesmo? – Eve o encarou com os olhos cintilando. – Nós também. Percy e eu. Éramos proibidos, meu pai tinha medo de água. Costumávamos ir até lá, onde as árvores nos escondiam de qualquer um que pudesse nos denunciar. – Ela apontou para um trecho do rio um pouco mais além. – Eu me esgueirava para dentro do meu quarto quando voltávamos para casa, para esconder meus cabelos molhados e fingir que os havia lavado.

Aidan abaixou os olhos para Davy.

– Sabe nadar, rapaz?

– Não, senhor. – O menino balançou a cabeça.

– O quê? – Aidan franziu o cenho para ele. – Não sabe nadar? Isso é inadmissível! Temos que resolver esse problema. E não há hora melhor do que agora.

Ele se virou na direção do rio.

– Aidan! – Eve estava rindo. – Não pode ensinar Davy a nadar agora. Não trouxemos toalhas.

– Por que precisamos de toalhas nesse calor? – perguntou Aidan. – Becky, precisamos de toalhas?

A menina agarrou os cabelos dele com um pouco mais de força.

– Não, tio Aidan.

– Mas não podemos, senhor – protestou Davy. – Eu afundaria, me afogaria.

– Vou ensiná-lo a não afundar – Aidan disse ao menino. – E a não se afogar.

Eve os acompanhou, assim como o cão, que se apressou à frente deles para beber água. Ela não nadaria, avisou Eve, quando chegaram mais perto. Como poderia, sem as roupas adequadas? Mas tirou os sapatos e as meias e tirou o vestido de Becky para que a menina pudesse brincar na água apenas com a roupa de baixo. Aidan descalçou as botas, tirou as meias e a camisa, mas deixou a calça, ainda que relutando. Davy ficou apenas de calções, como Aidan instruiu. Não parecia muito animado com a ideia de aprender a nadar.

A água estava deliciosamente fria, descobriu Aidan quando entrou. E chegava aos joelhos dele, embora o rio fosse largo naquele ponto – ele imaginava que afundasse bastante à frente, mais para o meio. Ele estendeu a mão para Eve.

– Vai molhar suas saias – disse ele, percebendo com prazer a elegância dos tornozelos da esposa, quando ela levantou a barra do vestido. – Deveria tirá-lo. Afinal, já vi você usando menos do que sua roupa de baixo.

Ela o encarou com um olhar eloquente enquanto testava a água com um dos dedos do pé, então mergulhava primeiro uma perna e depois a outra. O vestido estava levantado à altura dos joelhos, mas ela deve ter percebido a impossibilidade de mantê-lo seco e o soltou. As saias flutuaram ao redor dela enquanto Aidan pegava Becky no colo e entregava a menina a Eve. Becky deu um gritinho ao sentir o choque da água fria. Davy se controlou, embora estremecesse e parecesse muito magro, branco e infeliz.

Eve brincou com Becky, que estava visível e audivelmente feliz, enquanto Aidan se dedicava à tarefa de ensinar o menino a prender a respiração e não ter medo da água, mesmo quando o rosto estivesse submerso. Eve segurou Becky para que boiasse de costas. Aidan fez o mesmo com Davy, embora o menino se mostrasse extremamente relutante em tirar os pés do leito do rio.

– É uma questão de confiança, rapaz – disse Aidan depois de algum tempo. – Precisa confiar que eu vá segurá-lo e que não vai afundar. Você confia?

– Sim, senhor – respondeu o menino, solene.

Depois disso, Davy flutuou, as mãos de Aidan firmes sob seu corpo, sentindo-o relaxar, confiando aos poucos que a própria água o sustentasse. Aidan tirou uma das mãos e deixou a outra apoiada de leve sob as costas do menino apenas para lhe dar confiança. Então olhou para Eve, que girava Becky em um círculo lento, o vestido totalmente molhado marcando curvas delicadas. Até seu cabelo estava encharcado.

Então Davy arquejou horrorizado e lutou para ficar de pé.

– Meus calções, senhor – disse o menino. – Eu os perdi.

E era verdade, lá estavam os calções fujões sendo levados pela corrente, já fora do alcance de Davy quando o menino tentou agarrá-los.

Becky havia percebido.

– Os calções de Davy! – falou com um gritinho.

Aidan saiu nadando atrás dos calções. Poderia tê-los alcançado em um instante, mas diminuiu o ritmo ao perceber que o garoto batia os braços, indo atrás dele, e que ria – dava gargalhadas na verdade, com um embaraço infantil misturado à diversão do momento.

Aidan pegou os calções pouco antes de serem levados para a parte mais funda do rio. E os colocou na cabeça.

– Venha pegá-los – disse a Davy.

O menino foi até ele, ainda rindo muito, uma das mãos cobrindo as partes íntimas sob a água, a outra tentando em vão alcançar os calções.

– Não consigo alcançar, senhor – falou. – Elas vão *ver*!

Aidan abaixou um pouco os calções, rindo também para o garoto.

– Talvez eu deva fazer você nadar para pegá-los então – disse, ameaçando jogar os calções na parte mais funda.

– N-n-não, senhor. M-m-me dê os calções.

Era tão bom ver o menino rindo de verdade que Aidan foi tentado a prolongar a brincadeira. Mas não queria envergonhar Davy. Ainda rindo, ele deixou os calções ao alcance do menino e, quando Davy conseguiu agarrá-los, Aidan o pegou em um dos braços e o puxou a meio caminho da parte mais funda, brincando de lutar até colocar o menino a salvo, de pé, com a água até a altura do peito, para que Davy finalmente pudesse vestir os calções sem se expor.

Foi naquele momento que Aidan relanceou o olhar para trás e seus olhos encontraram os de Eve, que estava absolutamente imóvel na água, segurando Becky nos braços. A expressão no rosto dela era do mais profundo espanto. Foi só então que ele percebeu que ainda estava rindo. De fato, havia perdido totalmente a seriedade.

Ele olhou um tanto envergonhado para Eve, sua risada transformando-se em um mero sorriso.

Davy ainda gargalhava, agora vestido novamente com seus calções.

– Muito bem, rapaz – disse Aidan –, está pronto para a parte mais funda? Virá nadar comigo se eu prometer não soltá-lo?

– Sim, senhor – disse o menino.

Mas dessa vez ele não falou com a obediência passiva que lhe era comum. Os olhos de Davy brilhavam com animação e ansiedade infantis. Ele esquecera seus medos. Estava se divertindo. Era uma criança com um adulto em quem confiava.

Aidan passou o braço ao redor do menino e boiou preguiçosamente, impulsionando-os com o movimento dos pés. Sentia o calor aquecer seu peito. Ele viu que Eve e Becky haviam saído da água. As duas estavam sob o sol forte, na margem, com o cão entre elas. Eve passava o vestido seco sobre a cabeça da menina, e já devia ter despido a roupa de baixo molhada de Becky. Ela mesma não podia se dar a esse luxo, mulher tola. O vestido se agarrava ao corpo dela, como uma segunda pele. Não teria parecido menos decente se houvesse nadado de anáguas.

Aquilo tudo pareceria um sonho quando ele estivesse de volta ao batalhão?, perguntou-se Aidan. Tão indolor e imaterial quanto um sonho? Ele esperava ardentemente que sim. Mas então que sonho nutriria pelo resto da vida, para lhe dar a esperança no futuro de que todos precisavam? O sonho dele durante a maior parte dos últimos anos fora bem modesto – um lar, uma esposa, uma família depois que ele finalmente deixasse a carreira para trás. Até mesmo o sonho mais recente não fora menos modesto – continuar na carreira, a Srta. Knapp como esposa, compartilhando a vida com ele. Não a amava, e também não esperara amar. Tudo com que sonhava era com conforto e satisfação. Haveria outro sonho? *Poderia* haver outro sonho?

Subitamente, o sol pareceu um pouco menos quente, a água um pouco mais fria.

O reverendo Thomas Puddle jantou com eles naquela noite, a convite de tia Mari, que lhe assegurara que Eve ficaria encantada com sua presença e decepcionada se ele não fosse.

Eve ficou mesmo encantada. Enquanto ela vinha passando mais tempo com Becky, Davy e Aidan, o reverendo vinha passando mais tempo com Thelma e Benjamin e, naquela mesma tarde, ele fora direto ao ponto e pedira Thelma em casamento.

– Implorei a ele que pensasse melhor – contou Thelma a Eve –, que considerasse o que isso significaria para a posição dele, para a família, os paroquianos, mas ele disse que só aceitaria um não por um motivo: se eu realmente não o amasse e não desejasse me casar com ele. Eu não poderia mentir, Eve. Eu o adoro de todo o coração. E Benjamin também.

A única resposta de Eve foi abraçar a moça.

– Mas impus uma condição – falou Thelma, desvencilhando-se do abraço de Eve e parecendo perturbada. – Você me acolheu, Eve, quando todos me tratavam como se eu fosse uma leprosa, me deu trabalho e um lar. Becky e Davy ainda precisam dos meus serviços. Eu não...

Mas Eve a silenciou erguendo a mão.

– Há outras preceptoras – disse ela. – Encontrarei uma. E se vier a perder a próxima para um bom homem, encontrarei outra. Será muito bom poder visitar a casa do reverendo e não ter que ficar andando pelo pátio para poder conversar com ele, chovendo ou fazendo sol.

As duas riram.

– Desejo a *você* a mesma felicidade que estou sentindo – Thelma começou a dizer, mas Eve a deteve novamente.

– Eu *sou* feliz – disse ela. – Tenho minha casa e minha família. Tenho meus filhos. E tenho amigos e vizinhos.

– E o coronel Bedwyn? – perguntou Thelma.

Eve balançou a cabeça.

– Acredito que ele deva partir em um ou dois dias. Vai querer rever a família antes que sua licença termine.

O jantar foi uma ocasião alegre e festiva, com Thelma enrubescida e sorridente, o reverendo Puddle enrubescido também, e tia Mari em sua melhor forma, feliz por todos e tagarelando sem parar sobre o casamento que deveria ser planejado, a festa que o seguiria e mais uma dezena de assuntos. Estava tão alerta e incansável quanto qualquer um deles.

Mais tarde, quando Eve desceu até a sala de visitas, depois da hora que sempre passava lendo para as crianças, colocando-as na cama e distribuindo beijos de boa-noite, a tia já bocejava sem parar. Thelma saíra, após colocar Benjamin para dormir. Fora levar o reverendo Puddle até em casa, caminhando – um óbvio absurdo romântico, já que qualquer tolo poderia imaginar que, ao chegarem lá, ele teria que acompanhar Thelma *de volta* para casa. Tia Mari estava sozinha com Aidan.

– O sol e o calor de hoje e toda a empolgação com o casamento de Thelma com o ministro me exauriram – falou ela. – Vou me recolher cedo. Portanto, não precisa mais ficar trancado dentro de casa me fazendo companhia, coronel. Aqui está Eve. Por que vocês dois não saem para dar um passeio, já que a noite está tão bonita?

Ah, a tia seria cupido até o fim, pensou Eve, enquanto Aidan ficava de pé, ajudava tia Mari a se levantar e lhe entregava a bengala.

– Ótima ideia, madame – falou ele. – Faremos isso, se Eve não estiver muito cansada.

Tia Mari sorria feliz quando ergueu o rosto para que Eve lhe desse um beijo de boa-noite.

Muffin, que parecia estar profundamente adormecido perto da lareira apenas um minuto antes, se pôs de pé e balançou o rabo, esperançoso. Alguém mencionara a palavra *passeio*.

Eles foram andando na direção do vale, atravessando o gramado até o lago de nenúfares, e pararam ali para contemplar as flores e molhar as mãos na água fria. Depois seguiram por entre as árvores e desceram a encosta íngreme que levava até o rio. Muffin caminhava ao lado deles na maior parte do tempo, às vezes mais adiante, outras mais atrás, vindo de vez em quando cheirar a saia de Eve.

– Qual é a história do cão? – perguntou Aidan, quando ainda estavam no lago de nenúfares.

– Ele pertencia a um dos meus arrendatários – contou ela –, um homem a quem recusei a renovação do arrendamento porque ele era violento com os trabalhadores. Ele deixou Muffin para trás, terrivelmente mutilado e maltratado. Basta olhar para ele ainda hoje para imaginar parte do que sofreu, embora sua aparência esteja muito melhor do que na primeira vez que o vi. Todos achavam que seria mais bondoso sacrificá-lo, mas não permiti. Queria que ele soubesse o que era gentileza e amor antes, mesmo se mais tarde fosse necessário aliviar sua dor. Mas Muffin acabou se recuperando tanto quanto seria possível. Com certeza já não se encolhe e gane cada vez que um estranho chega perto.

– É um de seus incapazes – disse Aidan, sentando-se em um muro baixo. Não havia arrogância na acusação.

– Sim – concordou Eve. – Um dos meus preciosos incapazes. – Ela se inclinou para coçar a orelha boa de Muffin.

Não conseguia apagar da mente a imagem de Aidan naquela tarde, rindo e brincando com Davy. E do menino, entregue à alegria infantil. Os dois homens carrancudos de sua vida, rindo e brincando.

– E Ned Bateman é outro deles? – perguntou ele.

– Ned? Ele lhe contou, então? – ela quis saber.

– Sim – disse Aidan. – Você vai comprar terra para ele e para um grupo de soldados feridos e mutilados que deram baixa no exército, para que possam ter suas próprias fazendas e talvez oficinas também, e eles vão lhe pagar o investimento em prestações.

– Não são incapazes, então – argumentou ela. – Eles vão me pagar. Vão ser independentes. Só gostaria de poder ajudar mais. Há milhares de homens assim, não é mesmo, agora que as guerras terminaram? Homens sem trabalho? Homens sem saúde e, muitas vezes, sem um ou mais membros do corpo?

– Você pensou bem no que pretende fazer? – perguntou Aidan. – Foi aconselhada por um advogado? Vai ter alguém para tocar o negócio e os detalhes do empréstimo?

– Confio em Ned – retrucou Eve.

– Estou certo disso – falou ele. – E ele sem dúvida confia em você. Mas seria melhor, e todos os envolvidos ficariam mais felizes, se tudo fosse feito da forma adequada e dentro da lei. Deixe-me encontrar um bom advogado para você.

– Não... – Ela franziu o cenho.

– Deixe que eu peça a Wulf para lhe conseguir um bom profissional – insistiu ele. – Acredite em mim, Eve, os homens que farão parte desse projeto se sentirão muito mais seguros se houver documentos, se todos os detalhes estiverem no papel.

– Será? – perguntou Eve, em dúvida.

– Acredite em mim – disse Aidan. – Deixe-me pedir uma indicação a Wulf.

Ela assentiu. Sabia tão pouco sobre boas práticas de negócio. Talvez não fizesse mal aceitar o conselho de homens que sabiam mais, principalmente quando eram da família – um era seu marido; o outro, seu cunhado.

– Eve – falou ele. – Algumas vezes me referi com irritação e até com desprezo aos seus incapazes. Peço desculpas por isso. Respeito sua generosidade e seu amor por todas as criaturas, não importa a aparência delas, a posição social ou o passado. Conhecê-la me tornou mais humilde. Eu lhe agradeço por isso.

Eve não sabia o que dizer. Ficou apenas parada, encarando-o por algum tempo. Quando o marido se tornara tão especial para ela? Houvera um único momento? Ela achava que não. Fora acontecendo aos poucos, aquele amor, aquele sofrimento. Eve deu as costas sem dizer nada e seguiu na frente em direção ao vale.

– Era aqui que eu estava naquela manhã – disse ela quando eles estavam a meio caminho na encosta –, quando Charlie veio da casa para me dizer que eu tinha uma visita. Um cavalheiro militar. Achei que poderia ser Percy. Estava colhendo jacintos com Thelma e as crianças, enquanto tia Mari tomava conta da cesta de piquenique.

Os jacintos já não estavam mais em flor. Assim como as azaleias. Mas o vale era lindo a qualquer hora do dia ou estação do ano. E estava adorável naquele momento, todo verde-escuro sob o crepúsculo, o céu de um azul profundo acima dos galhos das árvores, o córrego dourado pelos reflexos do sol que se punha.

– E você correu para casa – comentou Aidan – sem saber o que a aguardava.

– Exatamente. – Eve se sentou quase no mesmo ponto onde haviam feito o piquenique naquele dia e passou o braço ao redor dos joelhos. Aidan se sentou ao lado dela e Muffin desceu até o córrego e ficou farejando entre as pedras.

– Você é fantástico com as crianças – disse ela. – Eu nunca tinha ouvido a risada de Davy. Acho que você deve ter tido uma infância feliz, Aidan. Estou certa?

– Ah, sim, com certeza – respondeu ele. – Nossos pais adoravam um ao outro e amavam incondicionalmente a todos nós. Brincávamos e brigávamos juntos com energia e liberdade. Éramos terríveis.

Ela sabia tão pouco sobre ele. Ansiava por saber mais... naquele instante, antes que fosse tarde.

– O duque também? – quis saber. – Você também brincava com ele?

– Com Wulf? – Aidan pousou um braço sobre o joelho e fitou o córrego mais abaixo. – Sim, nós dois éramos muito próximos quando crianças. Quase inseparáveis, na verdade. Eu o adorava. Ele era ousado, audacioso e terrível. E eu o seguia satisfeito em todas as travessuras que você puder imaginar.

Ali estava algo que Eve não conseguia sequer imaginar.

– O que *aconteceu*? – perguntou ao marido.

Aidan balançou a cabeça de leve, como se sua mente estivesse distante até então.

– Foi a vida – disse ele. – Eu disse que nosso pai nos amava incondicionalmente. Isso não é bem verdade, eu suponho. Ele era o duque de Bewcastle e, portanto, estava preso aos seus deveres como duque e às responsabilidades de sua posição. Wulf era herdeiro dele e meu pai vinha tendo problemas de saúde. Wulf teve que ser preparado desde os 12 anos de idade para assumir seus deveres e responsabilidades depois que papai morresse. Assim, ele foi completamente separado de nós e colocado sob o controle rígido de dois tutores e de nosso pai também. Pobre Wulf. – Ele estava imerso nos próprios pensamentos de novo. – Pobre Wulf.

– Por quê?

– Ele odiava ser o herdeiro – explicou Aidan. – Odiava a terra e a ideia de ficar preso a ela e à família, de ser o chefe de tudo aquilo. Odiava não ter escolha. Queria aventura e liberdade. Queria uma carreira militar. Wulf implorou ao nosso pai que o liberasse daquela responsabilidade... até que ele aceitou a realidade.

Aquele era o homem que ela agora conhecia como duque de Bewcastle? Seria possível que fosse verdade? Mas devia ser.

– Vocês dois desejavam carreiras militares? – perguntou ela.

– Não. – Aidan ficou em silêncio por algum tempo. Eve podia ouvir os pássaros cantando em um coro noturno, escondidos nas árvores. – Não, essa foi a grande ironia de nossas vidas. Fui o filho que nasceu para a carreira militar, o segundo filho, mas lutei contra meu destino durante toda a minha infância e juventude. Eu abominava violência. Amava a terra, amava Lindsey Hall. Wulf e eu costumávamos tramar, quando éramos bem meninos, de nos vestir com as roupas um do outro, trocar de identidade, trocar de vida. Acreditávamos que nos parecíamos o bastante para enganar todo mundo. Devíamos ser mesmo *muito* novos naquela época...

De repente, Eve se lembrou de um momento naquela manhã, quando eles haviam se aproximado de uma área não cultivada e Aidan explicara a Davy como e por que ela havia sido deixada daquele jeito. Ele se abaixara e pegara um punhado de terra recentemente arada e mostrara a Davy. *Isso é vida, rapaz*, dissera. *É daqui que nasce toda a vida*. E espalmara a mão sobre a terra, apertara com força e fechara bem os olhos por um instante.

Eu amava a terra.

– Seu pai insistiu para que você seguisse a carreira militar, então – perguntou Eve – mesmo sendo contra a sua vontade?

– Acho que eu era o favorito dele – falou Aidan. – Costumava segui-lo por toda parte feito uma sombra, bem parecido com o que Davy vem fazendo comigo. Meu pai se envolvia muito com os trabalhadores das fazendas dele. Eu aprendi com ele. Sorvia tudo o que ele fazia. Queria passar a vida fazendo aquilo. Acreditava que ele acabaria percebendo que a carreira que havia escolhido para mim não era a melhor opção. Mas ele morreu.

– E o que aconteceu, então? – Ela franziu o cenho.

– Eu tinha 15 anos quando ele morreu – explicou Aidan. – Wulf tinha 17. Eu ainda continuei a estudar por mais alguns anos, mas quando terminei os estudos e voltei para casa, continuei a fazer o que fazia antes de nosso pai morrer. Ocupava-me com os negócios da fazenda. Achava o capataz de Wulf sem imaginação, incompetente mesmo. E me ofereci... – Ele parou de falar de repente e Eve achou que não continuaria. – Eu era um tolo, achei que se explicasse tudo a Wulf, tudo o que estava errado com a administração das fazendas, e me oferecesse para assumir o lugar do capataz, ele ficaria grato. Uma semana mais tarde, Wulf me chamou à biblioteca e me informou que havia comprado uma patente para mim, conforme a vontade de nosso pai.

– Oh! – lamentou Eve. – Que crueldade absurda!

– Crueldade? – repetiu ele. – Acho que não. Foi apenas o modo de Wulf me dizer o que eu precisava saber, que não havia espaço para nós dois em Lindsey Hall. Se eu houvesse ficado, teríamos nos enfrentado pelo resto de nossas vidas. Ele estava absolutamente certo, entende? Só havia espaço para um senhor na propriedade.

– Mas você não queria a patente – argumentou ela. – Por que não a recusou?

– Poderia ter feito isso – disse Aidan. – Mas qual era a alternativa? Eu tinha que deixar Lindsey Hall. *Isso* estava claro. E eu era um Bedwyn, afinal. Fui criado com um forte senso de dever. E um dos meus deveres aos 18 anos era obedecer à vontade do chefe da família. Wulf não era apenas Wulf, você entende? Ele era o duque de Bewcastle.

– Então você partiu.

– Então eu parti.

De repente, tudo ficou muito claro para ela. Dois irmãos, muito próximos quando crianças, foram separados pela vida, que fizera um ter poder sobre o outro. Cada um dos dois queria estar no lugar do outro, mas as circunstâncias tornaram impossível essa troca. E assim a realidade causara uma distância irremediável entre eles, destruindo – ou ao menos submergindo – o amor que já haviam sentido um pelo outro e tornando um deles frio e o outro severo, porém ambos obcecados pelo dever.

Se algum dia ela imaginara que a vida privilegiada da aristocracia era fácil – o que provavelmente fizera –, mudara de ideia naquele momento. Os aristocratas talvez tivessem menos liberdade do que qualquer um na Inglaterra. Era estranho descobrir isso.

– Mas você aceitou a sua vida? – perguntou Eve ao marido.

Aidan virou a cabeça para encará-la. O crepúsculo avançava, mas ela ainda pôde distinguir os ângulos severos do rosto dele.

– Ah, sim, é claro – falou ele bruscamente. – Tem sido uma boa carreira. Ainda é e continuará a ser pelos anos que virão. Arrisco dizer que terminarei como general.

– Está ansioso para voltar? – perguntou ela.

– Sim, é claro – disse Aidan de novo. – É sempre agradável ter uma licença. Anseio por elas, para relaxar, para rever a Inglaterra e minha família. Mas estou sempre pronto para voltar. Acabo ficando inquieto por passar tanto tempo ocioso. Sim, será bom voltar.

Ela se sentiu profunda e terrivelmente triste. Ele estava pronto para voltar. Estava inquieto. Seria bom deixá-la e voltar à vida normal. O que ela esperara?

O que ela esperara?

Eve ficou de pé e desceu até o córrego, que agora estava mais prateado do que dourado. Muffin correu ao redor dela por algum tempo antes de voltar a partir para as próprias aventuras. Aidan desceu também e parou ao lado dela.

– Esta é uma linda parte do parque – falou ele.

– Sim.

Parecia escuro no vale, mas ao levantar os olhos ela viu que o céu continuava azul.

– O que vai acontecer agora, Eve? – perguntou ele. – Depois que eu partir, quero dizer. Sua vida aqui vai satisfazê-la?

Ela abaixou-se para acariciar a cabeça de Muffin, embora ele não houvesse exigido sua atenção.

– Ah, sim – disse ela. – Ficarei muito feliz aqui. Tenho as minhas crianças, que agora são oficialmente minhas. Ringwood e minha fortuna também são inquestionavelmente minhas. Tenho minha tia, meus amigos e vizinhos. E foi você que tornou tudo isso possível, Aidan. Sempre me lembrarei de você com profunda gratidão.

Ela não conseguiu mais ver o rosto do marido quando ele a encarou, alto e de ombros largos, com aquela postura tão militar.

– Com gratidão – disse ele em voz baixa. – Ora, então me sinto amplamente recompensado.

O tom dele lembrava muito o do primeiro dia e dos dias que se seguiram. Eve não conseguiu reconhecer naquela voz o homem que rira e brincara com Davy naquela tarde, que chamara Becky de querida poucos dias antes.

Ela engoliu com dificuldade, a garganta e o peito subitamente doloridos com as lágrimas reprimidas. E se dissesse a verdade?, imaginou Eve. *Eu amo você. Não me deixe. Volte para mim. Tenha filhos comigo. Viva feliz para sempre comigo*. Ela mordeu o lábio antes que cedesse à tentação.

– Você foi mais do que bondoso – disse Eve, depois de respirar fundo.

Parecia um final, um adeus.

– Você está com frio – falou Aidan ao vê-la estremecer. – É melhor voltarmos para casa.

– Sim.

Mas alguns momentos se passaram antes que ele oferecesse o braço a ela. Como se houvesse mais a dizer quando, é claro, não havia.

CAPÍTULO XXI

Na manhã seguinte chegou uma correspondência especial: um convite dirigido ao coronel Bedwyn e a Lady Aidan Bedwyn, da parte da condessa de Luff, chamando-os a uma festa nos jardins de Didcote Park, dali a dois dias.

– Não sinto vontade de ir – falou Eve, após ler o convite em voz alta para a tia e para Aidan quando estavam todos na mesa do café.

– Ah, mas você deve ir – disse a tia, cruzando as mãos no colo. – É a primeira vez que é convidada. Serena ficará encantada... Você sabe que ela jurou não ir a menos que você também estivesse lá, meu amor.

Aidan olhou para Eve e ergueu as sobrancelhas, como se não compreendesse.

– É um evento anual – explicou ela. – Muito exclusivo. Apenas as melhores famílias são convidadas. Os Morris nunca estiveram na lista. Agora, é claro, sou uma Bedwyn e, sem dúvida, respeitável.

– E você foi apresentada à rainha – acrescentou a tia.

– Sim, isso também. – Os olhos de Eve cintilaram, com uma expressão divertida. – Ano passado eu não era boa o bastante, mas este ano sou. Não irei.

– Perdão – falou Aidan. – Esse convite também me inclui, não? E se eu desejar comparecer?

Eve fez uma careta.

– Você não iria desejar. Iria?

– A questão é, Eve – argumentou ele –, que você viverá em Ringwood pelo resto de sua vida. Todos os seus vizinhos parecem ser também seus amigos... exceto Luff e a condessa, até agora. Por que não ficar em bons termos com eles também, se estiver a seu alcance?

– O convite chegou tão tarde que é quase indecoroso – reclamou ela. – Os outros convites foram mandados há muito tempo. É claro, você esteve em Didcote Park, e o duque de Bewcastle em pessoa apareceu nos salões de reunião da cidade. De repente, não sou mais uma pária.

– Está sendo amarga? – perguntou Aidan.

– Não, é claro que não. – Ela riu para ele.

– Então prove – provocou ele. – Aceite o convite... por nós dois.

A Sra. Pritchard ainda mantinha as mãos cruzadas no colo.

– Isso mesmo, coronel – incentivou. – Instile bom senso na cabecinha dela. Quero saber tudo, desde os menores detalhes, quando você voltar para casa. E uma festa no jardim é sempre tão romântica, com todos os tipos de arbustos, bosques e grutas nos quais a pessoa pode desaparecer... acompanhada, é claro.

– Por que *nós* iríamos querer fazer isso – perguntou Eve, embora Aidan notasse com interesse que a esposa havia enrubescido –, se estaríamos lá pelo evento social?

– *Estaremos* – corrigiu Aidan.

Ele prometera a Davy que jogariam críquete ao ar livre aquela manhã se o tempo estivesse bom... e estava. Eles posicionariam as metas sobre o gramado, dissera Aidan, e ele ensinaria ao garoto os rudimentos do jogo, para que pudesse jogar e se divertir. Mais tarde, ele daria uma aula de equitação a Davy no pátio atrás dos estábulos, pois descobrira que o menino ainda não aprendera a montar. Por isso pediu licença e saiu da mesa.

Aidan tivera uma noite de sono inquieto. Ficara tempo de mais ali. Bem, talvez não sob certo ponto de vista. Ajudara a tranquilizar as crianças após a perturbadora experiência de serem levadas para uma nova casa pelo oficial da região. E ajudara a garantir que tivessem algumas experiências prazerosas no verão, que experimentassem uma sensação de família, de estabilidade. Ele se redimira aos olhos de Eve, esperava, depois de seu comportamento muitas vezes arrogante em Londres. Agora, ela talvez guardasse lembranças mais agradáveis dele do que antes.

No entanto, ficara tempo de mais. Apaixonara-se perdidamente por Eve e sabia que sofreria muito após deixá-la. Mas na noite da véspera, quando haviam caminhado até o vale, ela dissera que ficaria feliz depois que ele se fosse e que sempre se lembraria dele com gratidão.

Gratidão! A palavra o magoara mais do que qualquer xingamento. Ao menos um xingamento traria alguma paixão. Ela sempre se lembraria dele com gratidão.

Precisava fazer o que era mais honroso e parar de adiar sua partida, decidira enquanto virava e revirava na cama, tentando encontrar algum alívio no sono. No entanto, logo de manhã, encontrara outro motivo para ficar mais três dias. Mas seria um motivo ou uma desculpa? Era *mesmo* importante para Eve ser plenamente aceita em sua vizinhança. Porém...

Porém havia um jogo de críquete a organizar.

Aidan avisara a Eve que partiria na manhã seguinte à festa nos jardins da condessa de Luff.

Freyja havia escrito para a cunhada. Era uma carta espirituosa, cheia de observações perspicazes e bastante cáusticas sobre pessoas e eventos envolvidos nas celebrações da vitória a que comparecera. Mas a carta também anunciava a intenção de Freyja de deixar Londres e voltar para Lindsey Hall. Ela queria saber se Eve se importaria de se juntar a ela para passar o verão. Eve estava firmemente determinada a ficar em casa, mas Aidan decidira ir e passar o que restava de sua licença com as duas irmãs.

– Está na hora de eu sair de sua vida, Eve – dissera ele.

– Sim.

– E de retornar à *minha*.

– Sim.

Ela fora incapaz de dizer mais do que uma palavra apenas, porém havia se concentrado em sorrir para ele com o que esperava ter sido a dose certa de aceitação e pesar. Sim, *estava* na hora. Se Aidan ficasse muito mais tempo em Ringwood, ela com certeza não conseguiria deixá-lo partir e acabaria se desgraçando, agarrando-se ao marido e implorando que não a deixasse.

Restavam dois dias, e o primeiro deles já ia bem avançado depois de um vigoroso jogo de críquete, do qual Eve e Becky tomaram parte, assim como o reverendo Puddle, que chegara a Ringwood com alguma desculpa tola e provara ser um bom lançador, principalmente quando Aidan estava com o taco. Thelma, Benjamin e tia Mari formaram uma entusiasmada torcida, aplaudindo indiscriminadamente ambos os lados. Portanto, quando Aidan disse a Eve que partiria, restava apenas um dia e meio, e no dia seguinte haveria a festa no jardim. E então...

Eve se concentrou em aproveitar ao máximo o tempo que restava, preenchendo-o com o maior número de atividades possível, tentando desesperadamente viver o momento presente e não olhar para o futuro, que inevitavelmente chegaria.

Ela e Becky assistiram à aula de equitação que Aidan deu a Davy no pátio do estábulo. Quando o menino pareceu razoavelmente confiante, Eve sugeriu que todos saíssem para cavalgar, e foi o que fizeram. Aidan acomodou Becky à sua frente na sela e foi guiando o pônei de Davy com uma corda. Eve guiava seu próprio cavalo ao lado deles. Pouco depois eles chegaram a um descampado e terminaram brincando de esconder entre as árvores e arbustos, as crianças gritando de alegria, o que acabava denunciando seus esconderijos toda vez.

Eles jogaram críquete e cavalgaram novamente no segundo dia e, mais tarde, fizeram um piquenique no vale na hora do chá, com tia Mari, Thelma, o reverendo e Benjamin. Antes do chá, todos eles, com exceção de tia Mari, cruzaram o córrego em fileira, pulando de pedra em pedra, com os braços abertos para garantir o equilíbrio. Benjamin foi acomodado nos ombros do ministro e até Muffin se aventurou a sair da margem em busca de um peixe. De vez em quando, um deles soltava uma exclamação quando o pé escapava da pedra e afundava na água, molhando os sapatos, o que provocava risadas nos outros. Depois do chá, eles cantaram – guiados por Eve e por tia Mari, que acrescentou a harmonia de um rico contralto à voz de soprano de Eve. Aidan comentou com aparente enfado que deveria ter sabido que duas damas galesas mais cedo ou mais tarde começariam a cantar... então se juntou às duas com uma voz de barítono muito harmônica. Os outros acrescentaram suas vozes em variados graus de musicalidade.

Na manhã da festa nos jardins dos Luffs, eles levaram tia Mari de carruagem para passear pelas estradas rurais e pararam para colher tantas flores do campo para ela – na verdade, Eve e as crianças colheram – que, de acordo com Aidan, a velha senhora ficou parecendo um arbusto de flores no qual brotara uma cabeça. Eles conversaram e riram muito, com grande parte da animação originando-se de Davy, como Eve percebeu, encantada. Ele desabrochara em um rapazinho durante a última semana. Como a partida de Aidan o afetaria? Mas ela não pensaria nisso naquele dia. Esperaria pelo dia seguinte. Àquela hora, no dia seguinte...

Por um momento, Eve sentiu o chão fugir sob seus pés.

Mesmo sem querer, Eve estava muito animada por comparecer a uma festa nos jardins de Didcote Park, um evento sobre o qual ouvira falar tanto nos últimos anos. E naquele ano o tempo estava perfeito para uma festa ao ar livre. O dia estava ensolarado e quente, com apenas uma leve brisa para garantir um bem-vindo frescor. Eve usava um belo vestido de musselina enfeitado com raminhos e um chapéu de palhinha com a borda florida, ambos parte do recém-adquirido guarda-roupa que ela trouxera de Londres. Era a primeira vez que usava o traje. Aidan estava vestido com elegância, embora não usasse uniforme.

A varanda diante da casa estava enfeitada com uma profusão de flores muito coloridas em grandes vasos. Havia mesas à sombra, cobertas com toalhas brancas imaculadas, onde se encontravam grandes jarras de limonada, bebidas alcoólicas e pratos com docinhos apetitosos. Criados elegantes de uniforme esperavam atrás das mesas para ajudar os convidados a se servirem. Também haviam espalhado enormes vasos de flores pela grama recém-aparada, e outros, menores, pendiam dos galhos das árvores. Mesas e cadeiras haviam sido distribuídas pelo gramado, algumas sob a sombra das árvores, outras ao sol, mas com guarda-sóis para garantir proteção aos convidados. Algumas mantas coloridas foram postas na relva para os que preferissem ficar mais à vontade.

Já havia alguns convidados presentes quando Eve e Aidan chegaram, alguns sentados, outros passeando pela propriedade, ou parados em grupos, conversando. Alguns poucos, mais cheios de energia, jogavam boliche no lado plano do gramado. Dois casais com raquetes batiam em uma bola para a frente e para trás por cima de uma rede que fora posta ao lado da pista de boliche. O conde e a condessa de Luff estavam parados na varanda, recebendo os convidados.

John estava com eles.

– Ah, não – disse Eve involuntariamente, quando o viu da janela da carruagem.

Aidan seguiu a linha de visão da esposa.

– Acho que – falou ele –, se você vai manter contato com seus vizinhos em Didcote Park, inevitavelmente terá contato também com Denson de vez em quando. Não pode evitar isso para sempre.

– Foi sua ideia – lembrou Eve ao marido – que viéssemos à festa, Aidan. Eu teria preferido ficar em casa.

– Ninguém pode fugir e se esconder para sempre – falou ele. – É melhor nem tentar e simplesmente encarar o que é preciso.

Não houve tempo para dizer mais nada. A carruagem parou, Sam Patchett saltou do seu lugar para abrir a porta para eles e posicionou os degraus para que descessem. No instante seguinte, Eve estava sorrindo, fazendo reverências e sendo apresentada pelo conde de Luff à condessa e ao filho.

– Parabenizo-a por seu casamento, Lady Aidan – disse a condessa graciosamente – e por sua ligação com Bewcastle e com os Bedwyns. O senhor está em uma licença estendida de seus deveres militares, coronel Bedwyn?

– Uma licença de dois meses, madame – disse Aidan. – Que lamento estar chegando ao fim.

– Tive a honra de comparecer ao baile de apresentação de Lady Aidan na Bedwyn House, mamãe – disse John, o sorriso dirigido abertamente a Eve. – Pode-se dizer que, durante sua curta estada na capital, ela se tornou muito popular.

Serena Robson, que avistara Eve do gramado, chegou correndo naquele exato momento, as mãos estendidas.

– Você chegou – disse ela, beijando o rosto da amiga. – Venha juntar-se a James e a mim sob aquela árvore. O senhor também, coronel. Mal os vi desde que voltaram de Londres. Quero saber de tudo. Todas as fofocas.

Eles se sentaram sob a árvore por meia hora, tomando bebidas geladas, enquanto Eve contava sobre sua apresentação à rainha e Aidan narrava com seu humor seco a cena do vestido negro e da reação da família dele. Depois disso, os homens se afastaram para assistir ao jogo de boliche e Serena os acompanhou com os olhos, deixando escapar um suspiro.

– Ele não é belo, Eve, é? – comentou Serena. – Mas é inegavelmente bem-apessoado... ah, sim, é. Na verdade, é um homem bastante atraente. James e eu ficamos encantados por vocês acabarem passando um tempo juntos, afinal de contas, tanto na capital quanto aqui. O coronel voltou para cá para ajudá-la a resgatar aquelas pobres crianças, e dizem que ele tem saído com os meninos desde então e até *brincado* com eles. Há alguma esperança...

– Ele parte amanhã – falou Eve rapidamente. – Tem pouco tempo restante na Inglaterra e precisa passá-lo com as irmãs, em Lindsey Hall.

Serena inclinou o corpo por cima da mesa e pousou a mão sobre as da amiga, mas logo elas foram interrompidas.

– Posso me juntar às damas? – perguntou John.

– Mas é claro – disse Serena, indicando uma das cadeiras vazias. – Por favor.

– Sabem, não há lugar que se compare à Inglaterra em beleza – falou ele. – Principalmente à área rural inglesa em um dia quente de verão. No entanto, às vezes é preciso passar um ano longe, em uma terra estrangeira, para se apreciar isso plenamente.

– O senhor esteve na Rússia – disse Serena. – Precisa nos contar algumas de suas experiências com a sociedade lá. As pessoas são elegantes, refinadas, sofisticadas?

Eve o escutava falar, a voz masculina leve e agradável, enquanto fitava o belo rosto, com seus traços perfeitos, os dentes brancos e as rugas de sorriso nos cantos dos olhos. Ela observou as mãos dele, esguias, expressivas, bem cuidadas. John sabia como agradar, como encantar. Eve percebeu que outras damas o observavam e relanceavam olhares na direção dele, que tinha os cabelos louros brilhando mesmo sob a sombra da árvore.

Não era de espantar que, solitária e inexperiente como fora, ela se apaixonasse por ele, certo? No entanto, o que havia nele para ser amado? Com certeza não poderia haver muito, se ela acabara se esquecendo dele e se apaixonando por Aidan com tanta facilidade. Mas talvez estivesse sendo injusta consigo mesma. O amor precisava ser alimentado, nutrido, para florescer e crescer. John não estivera por perto por mais de um ano para alimentar esse amor.

E Aidan também não estaria depois que partisse, no dia seguinte. Será que ela também o esqueceria, então?

A Sra. Rutledge se juntara a eles e conversava com Serena sobre algum assunto relacionado à igreja. John se levantou.

– Lady Aidan – chamou ele –, se importaria de dar um passeio?

Eve viu de relance que Aidan estava em mangas de camisa, empunhando uma das raquetes.

– Obrigada – disse ela, pondo-se de pé. Mas cruzou as mãos atrás das costas para ignorar o braço que ele lhe oferecia.

– Eve – falou John enquanto eles atravessavam o gramado. – Eve, minha querida, como pode estar ainda mais linda do que nunca?

Como se respondia a uma pergunta daquelas? Eve nem tentou.

– Não esperava vê-lo aqui hoje – disse ela. – Pensei que estaria ocupado com as comemorações da vitória.

Ele deu de ombros.

– Ficaram insípidas – comentou John. – Eu queria ver você. Pensei que Bedwyn talvez já houvesse partido a essa altura. Mas ele parte amanhã? Ouvi-a dizer isso à Sra. Robson.

– Sim – confirmou Eve.

– Pobre Eve – falou ele baixinho, indo em direção a uma longa alameda ladeada por árvores, no final da qual havia um caramanchão em formato octogonal. – Forçada a um casamento de conveniência com um Bedwyn. Eles são austeros, frios e sem senso de humor, não são? Mas não importa, logo ele terá partido. E eu ficarei aqui pelo resto do verão para confortá-la.

– Você não pode me oferecer conforto nenhum, John – disse ela.

– Ah, Eve – retrucou John, pousando os olhos nela. – Nós sempre fomos amigos, não fomos?

– Sim, fomos – concordou Eve. Ela sempre achara fácil conversar com ele, ouvi-lo. Gostara dele antes de amá-lo.

– Vamos ser amigos novamente, então – disse ele. – Vamos nos encontrar de novo como sempre fazíamos quando eu estava em casa. Éramos companheiros e amigos por todo o verão.

– Acho que não, John – disse ela. – Mesmo se não houvéssemos nos tornado mais do que amigos, eu acharia impossível continuar essa amizade, que era clandestina e que permaneceria clandestina. E nós *nos tornamos* mais do que amigos.

Os dois sorriram e cumprimentaram com um aceno de cabeça um casal que passou por eles, voltando do caramanchão para o gramado principal. John trocou algumas amabilidades com ambos.

– Você está um pouco aborrecida agora – disse John, quando eles voltaram a caminhar – porque foi forçada a se casar e acredita que, por isso, esteja tudo acabado entre nós. Nada poderia estar mais distante da verdade.

Seremos amigos de novo... na verdade, nunca deixamos de ser amigos, não é verdade? E seremos amantes de novo, Eve.

Ela o encarou com severidade. John sorriu calorosamente de volta.

– Diga-me – pediu Eve. – Andei pensando e acho que sei a resposta. Em algum momento você teve realmente intenção de se casar comigo?

– Sim – respondeu ele sem hesitar. – Em meus sonhos eu tive, Eve. Amo você de coração. Por favor, acredite. Por favor, nunca duvide. Meus pensamentos se voltam para você com mais frequência do que seria bom para mim. Acredito que a amarei para sempre... sempre, mesmo depois que eu mesmo me casar e gerar herdeiros que satisfaçam meu pai. Mas não, no âmbito da realidade, não poderia haver casamento entre nós. Você sabia disso tão bem quanto eu, mesmo sendo o amor da minha vida.

Ela *soubera*? Ou o amor que sentira ocultara a verdade até dela mesma? Não, ela não soubera. Como fora incrivelmente confiante e ingênua. Mas a questão era, percebeu Eve, que John não pretendera enganá-la. Não realmente. Ele participara de um jogo de sonhos e presumira que ela conhecia as regras e que jogava como ele. John não era um vilão. Apenas não era o homem que ela achava ser, o homem que ela pensara amar. Mas a verdade era que ela também já não era a mesma mulher de antes.

Tudo entre eles fora apenas uma ilusão.

– Um amor frívolo – disse ela. – Você estava de volta à Inglaterra fazia dois meses quando eu finalmente descobri, quase por acidente. Afinal, você não sabia quem era a mulher com quem Aidan se casara, quando foi ao baile na Bedwyn House.

– Andei de um lado para o outro pelas ruas de Londres depois que eu *finalmente* soube – falou John. – Achei que enlouqueceria, Eve.

– Mas por quê? – perguntou ela. – Você não tinha a intenção de se casar comigo, de qualquer modo.

– Odeio a ideia de outro homem tocando-a – retrucou John. – Ele *a tocou*, Eve? Ele é seu marido, mas é um casamento de conveniência. Por favor, diga-me que...

– John. – Eve interrompeu a caminhada, embora eles ainda não houvessem chegado ao caramanchão. – Meu casamento não é da sua conta, em absoluto, nem a minha vida. Fomos amigos. Fomos amantes. Passado. Até mesmo a amizade ficou para trás. Não pode haver nada entre nós novamente. Jamais.

– Ele vai embora, Eve – lembrou John, parando e olhando com o cenho franzido, o que comprometia suas feições perfeitas. – Ele a esquecerá em questão de dias. Você provavelmente nunca mais o verá. Vai mudar de ideia. Vai...

– Não vou mudar de ideia – retrucou Eve. – Sou casada com ele, John. Para o bem e para o mal, até que a morte nos separe. Escolhi ser leal e fiel de todas as maneiras.

– Você vai mudar de ideia depois de algum tempo – disse ele. – Eve, minha querida, lembre-se de como foi entre nós durante anos. Lembre-se da última vez que estivemos juntos antes de eu ir para a Rússia. Foi muito, muito bom.

Não fora. Não fisicamente. Mas não havia por que falar disso.

– Vou voltar para a varanda para beber algo – disse ela. – Prefiro ir sozinha. Adeus, John. Desejo que seja feliz.

– Serei – assegurou ele, com outro sorriso. – Com você, Eve. Eu lhe darei algumas semanas.

Felizmente ele não a acompanhou de volta pela longa alameda. Eve na verdade não foi para a varanda, beber algo. Ela viu que Aidan terminara de jogar e vestia novamente o paletó. Resolveu se juntar a ele.

– Você venceu? – perguntou.

– Eu sempre venço – retrucou Aidan, fitando-a com intensidade. – Vamos pegar algo para comer e sentar em algum lugar.

Eles se sentaram lado a lado em um banco de ferro ornamentado perto de um laguinho de peixes. Preferiram não se juntar a nenhum grupo.

– Eu estava caminhando com o visconde Denson – contou Eve.

– Eu sei.

Ela deu uma mordida em uma empada de lagosta, mas de repente não tinha ideia de como conseguiria mastigar e engolir a comida. Aidan não disse mais nada.

– Não quer saber sobre o que conversamos? – perguntou Eve.

– Parece que você deseja me contar – falou ele. – Mas posso tornar as coisas mais fáceis para você? Ele deseja continuar o relacionamento. Deseja retomar o caso amoroso entre vocês. Quer que seja amante dele. Sempre a amou e sempre a amará.

Ele foi tão preciso que Eve não conseguiu fazer nada além de encará-lo.

– Eu disse não – falou ela por fim. – Não a tudo.

– Isso eu também poderia ter adivinhado – disse Aidan. – Você é uma mulher honrada, Eve. Não vai mais me ver depois de amanhã, mas preferirá viver em celibato a ser infiel, não é?

Ela se perguntou de repente se um coração podia ser partido não apenas em relação aos sentimentos, mas de fato.

– E se não fosse assim?

Aidan virou a cabeça para encará-la. Os olhos dele estavam completamente obscuros e insondáveis.

– De qualquer modo, não estarei aqui para me importar com isso, Eve – falou. – Deve levar sua vida como melhor lhe aprouver. Não farei o papel de sua consciência.

Ela pousou o prato entre eles, ciente de que não conseguiria mais comer. Percebeu que as próprias mãos não estavam firmes. Então ergueu os olhos para o marido e, quando se deu conta de que não conseguia vê-lo claramente, soube que estava à beira das lágrimas. Não exigira o amor de Aidan. Tudo o que desejara era que ele desse uma pequena indicação de que se *importava* com a fidelidade dela.

– Com licença – pediu Eve, levantando-se de súbito e seguindo em direção a um dos grandes vasos de flores, onde parou, aparentemente examinando-o, até ter certeza de que seus olhos estavam claros o bastante para permitirem que se juntasse aos vizinhos.

Não vai mais me ver depois de amanhã...

De qualquer modo, não estarei aqui para me importar...

Sim, com certeza corações podiam ser partidos. E, dentro de um dia, com certeza era o que aconteceria com o dela.

CAPÍTULO XXII

Eu sempre venço.

Fora o que ele dissera a Eve depois da partida, mas não estava se referindo ao jogo. E nem tinha certeza se era verdade. Ele *realmente* sempre vencia? Sempre vencera no que dizia respeito à honra, supunha. Ao perceber seu erro em Lindsey Hall, quando tinha 18 anos e se julgara pronto para se tornar o administrador das terras do duque de Bewcastle, sentira vergonha de si mesmo e do modo como provavelmente aborrecera o irmão, que assumira o título fazia pouco tempo e sem dúvida sabia menos sobre a propriedade do que Aidan. Poderia ter se oposto à decisão de Wulf de lhe comprar uma patente. O irmão não teria como forçá-lo a seguir a carreira militar, sobretudo porque Aidan tinha bens próprios e não precisava dele para seu sustento. Mas escolhera fazer o que considerara mais honrado e seguira uma carreira que costumava horrorizá-lo só de pensar nela.

Desde então, a honra havia sido a luz que o guiara – culminando em seu casamento com Eve naquele verão.

Sim, ele sempre vencera no que dizia respeito à honra.

Mas isso o tornava um vencedor? Um vencedor dizia respeito à felicidade?

A felicidade realmente existia?

Eles haviam ficado até o fim da festa nos jardins do conde de Luff, misturando-se aos outros convidados, não ficando mais a sós depois do encontro no banco perto do lago de peixes. Eve sorria de forma animada e, de repente, se tornara o foco da atenção e da admiração de todos, exatamente como acontecera naquela breve semana em Londres. Talvez ela estivesse apenas se divertindo, pensou Aidan. Talvez seu humor estivesse leve porque ele partiria no dia seguinte para nunca mais voltar.

Mas ele vira os olhos cheios de lágrimas que ela erguera para ele antes de se afastar correndo para examinar as flores no vaso mais próximo.

Vira aquelas lágrimas.

No dia seguinte, ele venceria mais uma batalha, fazendo o que era honrado e deixando-a.

Mas o que ganharia com essa vitória?

Honra, é claro.

Mas felicidade?

E quanto à felicidade de *Eve*? Estaria ele tão concentrado na honra a ponto de ignorar o que talvez estivesse bem diante do seu rosto? Mas e se estivesse enganado? O que aquelas lágrimas significavam?

Eles voltaram para casa em silêncio, cada um observando a paisagem do lado de fora de sua janela. Ele partiria no dia seguinte. Eve não tinha nada a lhe dizer? Ele não tinha nada a dizer a ela?

Qual o significado das suas lágrimas?

Por um instante, Aidan pensou ter dito aquelas palavras em voz alta. Mas seus lábios continuavam fechados e Eve não respondeu.

Foi um enorme alívio para Aidan quando a carruagem finalmente entrou pelos portões de Ringwood e começou a subir o caminho que levava até a casa. No dia seguinte também seria um alívio quando cavalgasse para longe dali e tudo estivesse acabado.

Ele arriscaria a própria honra?, perguntou-se. Ousaria agarrar a felicidade?

Quando Eve subiu para o quarto das crianças depois do jantar, Aidan foi com ela. Ele se sentou com Becky no colo, ouviu histórias, então contou às crianças que partiria na manhã seguinte. Prometeu que escreveria para elas e que mandaria presentes de cada lugar por que passasse. Disse que eles deveriam tomar conta de tia Eve e que aprender bem suas lições para se tornarem uma dama e um cavalheiro elegantes quando crescessem. E beijou os dois. Becky se agarrou ao pescoço dele e chegou a derramar algumas lágrimas. Davy ficou quieto e retraído, como antes, mas permitiu que Aidan o colocasse na cama e afagasse seus cabelos.

– Não vou esquecê-lo, rapaz, só por não estar aqui – disse Aidan. – Eu sempre... o amarei.

– Ninguém nunca fica – falou baixinho o menino, a voz controlada.

– Tia Eve vai ficar – assegurou Aidan –, e tia Mari, e Becky e a babá. E você vai estar presente para elas. Vou escrever, Davy. Prometo.

O menino se virou para o lado e cobriu a cabeça com as cobertas. Aidan saiu do quarto das crianças – Eve ficou, cuidando de Becky – e desceu até a sala de visitas, ainda se perguntando se deveria desejar o impossível. A governanta estava do lado de fora da sala, carrancuda como sempre.

– A Sra. Pritchard – falou a mulher – me pediu para lhe dizer que se recolheu mais cedo porque estava cansada e que o senhor não precisa ficar trancado em casa por causa dela.

Aidan cruzou as mãos nas costas e encarou a governanta muito sério.

– Agnes – disse ele, tomando uma súbita decisão –, pode me arrumar algumas toalhas, por favor? E uma manta?

– Por quê? – Ela o encarou de um jeito desconfiado.

Aidan não conhecia nenhum outro criado que respondesse a uma ordem direta com um "por quê?".

– Não é da sua conta, Agnes – disse ele, mantendo a voz severa, embora seu humor estivesse começando a ficar mais leve, agora que ele dera o primeiro passo. – Faça o que pedi. E de preferência em poucos minutos.

Ela cruzou os braços robustos.

– Não vá partir ainda mais o coração da minha ovelhinha – avisou a mulher. – Não tenho medo de enfrentá-lo, não mesmo, mesmo sabendo que não conseguiria derrotá-lo se tivesse uma pistola em cada mão e uma faca entre os dentes.

Aidan sorriu para a governanta.

– Agnes – falou –, eu queria lhe dar um abraço, mas acho que não seria uma experiência agradável para nenhum de nós. O coração dela foi partido, então? Por mim? Arrume logo aquelas toalhas e a manta, mulher, e deixe de insubordinação. Posso ter que mandá-la para uma corte marcial.

Ela estreitou ainda mais os olhos e franziu os lábios. Então assentiu brevemente, deu meia-volta e desapareceu. Poucos minutos depois, retornava à sala de visitas com as toalhas requisitadas e duas mantas.

– Mesmo noites como esta podem ficar frias depois da meia-noite – falou Agnes. – E presumo que *vão* passar da meia-noite, não?

– Espero que sim, Agnes – disse Aidan, depois que ela pousou a pilha sobre o sofá.

– Sua aparência não é tão ruim quando sorri – comentou ela quando já saía do cômodo, para surpresa de Aidan. – Mas não gaste mais desses sorrisos comigo. Sorria para a minha ovelhinha.

Aidan sorriu para a porta fechada, mas logo voltou a ficar sério. Por que sentia o coração tão leve? E se estivesse prestes a sacrificar a própria honra?

A porta foi aberta novamente e Eve entrou sorrindo, porém pálida como um fantasma, à procura da tia.

– Ela já se recolheu – avisou Aidan. – Vamos sair, você e eu. Vamos nadar.

– Nadar? – Ela o encarou sem entender nada.

– No rio – disse ele. – E desta vez você não terá a desculpa da toalha. Temos algumas. – Ele mostrou a pilha de toalhas no sofá com um aceno de cabeça.

– Tudo isso? – Eve franziu o cenho.

– Há duas mantas também – explicou Aidan.

– Mantas?

– Uma para ser estendida na margem do rio – disse ele. – E Agnes me assegurou de que talvez precisemos de outra para nos aquecer se ficarmos fora até depois da meia-noite. Ela talvez esteja certa. Vamos nadar, depois vamos fazer amor, a menos que você me diga que não deseja isso. Então... – Mas Aidan havia perdido a coragem. – Então veremos.

– Aidan. – Por um momento, a cor tingira o rosto de Eve, mas agora ela voltara a ficar muito pálida. Ameaçou falar mais alguma coisa, porém apenas balançou a cabeça e ficou quieta.

Aidan foi até o sofá, pegou as mantas e as toalhas, enfiou-as sobre um braço e estendeu a mão livre para a esposa.

– Venha – pediu.

Por alguns instantes ele pensou que Eve se negaria. Ela ficou olhando para a mão estendida até que, por fim, pegou-a.

– Uma última noite? – perguntou ela.

– Um último sonho.

Ele havia se lembrado do trecho do rio que ela lhe mostrara, o lugar escondido onde às vezes nadava com Percy no verão, e abrira caminho até lá, na escuridão, sem errar. Não que estivesse muito escuro. A lua estava quase cheia e os iluminava junto com um milhão de estrelas. Eles não conversaram no caminho. Eve se agarrou à mão do marido, memorizando a sensação da pele dele, o calor, a força.

O que significara aquilo... *um último sonho*?

Quando saíra do quarto das crianças, sentia o coração tão pesado pela dor das lágrimas que mal conseguira colocar uma expressão animada no rosto ao entrar na sala de visitas.

– Aqui – disse ele quando estavam entre as árvores perto do rio, em uma escuridão mais profunda agora, embora o rio cintilasse em uma faixa prateada do lado esquerdo deles. – Este é o lugar.

Aidan soltou a mão dela e as toalhas e mantas que carregava, então abriu uma das mantas sobre a relva.

Eles iriam nadar... e então *iriam fazer amor.* Ela seria louca o bastante para não protestar?

– Venha cá – chamou ele, estendendo a mão e puxando-a mais para perto.

Aidan levou a mão aos botões nas costas do vestido dela e os desabotoou um a um. Então desceu o vestido pelos ombros de Eve, pelos braços, até que caísse aos pés dela... era outro dos vestidos novos, cuidadosamente escolhido para aquela última noite, mas não para ser abandonado na margem do rio. Agora ele levantava a roupa de baixo dela para despi-la por completo.

– Erga os braços – orientou.

– Aidan... – protestou Eve, um tanto chocada.

– Você mesma disse – falou ele – que ninguém consegue ver este lugar, mesmo de dia. Nadar é muito mais prazeroso quando estamos nus.

O que acontecera com a voz dele? Era a voz de Aidan, sem dúvida, embora não houvesse luz o bastante entre as árvores para conferir visualmente a identidade dele. Mas havia um tom diferente naquela voz. Um tom... travesso. Um tom que ninguém jamais associaria ao coronel lorde Aidan Bedwyn.

Ora, por que não?, pensou Eve, erguendo os braços. *Por que não?* Pouco tempo depois, ela estava nua enquanto Aidan despia as próprias roupas e as deixava ao lado da manta com tal descaso que seu ordenança teria palpitações se pudesse vê-las.

Então o marido voltou a pegá-la pela mão e a puxou na direção do rio. Ele não tinha a intenção de parar na beira da água, percebeu Eve no último instante. Ela prendeu a respiração, fechou os olhos e pulou.

O choque da água fria lhe tirou o fôlego de tal maneira que, mesmo depois de subir à superfície, Eve teve que lutar para respirar enquanto batia os braços. O rio era mais fundo ali do que mais adiante, onde haviam se banhado com as crianças.

– Eu preferia ter entrado aos poucos – disse ela, esticando os braços na água.

– Bobagem! – Ele riu. – Agonia aos poucos é muito pior do que agonia de uma vez só. Olhe, Eve. Olhe a água banhada pela luz da lua. E veja as estrelas. Sinta a água fria... e nem parece tão fria depois que nos acostumamos, certo? E o ar quente. Sinta o aroma das árvores e das flores silvestres. Não é bom estar viva?

– Sim. – Eve olhou ao redor e inspirou profundamente.

– E ter alguém com quem compartilhar essa exuberância? – perguntou ele.

– Sim.

Ela parou de questionar o humor dele e apenas o aceitou. Eve começou a nadar lenta e preguiçosamente no meio do rio e ele manteve o ritmo ao lado dela. Os sons das respirações dos dois, o ruído da água, o canto dos pássaros noturnos entre as árvores acalmavam seus espíritos. Depois de nadarem alguma distância, Aidan ficou de costas para voltar por onde tinham seguido, e Eve fez o mesmo. Eles não usaram os braços, apenas foram dando impulso com os pés e se deslocando bem devagar.

– Quantas você acha que são? – ele perguntou a Eve.

– As estrelas? – questionou ela. – Milhares? Milhões? Onde devem terminar? Porque precisam ter fim em algum lugar, não acha? Todas as coisas têm fim.

– Talvez – disse Aidan – o Universo não tenha. Talvez seja apenas uma ideia que a mente humana não consiga alcançar. Todas as coisas têm fim, você disse. Mas e se algumas coisas não tiverem, Eve? E se o Universo não terminar? E se... e se outras coisas não tiverem fim? Provaríamos a existência do divino, não provaríamos?

Que absurdo, pensou Eve de repente. Ali estavam eles, dois adultos respeitáveis, nadando nus depois do anoitecer, especulando sobre infinito e divindade. Tentando forçar suas mentes humanas a visualizar algo que não tinha fim. Amor, talvez? Fora isso que ele estivera prestes a dizer? Era difícil imaginar Aidan dizendo aquelas coisas sobre amor, mas ele estava realmente estranho naquela noite.

Eles nadaram por mais de uma hora, às vezes com energia e velocidade, às vezes tão preguiçosamente que faziam pouco mais do que boiar. Em um momento, ele mergulhou inesperadamente e puxou Eve para baixo.

Ela subiu à superfície engasgando e se vingou na mesma hora batendo as mãos com tanta força na água que o marido não conseguia enxergar. Eles riram com desprendimento, como crianças despreocupadas. Então Aidan puxou a esposa para si, prendendo os braços dela ao lado do corpo, afastando a água dos olhos e beijando-a.

– É melhor nos secarmos, antes que nossa pele fique enrugada para sempre – falou ele. – Então faremos amor. A menos que você não queira.

A hora da verdade. Mas é claro que não houvera nenhuma dúvida na mente de Eve desde o princípio, apenas a convicção de que *deveria* haver alguma dúvida, que no dia seguinte o sofrimento acabaria sendo maior do que ela poderia suportar. Mas a verdade era que já havia passado desse ponto.

– Eu quero – disse ela.

– Ah.

Ele suspirou e voltou a beijá-la. Então levantou o corpo dela acima da água e depositou-a tremendo na margem.

– Brrr! – Ela tremeu e saiu correndo para pegar as toalhas.

Aidan foi até ela.

Ele nunca fizera amor antes. *Amor*, não. Fizera sexo inúmeras vezes e com diversas mulheres. Chegara mesmo a sentir afeição por algumas delas. Mas nunca fizera amor.

Estava apavorado.

Nunca se expusera. *Nunca.* Ao menos não desde a infância. Ou talvez não desde aquela vez aos 18 anos em que procurara Wulf, cheio de ansiedade e amor fraternal, para contar de seus projetos para Lindsey Hall e todas as outras propriedades do ducado e se oferecer para implementá-los. Desde então, ele cumprira seu dever – sempre, com honra de forma escrupulosa e impessoal. Nos doze anos desde que se tornara oficial, nunca se expusera.

Estava apavorado.

E se ele a constrangesse, até mesmo a aborrecesse ao oferecer a si mesmo e a seu amor como um presente? Aquilo com certeza não fora parte do acordo original. Mas nada do que acontecera desde o casamento deles fizera parte daquele acordo. À tarde ela o fitara com lágrimas nos olhos antes de se afastar apressada. Aidan se lembrava exatamente do que dissera antes desse momento.

De qualquer modo, não estarei aqui para me importar...

Aquelas palavras a haviam transtornado.

Ele deitou ao lado de Eve, sobre a manta, passou os braços ao redor dela e puxou-a novamente para si. O corpo da esposa estava frio, assim como o dele. Aidan encontrou a boca de Eve, abriu-a com a sua e penetrou-a com a língua. Estava quente. Ela espalmou uma das mãos no peito dele, passou o outro braço ao redor do quadril de Aidan e pressionou mais o corpo no dele. Labaredas pareceram envolver os dois quase no mesmo instante. A esposa também o desejava, percebeu Aidan, e estava pronta para recebê-lo. Não havia necessidade de preliminares.

– Suba em cima de mim – falou contra a boca de Eve. – O chão é duro e eu sou pesado.

– Não. – Eve rolou até ficar de costas, puxando-o consigo. – Quero desse jeito. Por favor.

Ela abriu as pernas para que Aidan se encaixasse entre elas e as comprimiu com força ao redor dele.

– Eve. – Ele sussurrou nos lábios dela, sustentando o peso do próprio corpo nos antebraços, as mãos segurando o rosto da esposa. – Você está pronta?

– Sim. Venha – sussurrou ela em resposta. – Venha, Aidan. Por favor.

Ele a penetrou com satisfação. Eve estava quente e úmida. Seus músculos internos se retesaram ao redor dele, quase fazendo-o perder o controle.

– Calma – murmurou ele. – Vamos conter o desejo físico por enquanto. Vamos amar. Relaxe se puder.

Embora os olhos dele houvessem se acostumado à escuridão, eles estavam deitados sob as árvores e o rosto dela ficara ainda mais oculto que o dele. Aidan não conseguia vê-la, mas pôde sentir que Eve o compreendera e que aceitara sua sugestão. Seus músculos internos relaxaram e ela abaixou as pernas que estavam ao redor dele, pousando os pés no chão, um de cada lado.

Aidan se moveu dentro dela.

E fez amor com ela, conscientemente, entregando-se, cada investida carregada de ternura. Estava ciente de que cada arremetida era acompanhada de uma emoção profunda e poderosa que os cercava, os unia e até ultrapassava o desejo físico e a consciência de que, a qualquer momento, ele poderia levá-la ao ápice do prazer e da saciedade.

Ele fez amor com ela. Lenta e completamente, concentrado *nela*, na sensação sedosa da pele da esposa, no perfume de seus cabelos molhados e da própria essência dela, atento à parte mais íntima de Eve que o convidara e o acolhera, à respiração dela e aos gemidos baixos e profundos que ela ocasionalmente deixava escapar. Não podia vê-la, mas a mulher sob o corpo dele era Eve, ela era o coração e a alma dele, era o amor de Aidan.

Ele estava muito consciente no momento em que assumiu o risco final, o mais audacioso, entregando tudo a Eve, sua honra, sua emoção, todo o seu ser.

– Eve – murmurou Aidan, com seus lábios nos dela –, meu amor. Meu amor mais querido. Eu amo você. Para sempre. Por toda a eternidade. É o meu amor que lhe dou esta noite.

– Hummm – gemeu ela novamente.

E ele perdeu a coragem. Tinha medo do que ela diria. Temia as palavras. Por isso a beijou e foi aprofundando o beijo, pressionando a língua cada vez mais. Ao mesmo tempo, acelerou o ritmo de suas arremetidas, agora mais firmes e profundas. Aidan só interrompeu o beijo quando todos os músculos dela se retesaram e ele percebeu que a esposa se aproximava do clímax. Ele jogou a cabeça para trás, os olhos fechados, mantendo o peso apoiado nos braços, e jorrou sua semente dentro dela. Mesmo assim, não se perdeu no próprio prazer. Mesmo nesse instante, estava atento a Eve, que gemia baixinho, estremecendo com espasmos de prazer, relaxando aos poucos. Suave, quente, suada.

Aidan saiu de cima dela, liberando-a do peso de seu corpo, e se deitou ao lado da esposa, um dos braços ainda sob ela, enquanto pegava a segunda manta com a outra mão e dava um jeito de cobri-los. Eve suspirou e virou para o outro lado, de costas para ele, apoiando a cabeça no braço do marido e encaixando a parte de trás do corpo no dele.

Aidan esperou alguns minutos para que os dois se recuperassem. Pensou que ela houvesse adormecido. Então Eve sussurrou:

– Veja as estrelas. Estão mais brilhantes do que nunca.

Ele olhou, depois acariciou os cabelos molhados dela.

– Eve – disse –, lamento sobre Denson. Lamento muito. Mas...

– Não precisa lamentar – retrucou ela. – Eu não o amei, Aidan. Ou melhor, eu *estive* apaixonada por ele. Mas John não é o homem que pensei que fosse. Talvez eu nem houvesse chegado a descobrir a fraqueza de caráter dele se houvéssemos nos casado... mas acho que teria, sim. Ele não é um homem que eu poderia amar pelo resto da vida.

Como ela interrompera o discurso cuidadosamente planejado dele, Aidan resolveu seguir o fluxo da conversa.

– Que tipo de homem você *poderia* amar pelo resto da vida? – perguntou.

Eve ficou em silêncio por algum tempo e Aidan imaginou que ela estivesse considerando a pergunta.

– Um homem bom – disse por fim. – Quando somos jovens e tolos, não percebemos como a bondade é um componente essencial do amor. Talvez seja o mais importante. E um homem honrado, também. Que sempre faça a coisa certa, sem se importar com as consequências.

O coração dele afundou no peito. Pelos dois motivos.

– E um homem forte – continuou Eve. – Forte o bastante para ser vulnerável, para correr riscos, para ser honesto mesmo quando a honestidade o expõe ao ridículo ou à rejeição. E alguém que se colocaria no centro do meu mundo mesmo antes de saber que eu estaria disposta a fazer o mesmo por ele. Um homem tolo e corajoso o bastante para dizer que me ama mesmo quando eu escondi todos os indícios de que também o amo.

– Eve... – falou Aidan.

– Ele teria que ser alto, de ombros largos, moreno e com o nariz aquilino – falou ela. – E deveria passar a maior parte do tempo de cenho franzido, fingindo ser duro e impenetrável a todas as emoções. E então precisaria sorrir de vez em quando, para iluminar a minha vida e o meu coração.

Bom Deus!

– Ele teria que ser você – completou Eve. – Ninguém mais serviria. O que é ótimo, se levarmos em consideração o fato de eu já ser casada com você. Não precisa temer que eu um dia seja infiel a você, Aidan, mesmo se partir amanhã e nunca mais retornar.

Ele encostou o rosto no ombro dela, a garganta apertada de emoção.

– Você disse tudo aquilo a sério, não foi? – perguntou ela. – Não foi apenas a paixão falando. É mesmo verdade?

– É verdade – disse Aidan no ouvido dela.

– Então é mais corajoso do que eu, meu guerreiro forte e precioso – falou ela. – Não ousei me declarar e me arriscar ao seu desprezo ou à sua pena. Mas amo você com todo o meu coração. Tanto que chega a doer. Aidan, se não fosse pelas crianças, eu seguiria o seu batalhão aonde fosse, pelo resto da vida. No entanto, não posso. Tenho que colocá-los em primeiro lugar. Mas escreverei para você todos os dias. E terei um lar esperando pela sua volta cada vez que tiver uma licença. Eu...

– Shhh, amor – disse ele. – Vou vender minha patente. Isso era parte do discurso que estava começando a fazer quando você me interrompeu. Vou vender minha patente e morar aqui com você.

– Ah, Aidan. – Ela virou o corpo apressada para encará-lo e segurou o queixo do marido em uma das mãos. – Não posso lhe pedir isso. Você vai acabar sendo promovido a general. Haverá honrarias, títulos...

– Então não vai suportar ser casada com um humilde ex-coronel? – perguntou Aidan. – Com apenas um título que não fez nada para conquistar?

– Ah, Aidan. – Ela roçou os lábios nos dele.

– Você precisa de mim aqui – disse ele. – E vai precisar de alguém para cuidar de suas fazendas e da propriedade depois que seu administrador assumir o lugar dele naquele esquema louco que vocês dois arquitetaram. As crianças precisam de mim. Precisam desesperadamente de um pai, assim como precisam de uma mãe. Tia Mari precisa que as esperanças dela se tornem verdade e Agnes precisa de alguém com quem brigar regularmente, todo dia. E Eve... ah, Eve, meu amor, eu preciso de vocês. De todos vocês. Mas de *você* mais do que todos, meu amor mais querido. *Você.* – Ele a beijou intensamente.

– Vai vender sua patente? – perguntou ela, encantada. – Agora?

– Não neste exato momento – brincou ele. – Já que Agnes nos mandou aqui para fora com uma manta extra, me parece uma questão de educação fazer bom uso da coberta. Vou fazer amor com você sob as estrelas a noite toda. Mas amanhã, Eve, vou a Londres cuidar disso. E vou aproveitar para pedir a Wulf que recomende um advogado para cuidar daquele negócio com a terra. Então voltarei para casa de vez.

– Para casa – repetiu ela baixinho.

– Se você me quiser – disse Aidan.

– *Se...*

Eve riu e, então, e sem um motivo aparente, o marido se juntou a ela. Os dois riram, se abraçaram, se beijaram e murmuraram tolices um para o outro.

– O duque de Bewcastle vai ficar furioso – comentou Eve, por fim.

– Não tenho tanta certeza disso – retrucou Aidan. – Não mesmo. Nós, Bedwyns, sempre levamos o casamento muito a sério, Eve. Qualquer pessoa que se case com um de nós precisa estar preparada para ser amada e cuidada pelo resto da vida.

– Acho que posso conviver com isso – disse ela.

Eles riram de novo, depois voltaram ao principal, que era viver sua noite de amor sob as estrelas.

CAPÍTULO XXIII

Ele ficou fora por uma semana. Uma longa e interminável semana. Partiu cedo na manhã seguinte à festa do conde de Luff. Na verdade, depois que eles voltaram de sua noite às margens do rio, Aidan apenas mudou de roupa, selou seu cavalo – enquanto seu ordenança sonolento fazia o mesmo com o próprio animal –, beijou Eve e seguiu seu caminho.

Eve não contara a ninguém que o marido planejava voltar, embora tia Mari estivesse triste e as crianças com frequência se mostrassem quietas e apáticas. Não ousara contar. Por mais confiante que estivesse no amor de Aidan e em sua determinação de voltar para ela, não conseguia se livrar do medo de que alguma coisa acontecesse e impedisse a volta dele. Era melhor que mais ninguém soubesse dos planos dos dois.

Eve retomou todas as suas atividades com energia renovada. Passava mais tempo do que nunca com a tia e as crianças. Dedicava-se com gosto aos planos para um casamento grandioso para Thelma – os primeiros proclamas foram lidos dois dias depois de Aidan partir para Londres. Serena, tia Mari, a Srta. Drabble e tia Jemima – Eve fora visitá-la – também tomaram parte na organização da festa. Ned Bateman encontrou os primeiros voluntários para seu projeto, dois recém-chegados das lutas na Europa – um deles cego de um olho e sem uma das mãos, o outro com uma perna amputada abaixo do joelho, ambos completamente desamparados.

Mas o tempo todo Eve vivia e respirava pensando em Aidan. Mas fazia isso em segredo, sem ousar dividir sua felicidade com ninguém, por medo de acabar destruindo-a.

Ela levara as crianças para cavalgar. Davy estava determinado a dominar aquela arte, e era desejável, até mesmo necessário, que ele conseguisse. Sam dera algumas aulas ao menino no pátio do estábulo, sob aplausos de Charlie, que assumira os cuidados do pônei de Davy. Segundo Sam, ele mimava o animal como se fosse o cavalo mais premiado do lugar.

Era a primeira vez que Eve saía para cavalgar com as crianças e Davy não precisava que alguém guiasse seu pônei. Becky estava acomodada na frente da sela de Eve, embora não estivesse tão distante o dia em que a menina também teria a própria montaria.

Já era meio da tarde quando eles cavalgaram de volta para os estábulos e Sam ajudou Becky a descer do cavalo, enquanto Davy desmontava sozinho e Charlie examinava ansiosamente o pônei em busca de algum problema. Eve desmontou, erguendo o olhar para o céu depois de coçar a cabeça de Muffin, que viera encontrá-la com seu andar bamboleante. Havia nuvens no céu, o que sugeria que aquela duradoura onda de calor poderia finalmente estar chegando ao fim. Mas as nuvens eram altas e não ameaçavam com chuva por enquanto. O dia mais fresco na verdade era muito bem-vindo.

– Cavalos aproximando-se, milady – alertou Sam de repente, inclinando a cabeça para ouvir melhor.

Aidan! Eve tentou não contar com que fosse realmente ele, mas correu até o portão com as crianças e viu dois cavaleiros aproximando-se, com mais um seguindo-os a curta distância.

– Tio Aidan! – As palavras saíram dos lábios de Davy no mesmo instante em que o menino começou a correr.

Um dos cavaleiros pegou um atalho pelo gramado e, quando estava próximo, desmontou, rindo, e estendeu os braços para erguer Davy no ar.

– Tio Aidan! – gritou Davy novamente. – O senhor voltou. O senhor voltou!

Eve pegou a mão de Becky e as duas correram na direção dos recém-chegados, seu coração parecendo prestes a explodir de alegria.

– Voltei, rapaz – disse Aidan, abraçando Davy com força antes de colocar o menino no chão. – Como eu poderia ficar longe daqui? Voltei para casa para ficar.

– Papai – sussurrou Becky.

Então ela se soltou da mão de Eve e foi saltitando na direção de Aidan, os bracinhos esticados. Ele pegou a menina e a abraçou com força, fechando os olhos por um momento.

– Papai, estou com um dente mole. Veja.

Papai.

Ele olhou, dando total atenção à menina, que balançava o dente com o dedo.

– Está mesmo – disse Aidan. – Minha menininha já está perdendo os dentes de leite? Você vai estar uma moça antes que eu perceba. Tem um beijo para mim?

Ela esticou a boquinha e lhe deu um beijo. Aidan a beijou, então levantou os olhos e estendeu a mão para Eve. A expressão no rosto dele fez o coração dela saltar ainda mais rápido no peito.

– Eve – falou ele, passando o braço ao redor da esposa, que sentiu a solidez do corpo do marido primeiro com a mão e depois com o próprio peito quando ele a puxou para si. – Eve, meu amor precioso, estou em casa.

– Sim – disse ela, e ergueu o rosto para o marido, sorrindo, enquanto Muffin gania ao seu lado.

Aidan a beijou nos lábios, diante de todos.

Algum tempo se passou antes que Eve se lembrasse do que vira do portão do pátio do estábulo: Aidan com seu ordenança... *e outro cavalheiro*. Ela recuou um passo, mordendo o lábio inferior e percebendo que enrubescia, enquanto Aidan ria e colocava Becky no chão.

– Trouxe meu irmão comigo – disse ele. – O que você ainda não conhecia. – Ralf, venha conhecer Eve. – Aidan passou o braço pela cintura da esposa e puxou-a mais para perto. – O nome oficial é Rannulf, mas ele é conhecido como Ralf.

Lorde Rannulf Bedwyn havia desmontado e cruzava a grama. Era quase tão alto quanto Aidan e tinha ombros tão largos quanto os dele e o nariz da família. Mas era louro como Freyja. Quando tirou o chapéu, Eve pôde ver que, assim como os de Freyja, seus cabelos eram ondulados, e ele os usava mais longos do que a moda de então ditava, o que a fez pensar em guerreiros nórdicos.

– Eve – disse Ralf, estendendo a mão para pegar as dela. – Estou encantado em conhecê-la.

Ele tinha um aperto de mão forte.

– E eu em conhecê-lo.

– Essas são nossas crianças – disse Aidan. – Becky e Davy, este é outro tio de vocês. Tio Ralf. E vejo que tia Mari vem descendo os degraus para a varanda. Deve ter me visto chegando. Deem-me licença por um momento.

Ele soltou a mão de Eve e foi rapidamente em direção à varanda. Logo tia Mari estava nos braços dele, deixando a bengala cair no chão.

– Achei – disse lorde Rannulf – que Aidan acabaria gastando o piso da Bedwyn House durante a semana passada, de tanto que andava de um lado para o outro, impaciente. Os procedimentos foram lentos demais para o gosto dele.

– E para mim também – admitiu Eve, rindo para o cunhado. – Estou feliz que tenha vindo com ele. Providenciarei um quarto para você.

– Ah, apenas por uma noite – falou Ralf, enquanto observava as crianças seguirem Aidan até a varanda. – Estou seguindo para o norte, mas não pude resistir a parar aqui e conhecer minha cunhada. Nossa avó materna me intimou a fazer essa viagem ao norte. Ela acaba de encontrar a noiva perfeita para mim... mais uma vez. É a terceira ou quarta, eu acho. Também não me deixarei convencer dessa vez, já que o que está em jogo é a minha liberdade... talvez até a minha sanidade. Mas não posso simplesmente ignorar minha avó. Ela me fez seu herdeiro e, por mais irritante que às vezes seja... bem, sou louco por ela. Assim, Eve, irei até lá e colocarei a minha liberdade em perigo mais uma vez.

Ele sorriu, revelando dentes brancos e olhos azuis que dançavam com alegria e astúcia.

– Talvez – comentou Eve – ela tenha escolhido sabiamente desta vez.

– Sempre há essa possibilidade – concordou ele. – Mas tenho uma curiosa aversão a que escolham a minha futura esposa por mim... ou que eu mesmo a escolha pelos próximos cinco ou seis anos.

– Vocês devem estar ansiosos para comer e beber alguma coisa – falou Eve, levando-o na direção da casa – e para descansar.

– Não vou negar isso – falou o cunhando, caminhando ao lado dela. – Se há algo mais desagradável do que cavalgar com um oficial de cavalaria que viveu em cima de uma sela a maior parte dos últimos doze anos, é cavalgar com um homem que está a caminho de se encontrar com a mulher amada. Espero sinceramente que ninguém me peça para fazer isso de novo.

Eve riu.

Então Aidan se voltou da conversa com tia Mari para ver a esposa se aproximar, os olhos iluminados mais uma vez de admiração e amor. Ele estendeu a mão para Eve, que ofereceu a sua e sentiu os dedos do marido se fecharem com força ao redor dos dela.

– Tia Mari – disse ele –, apresento-lhe meu irmão, lorde Rannulf Bedwyn. Sra. Pritchard, Ralf. Talvez você pense que ela está cantando quando falar, meu irmão. Ela é galesa.

– E tenho muito orgulho disso – ressaltou tia Mari. – Pode me oferecer um desses braços fortes, meu jovem, e me ajudar a entrar, já que Agnes sumiu com a minha bengala? Venham, crianças.

Pouco tempo depois, Eve e Aidan estavam sozinhos na varanda. Ele sorriu para ela.

– Pedi a tia Mari que fizesse isso – explicou Aidan. – Ocorreu-me que não a carreguei porta adentro depois de nos casarmos. E que porta melhor para isso do que a da nossa casa? E que momento melhor do que agora, o começo do nosso felizes para sempre?

– Nenhum – disse ela. – Mas isso existe mesmo, Aidan? O felizes para sempre, quero dizer?

– Não – retrucou ele, o sorriso agora terno. – Existe algo infinitamente melhor do que felizes para sempre. Há a felicidade. Que é algo vivo, dinâmico, Eve, e tem que ser cuidada a cada momento pelo resto de nossas vidas. É uma perspectiva muito mais empolgante do que a ideia tola e estática de um felizes para sempre. Não concorda?

– Sim – disse ela.

Então deixou escapar uma mistura de gritinho com risada e passou os braços com força ao redor do pescoço do marido quando ele a ergueu no colo e girou uma vez com ela, antes de subir os degraus com a esposa nos braços e entrarem na casa deles.

Na casa deles.

Entrarem em outro sonho. Não, melhor do que um sonho. Em uma realidade dinâmica, animada, feliz, que eles trabalhariam juntos para manter assim pelo resto de suas vidas.

CONHEÇA O PRÓXIMO LIVRO DA AUTORA

Ligeiramente maliciosos

Com seu olhar expressivo e uma beleza selvagem e sensual, é difícil resistir a Rannulf Bedwyn.

Sobretudo para Judith Law, que o vê como um herói. Depois de ser salva por ele em um acidente de diligência, a jovem se apresenta ao desconhecido como uma atriz famosa e se entrega a ele. Após uma noite de amor inesquecível, ela vai embora, deixando apenas uma carta de despedida.

Dias depois, ambos ficam atônitos ao se reencontrarem na Granja Harewood e terem suas identidades reveladas – a suposta atriz é, na verdade, a filha de um pastor fadada a passar a vida cuidando da tia rica; seu herói é o filho de um duque que fora cortejar a esnobe prima de Judith.

A moça tenta resistir às propostas – honrosas ou indecorosas – de Rannulf, mas um escândalo ameaça seu nome e sua liberdade e o lorde corre em seu socorro, trazendo consigo o poder e a influência dos Bedwyns.

Mas um relacionamento que começa com pura atração física e culmina em gratidão pode ter futuro? O verdadeiro amor poderia nascer de algo ligeiramente malicioso?

INFORMAÇÕES SOBRE A ARQUEIRO

Para saber mais sobre os títulos e autores
da EDITORA ARQUEIRO,
visite o site www.editoraarqueiro.com.br
e curta as nossas redes sociais.
Além de informações sobre os próximos lançamentos,
você terá acesso a conteúdos exclusivos e poderá participar
de promoções e sorteios.

www.editoraarqueiro.com.br

facebook.com/editora.arqueiro

twitter.com/editoraarqueiro

instagram.com/editoraarqueiro

skoob.com.br/editoraarqueiro

Se quiser receber informações por e-mail,
basta se cadastrar diretamente no nosso site
ou enviar uma mensagem para
atendimento@editoraarqueiro.com.br

Editora Arqueiro
Rua Funchal, 538 – conjuntos 52 e 54 – Vila Olímpia
04551-060 – São Paulo – SP
Tel.: (11) 3868-4492 – Fax: (11) 3862-5818
E-mail: atendimento@editoraarqueiro.com.br